Segunda
Chance

DA AUTORA:

Um Caso de Verão
Os Náufragos
A Ilha
Segunda Chance

Elin Hilderbrand

Segunda
Chance

ROMANCE

Tradução
Ana Beatriz Manier

Rio de Janeiro | 2016

Copyright © 2011 by Elin Hilderbrand

Título do original: *Silver Girl*

Capa: Humberto Nunes

Imagem de capa: Steve Photography | Shutterstock

Editoração: FA Studio

Texto revisado segundo o novo
Acordo Ortográfico da Língua Portuguesa

2016
Impresso no Brasil
Printed in Brazil

Cip-Brasil. Catalogação na publicação
Sindicato Nacional dos Editores de Livros. RJ

H543g	Hilderbrand, Elin
	Segunda chance / Elin Hilderbrand; tradução Ana Beatriz Manier. – 1. ed. – Rio de Janeiro: Bertrand Brasil, 2016.
	490p.
	Tradução de: Silver girl
	ISBN 978-85-286-1852-5
	1. Romance americano. I. Manier, Ana Beatriz. II. Título.
	CDD: 813
15-23995	CDU: 821.111(73)-3

Todos os direitos reservados pela:
EDITORA BERTRAND BRASIL LTDA.
Rua Argentina, 171 – 2º andar – São Cristóvão
20921-380 – Rio de Janeiro – RJ
Tel.: (0xx21) 2585-2070 – Fax: (0xx21) 2585-2087

Não é permitida a reprodução total ou parcial desta obra, por
quaisquer meios, sem a prévia autorização por escrito da Editora.

Atendimento e venda direta ao leitor:
mdireto@record.com.br ou (0xx21) 2585-2002

Para minha filha, Shelby Katharine Cunningham.
Faltam-me palavras para te descrever.
Graciosa? Alegre? Cativante?
Sim, meu amor, tudo isso e muito mais.

PRIMEIRA PARTE

MEREDITH MARTIN DELINN

Elas decidiram não falar sobre nada de significativo até Meredith estar segura na casa, em Nantucket. Antes, tinham a estrada para encarar. Meredith a conhecia muito bem, da mesma forma que qualquer americano com uma casa (ou, no caso dela, três) entre o Maine e a Flórida. Havia 93 saídas intermináveis em Connecticut até entrarem em Rhode Island e, cerca de uma hora depois, em Massachusetts. Tão logo cruzaram a Sagamore Bridge, o sol surgiu no horizonte, dando ao canal de Cape Cod um brilho rosado e ofuscante que fez os olhos de Meredith doerem. Não havia tráfego na ponte, apesar de ser primeiro de julho; esta era a razão de Connie gostar tanto de dirigir de madrugada.

Por fim, elas chegaram a Hyannis: cidade que Meredith visitara uma vez, com os pais, no início da década de 1970. Lembrou-se da mãe, Deidre Martin, insistindo para que eles passassem de carro pelo Kennedy Compound. Houvera guardas ali; fazia pouco tempo desde o assassinato de Bobby Kennedy. Meredith lembrou-se do pai, Chick Martin, encorajá-la a comer sanduíche de lagosta. Tinha apenas oito anos, mas Chick confiava na sofisticação da filha.

Brilhante e talentosa, costumava gabar-se sem constrangimentos. *Essa menina é perfeita.* Meredith provou o sanduíche de salada de lagosta e o cuspiu, para, então, ficar com vergonha. O pai encolheu os ombros e terminou o sanduíche por ela.

Mesmo depois de todos esses anos, a lembrança de Hyannis lhe causava um sentimento de vergonha que se agregava a toda a desonra em que se encontrava desde que seu marido, Freddy Delinn, fora acusado de corrupção. Hyannis era um lugar onde Meredith havia decepcionado o pai.

Graças a Deus ele não podia vê-la agora.

Embora elas tivessem concordado em não falar sobre nada que remetesse ao assunto, Meredith virou-se para Connie, que aceitara — em um momento de fraqueza — abrigá-la por pelo menos um tempo, e disse:

— Graças a Deus meu pai não pode me ver agora.

Connie, que estava parando na fila da Steamship Authority, deixou escapar um suspiro.

— Ai, Meredith.

Meredith ficou sem saber como interpretar seu tom de voz. *Ai, Meredith, você tem razão; é mesmo uma bênção Chick estar morto há trinta anos e não ter testemunhado sua ascensão meteórica e queda mais meteórica ainda.* Ou: *Ai, Meredith, pare de sentir pena de si mesma.* Ou: *Ai, Meredith, achei que tínhamos combinado não falar sobre o assunto até chegarmos em casa. Nós estabelecemos as regras e você está passando por cima delas.*

Ou: *Ai, Meredith, por favor, cale a boca.*

De fato o tom de voz de Connie, desde que a resgatara às duas da madrugada, era de... de quê? Raiva? Medo? Consternação pouco disfarçada? E será que Meredith poderia culpá-la? Ela e Connie não se falavam havia quase três anos e, em sua última conversa, disseram coisas cruéis uma para a outra; usaram um maçarico para dissolver os elos de ferro de sua amizade. Ou: *Ai, Meredith, o que foi que eu fiz? Por que você está aqui? Eu queria passar um verão tranquilo. Em paz. E agora estou aqui com você, um escândalo internacional dos bons, ao meu lado no carro.*

Meredith decidiu conceder a Connie o benefício da dúvida. *Ai, Meredith,* era uma não resposta quase solidária. Connie passava pelo portão que levava à balsa e mostrava o tíquete à atendente; estava distraída. Meredith usava o boné de beisebol de seu filho, Carver, do campo de Choate, e os únicos óculos escuros de grau que lhe sobraram e que, felizmente, eram grandes, redondos e bem escuros. Desviou o rosto da atendente. Não poderia deixar que ninguém a reconhecesse.

Connie subiu à plataforma flutuante. Os carros ficavam agrupados ali, como caixinhas de fósforos dentro de uma valise confortável. Era primeiro de julho e mesmo cedo assim a atmosfera da balsa era festiva. Jeeps carregados de toalhas de praia e churrasqueiras portáteis; o carro parado na frente do de Connie era um Wagoneer antigo, com pelo menos uns dezesseis selos de estacionamento de todos os tons do arco-íris colados em fila no parachoques. Meredith tinha o coração ferido, cansado, partido. Dizia a si mesma para não pensar nos meninos, mas tudo o que isso fazia era levá-la a pensar neles. Lembrou-se de como costumava carregar o Range Rover com bolsas de praia, com suas sungas, camisetas e chinelos, suas chuteiras e luvas de beisebol, a caixa de alumínio em que levava o kit de badminton, baralhos novos e pacotes de pilhas D para as lanternas. Acomodava o cachorro em sua cestinha, prendia a prancha de Carver no teto do carro e lá iam eles — com a cara e a coragem, por entre o engarrafamento que se estendia de Freeport a Southampton. Invariavelmente, calculavam mal o tempo e ficavam presos no trânsito. Mas era divertido. Os meninos se revezavam com o rádio — Leo gostava de folk rock, os Counting Crows sendo seus favoritos, e Carver gostava do ritmo bate-cabeça que fazia os cachorros rosnarem –, e Meredith percebia que, quanto mais quente e lenta fosse a viagem, mais felizes eles ficavam ao chegar a Southampton. Sol, areia, mar. Tirar os sapatos, abrir as janelas. Freddy dirigia nos finais de semana, mas, nos últimos anos, chegava de helicóptero.

Agora, ao olhar para os veranistas, Meredith pensou: *Leo! Carver! Leo Pobre Leo.* Durante toda a sua infância, tomara conta de Carver. Ele o protegera, educara, o incluíra. E agora era Carver quem o ajudava, que o colocava para cima. Meredith esperava que ele estivesse fazendo um bom trabalho.

Uma voz chegou pelos alto-falantes anunciando as regras e regulamentos da balsa. A sirene soou e Meredith ouviu aplausos distantes. As boas e afortunadas almas que iriam para a ilha de Nantucket, naquela bela manhã, aplaudiam o início de seu verão. Enquanto isso, Meredith ainda se sentia como se estivesse a três estados dali. Naquele exato momento, agentes federais entrariam em sua cobertura na Park Avenue e se apropriariam de seus pertences. Imaginou, com curiosa indiferença, como se daria essa apropriação. Para sair com Connie, preparara apenas uma bolsa de viagem com roupas simples de verão e uma caixa de papelão com alguns artigos pessoais – fotografias, sua certidão de casamento, certidão de nascimento dos meninos, alguns de seus livros de bolso favoritos, um caderno de espiral de seu primeiro ano em Princeton e um LP – primeira gravação de 1970 de Simon & Garfunkel, "Bridge Over Troubled Water", que Meredith não tinha mais esperanças de ouvir, mas que não poderia se permitir deixar para trás.

Recebera permissão para levar os seus óculos de sol, os seus óculos de grau e o anel de diamantes que ganhara de noivado. O anel fora herança da avó, Annabeth Martin, e não comprado com dinheiro sujo. Havia também um colar de pérolas de sua mãe, presente que recebera dela na ocasião de sua formatura em Princeton e que se encaixava na mesma categoria, mas Meredith não tinha mais utilidade para pérolas. Não poderia usá-los na prisão. Se tivesse pensado um pouco mais, poderia tê-lo penhorado e acrescido o dinheiro à quantia irrisória que lhe sobrara.

Mas e quanto aos seus outros pertences? Meredith imaginou homens sérios e robustos, com uniformes pretos e armas de fogo escondidas sob o cós das calças. Um deles poderia pegar o vidro delicado de Shalimar de sua penteadeira e, incapaz de se conter, inspirar seu perfume. Outro poderia arrancar de sua cama os lençóis de linho da Schweitzer. Aqueles lençóis valiam milhares de dólares, mas o que os agentes federais fariam com eles? Iriam lavá-los, dobrá-los, vendê-los? Pegariam sua escultura Hostetler e seus croquis Andrew Wyeth? Cortariam o móbile Calder do teto da sala de estar, entrariam em seu closet e encaixotariam seus sapatos Louboutins e Sergio Rossis? Levariam embora os seus vestidos do dia a dia – Diane von Furstenberg, Philip Lim – e seus vestidos de festa – os Dior, os Chanel, os Caroline Herrera? Os agentes lhe disseram que seus pertences seriam leiloados e a renda seria enviada para um fundo de restituição a favor dos investidores lesados. Meredith lembrou-se de seu vestido longo, azul-bebê, da Dior, pelo qual havia pago 19 mil dólares – fato que, agora, a fazia querer vomitar de desgosto –, e imaginou quem seria sua próxima dona. Uma mulher pequena – Meredith media apenas 1,52 metro e pesava 45 quilos. O vestido fora feito sob medida para ela pelo próprio John Galliano. Quem ficaria com as panelas All-Clad de aço inoxidável (jamais usadas, a não ser de vez em quando pela namorada de Leo, Anais, que dizia ser um pecado Meredith não cozinhar naquela bela e reluzente cozinha gourmet)? Quem ficaria com o decantador de uísque, de cristal lavrado, do qual Freddy jamais servira uma dose, a não ser nos últimos dias que antecederam sua exposição mundial? (Foi a visão de Freddy virando três doses sucessivas de Macallan 1926 que colocou Meredith em estado de alerta. Uma caixa de Pandora cheia de acusações se abrira em sua cabeça: *Ninguém sabe como ele faz essas coisas. Ele diz que é magia negra, mas não pode ser nada legal. Ele está fazendo alguma coisa contra a lei. Ele vai ser preso.*)

Meredith sabia que os federais ficariam muito mais interessados no que encontrariam no escritório de Freddy. Ele sempre mantivera aquela porta trancada, hábito que começara quando as crianças eram pequenas e ele não queria ser interrompido ao telefone, mas que depois continuou com o passar dos anos. A porta permanecera trancada — tanto quando ele estava no escritório quanto quando não estava — até mesmo para Meredith. Se quisesse entrar, ela teria que bater. Declarou essa informação em juízo, mas as autoridades não acreditaram. Suas digitais (literalmente) estavam na maçaneta. E suas digitais (figurativamente) haviam sido encontradas em transações ilegais. Três dias antes do colapso das Empresas Delinn, Meredith transferira 15 milhões de dólares de uma conta "fantasma" da companhia para a conta de corretagem que ela e Freddy dividiam.

Os agentes federais também ficariam interessados na sala íntima de Freddy. A decoradora, Samantha Deuce, projetara a "biblioteca do dono da casa" com prateleiras cheias de livros de finanças, cofres de porquinhos antigos e recordações de beisebol da época de Babe Ruth nos Yankees. Freddy nem mesmo era fã dos Yankees, mas Samantha o comparara a Babe Ruth porque, disse, ambos eram ícones de suas respectivas épocas. *Ícones de suas respectivas épocas.* Meredith julgara Samantha uma maestrina de exageros.

Freddy quase sempre usufruíra sozinho daquela sala; Meredith tinha que se esforçar para lembrar-se de qualquer outra pessoa descansando naquelas poltronas fundas de estofado de couro ou assistindo a algum programa na televisão de 52 polegadas. Os meninos não gostavam de ficar ali; até mesmo quando estava passando jogo na tevê, eles preferiam assistir na cozinha com a mãe. Havia um alvo de dardos escondido nos fundos da sala, que Meredith tinha certeza de que nunca fora usado; os dardos ainda estavam embrulhados em plástico bolha.

A única pessoa que Meredith se lembrava de algum dia ter visto na sala de Freddy fora Samantha. Poucos anos antes, vira os dois naquela sala. Estavam de pé, um ao lado do outro, admirando a gravura de uma caçada que Samantha havia comprado na Christie's. (A escolha daquela gravura era uma ironia, uma vez que o marido não caçava e odiava armas: seu irmão fora morto por uma bala perdida durante um treinamento no Exército). Freddy tinha a mão na cintura de Samantha. Quando Meredith entrou, ele a arrancou tão imediatamente que logo chamou a atenção para o fato de, em primeiro lugar, a estar tocando. Meredith lembrava-se com frequência desse momento. A mão de Freddy na cintura de Samantha: nada de mais, certo? Havia anos Samantha era a decoradora deles. E os dois eram amigos, íntimos e cordiais. Se Freddy tivesse simplesmente deixado a mão onde estava, Meredith não teria pensado nada a respeito. Foi sua reação assustada que a fez ficar imaginando coisas. Freddy nunca se assustava.

A balsa avançou. Connie encaixou seu Cadillac verde-musgo entre um caminhão baú da Stop & Shop e um Range Rover preto não muito diferente do que Meredith usava para ir ao balneário de Hamptons. Connie saiu do carro e bateu a porta.

Meredith entrou em pânico.

– Aonde você vai? – perguntou.

Ela não respondeu. Abriu o porta-malas do Cadillac e entrou. Procurou um travesseiro, saiu e deitou-se no banco de trás.

– Estou cansada – respondeu.

— Claro — concordou Meredith. Connie saíra de casa às oito da noite anterior, pouco menos de quatro horas depois de receber a ligação de Meredith. Dirigira seis horas até chegar a Manhattan e ficara aguardando dentro do carro, num beco escuro atrás da 824 Park Avenue, esperando que a amiga aparecesse. Um jornalista aguardava escondido atrás de uma caçamba de lixo, mas estava fumando e não conseguiu aprontar a câmera antes de Meredith entrar no carro e Connie arrancar de marcha a ré, como se fosse um assaltante de banco de um filme de ação. Meredith enfiara a cabeça debaixo do painel do carro.

— Meu Deus, Meredith! — exclamou Connie. — Você viu a *frente* do prédio?

Meredith sabia que o prédio fervilhava de jornalistas, refletores de tevê e caminhonetes com satélites. Eles estavam lá desde o dia em que Freddy saíra algemado do apartamento, depois novamente na manhã em que ela foi visitá-lo na prisão e depois uma terceira vez, cerca de dois dias antes, quando ela saiu escoltada por agentes federais. O que o público queria saber era para onde iria a esposa do maior criminoso financeiro da história quando ela virasse as costas para sua cobertura na Park Avenue.

Meredith tinha dois advogados. O advogado principal era Burton Penn, que lhe pedira para chamá-lo de Burt. Burt era um desconhecido para ela. Já Freddy contratara os serviços do advogado de longa data da família, Richard Cassel. Droga, Freddy, pegando o melhor e a deixando com Burton Penn, de 36 anos e cabelos rareando. Pelo menos ele tinha se formado no curso de Direito da Yale Law School.

O outro advogado era ainda mais jovem, de cabelos escuros despenteados e caninos pontiagudos, como esses vampiros adolescentes. Usava óculos e, por acaso, informara a Meredith que tinha astigmatismo.

— Eu também — respondeu ela; desde os 13 anos usava óculos com armação de acrílico imitando marfim. Entendia-se melhor com esse segundo advogado. Seu nome era Devon Kasper. Ele a pedira para chamá-lo de Dev. Dev lhe contara a verdade sobre os fatos, mas parecera pesaroso. Sentira pesar ao contar que, por causa da transferência de 15 milhões de dólares que fizera para a conta de corretagem sua e de Freddy, ela estava sob investigação e corria o risco de ser acusada de conspiração e posta na prisão. Entristeceu-se também quando disse a Meredith que seu filho, Leo, também estava sob investigação por ter trabalhado com Freddy nas Empresas Delinn.

Leo tinha 26 anos. Trabalhava na divisão de negócios legítimos da Empresas Delinn.

Então por que os agentes federais o estavam investigando? Meredith não entendia e estava tentando não entrar em pânico — isso em nada lhe adiantaria —, mas era o filho dela que estava em perigo. O seu filho responsável, aquele que fora para Dartmouth College, que fora capitão do time de lacrosse e vice-presidente da Anistia Internacional de lá; era ele que tinha uma namorada fixa; era ele que, até onde ela sabia, nunca havia infringido a lei — nunca roubara um pacotinho de chicletes de uma loja, nunca bebera bebida alcoólica quando era menor de idade e nunca fora multado.

— Por que estão investigando Leo? — perguntara ela, seu coração ferido e acelerado. Seu filho em risco da mesma forma que um garotinho de três anos correndo no meio do tráfego.

Bem, disse Dev, eles estavam investigando Leo porque um funcionário — um veterano de dez anos de casa, bem respeitado, e que trabalhava num andar de operações legítimas das empresas, chamado Deacon Rapp — disse à Comissão de Valores Mobiliários dos Estados Unidos e ao FBI que Leo estava envolvido no esquema

Ponzi do pai. Deacon afirmou que Leo estava em "contato constante" com colegas do 17º andar, quartel-general do dito esquema. Freddy mantinha um pequeno escritório ali, assim como uma secretária. A notícia chegou como um choque para Meredith. Ela nada sabia sobre a existência daquele andar, nem da secretária, uma tal de sra. Edith Misurelli. Os agentes federais não podiam interrogar a sra. Misurelli porque, ao que parecia, ela tinha direito a dois meses de férias e já havia partido para a Itália no dia anterior ao escândalo. Ninguém sabia como encontrá-la.

Dev parecera mais aborrecido ainda ao dizer a Meredith que ela não poderia, de forma alguma, entrar em contato com nenhum dos filhos até que as investigações chegassem a algum resultado. Qualquer conversa entre ela e Leo poderia ser considerada prova de uma conspiração das duas partes. E como Carver e Leo estavam morando juntos numa antiga casa vitoriana que Carver reformava em Greenwich, Meredith também não podia telefonar para o outro filho. Burt e Dev conheciam o advogado de Leo, e ambas as partes concordavam que eram grandes as chances de contaminação cruzada. Meredith deveria ficar em um lugar, os rapazes em outro. Por enquanto.

– Sinto muito, Meredith.

Dev dizia isso com frequência.

Meredith olhou atentamente para Connie, que encolhera o corpo esguio para caber no banco de trás. Tinha a cabeça afundada no travesseiro, os cabelos ruivos caídos sobre o rosto, os olhos fechados. Parecia mais velha, mais triste – o marido, Wolf, morrera dois anos e meio antes, por causa de um tumor no cérebro –, mas ela ainda era a Connie de antes, Constance Flute, nome de batismo, O'Brien, sua mais antiga e, uma vez, mais íntima amiga. Amiga desde o início dos tempos.

Meredith telefonara para Connie para saber se poderia ficar "um tempo" com ela em Bethesda. Connie habilmente evitara responder, dizendo que passaria o verão em Nantucket. Julho estava chegando — fato que escapara totalmente a Meredith, do jeito que se encontrava presa em seu apartamento — e suas esperanças foram por água abaixo.

— Você não tem mais alguém para quem ligar? — perguntou.

— Não, não tenho mais ninguém — respondeu. Falara assim não para despertar a piedade da amiga, mas por ser verdade. Surpreendia-se com o quanto estava só, com a forma como fora abandonada por todos que haviam feito parte da sua vida. Connie era sua única esperança. Apesar de não se falarem havia três anos, ela era o que Meredith tinha de mais próximo de uma família.

— Você poderia pedir ajuda à Igreja — sugerira Connie. — Entrar para um convento.

Um convento, sim. Meredith chegou a considerar a ideia quando pensou nas opções que tinha. Havia conventos em Long Island, tinha certeza disso; ela e os meninos costumavam passar por um a caminho do balneário de Hamptons, longe da estrada, fincado nas montanhas que se desenrolavam ao longe. Começaria como noviça, esfregando o chão até os joelhos sangrarem e, quem sabe um dia, fosse capaz de voltar a lecionar.

— Meredith — disse Connie —, estou brincando.

— Ah — respondeu. Claro que estava. Meredith e Connie haviam cursado escolas católicas juntas durante toda a infância, mas Connie, de sua parte, nunca fora devota.

— Acho que eu poderia te pegar quando estiver de saída — disse à amiga.

— E fazer o quê? — perguntou. — Me levar para Nantucket?

— Você me deve mesmo uma visita na casa de lá — disse Connie. — Me deve desde 1982.

Meredith riu. A risada soou estranha aos próprios ouvidos. Fazia tanto tempo!

— Você pode ficar umas duas semanas comigo, talvez mais. Bem, a gente vê o que faz. Não posso prometer nada.

— Obrigada — sussurrou Meredith, fragilizada de tanta gratidão.

— Você sabe que há três anos não me telefona — disse.

Sim, Meredith sabia. O que Connie queria mesmo dizer era: *Você nunca telefonou para pedir desculpas pelo que disse de Wolf, nem para me dar os pêsames pessoalmente. Mas está me telefonando agora, porque está cheia de problemas e não tem para onde ir.*

— Sinto muito — disse ela. Não respondeu: *Você também não me telefonou. Nunca pediu desculpas por ter chamado Freddy de ladrão.* Agora, claro, não havia razão para pedir desculpas. Connie estava certa: Freddy era um ladrão. — Ainda virá me pegar mesmo assim?

— Irei — disse Connie.

Agora, Meredith queria acordar Connie e perguntar: será que você pode me desculpar pelas coisas que eu disse? Podemos acertar as coisas entre nós?

Meredith imaginava o que os agentes federais achariam do espelho que ela havia quebrado no banheiro da suíte principal. Num acesso de raiva, atirara uma caneca de chá de hortelã no espelho; gostara de ouvir o quebrar e estilhaçar do vidro. Seu reflexo se partira em pedaços e caíra na bancada de granito e dentro da pia de Freddy. *Droga, Freddy*, pensou Meredith, pela zilionésima vez. A balsa balançava sobre as ondas, e seus olhos se fecharam. Se havia corações pulsantes sob o uniforme preto dos agentes federais, então ela achava que eles entenderiam.

CONSTANCE O'BRIEN FLUTE

Elas decidiram não falar sobre nada de significativo até Meredith estar segura na casa em Nantucket. Connie precisava de tempo para digerir o que havia feito. *O que havia feito?* Teve seis horas de carro, de Bethesda a Manhattan, para se fazer essa pergunta inúmeras vezes. As estradas estavam livres, sem tráfego; no rádio, Connie ouvia o programa de Delilah. As histórias dramáticas dos ouvintes que telefonavam para lá levantavam o seu humor. Ela sabia o que era perda. Wolf estava morto havia dois anos e meio e ela ainda esperava que a dor abrandasse. Fazia quase o mesmo tempo que ela havia telefonado para a filha, Ashlyn, embora só ligasse para o seu celular aos domingos, na esperança de que, em algum momento, ela atendesse. Enviou flores para Ashlyn em seu aniversário e um vale-presente para a J. Crew, no Natal. Será que a filha teria rasgado o vale-presente e jogado as flores na lata de lixo? Ela não tinha como saber.

E agora olha só o que havia feito. Concordara em ir a Manhattan pegar sua ex-melhor amiga, Meredith Delinn. Connie pensou *ex-amiga*, mas, no fundo, sabia que elas sempre estariam ligadas. Haviam crescido juntas em Main Line, na Filadélfia. Cursaram a Tarleton nos anos 1960, depois o ensino fundamental e então o ensino médio na Merion Mercy Academy. Eram íntimas como irmãs. Durante dois anos, no ensino médio, Meredith namorara Toby, seu irmão.

Connie pegou o telefone celular, que estava em cima do console do carro. Pensou em ligar para Toby e dizer a ele o que estava fazendo. Ele era a única pessoa que conhecia Meredith havia tanto tempo quanto ela; era a única pessoa que entenderia. Mas Toby e Meredith tinham tido uma história complicada. Ele partira seu coração na escola e, ao longo dos anos, Meredith lhe perguntara sobre ele daquela forma que uma mulher pergunta sobre o seu primeiro e verdadeiro amor. Era ela que contava a Meredith sobre as viagens de Toby pelo mundo, pilotando megaiates, sobre seu estilo de vida festivo que o levara a dois tratamentos de reabilitação de alcoolismo, sobre as mulheres que conhecia, casava e descasava, sobre seu filho de dez anos que estava fadado a ser tão charmoso e perigoso quanto o próprio pai. Meredith e Toby não se viam desde o velório da mãe dele, Veronica, seis anos antes. Alguma coisa acontecera entre Meredith e Toby durante o velório, que acabou resultando em sua entrada apressada no carro que a aguardava antes do fim da recepção.

— Não posso ficar perto dele — contou-lhe Meredith, mais tarde. — É doloroso demais.

Connie nunca tivera coragem de perguntar à amiga o que tinha de fato acontecido. Mas decidiu que seria mais sábio não telefonar para Toby, por mais tentador que fosse.

Ela vira Meredith no canal CNN em abril, no dia em que fora visitar Freddy na prisão. Estava com os cabelos grisalhos e abatida, nada parecida com a socialite loura que vestia Dior e que fora vista recentemente nas páginas sociais no *New York Times*. Estava vestindo jeans, uma camisa branca de botão e uma capa; entrava num táxi, mas um jornalista a abordou antes que pudesse fechar a porta e perguntou:

— Sra. Delinn, a senhora chora por causa dos rumos que as coisas tomaram?

Meredith ergueu os olhos, e Connie sentiu uma pontada de reconhecimento. A expressão da amiga era desafiadora. Aquela era a Meredith que Connie conhecera no ensino médio — a jogadora competitiva de hóquei, a campeã de saltos aquáticos ornamentais, a finalista do National Merit Scholarship.

— Não — respondeu Meredith.

E Connie pensara:

Ah, Meredith, resposta errada.

Sentiu vontade de telefonar para ela nos dias seguintes. A imprensa andava implacável. (A manchete do *New York Post* dizia: JESUS CHOROU. A SRA. DELINN NÃO.) Connie sentiu vontade de se aproximar e oferecer algum tipo de apoio, mas não pegou o telefone. Ainda estava magoada por Meredith ter permitido que o dinheiro acabasse com a amizade delas. E, além disso, Connie estava muito envolvida com seu próprio estado melancólico para se envolver nos problemas da amiga.

Depois, viu uma foto de Meredith espiando por uma das janelas de sua cobertura, publicada na *People*. A manchete dizia: *Ao ama-nhecer, Meredith Delinn observa um mundo que não será mais o seu.*

Os paparazzi a pegaram de camisola, ao raiar do dia. *Pobre Meredith!* Mais uma vez, Connie pensou em telefonar, mas não telefonou.

Leu então o artigo na primeira página do *New York Times,* na seção Estilo, intitulado: "A mulher mais solitária de Nova York." Contava a história de sua malfadada ida ao salão Pascal Blanc, onde tingira os cabelos por quinze anos. O jornal dizia que havia semanas que ela vinha telefonar para o salão para marcar hora, mas continuava a ser deixada de lado pela recepcionista. Por fim, o dono do salão, Jean-Pierre, lhe telefonara e explicara que não poderia correr o risco de ofender os outros clientes, muitos dos quais eram antigos investidores das Empresas Delinn, ao recebê-la no salão. O artigo dizia que ela então pediu atendimento após o expediente e que Jean-Pierre negou. Perguntou então se a moça que tingia seus cabelos poderia ir ao seu apartamento – Meredith a pagaria em dinheiro – e ele mais uma vez respondeu não. O artigo dizia também que a socialite não era mais bem-vinda no Rinaldo's, o restaurante italiano onde ela e Freddy jantavam pelo menos duas vezes por semana, havia oito anos. "Eles sempre se sentavam à mesma mesa", declarou Dante Rinaldo. "A sra. Delinn sempre pedia um cálice de Ruffino Chianti, mas o sr. Delinn não bebia nada, nunca. Agora, não posso mais deixar a sra. Delinn vir jantar aqui, ou mais ninguém virá." O artigo deixava uma coisa muito clara: todos em Nova York odiavam Meredith, e, se ela resolvesse mostrar o rosto em público, todos a ignorariam.

Que horror, pensou Connie. *Pobre Meredith.* Depois de ter lido o artigo, pegou o telefone e, com os dedos dormentes, digitou o número do telefone do apartamento da amiga, na Park Avenue. Foi prontamente informada pela telefonista que o número havia mudado e que o novo número não constava no catálogo telefônico.

Claro.

Connie desligou, pensando: *Bem, eu tentei.*

E então, naquele mesmo dia, às 13 horas, Connie assistia ao canal Fox News enquanto preparava as malas para ir para Nantucket. Aquele era o dia do julgamento de Freddy. Os apresentadores da Fox previam uma sentença de 25 a 30 anos, embora Tucker Carlson comentasse o quanto o advogado de Freddy era esperto e experiente.

— Seu advogado, Richard Cassel — informou Carlson — está pedindo 17 anos, que podem se tornar 12, por bom comportamento.

E Connie pensou: *A-ah! Richard Cassel!* Tomara cerveja no funil com Richard Cassel, quando fora visitar Meredith em Princeton. Richard tentou levá-la à sua suíte, mas ela o dispensou. Ele era um aristocrata disfarçado, de camisa social abotoada, colarinho virado e mocassins. Meredith não lhe disse, uma vez, que Richard colara numa prova? Era o advogado adequado para Freddy.

Suas lembranças de Richard Cassel foram interrompidas pelo anúncio de que Frederick Xavier Delinn recebera a sentença de 150 anos de confinamento em prisão federal.

Connie ficou chocada. *Uma sentença de 150 anos de prisão?* Então pensou: *O juiz está fazendo dele um exemplo.* Bem, ela detestava dizer isso, mas era merecido. Tantas pessoas haviam ficado sem um centavo sequer; futuros foram destruídos, crianças e adolescentes, forçados a abandonar a escola, casas de família, levadas como garantia, senhoras de 80 anos, obrigadas a viver do Seguro Social e a comer comida enlatada. *Cento e cinquenta anos*, pensou Connie. *Pobre Meredith.*

Connie estava aborrecida com Meredith por motivos pessoais, mas, diferentemente das outras pessoas, não a culpava pelos crimes de Freddy. Ela não tinha como saber o que o marido vinha fazendo. (*Tinha?* Tudo bem, sempre havia espaço para dúvidas.) Mas, quando fechou os olhos e procurou a resposta dentro de si, pensou: *Meredith não tinha como saber.* De jeito *nenhum* ela aceitaria que corrupção fizesse parte de sua vida. Ela era uma flecha em linha reta. Connie sabia: quando elas eram mais novas, isso a deixava louca. Ainda assim, imaginou, como ela poderia *não* saber? Meredith era uma mulher inteligente – recebera o título de *salutatorian* no Merion Mercy, estudara na universidade de Princeton. Como poderia não enxergar os crimes que aconteciam debaixo do próprio teto? Então, ela sabia. Não, não podia saber.

Connie abriu os olhos a tempo de ver Freddy magro, pálido, com aparência de doente, usando um terno medíocre e sendo levado do fórum, de volta ao seu calabouço.

Seu filho da puta, pensou.

Poucas horas depois, o telefone tocou. O identificador de chamadas dizia NÚMERO CONFIDENCIAL, o que sempre dava esperanças a

Connie, pois qualquer número não identificado poderia ser Ashlyn telefonando.

Atendeu:

– Alô?

– Connie? Con? – Era uma voz de mulher, e bem familiar, embora ela tenha tido dificuldade em identificá-la. Não era a filha, não era Ashlyn; portanto, logo seguiu-se uma pontada de decepção antes de perceber que... a mulher ao telefone era Meredith.

– Meredith? – perguntou.

– Graças a Deus você atendeu.

O que havia feito? Por que dissera sim? A verdade era que havia meses que Meredith não lhe saía da cabeça. A verdade era que Connie sentia pena da amiga. A verdade era que Connie fora mais amiga de Meredith do que de qualquer outra mulher durante toda a vida – mais do que da própria mãe, da própria filha. A verdade era que Connie estava solitária. Desejava outra pessoa na sala, alguém que a conhecesse, que a entendesse. A verdade era que Connie não sabia a razão de ter aceitado trazer Meredith, mas aceitara.

Sentiu um baque quando viu a horda de jornalistas do lado de fora do prédio da amiga. Quase passou direto, mas sabia que ela estaria esperando na rua escura e sem saída, atrás do prédio, e que abandoná-la seria cruel.

Tão logo estacionou, Meredith saiu correndo das portas dos fundos e entrou no carro. Vestia a mesma camisa branca de botão, jeans e sapatilhas que Connie vira numa foto, meses antes, quando ela fora visitar Freddy na prisão. Connie mal esperou Meredith fechar a porta para pisar no acelerador e engatar a ré. Um fotógrafo conseguiu tirar uma foto do carro partindo, mas graças a Deus Meredith estava com a cabeça baixa. Connie passou correndo pela Park Avenue, não se sentindo segura até sair pela FDR e então pegar a I-95. Foi quando Meredith quis conversar, mas ela levantou a mão e pediu:

— Não vamos falar sobre nada disso até estarmos seguras na casa em Nantucket.

Embora houvesse muitas coisas, claro, que ela queria saber.

Quando o anúncio chegou pelos alto-falantes informando que a balsa atracaria no porto de Nantucket, Connie acordou sobressaltada. Meredith estava no assento da frente, e havia duas xícaras fumegantes de café – light, com açúcar – acomodados sobre o console. Connie e Meredith tomavam café da mesma forma, hábito que adquiriram juntas aos seis anos, nas festas da avó de Meredith, Annabeth Martin, que de forma nada ortodoxa servia café às meninas numa xícara de prata.

Meredith usava um boné de beisebol e óculos de sol. Quando viu que Connie estava acordada, disse:

— Comprei café, sem problema. Ninguém me reconheceu.

— Não quero ser desmancha-prazeres, mas... – disse Connie.

— Acredite em mim, não há prazer algum aqui.

— Você vai ter que tomar muito cuidado. Ninguém pode saber que está comigo.

— Exceto meus advogados. – Meredith tomou um gole do café. – Eles precisam saber onde estou. Porque eu ainda estou sob investigação. E Leo também.

—Ah, Meredith – disse Connie. Pegou-se sentindo-se tanto preocupada quanto aborrecida. Meredith deveria ter lhe contado isso antes de pedir que fosse buscá-la, certo? Será que isso a teria feito mudar de ideia? E pobre Leo, seu afilhado, um dos garotos mais maravilhosos que havia conhecido. Ainda sob investigação? Mas por quê? Connie evitou perguntar o óbvio: *Eles têm do que acusar vocês? Será que eu vou me transformar em um tipo de acessório conspiratório?*

Em vez disso, disse: – Quase telefonei para Toby ontem à noite, para dizer que estava te trazendo para cá.

– Toby? – perguntou Meredith.

– Sim, Toby.

– Você se importa se eu perguntar onde ele está?

Connie controlou a respiração.

– Ele está em Annapolis. No verão, administra uma empresa de navegação muito bem-sucedida. No inverno, ele passeia pelo Caribe.

– O que quer dizer que ele dorme com modelos que têm metade da idade dele em Saint Barth's – concluiu Meredith.

Connie não sabia dizer se a amiga estava sendo irônica ou amarga. Decidiu pela ironia.

– Tenho certeza de que sim – disse. – Ele nunca amadureceu de verdade. Mas é isso o que adoramos nele, não é?

Meredith resmungou. *Rá.* Connie viu renascer o antigo conflito que sentira em relação ao relacionamento dela com o irmão. Sentia ciúmes – quando Meredith fora apaixonada por Toby, ele se tornara muito mais importante do que ela; sentia culpa por Toby ter ferido tão impiedosamente os sentimentos da amiga; e sentia-se abismada por todos esses anos depois, Meredith ainda se importa com ele. Mesmo depois de ela ter se casado com Freddy e adquirido uma riqueza absurda que incluía vinte casas, uma frota de Rolls-Royces e um jatinho para todos os dias da semana, ela sempre perguntava: Como está Toby? Ainda está casado? Namorando alguém? Pergunta por mim?

– Ouça – disse Connie. Era estranho ter a amiga ao seu lado daquela forma. Havia tantas histórias a dividir (anos, anos e anos, e durante muitos deles elas haviam ficado juntas quase todos os dias) e, ainda assim, muita coisa havia mudado. – Ouça, sei que você não tem mais para onde ir. Mas pode ser que isso não dê certo.

Eu vou ficar arrasada, você vai ficar arrasada, e nós não vamos conseguir reaver a nossa amizade. Você está sob investigação, mas *eu* não posso ficar sob investigação. Entende? Se acontecer alguma coisa que me faça sentir desconfortável, você terá que ir embora. Terá que encontrar o seu próprio caminho.

Meredith concordou, séria, e Connie odiou-se por ter soado cruel.

— Mas eu quero tentar — disse. — Quero te oferecer um lugar para descansar a cabeça. Quero passar um tempo com você. Não sou tão egoísta assim, Meredith. E estou solitária também. Me sinto solitária todas as horas de todos os dias, desde que Wolf morreu. Ashlyn age como se fosse uma estranha. Nós não nos falamos. Nos desentendemos durante o velório. — Connie balançou a cabeça. Não queria pensar no assunto. — Ela não faz ideia de como tem sido cruel. E não vai entender até ter os próprios filhos.

— Sinto muito — disse Meredith. — Se isso faz você se sentir um pouco melhor, não tenho permissão para entrar em contato com nenhum dos rapazes por causa da investigação. E embora Freddy não esteja morto, poderia muito bem estar.

Havia uma simetria na situação delas, mas Connie não queria contrastá-las e compará-las para ver quem estava pior. Felizmente, naquele momento, os carros da frente começaram a descer da balsa, e ela foi saindo com o Cadillac. Ao fazê-lo, a vista de Nantucket sob o sol da manhã foi se revelando; céu azul, casas de telhados cinzentos, o domo dourado da torre do relógio da Igreja Unitária. Meredith tivera casas em lugares fantásticos — antes de sua falência, Connie fora visitá-la um dia em Palm Beach e em Cabo de Antibes —, mas para ela, a vista da ilha de Nantucket era a mais estonteante do mundo.

— Uau — sussurrou Meredith.

— Abaixe-se — aconselhou Connie. — Só por precaução.

Não havia câmeras, nem caminhonetes satélites, nem jornalistas — apenas a paz de uma manhã de sexta-feira no início de julho em Nantucket. Havia turistas em Steamship Wharf e a multidão de sempre na parte conhecida como "The Strip" — pessoas pedindo sanduíches para levar para a praia, alugando bicicletas, levando pranchas de surf para passar parafina na Indian Summer. Connie passou pelo Nantucket Whaling Museum. Wolf adorava aquele museu de pesca à baleia; fora um aficionado pelo mar, lendo todos os livros de Nathaniel Philbrick e tudo de Patrick O'Brien. A família de Wolf possuía terras em Nantucket havia gerações e, quando Connie e ele tiveram dinheiro o bastante, demoliram o chalé de madeira que ficava no meio de três acres de terra à beira-mar e construíram uma casa de verdade.

A casa ficava na parte rural de Tom Nevers. Quando Wolf e Connie iam a festas em Nantucket e contavam aos veranistas ricos que eles moravam em Tom Nevers, ouviam em resposta: Sério? *Tão longe assim?*

Tom Nevers era mesmo "o fim do mundo" para os padrões da ilha. Era uma viagem de quase dez quilômetros descendo a Milestone Road, não era um bairro tão sofisticado quanto a vila de Sconset, e uma casa ali não tinha tanto prestígio quanto uma de frente para o porto. Tom Nevers não tinha restaurantes nem shoppings; para comprar café e jornal, Connie tinha que ir de carro a Sconset. Por ficar de frente para o sudoeste, vivia coberto de nevoeiro, mesmo quando o resto da ilha era banhado por um sol reluzente. Mas Connie adorava a paz e a tranquilidade, a praia deserta e irregular e as focas simpáticas que nadavam perto da orla. Adorava a linha do horizonte e a simplicidade das casas em volta. Tom Nevers não era um bairro glamoroso, mas era seu lar.

Assim que Connie virou para a entrada de carros comprida e de terra batida (marcada por uma placa de madeira avariada que dizia "Flute"), disse a Meredith que agora ela poderia se sentar reta no banco.

– Uau – repetiu Meredith. A entrada de carros estava ladeada de ambos os lados por fitas-do-mar e oliveiras espanholas fustigadas pelo vento. Elas continuaram seguindo, e Connie se perguntou o que Meredith estaria pensando. Fora um problema – muito tempo antes do que acontecera com Wolf e o dinheiro – Meredith e Freddy nunca terem visitado Wolf e Connie ali em Nantucket. Meredith prometera visitá-los no verão seguinte à sua formatura na faculdade; estava a caminho de lá com a passagem de ônibus e barca reservados, mas cancelara no último minuto por causa de Freddy. E depois, quando ela e Freddy estavam casados, ela se viu envolvida em sua vida fabulosa no balneário de Hamptons.

A casa surgiu à vista com o mar logo à frente.

– Meu Deus, Connie, ela é *enorme. É magnífica.*

Connie sentiu um fluxo de orgulho que sabia que não deveria sentir. Havia aprendido, não havia, que os bens materiais eram efêmeros? Meredith uma vez tivera tudo no mundo; agora, não tinha nada. Ainda assim, Connie não pôde deixar de sentir certa satisfação. Sempre fora considerada a bonita, e Meredith, a inteligente. Tivera uma vida repleta de amor; Meredith tivera uma vida recheada de dinheiro, lugares, coisas e experiências que ultrapassavam os seus sonhos mais audaciosos. A casa da amiga em Palm Beach fora propriedade da família Pulitzer. Meredith uma vez convidara Donald e Ivanka Trump para jantar; Jimmy Buffett cantara para ela em seu aniversário de 45 anos. Dizia-se até que ela tinha uma estrela no céu com o seu nome.

Sendo assim, não seria normal Connie sentir prazer por ela ter ficado impressionada com sua casa? *Era* enorme; *era* magnífica.

E era, infelizmente, vazia.

Foi o que ocorreu a Connie quando ela abriu a porta da frente e seus passos ecoaram no corredor da casa de dois andares. O piso era de mármore branco rústico e havia uma escada em curva à direita, que subia pela parede como o interior de uma concha. A casa fora projeto de Wolf.

Wolf estava morto. Ele nunca mais entraria naquela casa de novo. Realidade que se abateu sobre Connie de uma forma injusta. Dois anos e meio. Amigos e conhecidos disseram a ela que a vida voltaria ao normal aos poucos, que seu sofrimento abrandaria, mas esse dia não havia chegado ainda.

Connie ansiava por ar. Ao lado dela, Meredith parecia muito pequena e abatida, e ela pensou: *Somos dois casos perdidos. Eu, uma vez "A mais bonita e a mais popular". Meredith, "A que daria mais certo na vida".*

— Deixa eu te mostrar a casa.

Conduziu Meredith pelo hall de entrada até uma sala grande que pegava todo o comprimento da casa e era inundada pela luz rosada do amanhecer. À esquerda ficava a cozinha: armários de bordo com portas de vidro, bancadas de granito azul. A cozinha tinha os mais modernos itens, pois Connie era uma cozinheira refinada. Tinha um fogão Garland de oito bocas, uma pia de porcelana, uma adega refrigerada, fornos duplos, um lava-louças largo, sob medida, e um painel de azulejos italianos azul-cobalto e branco, que ela e Wolf haviam encontrado durante uma caminhada por Cinque Terre, na Itália. A cozinha emendava na sala de jantar, que era mobiliada com uma mesa de cerejeira e doze cadeiras. Depois de um vão para portas duplas, que levavam ao deque traseiro, ficava a sala de estar, também decorada de branco e azul. No final da sala, havia uma lareira de tijolinhos brancos com um console grosso feito da tora que o avô de Wolf encontrara na praia, depois do terremoto Donna, em 1960.

— É maravilhosa — disse Meredith. — Quem decorou?

— Eu mesma — respondeu Connie.

— Nunca decorei nada na minha vida. Nós sempre tivemos Samantha. — Foi ao lado mais distante da sala de estar, onde a coleção de barômetros de Wolf ocupava as estantes. — Isso sempre pareceu um privilégio, ter Samantha para escolher as coisas por nós, reuni-las, criar um estilo nosso. Mas era artificial, como todo o resto. — Tocou as lombadas dos livros de Wolf. — Prefiro muito mais assim. Esta sala tem a cara dele, sua e de Ashlyn.

— Sim — disse Connie. — Tem. Tinha. É difícil, você sabe. — Sorriu com pesar. Estava feliz por não estar sozinha, mas era excruciante ouvir Meredith repetir coisas que ela achava impossíveis dizer. — Podemos descer até o mar?

Era particularmente difícil estar na praia, porque era ali que jogara as cinzas de Wolf, dois verões antes, na presença do irmão dele, Jake, sua esposa, Iris e Toby, que usara o memorial em Nantucket como uma oportunidade para seu último e ridículo pileque. Enquanto ela e a amiga deixavam pegadas na areia — a maré estava baixa — Connie se perguntou onde os restos mortais de Wolfgang Charles Flute estariam agora. Ele fora um homem íntegro, afetuoso e gentil, de uma altura impressionante — quase 1,97 metro —, voz de barítono, inteligência aguçada e olhos afiados. Ele fora dono de um escritório de arquitetura que fazia prédios de escritório em Washington, considerados novidades, ainda que conservadores o bastante para se manterem entre os monumentos. Fora um homem ocupado, importante, se não particularmente poderoso nos padrões de Washington ou rico nos padrões de Wall Street. A melhor coisa com relação a Wolf era a atenção equilibrada que ele dedicava a cada aspecto de sua vida. Ajudava Ashlyn a fazer os trabalhos mais brilhantes da escola; preparava um martíni gelado maravilhoso; era fanático por um monociclo (no qual aprendera a andar quando estudava na Brown) assim como por paddleball, tênis e veleiros. Colecionava astrolábios e barômetros. Estudara astronomia e acreditava que o posicionamento das estrelas poderia ensinar aos homens um pouco sobre o design terrestre. Wolf sempre estivera emocionalmente presente na vida de Connie, mesmo quando trabalhava com prazos de entrega apertados. Nos dias que trabalhava até tarde — e isso acontecia duas a três vezes por mês — enviava flores para ela ou a convidava a ir ao seu escritório para um jantar à luz de velas com comida indiana comprada para viagem. Quando Connie saía com as amigas, ele mandava entregar uma garrafa de vinho à mesa, e as outras mulheres suspiravam de tão sortuda que a achavam.

Mas onde estava agora? Morrera com um tumor no cérebro, e Connie satisfizera o desejo dele de ser cremado e ter as cinzas jogadas na praia de Tom Nevers. As cinzas se desfizeram, desintegraram; transformaram-se em moléculas suspensas na superfície da água. O corpo que Wolf habitara, portanto, se fora; fora absorvido novamente pela terra. Mas Connie pensava nele como estando ali, em algum lugar, naquela água que se agitava na altura de seus tornozelos.

Meredith entrou no mar até a água bater no meio das canelas. A água ainda estava muito fria para Connie, mas Meredith parecia estar gostando. A expressão em seu rosto se situava em algum lugar entre a felicidade e o sofrimento. Falava com a voz embargada embora, como bem publicara o *New York Post*, seus olhos permanecessem secos.

— Achei que nunca mais colocaria os pés no mar.

Connie concordou uma vez.

– Como posso te agradecer por isso? Não tenho nada – disse Meredith.

Connie abraçou a amiga. Estava magra como uma boneca. Uma vez, no ensino médio, elas ficaram bêbadas numa festa em Villanova, e Connie a carregara nas costas até em casa.

– Não quero nada.

Aquele foi um belo momento de inteiração ali, perto da água, pensou Connie. Era mesmo muito bom ter companhia, e também era mesmo muito bom ter Meredith em débito com ela para o resto da vida, mas ela só agora se dava conta da magnitude de seu gesto. Sua melhor amiga de infância estava casada com o maior pilantra que o mundo conhecera. Meredith era *persona non grata* em qualquer lugar. Tinha milhões de pessoas que não gostavam dela e milhares de inimigos. Estava ainda "sob investigação". O "ainda" fazia parecer que estar sob investigação era uma condição temporária que logo acabaria, mas e se não fosse? E se Meredith fosse julgada culpada? E se Meredith *fosse* culpada?

O que foi que eu fiz?, pensou Connie. *O que foi que eu fiz?*

Meredith acomodou-se no quarto – um quarto de hóspedes simples com um painel de madeira que cobria metade das paredes e um pequeno banheiro privativo. Tanto o quarto quanto o banheiro eram cor-de-rosa, decorados por Connie com a ajuda de Wolf e da funcionária do Marine Home Center. O quarto tinha portas de vidro que abriam para uma sacada estreita, tipo Romeu e Julieta. Meredith disse que adorara o quarto.

– Meu quarto fica no final do corredor – disse Connie. O "quarto" do qual falava era a suíte principal que ocupava a metade esquerda do segundo pavimento. Ali estava o quarto com sua cama king virada de frente para o mar; tinha um banheiro com uma banheira de hidromassagem, boxe de vidro temperado, duas pias, vaso sanitário, azulejos aquecidos no chão, paredes de espelho e uma balança que, generosamente, roubava um quilo ou dois. Havia dois armários enormes. (No verão anterior, Connie finalmente levara as roupas de Wolf para a loja de usados do hospital.) E tinha ainda o escritório do marido, com uma prancheta, mapas oceânicos emoldurados e um telescópio posicionado para ver as constelações de verão mais interessantes. Connie não tinha equilíbrio emocional para mostrar a suíte principal a Meredith, e o motivo era que ela não havia passado nem uma noite sequer na própria cama desde a morte do marido. Todas as noites que passara em Nantucket ela caíra no sono com o auxílio de duas ou três taças de chardonnay, no sofá do andar de baixo — ou, quando tinha hóspedes, na cama de baixo do beliche dos quartos do terceiro andar, que ela vinha preservando, sem propósito, para os futuros netos.

Não queria dormir na cama sem Wolf. O mesmo acontecia em sua casa. Não tinha como explicar. Lera em algum lugar que a morte do cônjuge era a causa número um numa lista das coisas que causavam estresse — e o que ela havia feito naquela manhã senão convidar mais estresse para a própria vida?

— Preciso ir ao mercado — anunciou.

— Tudo bem se eu for junto? — perguntou Meredith.

Connie observou Meredith balançar na ponta dos pés, da forma que costumava fazer na borda da prancha do trampolim.

— Tudo bem — respondeu. — Mas você terá que usar o boné e os óculos. — Connie estava morrendo de medo de ser pega. O que aconteceria se alguém descobrisse que Meredith Delinn estava *ali*, hospedada em *sua* casa?

— Boné e óculos — confirmou a outra.

* * *

Ela dirigiu os quase dez quilômetros até a Stop & Shop enquanto Meredith fazia uma lista num pedaço de papel esticado sobre a coxa. Seu medo esmoreceu e uma sensação de bem-estar surgiu em seu interior; sensação que ela, normalmente, só experimentava depois de uma boa massagem e três cálices de chardonnay. Abriu o teto solar, e o ar fresco entrou no carro quando ela ligou o rádio – Queen cantando "We Are the Champions", a canção vitoriosa do time de hóquei no Merion Mercy, em que ela e Meredith haviam jogado durante quatro anos. Connie abriu um sorriso, Meredith virou o rosto para o sol, e o carro foi um lugar feliz naquele momento.

Na loja, Connie pediu a Meredith para pegar tortilhas integrais e iogurte grego, enquanto ela aguardava no balcão de frios. Pediu também que buscasse sabão para a máquina, luvas de borracha e esponja, mas Meredith demorou a voltar e ela entrou em pânico. Saiu correndo com o carrinho, desviando dos outros clientes e seus filhos pequenos, todos se movendo como lesmas, drogados pelo efeito do mar e do sol. Onde estava Meredith? Connie ficou na dúvida se chamava seu nome. Não era típico dela sair sem avisar, então o que temia? Temia que Meredith tivesse sido algemada pelos agentes do FBI. Meredith deveria estar no corredor onde ficavam os produtos de limpeza e as toalhas de papel, mas não estava ali, nem no corredor seguinte, nem no próximo. Havia poucas horas que tivera a amiga de volta e agora ela desaparecera. Mas, se ela nem certeza tinha se queria que Meredith ficasse, qual era a razão do pânico de que tivesse ido embora?

Viu a amiga no corredor dos pães, segurando um saco de pãezinhos de hambúrguer. Sentiu-se inundada de alívio e pensou *Isso é ridículo. Preciso me controlar.*

– Ai, meu Deus, achei que eu tinha te perdido.

— Fazia um tempo que eu não saía para fazer compras. Tinha um fotógrafo do *USA Today* que ficava no Gristede's próximo à minha casa, e tinha um camarada do *National Enquirer* que frequentava o D'Agostino no final da rua. Eu não podia sair para comprar ovos. Nem pasta de dente.

Connie pegou os pãezinhos da mão da amiga e os colocou no carrinho.

— Bem, não tem ninguém te seguindo aqui.

— Por enquanto — disse Meredith, ajustando os óculos.

— Está certo. Não vamos abusar da sorte. — Connie apressou-se para o caixa. Estava satisfeita por não conhecer ninguém no mercado. Ela e Wolf haviam decidido não fazer parte do cenário social de Nantucket. Iam a festas e jantares em Washington ao longo do ano, e Nantucket era uma folga de tudo isso, embora Wolf ainda tivesse alguns poucos amigos ali, dos verões em que era rapaz. Seus pais e avós eram sócios do Nantucket Yacht Club e, uma ou duas vezes no verão, Wolf era chamado para velejar, ou ele e Connie eram convidados para um coquetel ou um churrasco no jardim de um chalé ancestral de algum amigo. Mas, na maioria das vezes, ficavam sozinhos. Embora frequentasse Nantucket nos últimos vinte anos, Connie sempre se sentia anônima ali. Não conhecia ninguém e ninguém a conhecia.

Na fila, Meredith lhe entregou três notas de vinte dólares.

— Eu gostaria de ajudar nas despesas.

Connie cogitou não aceitar o dinheiro. Os jornalistas na televisão haviam deixado bem claro que — a não ser que houvesse um caixa dois em algum banco no estrangeiro — Meredith Delinn ficara sem nem um centavo sequer.

— Faça o que estiver dentro das suas posses — disse Connie. — Mas não há necessidade.

— Tudo bem — sussurrou a amiga.

* * *

No caminho de volta a Tom Nevers, Connie reparou numa comoção na rotatória. Caminhonetes de reportagem estavam estacionadas no pátio do *Inquirer and Mirror*, o jornal da ilha. Connie reagiu, surpresa. *Seriam* caminhonetes de jornalistas?

– Abaixe-se – disse Connie. – São jornalistas. – Confirmou pelo espelho retrovisor. – CNN, ABC.

Meredith abaixou-se o quanto o cinto de segurança permitia.

– Você está brincando – disse ela.

– Não estou não.

– Não posso acreditar – disse Meredith. – Não acredito que se importem com o lugar onde estou. Bem, é claro que se importam com o lugar onde estou. É claro que o mundo inteiro precisa saber que agora estou passando o verão em Nantucket. Para que possam me retratar como uma pessoa má. Para que possam passar a impressão de que eu ainda estou levando uma vida luxuosa.

– Que é o que você está fazendo – disse Connie, tentando sorrir.

– Por que você não tem uma casa num lugar feio? – perguntou Meredith. – Por que não mora em East Saint Louis? Por que eles não poderiam publicar que a sra. Delinn está passando o verão no quente e perigoso bairro de East Saint Louis?

– Isso não tem graça – respondeu Connie. Checou o espelho retrovisor. A estrada atrás delas estava limpa. Checou de novo. – Bem, adivinhe só. Eles não estão atrás de nós.

– Não?

Connie seguiu em frente. Sentiu-se um pouquinho desapontada.

– Acho que foi alarme falso. – Tentou imaginar por que haveria caminhonetes de reportagem na rotatória e então se lembrou de uma reportagem de três ou quatro partes, bem debaixo da sentença de Freddy Delinn. — Ah, é isso! — exclamou. — O presidente está aqui nesse final de semana.

Meredith ajeitou-se no banco.

— Você me assustou. — Forçava uma respiração alta, tipo cachorrinho, para se acalmar, e Connie lembrou-se de quando Meredith estava no hospital, depois de ter dado à luz Leo. Ela levara Ashlyn, então com dois anos, à maternidade para ver mãe e bebê. Freddy, tão orgulhoso quanto um galo, segurava um charuto caríssimo (para não dizer ilegal) entre os dedos; dera um para Connie e dissera:

— Vá para casa e dê esse charuto a Wolf. Ele vai adorar. — Connie lembrou-se de sentir ciúmes de Meredith, por lhe ser tão fácil dar à luz (ela ficara 24 horas em trabalho de parto com Ashlyn e tivera uma ruptura uterina que a impedira de ter outros filhos).

— Graças a Deus, Freddy teve o seu menino, e o sagrado nome Delinn sobreviverá — dissera Meredith. Isso aborrecera Connie, na época, que se sentiu diminuída por Ashlyn ser menina e por saber que não haveria mais filhos que pudessem carregar o sagrado nome Flute. Sentir-se mal com relação a isso levou ainda outro ressentimento, pois, embora Connie tivesse feito a viagem de Bethesda para Nova York para ver Meredith no hospital, Meredith não fizera a viagem inversa, dois anos antes, quando Ashlyn nascera. Era impressionante como as lembranças invadiam. Era de impressionar como a mente de Connie se lembrava do bom e do ruim de cada momento delas, tudo misturado como pinturas infantis. Meredith talvez só se lembrasse da felicidade por Connie ter ido visitá-la, ou da linda roupinha que ela levara para seu bebê. Agora, quando Meredith pensava no nascimento de Leo, deveria pensar apenas, *Leo está sob investigação.*

Connie virou o carro e estacionou em frente à casa. Meredith se atrapalhou para tirar as compras do porta-malas.

— Entre e descanse — disse ela — que eu cuido disso.

Connie riu:

— Você não é minha serva. Mas obrigada pela ajuda.

Voltou a pensar naquele dia no hospital. Meredith deixara Ashlyn segurar seu bebê de horas de idade, mesmo a enfermeira-chefe tendo sido veementemente contra a ideia. *Vai ficar tudo bem!*, dissera Meredith. *Connie e eu estamos aqui.* Meredith tirara as fotos. Colocara uma delas num porta-retratos e enviara para Connie. E então, claro, a convidara para ser madrinha de Leo.

— Bom ter outra pessoa aqui — disse Connie.

— Até mesmo eu?

— Até mesmo você.

MEREDITH

Às 16:50h, Meredith não conseguia mais esperar: precisava telefonar para os advogados e lhes dar suas coordenadas. Ela ainda estava sob investigação. Não tinha permissão para deixar o país; os agentes federais estavam com o seu passaporte. Burt e Dev precisavam saber onde ela estava.

Sentou-se na cama e ligou o telefone celular. Esse havia se tornado um momento de suspense em sua rotina diária: será que alguém tinha telefonado? Mandado uma mensagem? Será que Carver e Leo tinham quebrado as regras e lhe enviado uma mensagem com o *Eu te amo*, que ela tão desesperadamente precisava?

Teria algum dos seus ex-amigos encontrado compaixão bastante em seu coração para procurar por ela? Ouviria notícias de Samantha? Será que Burt ou Dev haviam ligado? Teriam boas ou más notícias? Seriam muito ruins as más notícias? Seria esse o momento em que ela receberia as piores notícias? Na verdade, a razão pela qual Meredith mantinha o celular desligado era para limitar a tortura desse momento, em vez de vivê-lo durante todo o dia.

Não havia nenhuma chamada não atendida nem nenhuma mensagem. Isso já era um tipo de sofrimento.

Digitou o número do escritório de seus advogados e rezou uma Ave-Maria, que era o que sempre fazia quando ligava para lá. Podia ouvir o ruído de Connie preparando o jantar no andar de baixo.

Meredith havia pensado que se sentiria mais segura em Nantucket, mas estava tomada por pânico, ainda que menor. Nantucket era uma *ilha* a trinta milhas da costa. E se ela precisasse fugir? Não haveria esperança de tomar um táxi para nenhum outro lugar, nem atravessar a ponte ou pegar o túnel para Nova Jersey. Não haveria nenhuma escapada para Connecticut se Leo ou Carver precisassem dela. Sentia-se tanto ilhada quanto encurralada.

Tinha 46 mil dólares de dinheiro seu. Essas eram as economias de seu trabalho como professora na década de 1980, que ela havia investido num título de capitalização à taxa de 15 por cento. (Freddy a ridicularizava por isso. *Me deixa investir esse dinheiro para você,* dizia. *Dobro o valor em seis meses.*) Mas Meredith continuara a aplicar o dinheiro naquela capitalização, sem qualquer outra justificativa que não fosse orgulho próprio − e que alívio sentia agora! Tinha um pouco do que viver. Dinheiro legítimo que ela ganhara e economizara. Ela sabia que 46 mil era uma fortuna para muita gente, mas para ela era uma ninharia. Gastara quantia semelhante numa tarde, numa loja de antiguidades. *Que horror!,* pensou quando o telefone começou a chamar. *Como havia se tornado uma pessoa assim?*

A recepcionista atendeu.

— Posso falar com Burton Penn, por favor? — solicitou.

— Posso perguntar quem está chamando? — perguntou a recepcionista.

Meredith encolheu-se. Detestava quando precisava se identificar.

— Meredith Delinn.

A recepcionista não respondeu. Ela nunca respondia, embora Meredith já tivesse telefonado e conversado com ela dúzias de vezes.

O telefone continuou chamando. Mesmo tendo pedido para falar com Burt, quem atendeu foi Dev.

— Oi, Dev. É Meredith.

— Graças a Deus — respondeu Dev. — Eu ia ligar para o seu celular. Onde você está?

— Em Nantucket — respondeu ela.

— Nantucket? — repetiu Dev. — O que está fazendo aí?

— Estou com uma amiga.

Dev fez um som de surpresa. Claramente ficara com a impressão de que Meredith não tinha nenhuma amiga. E ele estava certo. Mas Meredith tinha Connie. Connie era uma amiga? Connie era alguma coisa; ela só não tinha certeza do quê.

— Qual o endereço aí? — perguntou ele.

— Não faço ideia.

— Telefone? Por favor, Meredith, me dê *alguma coisa*. Os agentes federais querem que nós tenhamos meios de contato permanente com você.

Meredith havia escrito o número do telefone da casa. Leu-o para Dev.

— Vamos começar pelo início — disse ele. — Estou feliz por você estar segura. — Meredith sorriu. Dev era alguém, além dos filhos dela, que não queria vê-la pular de cima da ponte George Washington. Seu outro advogado, Burt, nunca teria expressado esse tipo de sentimento. Não tinha nada contra ela, mas era distante. Ela era uma cliente, um problema legal. Era trabalho.

— Recebi notícias de Warden Carmell, da casa de detenção, e ele disse que o senhor Delinn foi transferido de ônibus esta tarde. Dez horas até Butner. Deve chegar à noite.

Meredith fechou os olhos. Quando os advogados lhe telefonaram para dizer que Freddy recebera sentença máxima, ela não sabia bem o que queriam dizer. Ligara a tevê e vira Freddy saindo do fórum com seu terno cinza-claro que não lhe servia mais. A legenda ao pé da tela dizia: DELINN CONDENADO A 150 ANOS... Meredith correu para a pia da cozinha onde vomitou mais da metade do chá que dera um jeito de tomar naquela manhã. Ouviu um barulho e achou que era a tevê, mas era o telefone. Deixou-o cair no chão, e era Burt chamando: *Meredith, cadê você? Alô? Alô?* Ela desligou o telefone e a tevê. Fim de conversa.

Fora para o quarto e despencara na cama de casal. Teria 16 horas até os agentes federais chegarem e a escoltarem para fora de sua casa, e ela teria que deixar para trás seus lençóis crocantes como folhas de papel, a colcha exuberante de seda. O suntuoso edredom.

Cento e cinquenta anos.

Meredith entendera então que Freddy tomara sua mão à beira do precipício, pedira a ela para pular com ele e ela concordara. E pulara sem saber a profundidade do precipício ou o que aconteceria quando eles chegassem ao fundo.

— Tudo bem — Meredith dizia a Dev agora, embora obviamente o fato de Freddy ir para a prisão durante o período de duas ou três gerações não fosse nada bom. Estava furiosa com o marido a ponto de querer arrancar os cabelos, mas a ideia dele naquele ônibus despedaçou seu coração.

— O ponto pendente na sua investigação é...

— Eu sei qual é o ponto pendente.

— Ao que parece, eles não deixaram isso para trás — disse Dev. — Você tem alguma coisa a acrescentar?

— Nada a acrescentar — disse Meredith.

— Nada a reparar?

— Nada a reparar.

— Você sabe como isso soa mal? Quinze milhões de dólares é um bocado de dinheiro, Meredith.

— Não tenho nada a acrescentar ou reparar — repetiu ela. — Contei tudo no meu depoimento. Eles estão achando que eu *menti* no meu depoimento?

— Eles estão achando que você mentiu no seu depoimento — repetiu Dev. — Muita gente faz isso.

— Bem, eu não — rebateu ela.

— Tudo bem — respondeu, mas não parecendo convencido. — Se pensar em algo que gostaria de acrescentar ou modificar, basta telefonar para nós. Caso contrário, a gente vai se falando.

— E quanto a Leo? — perguntou ela. — Por favor, me fale de Leo.

— Não falei com Julie hoje — respondeu Dev. Julie Schwarz era advogada de Leo. Era trabalho dela, agora, ajudar os agentes federais a encontrarem a sra. Misurelli e provar que Deacon Rapp estava mentindo. — E quando eu não falo com Julie isso quer dizer boas notícias, por mais que eu goste dela. O que estou querendo dizer é que não tenho notícias. E como dizem por aí, nenhuma notícia...

— Está certo — respondeu Meredith. Ela não terminaria a frase "é notícia boa". Não até ela, Leo e Carver estarem livres, acertados. E juntos.

Droga, Freddy!, pensou (pela zilionésima primeira vez).

Uma voz ecoou do andar de baixo; era Connie, chamando-a para o jantar.

Elas se sentaram à mesa redonda de teca, que ficava no deque, e ficaram olhando para o oceano indiferente. O mar não dava a mínima para se a humanidade vivesse ou morresse, trapaceasse ou roubasse; ele simplesmente se mantinha avançando e se sobrepondo, adiantando-se e retrocedendo.

Connie se servira de uma taça de vinho.

— Quer vinho, Meredith?

— Tem algum tinto?

— Claro que tenho tinto — respondeu Connie, levantando-se.

— Não, espere. Não quero, não — remendou ela. O frango cozinhava na grelha e tinha um aroma muito mais delicioso do que qualquer outra coisa que Meredith tivesse comido em meses. Ela teria adorado um cálice de vinho para acompanhar o frango e a salada fresca e deliciosa que comiam agora (Connie batia o molho vinagrete enquanto Meredith observava, encantada), mas tomar um cálice de vinho tinto naquele momento a faria lembrar do antigo hábito de jantar no Rinaldo's ao lado de Freddy.

— Tem certeza?

— Tenho. — Franziu os olhos para o mar. Viu uma cabeça preta reluzente a cerca de vinte metros dali. — Você tem focas por aqui?

— Aquele é o Harold — respondeu Connie. — Nossa foca. Está sempre aqui.

Meredith observou Harold nadar em meio as ondas que quebravam na praia, então reparou o olhar baixo de Connie.

— Está tudo bem? — perguntou.

Connie tomou um gole do vinho e concordou, mas os olhos estavam umedecidos. *Nossa foca*: estava pensando em Wolf. Meredith sentiu vontade de pegar a sua mão, mas não sabia ao certo como esse tipo de gesto seria recebido.

Connie fungou.

— Me conte alguma coisa.

— O quê?

— Não sei. Qualquer coisa — respondeu ela. — Temos que começar por algum lugar.

Por instinto, Meredith checou o pulso. Em seu aniversário, em outubro, Freddy lhe dera um relógio Cartier, com fundo tigrado, mas lhe solicitaram que deixasse para trás todos os objetos pessoais que tivessem sido comprados nos últimos 12 meses e que tivessem custado mais do que trezentos dólares.

— Bem, enquanto conversamos, Freddy está dentro do ônibus a caminho de Butner. Chegará lá por volta das 22 horas.

— Meu Deus! — exclamou Connie.

— O que ele fez foi horrível — disse Meredith. Engoliu em seco e desejou o vinho, mas tomou um gole de água gelada no lugar. Seu copo tinha uma fatia de limão da espessura de uma folha de papel. Tudo na casa de Connie era bem-feito assim. O que Meredith fizera para merecer isso? Naquele exato momento, Freddy estava dentro de um ônibus para a Carolina do Norte, mãos e pés presos por algemas pesadas de ferro. O motorista certamente parava para idas ao banheiro de quatro em quatro horas. Se Freddy não segurasse a onda, molharia as calças e os outros prisioneiros adorariam. Meredith ficou tensa de preocupação, como teria ficado por um dos filhos. Freddy sofria de incontinência urinária; nos últimos tempos, ela se perguntava se isso não seria um efeito colateral por ele andar tão estressado, temeroso, culpado. Talvez, agora que confessara seus crimes, sua bexiga ficasse mais forte. — Fui vê-lo na prisão.

— Eu sei — respondeu Connie. — Vi pela televisão. Quer dizer, vi você indo para lá.

— Foi um desastre — comentou Meredith. — Pensando agora, eu não deveria ter ido. Mas eu queria vê-lo.

Depois de a polícia levar Freddy na tarde de 8 de dezembro, Meredith pegou-se pensando no marido no pretérito, como se ele estivesse morto — mas ele estava vivo, a apenas poucos quilômetros: na casa de detenção, o Metropolitan Correctional Center, que se ligava ao fórum por um túnel subterrâneo. Meredith poderia visitá-lo. Mas deveria? Com o passar das semanas, fez-se repetidas vezes a mesma pergunta. Com certeza não. Mas, sim, teria que vê-lo; havia muitas perguntas a fazer. Não tinha certeza de como isso pareceria para o resto do mundo. Não tinha como saber. Perguntou aos advogados.

— Devo visitar Freddy na prisão? Ou devo seguir o exemplo dos meus filhos e cortá-lo definitivamente da minha vida?

Os advogados gaguejaram, um e outro, tentando responder. Dev, achava Meredith, queria que ela abandonasse o marido. *O que ele pode fazer por você agora? Já te arruinou junto com todos os outros.* Burt, por outro lado, era mais ortodoxo.

— Não sou seu RP — respondera. — Sou seu advogado. Portanto, é meu dever avisar que você tem direito, por lei, a visitar o seu marido. — Entregou-lhe uma folha de papel. — O horário de visitas é às segundas-feiras entre 9 e 11 horas. A visita pode durar até uma hora.

— Posso levar alguma coisa para Freddy? Do que ele precisa?

Burt pigarreou.

— Eles são muito rígidos com relação ao que passa pela segurança. — A forma como falou soou vaga. Deu a entender que havia páginas e páginas de regulamentos, mas que ele ainda teria que se familiarizar com elas. Algum dia Burt *tivera* um cliente preso? Meredith não o constrangeria com uma pergunta direta. — Algumas moedas seriam úteis.

SEGUNDA CHANCE ⭐ 49

— Moedas?

— Pequenas pilhas delas — explicou Burt. — Para as máquinas de venda.

— Para as máquinas de venda — repetiu Meredith. Imaginou Freddy escolhendo um pacote de Doritos ou de Twinkies em uma máquina de venda, e uma parte dela morreu. Mas o que achava que ele estaria comendo lá? Salada Caprese?

Decidiu não ir. A única esperança que teria de se salvar seria fazendo o que os filhos fizeram: desprezando Freddy e a vida que haviam levado juntos. Quando Leo e Carver descobriram os crimes do pai, gritaram de fúria enquanto Freddy permaneceu impassível, sem nada lhes oferecer para amenizar o fato de eles serem filhos de um ladrão e mentiroso patológico. Os rapazes abandonaram o apartamento na mesma hora, e Meredith entendia agora, embora não tivesse entendido então, que eles queriam que ela tivesse ido com eles. Mas ficou ao lado de Freddy, pois fora com ele que trilhara o seu caminho nos últimos trinta anos. Não poderia deixá-lo até que tudo fosse esclarecido. Leo perguntara: *O que, de fato, você precisa para entender, mamãe? O papai é um bandido. Um criminoso! Cometeu genocídio financeiro!*, e Carver lhe dissera: *Vamos mudar o nosso nome. Você deveria fazer o mesmo.*

Meredith sabia que deveria dar uma declaração, uma entrevista a Barbara Walters, caso ela recebesse. Explicar a verdade da forma como a entendia, mesmo que ninguém nesse mundo de Deus viesse a acreditar nela.

Semanas se passaram, então meses. Meredith manteve sua posição. Não pensar em Freddy. Fingir que ele estava morto. Mas com as provas se materializando contra ela e Leo, percebeu que suas maiores esperanças residiam no fato de ir vê-lo. Precisava de respostas. Havia a questão do dinheiro. Do dinheiro de que os agentes federais falavam e que eles não tinham. Freddy teria que devolvê-lo − na íntegra. Ele entendia isso, certo? Havia quanto tempo funcionava o esquema Ponzi? Desde o início? Teriam as Empresas Delinn sido, *algum dia*, legítimas? Não havia como provar que Leo era inocente, que Deacon Rapp mentia sobre ele? Será que Freddy não poderia revelar o nome das pessoas que haviam conspirado com ele, a fim de salvar o próprio filho? Meredith começou a esboçar uma lista de perguntas. Tinha 84. Oitenta e quatro perguntas que precisavam de respostas, incluindo uma sobre por que Freddy estava com a mão na cintura de Samantha naquele dia.

Para ir à prisão, Meredith escolheu jeans, uma camisa branca de botão, sapatilhas, uma capa e uma bolsa estilo carteira, com dois montinhos de moedas de 25 centavos. Não tingia os cabelos e não viajava para Palm Beach havia meses; portanto, estava grisalha e com a pele da cor de cera. Estava sem maquiagem também − não poderia insultar a população americana passando rímel, embora soubesse que, ao não se embelezar, estaria convidando a imprensa a comentar sua aparência acabada. Bem, *estava* mesmo acabada. Uma horda de fotógrafos e jornalistas aguardava por ela, batendo fotos, enfiando microfones quase dentro de sua boca, mas Burt e Dev estavam ali para defendê-la e lhe arrumar um táxi.

Mais tarde, desejaria ter ficado na relativa segurança de seu apartamento.

Seguiu-se uma espera enorme para entrar e ver Freddy, durante a qual Meredith experimentou inúmeros sabores de ansiedade. Burt e Dev estavam com ela − juntos, eles lhe custavam novecentos dólares a hora, embora ela não tivesse ideia de como iria pagá-los. Burt checava o telefone celular com uma ansiedade que a desconcertava. Dev folheava compulsivamente uma *National Geographic* velha que pegara da mesa capenga e escura da recepção e cujo tampo estava gravado com iniciais de várias outras pessoas. Então largou a revista e analisou as outras pessoas ali na sala de espera – homens e mulheres que pareciam ainda mais desesperançosos e perdidos do que Meredith – como se fosse fazer delas personagens de um romance. Eles não conversaram até Meredith ser chamada para passar pelo portão de segurança, quando então lhe desejaram boa sorte. Não entrariam com ela. A segurança era outro processo árduo e demorado, em que a capa e a bolsa de Meredith seriam submetidas a escrutínio. Meredith foi apalpada grosseiramente por uma oficial feminina duas vezes o seu tamanho. A mulher fizera tudo com ela, exceto virá-la de cabeça para baixo e sacudi-la. Nada falou, mas deve tê-la reconhecido e sentido o previsível desprezo. Por fim, empurrou-a só por maldade.

Meredith não protestou. Estava nervosa demais para protestar, sendo conduzida para ver Freddy por entre portas trancadas e corredores compridos e nus. Prometera a si mesma que não desmoronaria. Lutaria contra sentimentalismos e desejos. Apenas pediria ao marido respostas às perguntas que precisava fazer; talvez não todas as 84 – pois não haveria tempo para isso –, mas as duas ou três principais: onde estava o restante do dinheiro? O que ele poderia fazer para limpar o nome de Leo? Como ela poderia provar ao mundo que era inocente? Nesse sentido, Freddy era a única pessoa que poderia ajudá-la.

Quando finalmente viu o marido, ficou com as pernas bambas. O guarda a segurou pelos braços e a colocou em pé de novo.

Freddy! Uma voz em seu interior ecoou por um túnel comprido.

Ele usava um macacão cor de abóbora, exatamente como os presos que eles viam nas inúmeras reprises de *Law & Order*; as mãos estavam algemadas às costas. O cabelo, que fora grisalho e encaracolado, estava raspado rente ao couro cabeludo e quase todo branco. Tinha 52 anos. Aparentava 75. Mas era ele mesmo, o rapaz que a abordara entre as estantes da livraria de Princeton. Estavam os dois matriculados na aula de Antropologia, e Meredith havia pegado o último livro usado disponível, achando que, assim, faria os pais economizarem o dinheiro que gastariam com um novo. Freddy lhe implorou pelo livro: *Não posso comprar um livro novo, por isso, se você comprar esse aí, vou acabar ficando sem e isso não pode acontecer, senão não vou passar. Você não quer me ver repetir a matéria, quer?* E ela respondeu: *Quem é você?* E ele respondeu: *Freddy Delinn. E você?*

Disse-lhe que seu nome era Meredith Martin.

— Você é muito bonita, Meredith Martin, mas não é por isso que estou te pedindo o livro. Estou pedindo porque tenho seis bolsas de estudo, minha mãe trabalha numa fábrica de bebidas durante o dia, é caixa no Kmart durante a noite, e eu *preciso* desse livro usado.

Meredith concordou então, comovida por sua honestidade. Tendo nascido em Main Line, nunca ouvira ninguém admitir ser pobre. Gostou de seus cabelos negros, seus olhos azuis e sua pele lisa e clara. Poderia tê-lo confundido com qualquer mauricinho bonito, não fosse a sua humildade, que a comoveu. Logo o achou intrigante. E ele a achou bonita! Toby, que rompera com ela poucos meses antes, abalara tanto sua autoestima que ela tinha certeza de que ninguém, nunca mais, a chamaria de "bonita" de novo.

Entregou a ele o livro usado e pegou um novo, por mais do dobro do preço.

Toda essa lembrança foi encapsulada num único momento, quando Meredith olhou para o marido. *Eu nunca deveria ter dado aquele livro para ele*, pensou. Eu deveria ter dito, *problema seu*, e ido embora.

O carcereiro liberou os pulsos de Freddy das algemas para que ele pudesse conversar ao telefone com a esposa.

Meredith viu-se impossibilitada de falar. Não pegou o telefone, nem ele. Freddy sempre acreditara que ela era mais esperta do que ele − verdade −, que era mais refinada, de berço melhor, mais sofisticada. Sempre a tratara como um tesouro raro e único; vivera em estado de admiração por ela. No fundo de seu coração, Meredith se preocupava − Deus do céu, como se preocupava − que ele tivesse começado tudo aquilo como uma forma de impressioná-la.

Meredith pegou o telefone.

− Fred.

O guarda atrás dele ajudou-o a pegar o telefone e levá-lo ao ouvido.

− Fred, é Meredith. − Dizer tal coisa a fez se sentir uma idiota, mas ela não tinha certeza de que ele a reconhecera. Imaginara-o chorando, pedido desculpas; imaginara-o, pelo menos, expressando seu amor infinito.

Freddy a observou friamente. Meredith tentou atrair a atenção do guarda para perguntar: Ele está bem?, mas o guarda tinha o olhar para o nada, talvez de propósito, e ela não conseguiu abordá-lo.

− Fred − insistiu Meredith. − Preciso que você me ouça. Estou com problemas, Leo também. Estão tentando me acusar de conspiração. − Engoliu em seco. − Estão achando que eu *sabia* de tudo! − Freddy parecia ouvir, mas não respondeu. − E estão achando que Leo estava trabalhando para você no 17º andar. Alguém chamado Deacon Rapp falou isso. − Meredith ficou observando o rosto do marido, à espera de alguma reação de reconhecimento ou de interesse. − Onde está o resto do dinheiro, Fred? − Tinha uma lista com 84 perguntas dentro da bolsa que nenhum encarregado da segurança se dera ao trabalho de inspecionar, mas, se ele respondesse a essa única pergunta, então ela poderia dar a informação aos agentes federais e, talvez, isso os tirasse do aperto. Mesmo se não tivesse sobrado muito dinheiro – alguns bilhões ou centenas de milhões – dar a informação aos agentes federais ajudaria a ela e Leo. Para Freddy, não haveria ajuda a uma altura dessas. – Por favor, me diga onde está o restante do dinheiro. Em algum banco no exterior? Na Suíça? No Oriente Médio? O desaparecimento desse dinheiro não está fazendo bem a ninguém.

Freddy tirou o gancho do ouvido e olhou para ele como se fosse algo que pudesse comer. Então o colocou sobre a bancada à sua frente.

– Freddy, espere! Eles vão me processar! Vão processar Leo, nosso filho. – Talvez não se preocupasse com ela; era preciso levar em consideração a possibilidade de que, talvez junto com as mentiras e tudo o mais, ele também tivesse mentido em relação à sua devoção por ela. Mas ele nunca permitiria que Leo fosse preso.

Freddy a encarou. O vidro reforçado entre eles fez Meredith se sentir como se estivesse num zoológico. Ele a observava como se ela fosse uma espécie curiosa de vida selvagem.

Tentou outra tática.

– Eu te trouxe algumas moedas – disse. – Para as máquinas de venda. – Levantou as moedas, a única coisa que tinha para barganhar.

Ele inclinou a cabeça, mas nada disse.

– Ele não tinha a menor intenção de falar comigo – contou a Connie. – Não pretendia se explicar, não me daria resposta alguma. Nada. Não estava ligando se eu iria para a prisão. Nem se Leo iria.

– Ele é um mau-caráter, Meredith – disse Connie.

Meredith concordou. Ouvira as pessoas repetirem isso inúmeras vezes. Seus advogados haviam dito o mesmo. Até mesmo o advogado de Freddy, Richard Cassel, dissera isso a ela, no corredor, antes de seu depoimento: *Você já sabia que ele era mau-caráter quando se casou com ele*. Mas não era fácil assim. Freddy fora muitas coisas ao longo de trinta anos de casamento, e mau-caráter não fora uma delas. Ele era inteligente e encantador, fadado ao sucesso de uma forma que ela jamais vira antes. E ele deixara bem claro que ela era parte de seu sucesso. Quantas vezes lhe dissera isso? Ela era o seu bilhete premiado de loteria. Sem ela, ele não era nada. Ela, em contrapartida, fizera o que qualquer esposa devotada faria: o defendera. Freddy conseguia ganhos de até 29 por cento em anos bons. Meredith lembrava às pessoas que ele fora a grande estrela do departamento de economia de Princeton. Conseguia ganhos de oito por cento em anos fracos e, mesmo assim, as pessoas ficavam satisfeitas.

— Freddy tem o dom. Entende de mercado de ações como mais ninguém.

Mas aqueles que não eram convidados a investir nas Empresas Delinn ficavam com inveja, depois passavam a ter suspeitas. Ele está mentindo. Ele está roubando. Infringindo a lei. Só pode estar; não é possível apresentar rendimentos como esses na nossa economia. Embora fosse difícil, Meredith aprendeu a desprezar essas pessoas. Tirava-as das listas de instituições de caridade que auxiliava; barrava sua entrada em clubes. Essa atitude, agora, parecia-lhe abominável — Oh, Connie, me perdoe! —; mas, na época, ela estava apenas defendendo o marido.

Freddy era mau-caráter? Sim, meu Deus, era! Meredith sabia disso agora, mas não entendia como podia ter morado com aquele homem por trinta anos sem conhecê-lo. Ele sempre fora extremamente generoso; fazia coisas boas acontecerem com as pessoas. Telefonou para o chefe do departamento de admissões em Princeton, para tirar o filho de sua secretária da lista de espera.

Cedeu seu lugar na primeira classe para uma mulher grávida, e pegou o lugar dela na classe econômica – num voo transatlântico! Todos os anos, ele enviava orquídeas no aniversário da mãe de Meredith, sem necessidade de ser lembrado. Era um mau-caráter? Era, mas disfarçava bem. E isso era parte do charme de Freddy Delinn – era um homem misterioso, indecifrável. O que escondia nas profundezas de sua mente, sob sua fachada gentil e generosa?

Agora, obviamente, Meredith sabia. Todos sabiam.

As coisas na prisão acabaram mal. Freddy não disse uma palavra sequer. Levantou-se e estendeu os punhos ao guarda, como se fosse um orangotango bem-treinado, e o guarda, sem nem sequer desviar o olhar para Meredith, algemou-o de novo.

– Espere – disse ela. Levantou-se abruptamente, derrubando a cadeira e batendo com as mãos no vidro. – Freddy, espere! Não vá. Não ouse ir embora! – Sentiu colocarem a mão em seus braços, os guardas a seguraram e ela tentou se soltar. Gritou: – Vão nos colocar na prisão, Fred! Sua família! Você precisa dar um jeito! Precisa dizer a eles que somos inocentes! – O guarda a imobilizou segurando seus braços atrás do corpo. Ela gritou: – Freddy! Droga, Fred, diga a eles!

O guarda levou Freddy dali. Não adiantava; não havia como fazê-lo voltar. Ele abandonaria a família. O corpo de Meredith afrouxou nos braços do outro guarda; calou a boca. Nunca, jamais, elevara a voz em público. Pensou, *ele está drogado*. Ou o submeteram a lobotomia ou a um tratamento de choque. Ficara sentado ali, mas não era ele mesmo. Freddy nunca, de livre e espontânea vontade, mandaria a esposa e os filhos para a prisão.

Mandaria?

Enquanto Meredith era levada de volta pelos corredores sombrios por onde havia entrado, teve de admitir: não sabia.

* * *

— Então você ainda não falou com ele? — perguntou Connie. — Não teve nenhuma resposta?

— Nenhuma. Meus advogados disseram que ele parou completamente de falar. Estão achando que isso é um tipo de estresse pós-traumático.

— Ai, dá um tempo! — comentou Connie. — Freddy?

Parecia impossível. Freddy era durão. Viera de baixo. O pai abandonara a família quando ele ainda usava fraldas, então perdeu seu único irmão, mas, ainda assim, segurou a barra. Ele não acreditava em coisas como estresse pós-traumático. Era um homem do tipo "bola pra frente". Um homem do tipo "nada acontecerá se você não agir". Sempre fora muito rígido com os meninos, lembrava-se Meredith; eles precisaram conquistar o respeito do pai. Não havia desculpas para notas ruins, para mau comportamento, para um lance errado com a bola. Não havia desculpa se eles esquecessem um "por favor" ou um "obrigado", se deixassem de abrir a porta para a mãe. *Vocês têm tudo com muito mais facilidade do que eu tive. Vocês não fazem ideia. Não sabem de nada.*

Burt e Dev confirmaram com os funcionários da prisão que Freddy Delinn havia emudecido completamente. Estava sendo atendido por psicólogos, mas ninguém conseguia fazê-lo falar. Ele não falava com ninguém.

— Às vezes, alguns presos usam isso como uma forma de controle sobre seus carcereiros — disse Burt. — Ele parece aquele índio de *Um Estranho no Ninho*.

Então ele emudeceu de propósito, pensou Meredith. O que não poderia ser confundido com estresse pós-traumático. Estava dando uma de Chefe Bromden. Será que Freddy, algum dia, tinha lido *Um Estranho no Ninho*?

— Não sei o que fazer — respondeu à Connie. — Freddy é a única pessoa que pode me salvar, e ele não vai fazer isso.

— Esqueça Freddy. Você é que vai ter que se salvar.

Naquela noite, Meredith não dormiu. *Droga, Freddy*, pensou (pela zilionésima segunda vez). Mas estava morrendo de preocupação. Agora, ele teria que se adaptar aos horrores de sua nova e permanente residência. Como seria a aparência? Como seria o cheiro? Como se alimentaria? Como iria ao banheiro? Onde tomaria banho?

E como estavam os rapazes? Meredith vira uma das casas que Carver reformara — preferia residências antigas, estilo vitoriano, em estados de decadência. Retirava o carpete e lixava o chão de madeira que ficava escondido. Andava por lugares que vendiam materiais de arquitetura de demolição e procurava por maçanetas de vidro e vitrais. Em sua imaginação, os rapazes estavam morando numa casa assim; que cheirava a poliuretano, toda coberta de pó de serra. Carver colocava portas enquanto Leo ficava sentado no sofá de encosto alto, conversando com Julie Schwarz ao telefone. Meredith sabia que os agentes federais haviam pegado o computador de Leo, tentando comprovar as denúncias de Deacon Rapp e ligar seu filho aos bandidos do 17º andar. Os agentes ainda estavam tentando encontrar a sra. Misurelli na Itália, para poderem depô-la do cargo. Ela, ao que parecia, era a leoa de chácara do andar de cima. Para Leo, neste caso, estar sob investigação significava passar muito tempo sentado e esperando. Talvez em seu tempo livre — e agora haveria muito dele — Leo ajudasse Carver a pintar os quartos, a colocar telhas no telhado ou recompor os tijolinhos das oito lareiras. Meredith tinha certeza de que Anais estaria por perto; permanecera leal a eles. Cozinharia sua famosa *enchilada* vegetariana para os dois e ficaria com ciúmes do tempo que Leo passaria com Julie Schwarz ao telefone.

Meredith ficava bem ao imaginar os rapazes assim, embora Leo fosse uma fonte de preocupação e ela soubesse que ele teria suor noturno. Durante anos a fio, quando criança, Leo pulava para a cama dela e de Freddy com medo do escuro. Ele tinha um sonho recorrente com um pelicano assustador. Agora o pelicano era real: Era Deacon Rapp, era o FBI, era Freddy. Meredith não conseguia impedir os flashes indesejados de Leo na prisão: a cabeça raspada, os outros presos atrás dele, dia e noite, com seus desejos doentios. Tinha apenas 26 anos.

O medo a dominou como mãos em torno de seu pescoço, da forma que só podia acontecer no quarto de uma casa que não era a sua, na escuridão da noite. *Levem a mim se tiverem que levar alguém*, pensou Meredith. *Mas não levem o meu filho.*

Connie tinha razão com relação a uma coisa: Meredith teria que salvar a si própria.

Mas como? Como?

De manhã, Connie disse:

— Vou ao Sconset Market comprar alguns bolinhos e o jornal. E vou ao atacado comprar uma caixa de vinho.

Meredith concordou e tentou não parecer um cachorro ávido e ofegante. *Não me deixe sozinha aqui*, pensou. *Por favor.*

— Sei que você quer ir comigo — disse Connie. — Mas Sconset é uma vila pequena e todo mundo que passa o verão aqui faz isso a vida inteira. E as pessoas estranhas são analisadas. Com certeza alguém vai te perguntar quem você é. Além disso, o Sconset Market é microscópico. Portanto, você vai ter que ficar em casa. Não queremos que ninguém...

— Tudo bem — sussurrou Meredith. — Eu sei.

— Não vou demorar.

Meredith levou um livro antigo de Connie, para o deque. Leria ao sol; era isso o que as pessoas faziam no verão. Fora isso o que Meredith fizera incontáveis dias durante todos aqueles anos em Southampton. Lia à beira da piscina, caminhava até o mar, nadava com os meninos e os observava surfar; lançava a bola para eles no beisebol e saía correndo atrás das bolas que eles lançavam. Jogava Frisbee para o cachorro. Colhia flores do jardim e dava instruções à empregada, Louisa. Convidava pessoas para jantar, fazia reservas no Nick & Tony's e cuidava dos detalhes das várias empresas de caridade que dirigia. Sua vida fora desagradavelmente fácil; fora, de inúmeras formas, inferior a ela. *Brilhante e talentosa*, seu pai costumava dizer. Ainda assim, o que fizera da vida?

Droga, Freddy!, pensou (pela zilionésima terceira vez). Tentou se concentrar nas palavras que preenchiam a página do livro — era sobre uma mulher de uma cidade pequena, que fora assassinada —, mas sua mente gritava. Vivia com um megafone na cabeça, anunciando e reanunciando alto os seus temores, como a trilha sonora de uma ansiedade extrema. Talvez houvesse algum remédio para isso. Meredith perguntou-se se Connie teria algum. Não queria xeretar, mas, minutos depois que a amiga saíra de casa, ela subiu as escadas à suíte principal. Só queria ver.

A porta que levava ao quarto estava fechada, e ela não teria ficado surpresa nem ofendida se estivesse trancada. Afinal de contas, Connie estava agora dividindo a casa com a esposa do maior patife da história. Mas a porta estava aberta, e Meredith entrou pé ante pé no quarto. Ele tinha uma vista fascinante do mar, e a cama estava arrumada com lençóis Frette (Meredith checou; não conseguiu se conter, embora soubesse que não poderia mais se preocupar com coisas como o número de fios de um lençol). Os armários tinham espaço de sobra. O armário de Wolf estava completamente vazio, a não ser por alguns cabides acolchoados e um suéter grosso de lã, de pescador, dobrado na prateleira. Meredith tocou o suéter e sentiu que havia, de alguma forma, ultrapassado um limite. Não olhou o armário de Connie, embora tenha sentido vontade – mesmo quando garota, Connie tinha muito bom gosto para roupas. No entanto, Meredith não conseguiu deixar de espiar o banheiro – e foi então que viu os frascos de remédio. Havia quatro ou cinco deles, e ela teve certeza de que algum a ajudaria. Ficou olhando para os frascos âmbar por um bom e tentador espaço de tempo, quando então forçou-se a voltar e deixar a suíte, fechando a porta ao sair.

Imaginou se havia sido uma boa ideia Connie tê-la levado para aquela bela casa onde não havia nada a fazer a não ser pensar. Se estivesse catando metade de um Big Mac dentro de uma lixeira, tomada pela preocupação da sobrevivência diária, não teria tanto tempo assim para pensar.

Talvez tivesse sido melhor.

De volta ao deque, tentou ler. A mulher no romance estava pior do que ela; fora assassinada na mata. A mãe daquela mulher estava pior do que ela. Mas então percebeu que ela *era* aquela mulher. Se Leo fosse para a prisão, seria violentado, espancado e, por fim, morto. Tinha certeza disso. Mas precisava parar de pensar assim. O megafone gritava dentro de sua cabeça. Freddy ficaria em Butner por toda a eternidade. Ela estava ali. Como chegara ali?

Antes de Meredith se formar no ensino médio, cursar a universidade de Princeton e, por conta do destino, conhecer Freddy entre as estantes da livraria do campus, houvera um fato marcante em sua vida, e esse fato fora o seu amor pelos pais. Amara a mãe, Deidre, sem dúvida, mas fora especialmente ligada ao pai.

O nome de seu pai era Charles Robert Martin, mas todos o chamavam de Chick. Chick Martin era um advogado respeitável no centro da Filadélfia na firma Saul, Ewing, Remick e Saul; trabalhava no 38º andar do arranha-céu conhecido na cidade como "o prédio do pregador de roupas", por causa da escultura de Claes Oldenburg, que ficava na frente do prédio. Chick era especializado em Justiça Arbitral e, embora Meredith o amasse demais, nunca soubera exatamente o que era arbitral. (Fred dizia entender a arbitragem pelo avesso, mas era mais seguro dizer que ele estava blefando.) Da forma como o pai explicara, ele tinha um conhecimento bem específico sobre uma parcela dos códigos fiscais e seus sócios o procuravam com perguntas difíceis e complicadas que, após horas de pesquisa, ele conseguia responder.

Chick Martin ganhava um bom salário. A família Martin tinha uma casa excelente em Villanova, com colunas brancas, persianas pretas e um gramado bem cuidado na frente e nos fundos. Dentro de casa, havia belas sancas, cinco lareiras, uma despensa e um elevador de comida que ia da cozinha à despensa.

Chick Martin jogava golfe – a família era sócia do Aronimink Contry Club – e era fã inveterado de esportes da Filadélfia. Tinha entradas para a temporada dos Eagles e com frequência ganhava ingressos para ver os Phillies no Vet ou os Flyers ou Sixers no Spectrum. Uma vez, levara Meredith a uma concessionária para apertar a mão do Dr. J, e as duas coisas de que Meredith se lembrava desse dia era que a mão de Dr. J. era tão grande que abarcou quase metade de seu braço e que Chick Martin, que Meredith acreditava ser o homem mais importante da Filadélfia, ficara sem fala ante a presença de Julius Erving. Meredith sentiu vontade de intervir a favor do pai e dizer ao Dr. J que ele era advogado tributário, especialista no difícil e misterioso mundo da arbitragem, e que deveria ser ele a ficar encantado com Chick Martin e não o contrário. O pai levara uma bola de basquete para Dr. J autografar, que ele fizera numa letra arrastada, sem nem sequer prestar muita atenção, mas que deixara seu pai encantado. Ele a mantinha num pedestal em seu escritório.

Chick Martin era um homem que gostava da companhia de seus colegas. Havia sempre amigos em sua casa à noite e nos finais de semana — outros advogados, executivos e empresários que jogavam golfe com ele ou que aceitavam os ingressos para os jogos dos Eagles, ou que iam à sua casa na última quinta-feira de cada mês para uma rodada de pôquer. Pôquer na casa de Martin era um assunto sagrado que acontecia numa sala de jogos e envolvia charutos e sanduíches entregues pela Minella's Diner. Nas noites de jogo, a mãe de Meredith lia em seu quarto com a porta fechada e acreditava que a filha fazia o dever de casa no andar de cima e depois ia direto para a cama. Meredith sempre quebrava essa regra. Ela ia à sala de jogos, e o pai deixava que sentasse em seu colo enquanto ele jogava e comesse os picles temperados que acompanhavam seu sanduíche de berinjela com queijo parmesão. Quando ficou mais velha, o pai puxava uma cadeira e a ensinava a ler as cartas.

Os outros homens aceitavam sua presença na sala, embora ela percebesse que eles não gostavam muito e, por isso, ela nunca ficava mais do que três rodadas e nunca pedia para jogar..

Uma vez, quando acabara de sair, a porta estava se fechando ainda, ela ouviu o sr. Lewis, que era um advogado público para a Blank, Rome dizer:

— Você tem uma bela filha, Chick.

E o pai respondeu:

— Cuidado com o que fala.

E George Wayne, que era um figurão na PSFS e parente do general Anthony Wayne, perguntou:

— Alguma vez desejou ter um filho homem, Chickie?

E o pai respondera:

— Meu Deus, não. Eu não trocaria Meredith nem por cem filhos homens. Essa menina é perfeita. Dona do meu coração.

Ouvir o pai falar tais palavras confirmava o que Meredith já sabia: estava segura. O amor do pai era tanto um ninho quanto um amuleto. Ela viveria uma vida feliz.

E de fato viveu. Suas notas eram excelentes, e ela era uma atleta inata: jogava hóquei e lacrosse e era campeã de saltos ornamentais. Como nadadora, chegou às finais na State College nos dois últimos anos do ensino médio; no últimos anos, ficou no 3º lugar. Recebeu convite de dez grandes universidades, mas não quis carregar o peso que uma bolsa de estudos para atletas da primeira divisão exigia. Queria ter experiências variadas. Editava o anuário da escola e era oradora da missa matinal. Era *a garota* da Merion Mercy, a menina que todos admiravam e de quem falavam com elogios quase constrangedores.

Meredith sentia-se segura também por ter uma grande amiga desde o início dos tempos: Constance O'Brien. Conheceram-se no pré-escolar, em Tarleton, embora Meredith não se lembrasse exatamente de *ter conhecido* Connie. Quando suas sinapses fizeram as conexões de tempo e espaço de forma mais significativa, elas já eram amigas havia anos e, portanto, parecia às duas que elas sempre estiveram juntas. Cresceram a menos de um quilômetro uma da outra e no mesmo tipo de casa, que era, vale saber, católica, de classe média alta, civilizada, mas não esnobe. A única diferença entre os dois lares era a que a mãe de Connie, Veronica O'Brien, bebia. E se Meredith sabia que Veronica O'Brien bebia era porque seus pais falavam sobre o assunto: Veronica foi à festa da família Masterson, se desentendeu com o marido, Bill, e eles brigaram no jardim da frente. Veronica caiu e machucou o quadril. Esqueceu-se tantas vezes de pagar a babá da vizinhança que ela se negou a voltar a trabalhar. Quando era mais velha, Meredith ouvia falar das bebedeiras de Veronica O'Brien através de Connie. A mãe deixava uma garrafa de vodca na geladeira da garagem e tomava três doses antes de o marido chegar do trabalho. Cometia delitos menores como jogar fora um trabalho que Connie fizera sobre Mark Twain e delitos maiores como atear fogo nas cortinas da cozinha. Connie e Toby aprenderam a manter os amigos longe de casa. Mas se aproveitavam do dinheiro e da liberdade que a mãe lhes concedia quando bebia, e, após atingirem certa idade, roubavam a garrafa de vinho, vodca e uísque da mãe e as bebiam eles mesmos.

O vício de Veronica O'Brien — embora tenha acabado se manifestando de formas mais insidiosas — pouco contribuiu para estragar a felicidade da infância de Meredith e Connie. Elas eram irmãs, almas gêmeas. À medida que foram crescendo, no entanto, manter a harmonia foi ficando mais difícil. Elas estavam ficando mais velhas e mudando; as coisas ganhavam novas nuanças. Houve um período de 24 horas em que Meredith e Connie não se falaram. Isso foi quando Meredith lhe contou que havia beijado seu irmão, Toby, a caminho de casa, saindo da festa à beira da piscina na casa de Wendy Thurber, na noite anterior.

Meredith reportou devidamente todos os detalhes para Connie, às oito da manhã, da mesma forma que teria feito se Toby fosse qualquer outro rapaz. Mas, dessa vez, Connie ficou aborrecida. Meredith e Toby? Isso era chocante.

Meredith sentiu-se envergonhada e confusa. Esperara que Connie ficasse feliz. Mas a amiga bateu o telefone na sua cara e, quando ela telefonou novamente, não atendeu. Meredith continuou telefonando até Veronica atender e, sóbria e gentil, explicar que Connie não queria conversar naquele momento. Ela deveria telefonar mais tarde, depois que Connie tivesse chances de se acalmar.

Meredith ficou surpresa. Desligou o telefone e olhou pela janela do quarto, na direção da casa de Connie, que ficava no final da rua. Abriria mão de Toby, então. Desistiria dele. Não valeria a pena sacrificar sua amizade com Connie.

Mas nesse ponto ela fraquejou. Ficou refém dos próprios sentimentos e, mais ainda, de seus hormônios. Conhecia Toby O'Brien havia quase tanto tempo quanto conhecia Connie, uma vida inteira. Haviam atirado balões de água um no outro no pátio dos fundos durante as tardes de calor intenso, e assistiram a filmes de terror, lado a lado, no tapete felpudo da sala de tevê da família O'Brien, comendo pipoca e salgadinhos de queijo. Sempre que iam a algum lugar no Ford Country Squire da família – comer pizza no Shakey, ao shopping King of Prussia ou, ao Wannamaker, no centro, para ver o show de luzes do Natal –, Connie, Meredith e Toby iam sentados no banco de trás, às vezes com os joelhos deles se tocando sem que isso quisesse dizer alguma coisa.

Como explicar o que havia acontecido? Fora como se um interruptor tivesse sido ligado e, num instante, o mundo tivesse mudado, ali, no fundo da piscina de Wendy Thurber. Um bando de adolescentes fora à festa – Wendy, seu irmão Hank, Matt Klein, com quem Connie estava saindo (em segredo, pois Matt era judeu e ela temia que os pais fossem contra), Connie, Toby, Meredith, uma menina do time de hóquei, chamada Nadine Dexter, que era pesada e meio masculinizada, e o vizinho nanico de Wendy, que morava na casa ao lado, Caleb Burns. Houve a costumeira briga de galo, empurra-empurra e os famosos caldos; todos os adolescentes estavam na piscina, exceto Connie, que disse que a água estava muito fria. Ficou deitada numa espreguiçadeira com sua saída de praia rosa pétala Lilly Pulitzer, trançando e retrançando os cabelos louro-avermelhados. Meredith impressionava a todos com seus saltos. Tinha acabado de aperfeiçoar seu salto frontal com uma meia-cambalhota e meios-giros, que era um espetáculo para a plateia.

Quando a festa começou a se aproximar do fim, Meredith encontrou Toby no lado mais fundo da piscina. De brincadeira, ele puxou o laço do sutiã de seu biquíni, que se soltou e deixou seus seios recém-formados — sensíveis de tão recentes — à mostra, balançando por um segundo na água clorificada. Meredith gritou e tentou amarrar o biquíni enquanto agitava braços e pernas para não afundar. Toby riu com malícia. Nadou até onde ela estava, abraçou-a pelas costas e a fez perceber sua ereção, embora ela tivesse levado um segundo para se dar conta do que estava acontecendo. Ficou com a mente acelerada, unindo o que havia aprendido na aula de biologia, o que havia lido nos romances de Judy Blume e o fato de Toby ser um rapaz de 17 anos que devia ter ficado excitado com seus seios recém-formados. Na mesma hora, surgiu o tesão. E foi nesse momento que ela se tornou um ser sexual. Sentiu-se momentaneamente triste pelo pai e pela mãe, porque, para eles, ela estaria perdida para sempre. Mas não havia, compreendeu ela, caminho de volta.

Connie foi embora da festa com Matt Klein. Eles tinham saído para tirar um sarro e chegaram ao limite de sua virgindade, embora ela tivesse jurado que se manteria casta até seu aniversário de 16 anos. Ela falava o tempo todo de sua vida sexual e, até então, Meredith baixava a cabeça no que pareciam ser os momentos certos, sem muita noção sobre o que Connie falava, mas sem querer admitir. Então, de repente, *entendeu*. Desejo.

Enxugou-se e colocou novamente os shorts e a camiseta, depois um moletom porque era de noite e estava frio. Pegou uma batata frita da mesa de salgadinhos, mas resistiu ao creme de cebola. A mãe de Caleb Burns o chamou da porta ao lado, dizendo que estava na hora de ele ir para casa. Hank, irmão de Wendy, que era amigo de Toby, queria que ele ficasse ali e fosse ao seu quarto ouvir Led Zeppelin.

Toby tinha uma toalha presa na cintura e o tronco nu. Meredith estava com medo de olhar para ele muito de perto. Estava admirada pela forma como, de repente, ela se tornara uma pessoa diferente.

— Sinto muito, cara. Tenho que ir. — Ele e Hank se despediram com um aperto de mão elaborado que eles haviam aprendido de tanto assistir a *Good Times* no canal 17 ou de tanto ficarem andando de um lado para outro na South Street, nos finais de semana. Meredith sabia que Toby iria a pé para casa — a casa dele ficava perto dalı; a dela, uns oitocentos metros mais adiante —; não uma caminhada impossível, mas também nada conveniente no escuro. Como sempre, os pais de Meredith haviam dito: *Telefone se precisar que a gente te busque*. Mas, se Meredith telefonasse pedindo carona, perderia uma oportunidade e tanto.

— Estou indo também — Meredith disse a Wendy e Nadine, ambas atacando o pote de batatas fritas.

— Sério? — perguntou Wendy. Parecia desapontada, mas Meredith já esperava. Wendy era meio sapatão; estava sempre de olho na amizade entre Meredith e Connie, dando a entender que a achava suspeita. — Aonde Connie foi?

— O que você *acha*? — perguntou Nadine, maliciosa. — Ela foi fazer aquilo com Matt.

Wendy arregalou os olhos, e Meredith encolheu os ombros. Claramente, Wendy ainda não havia sido apresentada à própria sexualidade, embora Nadine sim, independentemente de *como*. (Com outra moça? Com alguém do acampamento em Michigan?)

Meredith beijou o rosto de Wendy como uma mulher adulta indo embora de um coquetel.

— Obrigada por ter me convidado.

— Você vai a pé? — perguntou Wendy, preocupada. — Talvez meu pai possa te levar.

— Não, eu vou andando.

— Posso perguntar a ele.

— Estou bem assim — respondeu. Correu para o portão. Toby andava pelo gramado da frente da casa da família Thurber. Não havia esperado por ela e ela não saíra na frente dele. Ficou pensando se havia imaginado a ereção dele e se estava se envaidecendo por aquele desejo ter sido dirigido a ela. Mas, se não a ela, a quem então? Não à patética Wendy ou Nadine com aqueles ombros largos e vestígios de bigode. Meredith acenou para as outras meninas e saiu pela Robinhood Road, tentando aparentar calma. Tudo mentira! Desejou que Toby estivesse atrás dela. Agora, pareceria que ela estava atrás dele.

Quando estavam a três casas do lar da família Thurber e a quatro casas do lar da família O'Brien, Toby virou-se e fingiu-se surpreso por ver Meredith atrás dele.

— Ei! – chamou, num meio sussurro.

Ela não sabia o que dizer. Acenou. Tinha os cabelos molhados e, quando os tocou, viu que estavam com marcas da escova. As luzes da cidade estavam acesas, formando focos de luz seguidos por poças de sombra. Do outro lado da rua, um homem passeava com seu golden retriever. Era Frank diStefano, o telheiro, amigo do pai de Meredith. Ai, caramba. Mas, por sorte, ele não a viu.

Toby parou numa das poças escuras e esperou por ela. Seu coração batia descontroladamente. Estava excitada, assustada, quase sem ar. Alguma coisa *aconteceria* entre ela e Toby O'Brien. Mas, não, isso não era possível. Toby era um rapaz calmo e insondável, um excelente aluno e um grande atleta, tão bonito quanto Connie. Namorara a garota mais desejada de Radnor – Divinity Michaels – e no final do ano eles haviam tido um término de namoro tão espetacular quanto um show da Broadway, em que Divinity ameaçara se matar e os psicólogos da escola e a polícia tiveram que ser chamados. Circulavam também rumores simultâneos sobre Toby e uma jovem professora de francês, Mademoiselle Esme, que Connie achava "totalmente insanos e, ainda assim, não muito além de Toby". Mais cedo naquele verão, ele começara a "andar" com uma garota chamada Ravi, que estava no penúltimo ano do ensino médio na Bryn Mawr. Em comparação a essas moças, o que Meredith teria a oferecer? Era a melhor amiga de sua irmã adolescente, uma velha conhecida sua, uma chata de galochas.

E ainda assim...

Meredith caminhou ao longo da faixa gramada entre a rua e a calçada, ficando com os pés cobertos de pedacinhos de grama. Levava os chinelos na mão e parou para colocá-los, em parte como uma estratégia. Continuou caminhando. Toby estava recostado sobre uma árvore no pátio da frente de uma casa onde, claramente, não havia ninguém.

– Ei – disse Toby, quando ela se aproximou. – Vem cá, Meredith.

Ela foi. Ele era a mesma pessoa – cabelos louros, olhos verdes, sardas –, mas, ao mesmo tempo, era novo para ela.

Ele parecia nervoso também, mas, com toda a sua experiência com as mulheres isso parecia impossível.

— Vai andando até em casa? — perguntou.

Ela concordou.

— Viu Connie?

— Não — respondeu Meredith, olhando para a rua. — Ela foi a algum lugar com Matt.

— Não sei por que ela, simplesmente, não conta para nossos pais sobre ele — disse Toby.

— É porque ele é...

— Judeu. Eu sei. Mas meus pais não se importam.

— Eu falei isso. Mas ela não ouve.

Toby colocou as mãos em seus ombros.

— Ela não te ouve? Sua melhor amiga?

Meredith olhou para Toby. Essa era, com certeza, a primeira vez que ela o via de verdade. Tudo havia mudado. Ela balançou a cabeça, fingindo-se preocupada com o drama de Connie e Matt, embora não pudesse ligar menos. Exatamente quando imaginava se deveria dar um passo e se aproximar de Toby, ele a puxou como se para um abraço amigo.

— Meredith — disse, em contato com seus cabelos. Então continuou: — Desculpe pelo lance da piscina. Quer dizer, por eu ter puxado o laço do seu sutiã.

Ela sentiu sua ereção mais uma vez. E mais uma vez pensou na aula de biologia, em Judy Blume, no que havia ouvido as outras moças contarem; estava doente de desejo.

— Ah, tudo bem — disse.

Ele brincou com a cabeça dela, como se fosse uma bola que estivesse tentando pegar corretamente. Logo já estava com uma das mãos em sua orelha e a beijando, profunda e desesperadamente. E ela pensou: *Ai, meu Deus, sim! Sim!*

Eles ficaram encostados na árvore se beijando por uns vinte, trinta minutos? Beijaram-se até as mãos de Toby descerem aos seus quadris, então ele a puxou para si e gemeu, brincando com a bainha de seu moletom como se pensando se deveria ou não levantá-lo e, embora Meredith estivesse pensando, *Sim, levante, levante*, ela se afastou.

— Tenho mesmo que ir. Ainda tenho muito caminho pela frente.

— Assistiria a *Animal House* comigo amanhã?

— Sim.

— Só você e eu? – perguntou. – Um encontro?

— Sim – respondeu.

Ele sorriu, e ela viu seus dentes retos e brancos. Já o conhecia quando ele começara a usar aparelho e borrachinhas e o usara durante três anos. Já o conhecia quando seus dentes caíam e ele os deixava debaixo do travesseiro para a fada do dente. Acenou e afastou-se.

— Eu te pego às sete! – disse ele.

— Tudo bem! – respondeu. E foi correndo para casa.

Mas então Connie ficou aborrecida e não quis falar com Meredith por telefone. Ela pensou em ligar de novo para a casa da família O'Brien, pedindo para falar com Toby e dizer a ele que o cinema estava cancelado. Mas não conseguiu. Estava envolvida por um clima de romance e desejo sexual que não poderia ser negado. Gostava de Toby, e Connie teria que aceitar. Connie tinha Matt Klein; eles já estavam na terceira base, ou quase. Connie não podia ter Matt e esperar que ela, Meredith, não tivesse ninguém; isso não era justo. Ela sentia muito que fosse Toby, mas isso era uma coisa do coração, algo além do controle.

SEGUNDA CHANCE 73

* * *

Os olhos de Meredith se fecharam. Era uma mudança bem-vinda ficar pensando em outra pessoa, mesmo que essa outra pessoa fosse Toby O'Brien. Velejando em Annapolis, seduzindo em Anguilla. No casamento de Connie, Meredith estivera perto. No funeral de Veronica, mais perto ainda. Mas não se permitira ser sugada de volta ao passado. Sorte a dela.

Quando Meredith acordou, Connie estava deitada na espreguiçadeira ao seu lado, lendo.

Meredith pensou: *Graças a Deus ela voltou.*

Elas foram dar uma caminhada na praia.

— Eu estava me lembrando de Nadine Dexter e Wendy Thurber. Você se lembra da noite da festa na piscina de Wendy?

— Wendy *quem?* — perguntou Connie.

Meredith não disse: *Eu estava lembrando da noite em que dei o primeiro beijo no seu irmão.*

— Vou entrar na água — disse ela.

— Fique à vontade. Ela está fria demais para mim.

Mais tarde, elas tomaram banho de chuveiro do lado de fora, e Meredith colocou shorts brancos e uma túnica azul-marinho Trina Turk, refugiados de seu armário da casa em Hamptons, por volta de 2007. Desceu as escadas com os cabelos ainda úmidos. Connie se servia de uma taça de vinho. Eram 17 horas. O dia não passava tão rápido para Meredith desde o dia da prisão de Freddy — mas esse mero pensamento já disparava certo peso. Imaginou Leo e Carver com pó de gesso açucarando seus cabelos e roupas, sentados na varanda larga da casa imaginária, tomando cerveja. Eles estavam bem, disse a si mesma. Eles estavam bem.

– Uma taça de vinho? – ofereceu Connie.

Meredith decidiu que tomaria uma taça de vinho; talvez isso a ajudasse a dormir.

– Tinto ou branco? – perguntou Connie.

– Branco, por favor – respondeu. Não queria pensar em Ruffino Chianti, na mesa de costume deles no Rinaldo's, em Freddy dizendo: *Lá vem o seu veneno, Meredith.* Freddy não gostava que ela bebesse e ele raramente, quase nunca, bebia. Não gostava de perder o controle, dizia. Claro que nem sempre se sentira assim. Bebera socialmente na faculdade e na vida adulta e então, quando seu negócio foi crescendo, transitara pela abstinência. Agora, Meredith sabia que não era possível mentir, trapacear *e* beber, pois, e se você deixasse escapar alguma coisa? E se você deixasse a fachada cair? Pensou em Freddy virando aquelas três doses de Macallan e no quanto isso fora chocante. Soubera então, 72 horas antes do restante do mundo, que havia alguma coisa errada com ele. Freddy se virou para ela com olhos selvagens; ela viu o seu desespero. Pensou: *Perdemos todo o nosso dinheiro.* Mas e daí? Vem fácil, vai fácil. Freddy então a jogou na cama, virou-a de quatro e a penetrou bruscamente por trás, como se aquele fosse o seu ato final. Meredith lembrou-se de ter se sentido crua, em pânico, eletrificada – essa não era a forma habitual de fazer amor que ela e o marido vinham adotando na última década (forma de natureza pouco excitante devido ao fato, achava ela, de ele andar sempre preocupado com o trabalho) – e de ter pensado, UAU. Talvez eles estivessem arruinados, mas ainda assim teriam um ao outro.

Foi o que pensou na época.

Connie lhe entregou uma taça de chardonnay.

– Pode ir lá fora para o deque.

– Precisa de ajuda com o jantar? – perguntou Meredith.

— Não me diga que começou a cozinhar?

— Não. E elas riram. — Eu só comi refeições prontas entregues em casa, todas as noites, desde que Freddy foi embora.

As palavras "desde que Freddy foi embora" ecoaram na cozinha. Connie derramou um filete de azeite dentro de uma tigela de inox e pegou o batedor de ovos.

— Vou lá para fora — disse Meredith. Foi para o deque e tomou um lugar à mesa. Não tivera notícias de Burt e Dev; nunca sabia se isso era bom ou ruim. O sol iluminava a água com seus raios. Digamos que fosse bom. Poderia acabar indo para a cadeia, mas não naquele dia.

Lá na água, viu uma cabeça preta e lustrosa e depois o seu corpo e as nadadeiras ondulando nas ondas. Em seguida viu uma segunda forma escura, movendo-se com menos graça. Meredith franziu os olhos; ele estava óculos de sol com grau, que não eram tão fortes quanto os de armação de chifre regulares.

Chamou Connie.

— Ei, temos duas focas hoje.

— O quê?

Meredith levantou-se com a taça na mão. Enfiou a cabeça pelo vão da porta de correr.

— Temos duas focas hoje.

— Sério? Nunca vi duas antes. Só uma. Só Harold.

— Vi duas — respondeu Meredith. — Harold encontrou um amigo.

Sorriu.

CONNIE

Quando Connie checou o telefone celular pela manhã, viu que havia recebido uma chamada durante a noite. Não havia mensagem, apenas o registro de uma chamada. Deu uma olhada na tela e engasgou. O número em si não era conhecido, mas o código de área, 850, era de Tallahassee, onde Ashlyn atuava como médica. Então Ashlyn finalmente havia ligado após 29 meses de silêncio? Suas esperanças andavam em baixa, com medo de aparecer. A ligação chegara às 2:11h da manhã, mas isso nada lhe dizia. Ashlyn era médica e os médicos tinham horários absurdos. Checou o número novamente. Era o código 850; com certeza o código de Tallahassee, e Tallahassee era onde a filha morava agora. Então era ela. Seria? Connie ficou tentada a retornar a chamada naquele mesmo minuto, mas ainda era muito cedo, nem sete horas ainda. Deveria telefonar às oito? Dez horas? Deveria esperar e telefonar à noite? Uma ligação às duas da manhã poderia querer dizer que Ashlyn estava com problemas. Connie decidiu telefonar em seguida, mas então se conteve. Essa era uma oportunidade que ela não podia arriscar desperdiçar. Esperaria e pensaria sobre o assunto.

Foi ao deque e viu uma neblina baixa, típica do início de julho: quantas vezes a cidade não fora obrigada a cancelar os fogos de Quatro de Julho? *Ashlyn!*, pensou. Seria possível? Iria ao Sconset Market comprar bolinhos e jornal, uma tarefa prazerosa, e agora ficaria pensando na filha, uma ligação que surgira do nada.

Connie não viu o envelope até chutá-lo para fora da varanda e jogá-lo na escada. O que era? Pegou-o. Um envelope pardo, fechado com um grampo dourado, nada escrito nele, fino e leve, nada de particularmente sinistro, mas ela teve um péssimo pressentimento.

SEGUNDA CHANCE ★ 77

Pensou: *Não abra! Anthrax!* Mas isso era ridículo. Estavam em Nantucket, numa manhã plácida e nevoenta de verão. *Um envelope deixado na varanda? Alguma coisa da Associação de Moradores de Tom Nevers.* Muitas vezes era esquecida pela comunidade, por ser veranista, enquanto a maior parte das pessoas morava ali, mas haviam se lembrado dela desta vez. Talvez fosse o convite para um almoço em que cada um levaria um prato, ou quem sabe para um brechó.

Abriu o envelope e viu que havia uma fotografia ali dentro, uma foto colorida em papel brilhante 12x17 de Meredith usando sua túnica azul-marinho e shorts brancos, na varanda dos fundos da casa, segurando uma taça de vinho.

Connie estremeceu. Olhou para o jardim da frente e pensou: *O que é isso? Quem colocou isso aqui?*

Olhou mais uma vez para a foto. Fora tirada na noite anterior. Meredith estava virada para a porta corrediça e sorria.

Elas passaram o dia inteiro trocando a fotografia de mão e, quando uma delas não estava olhando para a foto, ela ficava sobre a mesa de jantar, como uma bomba-relógio.

Meredith ficou branca quando Connie lhe mostrou a fotografia. Alguém estivera lá fora e tirara a foto, mas onde? Meredith achou que poderia ser a mesma pessoa que ela havia visto na lixeira, naquela rua sem saída, atrás da 824 Park Avenue – poderia tê-las seguido desde sua saída da cidade! –, mas Connie a fez ver que isso era improvável, se não impossível. Era outra pessoa.

— O único lugar de onde podem ter tirado essa foto da praia – disse Connie. — Você viu alguém andando na areia?

— Ninguém – respondeu Meredith.

— Ou pode ter sido tirada de dentro da água – arriscou Connie. — Viu alguém num barco? Ou num caiaque?

— Vi as focas — disse Meredith. — Era por causa delas que eu estava sorrindo, lembra? Harold tinha um amigo.

— O "amigo" de Harold era um fotógrafo de roupa de mergulho. Será?

— Ai, meu Deus — disse Meredith. Aproximou-se das portas de vidro corrediças e recuou. — Sabe o que me apavora?

Connie não tinha certeza de se queria saber. O que a apavorava era tudo. Alguém tirando a fotografia e depois a deixando para elas na varanda da frente. Alguém invadindo sua propriedade. Meredith não poderia ficar ali. Precisava ir embora. Estava tudo muito esquisito. Alguém as estava observando.

— O que te apavora? — perguntou Connie.

— Se fosse apenas um paparazzo, não teria deixado a foto para nós. Teria publicado, e nós teríamos acordado hoje de manhã com a manchete na primeira página do jornal: HAPPY HOUR DA SRA. DELINN.

— Então, se não foi um paparazzo, quem foi?

— Alguém que quer que eu saiba que sabem que estou aqui. Algum dos inimigos de Freddy. A máfia russa.

— A máfia russa não é real — disse Connie.

— Há investidores russos que perderam milhões — retrucou Meredith. — Há muitas pessoas que querem Freddy morto. E uma vez que não podem chegar a ele, vêm atrás de mim. — Olhou para a amiga. — Estou te colocando em perigo.

— Não, não está — disse Connie. Mas estava. Meredith teria que ir embora. Connie tentou pensar em alguma coisa. Meredith deixara claro que perdera todas as outras pessoas em sua vida. Mas Connie tinha amigos. Talvez pudesse mandá-la secretamente para Bethesda? Poderia ficar um tempo com o irmão de Wolf, Jake, e a esposa, Iris. Iris era uma pessoa que se interessava pela vida alheia. Era formada em psicologia pela Universidade de Delaware e sempre demonstrava preocupação com o "estado mental" das outras pessoas, principalmente com o de Connie, uma vez que ela perdera recentemente o marido e a filha e, em sua opinião, não estava indo muito bem. Com muito prazer Connie submeteria Iris a Meredith mas não poderia submeter Meredith a Iris. Toby? Deus do céu, não; isso poderia gerar uma centena de problemas diferentes. Além do mais, se Meredith fosse embora, Connie ficaria sozinha e, sem dúvida, a melhor coisa em relação aos últimos dois dias era que, pela primeira vez em anos, ela não se sentia só.

Connie abriu a porta corrediça e Meredith apressou-se para o outro lado da sala, como se fosse um vampiro alérgico à luz do dia. Connie ficou do lado de fora, em pé no deque. O segredo fora descoberto. Meredith estava ali. Sentiu vontade de encarar o oceano e qualquer um que ali se escondesse e gritar: *Ela está aqui! Meredith Delinn está aqui!* O mundo poderia dizer a ela que era desequilibrada, doente mental ou simplesmente estúpida, mas, naquele momento, ela tomou sua decisão: Meredith ficaria.

Meredith estava com medo de ler no deque, estava com medo de caminhar na praia. Connie, então, sentou-se sozinha ali. Analisou atentamente a água. Por volta do meio-dia, Harold apareceu, só. Connie observou-o brincar alegremente nas ondas e em seguida sentiu-se solitária. Entrou e preparou sanduíches de peru.

— Meredith! — chamou. — Almoço!

Meredith não respondeu.

Connie subiu as escadas e bateu à porta de seu quarto.

— *Entrez* — respondeu ela.

Connie abriu a porta. Meredith estava deitada na cama com a roupa de banho e a saída de praia, lendo.

— Venha aqui fora para almoçar.

— Não.

Connie se perguntou se Meredith teria mais medo da máfia russa ou do FBI.

— Ninguém está tentando te machucar. Só estão querendo te assustar.

— Conseguiram.

— Bem, mas não conseguiram me assustar. Fiquei a manhã toda sentada no deque e nada aconteceu.

— Alguém sabe que estou aqui.

Connie suspirou.

— O que posso dizer? Alguém sabe que você está aqui. Talvez seja melhor se chamarmos a polícia.

— Não podemos chamar a polícia. De jeito nenhum.

— Por que não? — perguntou. — Se você está assustada e se sentindo ameaçada, você chama a polícia; eles fazem uma ocorrência, balançam as armas, qualquer pessoa que esteja nos observando fica sabendo que chamamos a polícia, fica com medo e nos deixa em paz.

— Ninguém pode saber que estou aqui — disse Meredith. — Nem mesmo a polícia. Se a notícia vazar, todos vão te odiar.

— Ninguém vai me odiar — disse Connie —, e a polícia manteria tudo em sigilo. — Mas ela sabia que Meredith tinha razão: a polícia conversava com o corpo de bombeiros, que conversava com o pessoal do Sconset Gardener e logo todos em Nantucket ficariam sabendo que Meredith Delinn estava se escondendo no número 1103 da Tom Nevers Road. — Tudo bem, nós não vamos chamar a polícia. Mas, por favor, vamos lá para fora.

— Não.

* * *

Para o jantar, Connie preparou cheeseburgers e salada. Os sanduíches tiveram de ser cozidos na grelha, o que fez Connie sair novamente para o deque, virada de costas para o mar. Aquilo era enervante, precisava admitir. Toda hora ela se virava, mas quando virava, não tinha ninguém ali.

A pedido da amiga, jantaram dentro de casa. Precisavam de um assunto seguro para conversar, o que queria dizer que teriam que voltar muito no tempo, adolescência, ensino médio... mas não Toby. Mais uma vez, Meredith surgiu com os nomes Wendy Thurber e Nadine Dexter e, quando Connie conseguiu separar algumas coisas dentre as ruínas arqueológicas de sua mente e ligar os nomes às pessoas, animou-se. Wendy e Nadine foram amigas íntimas. Durante uma época, fizeram parte do dia a dia de Connie, embora ela não as visse havia mais de trinta anos. O que elas estariam fazendo agora? Meredith lembrava-se de Wendy como uma menina dependente e patética, e Nadine como uma futura lésbica abrutalhada.

— Sim, eu também — disse Connie, embora tanto tempo já houvesse passado e sua memória estivesse tão fraca, que ela nada mais pudesse fazer além de concordar.

Às 21:30h, Meredith disse que iria subir.

— Minha hora de ir para cama — disse, e Connie lembrou-se de que tanto ela quanto Freddy sempre se recolhiam cedo, como se tivessem crianças para levar para a escola na manhã do dia seguinte.

— Freddy não está aqui — disse Connie, servindo-se de uma terceira taça de vinho. — Você pode ficar acordada comigo.

— Está com medo de ficar acordada sozinha? Admita, está sim.

— Não estou com *medo* de ficar acordada sozinha. Mas gostaria de companhia.

Meredith dirigiu-se às escadas, dando a entender que não se importava se Connie queria companhia (e sim, na verdade, ela *estava* mesmo com um pouquinho de medo).

— Imagino como não estará sendo para ele

— Quem?

— Freddy. Na prisão.

Connie sentiu-se tentada a dizer algo pouco gentil. Mas, em vez disso, disse:

— Tenho certeza de que está sendo terrível.

— Também acho — disse Meredith. — Mas e se "terrível" for ainda pior do que eu possa imaginar?

— Você se importa? — perguntou Connie

Meredith não respondeu.

— Você ainda o ama? — perguntou Connie.

— Vou subir — disse, e Connie ficou feliz por isso. Elas haviam se aventurado além dos assuntos seguros

A cabeça de Connie estava no telefonema de Tallahassee. Tudo o que tinha de fazer era telefonar para aquele número e *descobrir* — mas estava com medo de que ele se tornasse um equívoco e suas esperanças de voltar a se conectar com a filha fossem destruídas. Quanto mais tempo demorasse para telefonar, mais tempo duraria a possibilidade de reconciliação. E, da mesma forma, Connie tinha de que ligasse para o número, Ashlyn atendesse e o que disser após quase dois anos e meio de silêncio? Como conseguiria não desabar, não chorar ou não se descontrolar e gritar — e, em qualquer um desses casos, não piorar as coisas?

Terminou sua terceira taça e tomou o restante do vinho que Meredith não bebera, enquanto lavava os pratos do jantar. Depois disso, seu medo ainda não havia cedido. Checou novamente o telefone. O número de Tallahassee estava na tela do celular. O momento era esse.

Apertou o botão de chamada. Preparou-se para o que viria. Um toque, dois, três... sete, oito... caixa postal. Uma voz gerada por computador, uma que não dava qualquer pista sobre quem Connie chamava. *Por favor, deixe seu recado.*

Connie respirou fundo. Deixar recado? Deixara recado todos os domingos no telefone de Ashlyn e nunca recebera uma resposta. Por que agora seria diferente?

Mas, sim, ela não conseguiu resistir. Disse:

— Ashlyn, é a mamãe, vi que você telefonou. Se quiser ligar de novo, estou em Nantucket, como tenho certeza de que você sabe. Se me ligar, vou te contar uma coisa inacreditável. — Fez uma pausa. Era insuportável usar notícias sobre Meredith como suborno, mas não tinha mais nada de interessante a oferecer. — Ligue de novo, por favor. — Olhou para a tela do celular, para os segundos que passavam, como se esperando que o telefone tocasse. — Ligue para mim — pediu novamente e desligou.

Não devia ter deixado recado.

Teria soado como se tivesse bebido? Arrastara um pouco a fala quando dissera "Como tenho certeza de que você sabe". Será que ela perceberia?

Deitou-se no sofá. Odiava a si mesma.

Não viu a pichação até entrar no carro na manhã seguinte, a caminho do Sconset Market para comprar jornal. Era Quatro de Julho, e ela estava imaginando se Meredith gostaria de sair para ver os fogos naquela noite. Provavelmente não, definitivamente não, haveria gente demais. Então Connie percebeu alguma coisa inesperada, uma cor. Um verde néon espalhafatoso. Hã? Olhou pelo espelho retrovisor e apertou o freio com a mesma força que teria apertado se tivesse prestes a atropelar um alce na estrada. Fechou os olhos e tentou se acalmar. Estava com uma dor de cabeça que mais parecia uma porta batendo. Abriu os olhos. *Ai, meu Deus.* Engatou a marcha a ré e voltou para casa. Estacionou. Saiu do carro. Analisou o estrago em sua bela e amada casa.

Alguém havia escrito com spray, em letras que pareciam ter 1,80 metro de altura, numa cor que feria os olhos, aquele verde horroroso, a palavra LADRA.

Connie mal pôde acreditar. Precisou tocar a tinta nas tábuas cinza. Ainda estava molhada e um pouco dela ficou em seus dedos. Quando isso fora feito? Tarde da noite? Naquela manhã cedo? Connie sentiu-se violada. Sentiu-se — se pudesse dizer isso sem ser melodramática — como se tivesse sido estuprada. Alguma pessoa odiosa e depravada vandalizara sua casa. Invadira sua propriedade — com escadas estendidas e o que pareciam ser dez latas de spray — e pichara a parede.

LADRA. Meredith ficaria arrasada. Meu Deus, isso era milhões de vezes pior do que a fotografia. Connie não conseguia suportar a ideia de ter de dizer a ela.

Aguardou um minuto para repetir o óbvio: já deveria saber que algo assim aconteceria. A fotografia fora um aviso. *Nós sabemos que vocês estão aqui. Agora, estamos indo atrás de vocês.* Freddy Delinn tinha inimigos, pessoas perigosas que haviam perdido muito dinheiro. Uma delas, ou um grupo delas, estava por trás disso.

Connie tocou a tinta novamente. Sairia, certo?

Do lado de dentro, encontrou Meredith usando uma camisola branca, sentada numa cadeira à cabeceira da mesa de jantar, como se aguardando que um banquete fosse servido. Um banquete de humilhação e sofrimento, pensou Connie. Meredith não estava lendo nem tomando café. Estava apenas sentada ali. Meditando, talvez. Quando a porta telada bateu após a entrada de Connie, a amiga sobressaltou-se e ergueu o olhar.

— Já voltou? — perguntou. — Esqueceu alguma coisa? A carteira?

Connie sentou-se na cadeira ao seu lado e segurou sua mão na sua melhor versão de conselheira. Conhecia aquela mulher desde criança, antes do pensamento racional e ou da memória cumulativa. Nunca imaginou ter que lhe contar algo assim.

— Preciso chamar a polícia — disse.

Meredith cerrou os dentes. Concordou, embora hesitante.

— Vandalizaram a casa — disse Connie. Tentou engolir em seco, mas sua boca parecia uma caixa de areia. Estava com sede, preocupada, sofrendo. Sua casa! Se Wolf estivesse vivo para ver isso...

— O quê? — perguntou Meredith. Suas mãos estavam muito frias.

— Tinta verde, letras grandes.

— O que diz? — perguntou.

— Ladra.

Meredith tapou o rosto com as mãos.

— Ai, meu Deus.

Connie esfregou suas costas. A amiga era pequena e frágil. Mas não. Não *era* frágil, nem Connie.

— Então eu vou chamar a polícia.

— Está bem — concordou Meredith.

* * *

Connie achou que eles enviariam um lacaio numa radiopatrulha, alguém para testemunhar o estrago e escrever uma ocorrência breve, principalmente por ser feriado, mas foi o delegado de polícia em pessoa que apareceu. Era um homem de meia-idade de aparência gentil, com cabelos curtos e castanho-acinzentados perto das orelhas. Parecia alto e imponente com a camisa branca do uniforme, calças pretas bem-passadas e rádio na cintura. Quando desceu do carro, primeiro cumprimentou Connie, muito gentilmente mantendo os olhos longe do vandalismo.

— Sra. Flute? — disse ele. — Sou Ed Kapenash, delegado de polícia.

— Muito prazer — cumprimentou-o Connie.

Então ele olhou para a casa.

— Uau.

— Eu sei — concordou ela.

O delegado também mostrou interesse imediato em tocar na tinta.

— A boa notícia é que a tinta parece ser à base de água, o que é muita sorte sua. Na cidade, há todos os tipos de tinta à base de óleo que não saem nunca. A senhora teria que, literalmente, trocar as tábuas para remover a pichação. Como está, posso lhe dar o nome de uma boa lavadora de alta pressão. Posso fazer alguns contatos e ver se consigo trazer alguém hoje aqui, desde que o proprietário não tenha ido pescar ou ido à praia como todo o resto do mundo.

— Oh — respondeu Connie. — Sim, claro. Seria maravilhoso.

— Tudo bem — respondeu o delegado. — Sua prioridade será remover a tinta da sua casa, e a nossa prioridade será descobrir quem fez isso.

— Há algo que eu devo explicar — disse Connie.

— E o que é? — perguntou o delegado.

— Meredith Delinn está hospedada aqui.

— Meredith Delinn?

— Sim. Ela é esposa de...

— Sei quem ela é — disse o delegado. — Ela está hospedada *aqui?*

— É uma amiga minha de infância. Somos amigas desde sempre.

O comissário tirou uma caneta do bolso traseiro da calça e começou a fazer anotações. (O que ele escreveria? Amigas desde sempre?). Disse:

— Bem, isso explica um pouco as coisas, não? Explica, mas não justifica. Faremos o possível para descobrir quem fez isso e nos certificar de que não aconteça de novo. Vou começar colocando uma radiopatrulha nessa estrada, de hora em hora, durante a noite. A senhora se importa se eu conversar com a sra. Delinn?

— Hum — respondeu Connie. Meredith ainda estava de camisola, e Connie era protetora e desconfiada. Esse homem *era* o delegado de polícia, mas e se ele lhes traísse e vendesse a história para o *National Enquirer?* — Só um momento. Vou perguntar a ela.

O delegado concordou.

— Vou telefonar para o contato da lavadora de dentro do carro. Imagino que a senhora gostaria de tê-lo aqui o mais rápido possível?

— Sim — confirmou Connie. — Obrigada. — Estava tentando não olhar para a frente da casa. Aquele verde agressivo, o tamanho absurdo das letras, a palavra odiosa. Era um grito escrito em sua casa. LADRA. As pessoas haviam chamado Richard Nixon de ladrão. John Dillinger era um ladrão. Bonnie e Clyde. Mas nenhuma dessas pessoas fora um ladrão como Freddy Delinn.

— Meredith? — chamou Connie. Viu que Meredith havia subido e trocado de roupa para o que Connie considerava sua indumentária do dia de Juízo Final: camisa branca de botão, agora um pouco amassada, jeans e sapatilhas. Mais uma vez fazia muito calor para calça jeans. – O delegado de polícia está aqui. Quer fazer algumas perguntas. Tudo bem?

Meredith concordou.

– Você não precisa falar com ele se não quiser – disse Connie.

– Eu falo.

Connie convidou o delegado para entrar, e os três se sentaram à mesa de jantar.

– Posso lhe oferecer café? – perguntou.

O delegado levantou a mão.

– Eu já tomei as minhas três xícaras.

– Água gelada?

– Estou bem, obrigado – respondeu ele.

Mesmo assim, Connie levou um jarro de água gelada e três copos para a mesa. Serviu-se, retornou ao balcão onde havia fatiado um limão e colocou as fatias numa tigela rasa. Os três ali estavam sentados à mesa de uma casa que gritava LADRA, mas não havia motivos para não serem civilizados.

– Bem – disse o delegado. – Estamos com sorte. Fiz contato com a pessoa que fará o serviço de limpeza com a lavadora de alta pressão. Estará aqui antes do meio-dia – disse.

– Excelente, obrigada – agradeceu Connie.

O chefe baixou a voz para falar com Meredith. Estava se adequando à situação, ou ao seu rosto magro, desprovido de cor. Ou talvez estivesse se adequando ao seu tamanho diminuto – um 1,52 metro, cinquenta quilos. Meredith sempre reclamara que sua pequena estatura fazia com que as pessoas a tratassem como criança.

– A senhora tem alguma suspeita de quem possa ter feito isso? – perguntou o delegado.

Connie não pôde deixar de intervir.

— Bem, ontem aconteceu uma coisa.

— O que aconteceu ontem? — perguntou ele.

— Deixaram um envelope na varanda da frente — disse ela. — E, no envelope, essa foto. — Deslizou tanto o envelope quanto a foto pela mesa.

O delegado analisou a foto.

— E a senhora não sabe quem tirou essa fotografia?

Connie negou com a cabeça.

— Foi simplesmente deixada na varanda. Como se alguém quisesse nos dizer que sabia que Meredith estava aqui. Foi assustador.

— Assustador — concordou o delegado. — As senhoras deviam ter nos chamado antes.

Connie sentiu um breve triunfo. Meredith baixou os olhos para a mesa.

— Achamos que era um fotógrafo disfarçado de foca — disse Connie. — Foi tirada da água, anteontem, por volta das 18 horas.

— E depois foi deixada na sua varanda. Quando a senhora a encontrou?

— Ontem de manhã.

— Ontem de manhã. Não chamou a polícia. E agora, hoje de manhã, encontrou esse ato de vandalismo.

— Sinto muito. Eu deveria ter deixado Connie chamar a polícia. Ela queria. Mas eu não queria que ninguém soubesse que eu estava aqui — explicou Meredith.

O delegado respirou profundamente.

— A senhora me desculpe por ser indelicado e perguntar o óbvio. Mas a senhora sabe de algum antigo investidor na empresa de seu marido que esteja morando em Nantucket?

Meredith ergueu o rosto para o delegado. Sua expressão estava tão pálida que Connie se assustou.

— Mary Rose Garth perdeu 40 milhões. A família Crenshaws perdeu 26 milhões; Jeremy e Amy Rivers, 9,2 milhões; a família LaRussa, 6 milhões; assim como a família Crosby e Alan Futenberg. Christopher Darby-Lett perdeu 4,5 milhões.

O delegado tomou nota.

— Essas pessoas moram em Nantucket?

— São veranistas — disse Meredith. — A família Rosemans perdeu 4,4 milhões; a família Mancheskis, 3,8; a sra. Phinney perdeu 3,5; Os Kincaid, os Winslow, os Beckett, os Carlton Smith, os Linsley Richardson, os Halsey, os Minatow e os Malcolm Brown, todos eles perderam entre 2 e 3 milhões. Os Vaipaul, os McIntosche, os Kennedy, os Bright, os Worthington...

Connie virou um copo de água gelada e tentou não deixar sua surpresa transparecer. Ela não fazia ideia de que tantos investidores de Freddy tivessem casa naquela ilha. Ela e Meredith estavam bem no meio de território inimigo.

O delegado foi embora uma hora depois com uma lista de 52 nomes de veranistas de Nantucket que haviam perdido mais de um milhão de dólares no esquema de Freddy. Não poderia interrogar nenhum deles sem uma boa justificativa, disse, mas era bom ter a lista como referência. É claro que, salientou, não havia provas de que o vândalo fora um investidor; havia doido de tudo o que é tipo nesse mundo. O delegado estava levando a fotografia e o envelope com ele. O principal, disse, era que Connie e Meredith tentassem relaxar e que, ao mesmo tempo, permanecessem vigilantes. A casa tinha um sistema de alarmes, embora Connie nunca tivesse sentido necessidade de acioná-lo. Nantucket — e Tom Nevers em particular — era tão seguro! Ela o acionaria à noite; acionaria dali em diante.

SEGUNDA CHANCE ✦ 91

— E vamos enviar uma viatura, como prometi — repetiu o delegado. — De hora em hora durante a noite.

— Obrigada — disse Connie. Odiou vê-lo ir embora. Ele era o primeiro homem a ajudá-la em assuntos práticos, desde que Wolf morrera. E era bonito. Deu uma olhada em sua mão, à procura de uma aliança. Usava uma aliança dourada grossa... claro. Delegados de polícia eram sempre bem-casados, com um casal de filhos em casa. Era como deveria ser. Ainda assim, Connie ficou satisfeita por tê-lo percebido como homem. Pareceu-lhe um tipo de avanço.

Menos de uma hora mais tarde, ouviu-se uma batida à porta e tanto Connie quanto Meredith congelaram. Ainda estavam à mesa da sala de jantar, tomando café e deixando o cereal amolecer dentro das tigelas. Meredith falava em círculos — a maior parte do tempo sobre os investidores que moravam em Nantucket. Conhecia apenas alguns pessoalmente. Ela, claro, conhecia Mary Rose Garth (perda líquida de 40 milhões); todos os membros da sociedade nova-iorquina conheciam Mary Rose Garth, herdeira da borracha, mulher magra, anoréxica e tarada. Trabalhara na diretoria do Frick Museum, junto com Meredith.

E Jeremy e Amy Rivers (perda líquida de 9,2 milhões) haviam sido amigos de Meredith, de Palm Beach.

Contara a Connie que conhecera Amy Rivers durante uma clínica de tênis em Everglades Club. Amy tinha um emprego poderoso em uma firma de consultoria global; fora para Princeton três anos após Meredith, embora ela não se lembrasse da outra. Mas elas acabaram unindo seus drives de esquerda igualmente ridículos e sua admiração mútua pelas pernas dos jogadores e se tornaram colegas. Amy viajava o tempo todo a trabalho — Hong Kong, Tóquio, Dubai —, mas, quando voltou em Palm Beach, chamou

Meredith para almoçarem juntas. Estavam sentadas no pátio da Chuck & Harold's — de forma bem descontraída e agradável —, quando, no final do almoço, Amy inclinou a cabeça para ela, como se para lhe confessar alguma coisa. Meredith ficou preocupada. Palm Beach era uma cidade fofoqueira. Meredith concordava aceitar confidências, mas nunca, nunca contava nada de sua vida pessoal a nenhuma amiga.

Amy então lhe disse:

— Tenho um pouco de dinheiro para investir. Uns 9 milhões. Acha que há possibilidade de eu entrar no fundo de investimentos do seu marido? Ouvi dizer que ele consegue lucros inacreditáveis.

— Oh — respondeu Meredith. Sentiu-se meio decepcionada. Achara que Amy Rivers escolhera ser sua amiga por considerá-la pertencente a uma categoria acima das matronas comuns de Palm Beach. Embora não lecionasse mais, Meredith era extremamente inteligente e capaz. Mas agora parecia que o que Amy queria mesmo era uma forma de entrar nas Empresas Delinn. A verdade era que Meredith não tinha voz ativa no que dizia respeito a quem era escolhido para ser um investidor. As pessoas perguntavam o tempo todo se ela poderia "colocá-las lá dentro" com Freddy; até a caixa do supermercado Publix, que herdara um dinheiro do tio-avô, perguntara. Mas quando Meredith falava dessas pessoas para Freddy, ele sempre dizia não. Ele tinha algum tipo de critério misterioso para aceitar investidores, o qual não dividia com a esposa e, para ser franca, ela não se interessava. Ainda assim, por algumas pessoas, ela concordava em perguntar. Embora tenha se sentido um pouco decepcionada com Amy Rivers, prometeu exercer pressão sobre Freddy a seu favor. Amy tapara a boca com a mão como se tivesse acabado de ser nomeada Miss América.

— Ah, obrigada! — exclamou. — Obrigada, obrigada, obrigada! Aqui está o meu cartão. Você vai me contar o que ele resolver?

Quando Meredith perguntou a Freddy sobre Amy Rivers, ele perguntou de quem se tratava.

— Uma mulher com quem eu jogo tênis no Everglades. É consultora na Hackman Marr.

— Hackman Marr? — repetiu Freddy, parecendo interessado.

— Sim — respondeu ela. — E estudou em Princeton, formou-se em 1985. Almocei com ela hoje. Gosto muito dela.

— Sinto muito — disse Freddy.

— Sente o quê? Não irá aceitá-la?

— Não.

— Por que não?

— Não aceitamos investidores porque gostamos muito deles — respondeu Freddy. — Aceitamos por outras razões.

— Que outras razões? — perguntou. — Ela disse que tinha 9 milhões. — Entregou ao marido o seu cartão pessoal. — Pode, por favor, pensar no assunto? Por mim, por favor?

— Por você, por favor? Está bem — respondeu ele. — Vou pensar.

E, *voilà*! Freddy em pessoa telefonou para Amy Rivers, convidou-a para ser investidora e Amy enviou um buquê de flores para Meredith. Elas se tornaram grandes amigas, jogando tênis juntas, almoçando, recomendando livros, falando sobre os filhos. Amy nunca mais mencionou as Empresas Delinn, Freddy ou o dinheiro. E depois, então, claro, não havia mais dinheiro algum. Amy Rivers havia perdido tudo.

Meredith olhou para Connie.

— Eu poderia te contar dúzias de histórias como essa.

Connie não tinha certeza de como responder. Ela e Wolf também haviam investido com Freddy. Achava que toda aquela conversa sobre outros investidores poderia levar a uma discussão desconfortável sobre a própria situação — mas foi poupada disso pela batida à porta. Assustou-a de início e certamente assustou Meredith também, mas então Connie percebeu que deveria ser o funcionário da lavadora de alta pressão e correu para recebê-lo.

O nome do homem era Danforth Flynn; disse a Connie para chamá-lo de Dan. Tinha cerca de 50 anos, com um corpo enxuto de um corredor de maratona e um bronzeado permanente. Mais uma vez, Connie sentiu-se constrangida. Essa era a segunda vez naquela manhã que um belo homem aparecia para ajudá-la.

Dan Flynn analisou a frente da casa e assobiou.

— O delegado explicou qual era o caso?

— Explicou.

— Você consegue limpar?

Ele se aproximou da frente da casa e tocou numa das tábuas. Esfregou os dedos.

— Posso — respondeu. — O que eu quero que a senhora faça é entrar e fechar todas as janelas deste lado da casa. Acho que vai demorar algumas horas. E fazer barulho.

— Sem problemas — disse Connie.

— Tudo bem — respondeu Dan Flynn. — Vou começar. O tanque do meu caminhão comporta 15 mil litros de água, só que isso aqui está tão grande que eu talvez precise me conectar ao seu ponto de água externo para encher o tanque reserva. Pode me mostrar onde fica?

— Posso. É por aqui. — Levou-o para o lado da casa e mostrou o lugar onde a mangueira ficava enrolada. Ele não estava olhando para a casa, porém: olhava para a vista que ela tinha do mar.

— A senhora tem uma vista e tanto — disse ele. — Na boa e velha Tom Nevers. Eu me esqueço de como pode ser lindo aqui.

— Sim — respondeu ela. — Esse terreno pertence à família de meu marido desde os anos de 1920, mas nós só construímos a casa há

15 anos. Aí meu marido faleceu em 2009, então, ela é só minha agora.

– Engraçado – disse Dan, ainda olhando para a água. – Minha esposa também faleceu em 2009. Câncer de mama.

– Tumor no cérebro – disse Connie.

Eles ficaram em silêncio por um momento, e Connie não pôde deixar de pensar em sua amiga Lizbet que, durante dois anos e meio, encorajou Connie a participar de grupos de apoio para que pudesse encontrar pessoas na mesma situação que ela.

Connie olhou para Dan Flynn e sorriu.

– Vou fechar as janelas – disse.

– Ótimo – respondeu ele.

Connie entrou animada em casa. Sentia-se mais energizada do que se sentira em meses.

Fechou as janelas do primeiro andar e ficou observando Dan manobrar o caminhão, virar alavancas, puxar uma mangueira azul espessa e alta. Usava jeans, camiseta e tênis de corrida. Tinha os cabelos cortados à máquina, castanho-acinzentados, e barba de um dia num rosto que lembrava o daquele zagueiro da Liga Nacional de Futebol, que ela achava sexy. Sexy? Não podia acreditar que estava pensando isso.

Connie se vislumbrou no espelho. Havia perdido muita vivacidade nos últimos dois anos e meio – mas estaria muito mal para 50 anos? Seus cabelos ainda eram louro-avermelhados no inverno e mais alourados no verão. Tinha herdado os genes bons da mãe, pois Veronica fora para o túmulo aos 68 anos com os cabelos ruivos naturais. Connie tinha olhos verdes, um leve bronzeado, algumas sardas, algumas manchas de sol. Sua pele não estava muito boa; nunca conseguira ficar longe do sol. Estava fora de forma, embora fosse bem magra de tanto pular refeições. Suas unhas estavam horríveis, assim como suas sobrancelhas. Precisava voltar a cuidar de si. Precisava praticar exercícios.

Ah-ah! Tudo isso por causa do cara da lavadora de alta pressão. Meredith morreria de rir.

Connie subiu as escadas para fechar as janelas do segundo andar. Dan já havia começado a trabalhar. O barulho era inacreditável; parecia que a casa estava sendo atacada por aviões de combate. Ela correu para fechar todas as janelas. Podia ver Dan Flynn segurando a mangueira contra os quadris, direcionando um jato de água para a casa, que de tão rápido parecia sólido. O corpo de Dan tremia como se ele estivesse operando um martelo hidráulico; todos os músculos de seus braços pulsavam. Toda aquela cena era um tanto fálica.

— Meredith! — chamou Connie. — Vem cá, você precisa ver isso!

Não houve resposta. Connie tinha certeza absoluta de que a tinta estava saindo. Havia poças de tinta verde no pátio, da cor de lixo radioativo.

— Meredith?

Ela terminou de fechar as janelas da frente da casa e, só por precaução, fechou as do outro lado também, embora os cômodos fossem ficar quentes de matar. A casa tinha sistema de ar-condicionado central, mas, assim como o sistema de alarmes, Connie nunca o ligava.

Foi ao corredor. A porta do quarto da amiga estava fechada. Connie lembrou-se do olhar parado em seu rosto enquanto estava sentada à mesa e da forma como enumerou os nomes dos investidores. (Memorizara quase três mil nomes, disse, como uma forma de se penalizar. Fora esse o jeito que encontrara para preencher os seus dias no apartamento de Nova York, depois que Freddy fora levado.)

Connie teve um mau pressentimento. Bateu à porta.

– Meredith? – Nenhuma resposta. Poderia estar dormindo. Connie queria respeitar a privacidade da amiga, da mesma forma que queria ter a sua própria respeitada (essa seria a única forma que daria certo ter as duas juntas na mesma casa), mas estava com medo de que Meredith tomasse remédios em excesso, se enforcasse ou cortasse os pulsos com as giletes que ela sabia que estavam debaixo da pia.

– Meredith? – Nenhuma resposta ainda. Nada. Só o barulho da máquina de pressão.

Abriu a porta e engasgou. Meredith estava sentada na cama, de cara para a porta, com a mesma expressão de zumbi. A maleta Louis Vuitton repousava ao seu lado, na cama.

– Meu Deus! – exclamou. – Você me assustou. O que está fazendo?

Meredith olhou para a amiga.

– Preciso ir embora.

– Não!

– Preciso – respondeu e se levantou, segurando a bolsa.

– Você *não* vai embora – insistiu Connie. Tentou pegar as alças de couro da bolsa, mas ela as afastou rapidamente. Era pequena, mas era durona; Connie lembrou-se da amiga no campo de hóquei, segurando o taco, mordendo ferozmente seu protetor bucal.

– Estou indo – disse. – Sua casa maravilhosa foi destruída por minha causa!

– Ela não foi destruída – respondeu Connie. – Venha ver, um homem chamado Dan Flynn está lá fora dando jeito nisso. A tinta está saindo. Nem vai dar pra dizer que estava ali.

– Mas *estava* – disse Meredith. – LADRA. Acham que sou igual a ele. Acham que eu estou envolvida. Acham que fui uma das pessoas que roubou o dinheiro. E fui, de certa forma, não fui? Porque eu tinha quatro casas, um iate, um jatinho, sete carros, joias, roupas, antiguidades... e de onde veio o dinheiro para tudo isso? Bem, tecnicamente, eu roubei, não roubei? – Ela piscou, e Connie achou que talvez isso pudesse ser o que a faria chorar, mas, por trás dos óculos, seus olhos permaneceram secos. – Mas eu não fazia ideia. *Não fazia.* Achava que Freddy era um gênio. Achava que ele superava o mercado, uma, várias, repetidas vezes. Eu era tão...

– Meredith...

– Estúpida! Tão cega! E ninguém acredita em mim, e por que acreditaria? Sou uma mulher inteligente com diploma de uma universidade da Ivy League. Como não fui capaz de ver que tinha alguma coisa ilegal acontecendo? – Encarou a amiga. – Até você tentou me avisar.

Era verdade; Connie tentou avisá-la. Mas estava agora num estado de espírito demasiado generoso para repetir isso.

– Você estava cega – disse. – Cega de amor.

– Isso é desculpa? – perguntou. – Isso vai me livrar de problemas com o FBI, Connie? *Amor?*

Connie não sabia o que dizer.

– *Você* acredita que eu seja inocente?

– Sim, Meredith. Acredito que você seja inocente.

– E por quê? Por que você é *a única pessoa em todo o país* que acredita que eu sou inocente?

– Porque eu te conheço.

– Eu conhecia Freddy – disse ela. – Achei que conhecia Freddy. – Levantou a cabeça. – Eu nunca deveria ter te telefonado para ir me buscar. Eu te coloquei em perigo. Veja o que aconteceu com a sua casa. Estou afundando, Connie, mas vou afundar sozinha. Não vou te levar comigo.

— Meredith! — Connie elevou a voz. Tinha que gritar para poder ser ouvida acima da bomba da máquina de alta pressão. — VOCÊ VAI FICAR. QUERO QUE VOCÊ FIQUE. NÃO QUERO TE DEIXAR IR EMBORA. — Ela não disse: *Você não tem para onde ir*, porque não era essa a questão. — Preciso que você fique por mim, está bem, não por você. Preciso de uma amiga. Preciso de companhia. E tem que ser você. Vamos colocar o que aconteceu para trás; vamos esquecer as coisas que dissemos uma para a outra. Precisamos de tempo para isso. E precisamos descobrir como provar a sua inocência. Precisamos que o mundo te veja como eu vejo.

Meredith não se moveu nem falou pelo que pareceu um longo tempo, então Connie a ouviu bufar. Relaxou a mão em sua maleta e deixou Connie tomá-la.

— Quero que você venha ver como Dan, o cara da lavadora de pressão, é bonitão. — Levou Meredith à janela.

MEREDITH

Poucos dias depois, Connie chegou em casa, vindo da loja de conveniência do hospital, com uma peruca escura para Meredith, repartida em duas marias-chiquinhas compridas. Quando Meredith a experimentou, ficou parecendo Mary Anne de *A Ilha dos Birutas*.

— É horrível — disse Meredith.

— Horrorosa — concordou Connie. — Mas isso é bom. Nós queremos o castanho e queremos o anonimato. E precisamos fazer alguma coisa com relação aos seus óculos.

— Eu adoro os meus óculos — protestou. — Tenho esses óculos desde o oitavo ano.

— Eu sei — disse Connie. — Lembro do dia em que você os comprou. Mas agora eles têm que sair de cena. Não vamos passar o verão inteiro dentro de casa e não podemos ter você intimidada por antipatizantes. Portanto, você precisa andar incógnita. Esses óculos são uma marca sua. Quando as mulheres se fantasiarem de Meredith Delinn no Halloween, estarão usando esses óculos.

— As mulheres vão se fantasiar de mim no Halloween? — perguntou Meredith.

Connie sorriu com pesar.

— Os óculos têm que sair.

Connie doou os óculos de Meredith para o Centro Oftálmico de Nantucket e comprou outros novos para ela. Nesse meio-tempo, Meredith ficou quase cega. Queria desesperadamente sair e se sentar lá fora no deque, mas morria de medo de fazê-lo sem a amiga por perto. Deitou-se na cama, mas não conseguia ler. Ficou olhando ao redor, para aquele interior cor-de-rosa e desfocado do quarto de hóspedes.

Retornou a Main Line dos anos 1970, com o pai e Toby.

Os pais ficaram chocados quando ela lhes contou sobre seu namoro com Toby. Para Chick Martin, a surpresa se misturava a algo mais. Ciúmes? Possessividade? Meredith teve medo de que reagisse da mesma forma que Connie. Mas ele passou por cima de qualquer preocupação que pudesse ter com o fato de a filha estar se tornando mulher e agiu dentro do papel de pai protetor. Quando Toby apareceu naquela primeira noite para pegar Meredith, Chick perguntou:

— Você tem alguma multa?

— Não, senhor — respondeu ele.

— Traga Meredith de volta às 23 horas, por favor.

— Sim, senhor, Sr. Martin — disse Toby.

Chick demorou alguns meses para se ajustar à nova personalidade da filha. Meredith era a mesma por fora — estudiosa, obediente, carinhosa com os pais, responsável e grata por tudo o que eles faziam por ela —, mas alguma coisa havia mudado. Para Chick, achava Meredith, era como se ela agora estivesse focada em Toby. Mas a verdade era que estava focada em si mesma — em seu corpo, em suas emoções, em sua sexualidade, sua capacidade de amar alguém além dos pais.

Uau! Meredith não conseguia se lembrar de alguma vez ter se sentido tão viva quanto naquele verão em que fizera 16 anos e que seu romance com Toby irrompera como fogo. Sentia tesão por ele — era o que se dizia na época. Várias vezes eles desistiam de ver filmes, iam para o estacionamento Valley Forge Park e se agarravam dentro do carro. Tocavam-se por cima da roupa até que as roupas começavam a ser retiradas por partes. Depois chegou a noite em que Meredith ficou nua, Toby com as calças nos joelhos e ela em cima dele até que... ele a fez parar. Era cedo demais, ela era muito jovem, ainda não estava na hora. Meredith chorou — em parte por frustração sexual, em parte por raiva e ciúmes. Toby fizera amor com Divinity Michaels e Ravi da Bryn Mawr e, provavelmente, também com a professora de francês, Mademoiselle Esme (embora ela nunca tenha tido coragem para perguntar) — então, por que não com ela?

— Porque com você é diferente — respondeu ele. — Especial. Quero fazer devagar. Quero que dure. Além do mais, tenho medo do seu pai.

— Medo do meu *pai?* — reclamou ela.

— Ele falou comigo — disse Toby. — Me disse para te respeitar. Para ser um cavalheiro.

— Um cavalheiro? — repetiu Meredith. Abraçava os joelhos, trêmula, encostada na porta do carona. Os bancos de vinil do carro estavam frios. Ela procurou a roupa íntima. Não queria um cavalheiro. Queria Toby.

Meredith começou uma campanha para manter o pai e Toby longe um do outro. Mas Chick o chamava para ajudá-lo a juntar as folhas no pátio, depois convidou-o a entrar para assistir ao Notre Dame derrotar o Boston College e comer os enroladinhos de carne de porco que a esposa servia com mostarda escura picante. No final do ano, Toby foi convidado para a festa de Natal da família, na qual, contando com a presença de tantos adultos, Meredith tinha certeza de que surgiria uma oportunidade para fugir para o seu quarto. Mas Toby não se deixou convencer a subir as escadas.

Ele também foi convidado a passar a véspera de Ano-Novo com eles; uma noite que ela, tradicionalmente, passava sozinha com os pais. Eles quase sempre jantavam na pousada General Wayne, assistiam a um filme nos cinemas do Frazer e voltavam para casa para tomar uma garrafa de champanhe Tattinger (Meredith tomara seu primeiro gole de champanhe aos 13 anos) e comer trufas de chocolate, assistindo a Dick Clark na Times Square, pela televisão. Toby apareceu para tudo — para o jantar, para o cinema, para o champanhe, para os chocolates e para a bola que descia à meia-noite. À meia-noite e quinze, Chick apertou sua mão e disse:

— Quero você fora dessa casa dentro de uma hora. Entendeu?

— Sim, senhor.

— Não vou voltar a descer, portanto, preciso da sua palavra.

— O senhor tem a minha palavra.

— Muito bem — disse Chick. — Por favor, mande um "feliz Ano Novo" aos seus pais. — Com isso, fechou a porta que dava para a biblioteca, fazendo um clique.

* * *

Meredith lembra-se de ter ficado sentada como uma estátua no sofá da biblioteca, segurando a respiração, acreditando que aquilo era algum tipo de brincadeira. Mas então ouviu os passos dos pais subindo a escada e depois no segundo andar acima deles. Estavam indo se deitar, deixando ela e Toby por uma hora inteira no conforto estofado da biblioteca.

Toby aproximou-se, cauteloso, do sofá. Meredith puxou-o para cima dela.

— Meredith, pare — disse Toby.

— Ele praticamente te deu *permissão* — retrucou ela. Ela não seria intimidada. Era Ano-Novo e ela perderia a virgindade. Não no banco do carona do Nova 69 de Toby, tampouco no gramado do Valley Forge Park, mas ali, na sua própria casa, em frente à lareira da biblioteca.

Bem baixinho.

Na primavera, Toby se formou, mas como teve baixo rendimento nos exames finais, tirou um ano de folga para incrementar a preparação para a faculdade. Durante o verão, ele e Meredith foram para a casa da família O'Brien em Cape May, onde velejaram todos os dias, ficaram andando no calçadão à noite, comendo cachorros-quentes apimentados e espigas de milho. Tiraram uma foto numa cabine e guardaram os negativos no bolso traseiro das calças jeans. Compraram pulseirinhas idênticas de cordão branco.

No outono, Toby se inscreveu em duas aulas no Delaware County Community College e trabalhou como garçom no Minella Diner. Estava à disposição para tudo o que Meredith precisasse em seu último ano e, embora seus pais estivessem preocupados — seria bom para a filha se envolver tão seriamente com alguém estando ainda no ensino médio? –, não tinham do que reclamar. Meredith era a primeira da turma na Merion Mercy e tirava primeiro e segundo lugar em todas as competições de salto. Era uma finalista do National Merit e um monte de outras coisas mais.

Por trabalhar no Minella, Toby às vezes entregava sanduíches na casa da família Martin durante os jogos mensais de pôquer. Uma noite, Chick o convidou para voltar e jogar com eles depois que saísse do trabalho, noite que firmou um novo laço entre eles; Meredith achou que ou o pai gostava mesmo de Toby ou estava adotando a filosofia do "se não pode vencê-lo, junte-se a ele". Chick convidava-o a ir ao seu escritório de advocacia, e iam almoçar na City Tavern. Levava a filha e o namorado a jogos de Sixer. Ele, Deidre, Toby e Meredith foram ver as luzes em Longwood Gardens no Natal, foram ouvir a Philadelfia Orchestra na Academy of Music, saíram para jantar no Bookbinders e para tomar café no Green Room no Hotel DuPont.

– Vocês ficam fazendo esses programas de velho – comentou Connie. – Como aguentam?

– Nós gostamos – disse Meredith. Não contou a Connie que o que mais queria na vida era casar-se com Toby. Imaginava-os tendo filhos e morando em Main Line, numa vida não muito diferente da de seus pais.

Na época, Meredith não soube explicar como tudo desmoronou, mas desmoronar foi o que aconteceu.

Toby terminou com ela na noite de sua formatura do ensino médio. Seus pais deram uma superfesta para Connie; foi debaixo de uma tenda, com serviço de bufê e rodadas de bebidas alcoólicas para os adultos, que inevitavelmente acabaram se estendendo aos adolescentes. Toby estava tomando Coca-Cola e Wild Turkey, mas, como os pais de Meredith estavam presentes, ela estava tomando refrigerante quente. Connie tomava gim e água tônica, como a mãe. Dera um tempo em seu romance com Matt Klein e agora estava saindo com a estrela do Radnor, time de lacrosse, Drew Van Dyke, que iria para a John Hopkins no outono. Connie e Drew desapareceram da festa por volta das dez, e Toby quis fazer o mesmo — sugeriu a Meredith que mergulhassem nus na piscina em Aronimink e depois fizessem amor no barranco, atrás do nono tee do campo de golfe. Mas isso era arriscado demais para ela; Chick era o presidente da mesa diretora do Aronimink e, caso eles fossem pegos, seu pai seria humilhado, o que não era algo que ela quisesse arriscar. Disse a Toby então que queria ficar e dançar junto com a banda.

— E você por acaso é uma velha de cem anos? — perguntou ele.

Era verdade que as pessoas que permaneciam na festa eram todas mais velhas, amigos de Bill e Veronica O'Brien.

— Meus pais estão dançando — disse Meredith. — Vamos ficar.

— Eu não estou a fim de ficar para dançar com os seus pais — disse Toby. — Estou ficando meio que de saco cheio deles.

Meredith ficou chocada com seu comentário. Sentiu as faces avermelhando.

— Tenho 19 anos — disse Toby. — E você tem 18. Vamos agir de acordo com a nossa idade.

Meredith deu uma olhada para a pista de dança. Seus pais estavam dançando swing.

— Parece divertido — disse ela.

— Não parece nada divertido — rebateu Toby.

Nesse exato momento, um homem se aproximou de Meredith. O nome dele era Dustin Leavitt, e ele trabalhava com Bill O'Brien na Philco. Dustin Leavitt era um solteirão alto, bonito, educado e charmoso — era um homem *adulto* — e parecia gostar de conversar com ela mais do que o normal. Durante o inverno, a vira saltar, competindo com o Lower Merion — a sobrinha de Dustin nadava borboleta para o Lower Merion — e aquela fora a sua melhor nota. Recebera nove no salto reverso com um meio-pike e quebrara o recorde da piscina. *Você é quase um meteoro,* dissera ele no corredor da escola, depois que se conheceram.

Desde que chegara à festa, Meredith sentia que ele a olhava. Até Connie percebera.

— Acho que Dustin Leavitt tem uma queda por você.

E Meredith respondera:

— Boca fechada, por favor.

— Estou falando sério. Ele é um tesão. E é um *homem.*

Meredith sabia que ele tinha 15 anos a mais do que ela. Tinha 33 anos. Incrivelmente velho.

— Olá, Toby — Dustin Leavitt o cumprimentou. — Eu adoraria convidar a sua garota para dançar. Você se importa?

Meredith tinha certeza de que Toby se importaria, mas ele simplesmente encolheu os ombros.

— Pode convidar.

— Meredith? — Dustin Leavitt estendeu os braços.

Meredith hesitou; sem dúvida ficou lisonjeada com o gesto, mas não queria aborrecer Toby. Mas, por outro lado, queria dançar e o seu namorado estava bebendo e sendo indelicado. Deixou então Dustin Leavitt encaminhá-la à pista de dança e foi somente quando a música acabou e eles já estavam vermelhos e suados, aplaudindo a banda, que ela percebeu que Toby havia ido embora.

Pouco tempo depois, ela foi para casa com os pais, em pânico e com o coração partido. Estava com medo de que Toby tivesse ido embora aborrecido por ela ter dançado com Dustin Leavitt. Mas, quando Meredith finalmente falou com ele — logo de manhã cedo ela foi correndo à casa da família O'Brien, com a desculpa esfarrapada de que iria ajudar na faxina –, ele lhe disse que não tinha se importado pela dança. Na verdade, disse, foi um tipo de alívio.

– O que você quer dizer com *isso*? – perguntou. Estavam no pátio, sob a tenda. Toby empilhava as cadeiras dobráveis, e ela catava os guardanapos amassados da grama.

– Acho que nós deveríamos terminar – disse Toby.

– Terminar? Você está terminando comigo?

– Acho que sim – respondeu ele. Então acenou uma vez com a cabeça, enfaticamente. – Sim, estou.

Meredith sentou-se na grama e chorou. Toby deitou-se ao seu lado e recostou a cabeça nas mãos. Era como se ele houvesse mudado da noite para o dia. Estava distante e frio. Iria para Cape May dentro de poucos dias, disse, para trabalhar como imediato num veleiro; ficaria fora por todo o verão, ela sabia. Sim, respondeu Meredith, mas esperava visitá-lo. Todos os fins de semana!

– Tudo bem – disse ele. – Mas acho que seria melhor se eu estivesse livre.

– Melhor para quem?

– Melhor para mim. – Continuou dizendo que, embora gostasse dos pais dela, não queria *ser* como eles. Não naquele momento, pelo menos, talvez nunca. – Além do mais – completou –, você vai para Princeton no outono. Terá inúmeras oportunidades fascinantes...

– Meu Deus! – gritou Meredith. Lembrou-se das histórias que havia ouvido sobre Divinity Michaels se trancando no armário do zelador e ameaçando tomar amônia. Agora, Meredith entendia por quê. – Não me venha com esse tipo de conversa!

– Tudo bem – disse Toby. Tinha preocupação no rosto, mas certamente só porque Meredith usara o nome do Senhor em vão (o que ela nunca fazia) e temeu que ela estivesse se tornando uma psicótica como suas outras ex-namoradas. – Ah, Meredith, desculpa. Mas não posso mudar a forma como me sinto.

Meredith chorou em seu quarto, chorou ao telefone com Connie (que, caso não estivesse enganada, beirava a felicidade pelo rompimento), pulou refeições e deixou os pais preocupados. Chick Martin levou-a ao estacionamento do Villanova para prepará-la para o teste de direção, mas acabou se vendo numa longa sessão de Meredith chorando e ele tentando consolá-la.

– Não aguento te ver sofrendo assim – disse Chick. – Sua mãe e eu nos sentimos muito impotentes. Quer que eu converse com Toby?

– Não – disse ela. Seu pai podia fazer muitas mágicas, mas não poderia fazer Toby amá-la.

Passaram-se dois dias antes que os óculos de Meredith ficassem prontos e, quando ficaram, a transformação foi total. Ela colocou a peruca comprida com as marias-chiquinhas e os óculos novos sem armação. As lentes pareciam flutuar diante de seus olhos e não ofereciam a mesma definição que seus óculos de armação de chifre.

– É isso o que você quer – disse Connie. – Pode confiar em mim.

Era verdade que com a peruca e os óculos Meredith em nada se parecia consigo mesma. De longe, nem mesmo Freddy a reconheceria.

No sábado de manhã. Connie sugeriu que elas fossem fazer compras na cidade. Meredith não quis ir. "Cidade" queria dizer outras pessoas, e ela não podia ver outras pessoas.

– Mas você ainda nem esteve na cidade – argumentou Connie.

— Irei em outra hora — disse Meredith.

— Quando?

— Quando estiver menos cheia de gente. — Estava pensando em algo em torno de meia-noite em meados de março. Quando houvesse menos chances de ser reconhecida.

Connie argumentou que quanto mais gente à volta menos provável seria que alguém a reconhecesse. Além do mais, ela e Wolf sempre iam fazer compras na cidade aos sábados de manhã; era o que faziam.

— Alguém lá fora está de olho em mim.

— A polícia já checou a área. Não é como se estivessem de olho em você 24 horas por dia, todos os dias.

— Mas é o que parece.

— É uma tática, Meredith. É como eles querem que você se sinta. Mas nós não vamos deixá-los vencer. Vamos viver as nossas vidas. E, se estão te observando hoje, estarão te observando fazer compras na cidade.

Meredith tinha poucos argumentos e estava desesperada para sair de casa. Quando chegaram à cidade, ela percebeu que Connie tinha razão. Havia um movimento tão grande na Main Street, que ninguém ali tinha tempo de olhar para ela. Tinha gente em todos os cantos — pais com filhos nos carrinhos, casais de mãos dadas, homens mais velhos em camisas polo cor-de-rosa levando seus golden retrievers para passear, mulheres com saias Lilly Pulitzer, carregando sacolas da Gyspy e da Eye of the Needle. Meredith fora uma dessas mulheres. Agora, claro, não tinha dinheiro para comprar nada. Mas era bom fazer parte da multidão. Ela e Connie pararam em frente ao caminhão da Bartlett Farm, e Meredith deixou seu olhar banquetear-se com os produtos frescos e orgânicos acomodados em 16 caixas quadradas na carroceria elevada da caminhonete. Era uma colcha de retalhos de diversas cores – os repolhos roxos, as abobrinhas e os pepinos verdes, os tomates vermelhos, as abóboras amarelas. Connie comprou uma alface linda e tenra e uma braçada de gladíolos brilhantes, que Meredith se ofereceu para carregar. Sentiu-se com sorte por estar carregando flores e fazendo compras em caminhões. Imaginou o que os meninos estariam fazendo. Esperava que Leo estivesse com Anais, subindo montanhas de bicicleta ou jogando golfe, momentaneamente livre de ansiedade. Freddy, pobre coitado, havia concluído a primeira semana de seus 150 anos de sentença. Estaria olhando para uma eternidade de arames farpados e desolação. Pelo que ouvia, no próximo ano, nessa mesma época, ela estaria presa também.

Mas não podia se permitir pensar assim.

Connie conduziu-a por uma esquina e por uma rua de pedras para a Nantucket Booksworks, que exploraram por um bom tempo. Meredith manteve-se afastada das prateleiras de não ficção; já havia livros sobre o maldito império das Empresas Delinn. Esses livros haviam sido escritos apressadamente e deveriam conter centenas de suposições inadequadas. Acreditava que pelo menos um daqueles livros contivesse informações pessoais sobre Freddy e, possivelmente, sobre ela também. Mas conteriam verdades? Teriam escrito sobre a infância e juventude feliz dela em Main Line? Teriam escrito sobre o quanto ela adorava o pai? Teriam escrito sobre suas boas notas, suas pontuações excelentes, sobre seu salto reverso quase perfeito com meio-pike? Teriam se perguntado como uma moça com tantos talentos se envolvera com Freddy Delinn?

Meredith deixou-se envolver pelos romances. Por alguma razão, a ficção flertava com o significado da vida de forma muito mais direta do que a vida real. Procurou Atwood e Morrison, Kingsolver, Russo. Pegou um romance de Laura Kasischke, sobre o qual lera meses antes na *Town & Country*. Havia uma prateleira de clássicos também: poderia escolher um romance de Austen, que não havia lido ainda, ou *Fogo Pálido* de Nabokov. Havia falhas em seu cânone. Não dava para ler tudo, embora ela tentasse. Agora, tinha tempo. Por um segundo numa manhã ensolarada de verão, numa livraria em Nantucket, sua vida pareceu boa, pelo menos nesse aspecto.

Então ergueu o olhar. Connie tinha comprado o novo livro de culinária de Ina Garten, a Condessa Descalça, ou Barefoot Contessa, e a aguardava pacientemente, dando uma olhada na sessão de viagem. Meredith precisava decidir-se. Compraria alguma coisa? Sim, compraria o livro de Laura Kasischke e *Persuasão*, de Jane Austen. Colocou os outros livros de volta aos seus lugares — agora, queria seguir as regras até mesmo nos mínimos detalhes — e, quando se virou para a caixa registradora, viu Amy Rivers. Amy segurava uma cópia de *Mayflower*, de Nathaniel Philbrick, e perguntava à mulher atrás do balcão se ela poderia consegui-lo autografado pelo autor. Sua voz foi tão familiar que Meredith entrou em pânico, a ponto de ficar totalmente imóvel. Seu disfarce de peruca e óculos não seria suficiente. Se Amy Rivers a visse, a reconheceria.

Talvez Amy tenha percebido alguma coisa. Virou-se para Meredith, que baixou a cabeça. Deixara um recado na secretária eletrônica do apartamento da família Delinn, na Park Avenue, uma mensagem gritada e histérica na qual usara a palavra "porra" em todas as falas. Não podia acreditar naquela porra. Freddy estava mentindo, aquele criminoso filho da puta, a porra de uma atitude indesculpável da porra de um homem que não deveria ter nascido. Depois partiu para cima de Meredith. Meredith havia fodido com a vida dela, a traído. *E eu achei que tínhamos a porra de uma amizade! Que porra é essa?* Meredith sentiu vontade de retornar a ligação de Amy, lembrá-la de que fora *ela* que implorara para fazer negócios com Freddy. Meredith entregara o seu cartão para Freddy, como um favor. Ela não fazia ideia de que o marido estava administrando um esquema Ponzi. Ela não fazia ideia de que estava levando Amy a perder todo o seu dinheiro. Amy mesma dissera que o lucro da empresa era "inacreditável". Coisas "inacreditáveis" geralmente são inacreditáveis mesmo. Amy era esperta o bastante para saber disso. Onde estava toda a sua inteligência? Por que a culpa era dela?

Meredith sentiu os olhos de Amy sobre ela. Conseguiu ver seus pés e pernas. Estava calçando tênis Tretorn com uma lista rosa, os mesmos com que jogava tênis no Everglades Club. Meredith fechou os olhos e contou até vinte. Sentiu uma mão em seu braço.

— Ei, está tudo bem? — perguntou Connie.

Abriu e ergueu os olhos. Amy tinha ido embora.

— Sim — respondeu. E foi ao balcão pagar os livros.

O incidente já bastava para mandá-la de volta ao refúgio de Tom Nevers, mas Connie estava louca para continuar. Elas foram à loja de presentes Stephanie, Connie leu alto todos os dizeres engraçados escritos nos guardanapos, e Meredith fingiu rir. Baixara a guarda na livraria e quase fora assassinada. Precisava ficar atenta o tempo todo; ela nunca estaria segura.

Elas continuaram a andar; desceram a rua, ficaram olhando pela vitrine de uma loja da rede Patina, para uns candelabros altos, incrivelmente elegantes de Ted Muehling.

— Eles custam cerca de oitocentos dólares cada um — disse Connie.

Meredith não disse que, em sua vida anterior, teria dado meia-volta e comprado quatro ou seis daqueles candelabros em tamanhos diferentes. Ela os teria abastecido com as velas caseiras que trouxe da Printemps, em Paris; ficaria dias olhando afetuosamente para eles, sentindo a excitação que comprar coisas finas e caras lhe dava. Mas, no final da semana, a excitação já teria passado;

os candelabros seriam apenas mais uma coisa para Louisa limpar e ela, então, passaria a querer outra coisa – comprar e esquecer. Fora uma forma lastimável de viver, mesmo quando achava que o dinheiro que gastava era seu. Imaginou se alguma vez na vida compraria novamente uma coisa tão sem utilidade quanto um candelabro daqueles.

Foram à sapataria Vanessa Noel. Lá, os sapatos eram gloriosos – couro macio, couro de cobra, couro envernizado e recortado. Havia sandálias, sapatilhas, mochilas e sapatos de bico furadinho. Connie experimentou um par de sapatilhas cor-de-rosa decoradas, atravessadas por laços de fita de gorgurão listrado. Serviram perfeitamente e deixaram suas pernas maravilhosas. Era tão alta, tão elegante. Meredith sentiu algumas facadas de inveja, mas já estava acostumada a se sentir assim com a aparência de Connie.

– São lindos. Você deve comprá-los.

– Acho que vou mesmo. Mas onde vou usá-los?

– Que tal um encontro com Dan Flynn?

Connie olhou em estado de choque para Meredith, alarmada, talvez com raiva. Teria ela ultrapassado os limites? Connie ainda chorava a morte de Wolf. Meredith percebeu que a amiga dormia todas as noites no sofá, debaixo de um cobertor e, quando Meredith lhe perguntou a razão, ela disse:

– Não consigo dormir na cama sem ele. – Meredith achou aquilo estranho. Já fazia dois anos e meio. Mas nada dissera. Agora, falara bobagem.

Então, Connie respondeu, misteriosa:

– *Vou* ficar com eles!

Enquanto pagava, Meredith pegou um par de sapatos prateados de salto alto, decorados com pedrinhas azuis. Lindo, original – combinariam com um vestido azul, de seda plissada, que ela deixara no armário de sua casa em Cabo de Antibes. Aqueles eram sapatos para um vestido que ela não tinha mais. Eles estavam em liquidação por 495 dólares.

Não.

A caminho de casa, elas pararam na Nantucket Looms, onde Connie comprou um sabonete de flores silvestres do qual gostava muito, depois passaram pela Saint Mary, a igreja católica. Era uma construção cinzenta com arremate branco — exatamente como as outras edificações de Nantucket — que tinha na frente uma estátua branca de formas simples da Virgem Maria. A Virgem tinha as mãos estendidas de uma forma que pareciam chamar Meredith.

— Vou entrar para acender uma vela, tudo bem? — disse a Connie.

Connie concordou e sentou-se num banco.

— Vou te esperar aqui.

Meredith entrou na igreja e inspirou o perfume fraco de incenso; uma missa de corpo presente devia ter sido celebrada ali, naquela manhã. Colocou três dólares na caixinha e, nesse momento, sentiu uma pontada: três preciosos dólares! Acendeu a primeira vela para Leo. Era dever dos pais manter os filhos seguros, e Freddy havia falhado. Freddy quisera muito que os meninos se unissem a ele nos negócios, embora desde cedo tenha ficado claro que somente teria Leo, que cumpria horários ridículos e fazia muito pouco dinheiro em comparação às pessoas que trabalhavam horas a fio naquele repugnante 17º andar. Será que os agentes federais não viam isso? Se Leo estivesse envolvido no esquema Ponzi, não seria rico também, como os outros? Por que Freddy envolveria o filho numa ação ilegal? Que diferença faria dar a Leo uma arma e forçá-lo a assaltar uma loja?

Mantenha o meu filho seguro, rezou Meredith.

Acendeu uma vela para Carver. Carver tinha um espírito livre; não se interessava por trabalho de escritório, e Freddy, relutante, deixou-o sair. Carver pedira ao pai um empréstimo para abrir sua primeira firma de reformas e Freddy negara. Nada de graça. Então o rapaz fora sozinho ao banco e conseguiu o empréstimo, porque seu sobrenome era Delinn e ninguém negava um empréstimo a um Delinn. Agora, graças a Deus, ele não estava envolvido; era carpinteiro e podia construir um telhado para proteger a cabeça do irmão.

Que Carver seja forte, rezou Meredith.

Atrapalhou-se com a última vela e decidiu que a acenderia para Freddy.

Mas não conseguia encontrar nenhuma palavra para se dirigir a Deus em seu favor.

Fez o sinal da cruz e saiu ao sol. Estava pronta para ir para casa. A peruca começava a coçar.

Quando elas chegaram à entrada de carros da casa de Connie, Meredith analisou a frente da casa. A tinta havia saído, mas a máquina de lavagem sob pressão deixara o fantasma da palavra. Se olhasse de perto, LADRA ainda estava ali – só que, em vez de letras verdes odiosas, a palavra aparecia marcada nos painéis mais claros do que outros. Dan retornara naquela manhã para dar uns retoques. Haviam se desencontrado, mas ele deixara poças de água no pátio da frente. Ele prometera que, com o tempo, as tábuas que haviam sido lavadas voltariam ao cinza habitual. Em seis meses, disse, o estrago desapareceria por completo.

Connie pegou as compras do banco de trás do Cadillac.

– Dan esteve aqui – disse, vendo as folhas molhadas – Não acredito que não o vimos

Meredith foi a primeira a chegar à porta da frente. Um cartão de visitas saía da porta de tela. Ela o puxou — era o cartão de Dan. No verso estava escrito: *Connie, me ligue!* Meredith sentiu um jorro de excitação adolescente.

— Veja! — disse ela. — Ele deixou isso aqui.

Connie virou o cartão. Sua expressão permaneceu inalterada.

— Deve ser alguma coisa com relação à casa. Ou à conta — disse.

Meredith sentiu um arrepio de pânico. A conta. Deveria pagar a conta. Mas quanto seria? Quatrocentos dólares? Seiscentos?

— Mesmo assim, você vai telefonar para ele, não vai?

— Não agora — respondeu.

Meredith não insistiu. Uma vez lá dentro, soltou os grampos que prendiam a peruca e a retirou. Ahhh. Seu cabelo natural, que agora só poderia ser descrito como louro cinzento, estava todo amassado.

Tentou ajeitá-lo no espelho. Seus óculos eram horrorosos. Nenhum homem jamais deixaria seu cartão de visitas para ela. Mas tudo bem; sem dúvidas, seria melhor assim.

Meredith desejou nadar um pouco. Lá estava o deque ensolarado e a praia, vinte degraus abaixo. Lá estava a areia dourada e a água azul e fria. Mas, diferente do centro da cidade, com todo o movimento de gente e negócios, estar na propriedade de Connie a assustava.

— Lá está Harold — disse Connie.

— Onde?

Apontou para o mar, e Meredith viu a cabeça negra lustrosa desaparecer da superfície e desaparecer. Sim, apenas uma foca.

— Há quanto tempo Harold anda por aí? — perguntou

– Outro dia eu estava pensando nisso – respondeu Connie. – E acho que este é o quinto verão.

– Quinto, sério?

– Wolf o viu pela primeira vez quando estava olhando a esmo com os binóculos. No verão seguinte, embora ele já estivesse doente, nós viemos para cá mesmo assim e ele passou muito tempo no deque, enrolado num cobertor. Nessa época, já não podia enxergar muito bem, mas eu o avisava sempre que Harold aparecia. No verão seguinte, ele morreu, e nós jogamos as cinzas dele aqui. Então veio o verão passado, e agora este. Portanto, cinco. – Connie ficou um momento em silêncio, depois disse: – É impressionante como a morte de Wolf colocou tudo em duas categorias: antes de ele morrer e depois.

Meredith concordou. Com certeza entendia isso: o antes e o depois.

– Vamos almoçar – disse Connie.

Connie queria comer no deque, mas Meredith se recusou.

– Você está sendo ridícula.

– Não consigo me controlar – disse. – Me sinto exposta.

– Você está segura – disse a amiga. – Ninguém vai te machucar.

– Você não tem como saber – respondeu ela.

Connie segurava dois belos pratos de comida.

– Tudo bem. Vou comer aí dentro com você, de novo. Mas, depois disso, só vou comer aqui dentro se eu tiver vontade. Vou me deitar no deque, exatamente do jeito que fiz no outro dia. E vou nadar.

– Você não vai nadar até agosto – disse Meredith. – Admita, acha a água gelada demais.

– A água é gelada demais – admitiu Connie. – Mas vou caminhar na praia. E se quiserem tirar uma foto minha andando na areia, que tirem. Vou mandá-los tomar naquele lugar. É o que você deveria fazer, Meredith. Mentalmente, mande-os tomar no cu. Deixe-os saber que não te assustam.

— Mas me assustam.

Mesmo do lado de dentro, o almoço estava delicioso: sanduíches de atum com tomate e alface, porções de maionese, um sabor sutil de mostarda. Tomaram latinhas geladas de limonada italiana.

Connie estava com o cartão de visitas de Dan Flynn ao lado do prato.

— Tenho certeza de que ele só quer saber para onde mandar a conta.

— Ligue e descubra — sugeriu Meredith.

Connie fez uma careta. Então pegou o telefone. Meredith levantou-se para dar um pouco de privacidade à amiga, mas Connie estalou os dedos e apontou para sua cadeira.

— Fique. Não vou conseguir fazer isso sozinha.

Meredith sentou-se.

— Alô, Dan? É Connie Flute. De Tom Nevers — disse numa voz animada. — Sim, ficou ótimo. Foi um alívio *imenso*. Você é um anjo! — Fez uma pausa e seus olhos verdes se arregalaram. — Ah, hoje à noite? Meu Deus, bem... tenho um compromisso para hoje à noite. Sinto muito. Pode ser amanhã? — Mordeu o lábio. — Está bem, ótimo! Tudo bem se Meredith for com a gente?

Meredith agitou os braços e balançou a cabeça com tanta violência, que chegou a ouvir o barulho do vento que deslocou. *NÃO!*

— Não posso deixá-la sozinha — explicou Connie. — Principalmente depois do que aconteceu.

Meredith movimentou os lábios:

— Você vai! Eu fico!

— Certo. Perfeito, 19:30h. Company of the Cauldron. Maravilha. Você nos pega às 18 horas? Tão cedo, tem certeza? Tem certeza de que não fica muito fora do seu caminho? Ah, você está mentindo... é fora do caminho de qualquer um! Podemos simplesmente nos encontrar no restaurante. Sério? Tem certeza? Tudo bem, tudo bem, um drinque é bom mesmo. Então... a gente se vê às 18. Obrigada, Dan! Tchau! — Desligou.

— Que diabo você tem na cabeça? — perguntou Meredith.

Connie caiu para trás na cadeira. Brincou com os farelos de pão que ainda estavam em seu prato.

— Ele me convidou para jantar. No Company of the Cauldron. Que é o restaurante mais romântico da face da Terra.

Meredith resmungou:

— Eu não vou com você.

— Você tem que ir.

— Ah, espera aí, Connie. Por quê?

A amiga massageou a testa.

— Não estou pronta para sair com alguém. Normalmente, eu teria dito a ele que não estou pronta, mas, se você for conosco, então não será um encontro de verdade, e eu me sentirei bem. — Connie ficou com as faces rosadas e os olhos verdes brilhando. Gostara de Dan. E por que não? Ele era bonitão, da idade certa, viúvo. Mas Meredith sabia que, caso se recusasse a ir, Connie telefonaria para Dan e cancelaria. Que diferença havia agora da vez em que Connie pediu à amiga que fosse com ela à Radnor High School, três tardes por semana, para ver Matt Klein lutar, quando elas estavam no 11º ano? Que diferença havia agora de passar de carro com Connie pela casa de Drew Van Dyke, no meio da noite, para ter certeza de que seu carro estava ali e não estacionado na frente da casa de Phoebe Duncan?

— É como se tivéssemos voltado para o ensino médio — disse Meredith.

— Assim é a vida — disse Connie. — Ensino médio repetidas vezes.

Seria bom se isso fosse verdade, pensou Meredith. Na escola, ninguém morria de câncer de próstata. Na escola, ninguém operava 50 bilhões de dólares no esquema Ponzi. Achava que o fato do que estava acontecendo agora ser semelhante à época da escola era algo para alegrá-las.

— Tudo bem — disse Meredith. — Eu vou. — Ela não *queria* ficar sozinha em casa mesmo; isso a deixaria petrificada. — Ele pareceu aborrecido por você estar me levando junto?

— Não — respondeu Connie.

Certo: os homens faziam qualquer coisa por Connie, inclusive jantar com a esposa do maior barão do roubo da história.

— E que planos nós temos para hoje à noite? — perguntou.

— Planos?

— Você disse a Dan que nós tínhamos planos para hoje.

— Claro que eu disse — respondeu Connie. — Levantou-se para limpar a mesa. — Eu não poderia deixá-lo acreditar que nós vamos *ficar em casa*. Você não sabe essas coisas?

Seus planos para sábado à noite incluíam comer suflê de queijo de cabra e salada Caesar para o jantar — isso era algo que Meredith costumava pedir no Pastis e que Connie preparara sozinha. Depois do jantar, ela chamou Meredith para subir ao escritório de Wolf e ver as estrelas no telescópio.

— Wolf conhecia todas as constelações — disse Connie. Apontou o telescópio para fora da janela. — Eu só conheço a Orion, a Ursa Maior e a Cassiopeia.

— Consigo ver a Ursa Maior — disse Meredith. — E a Plêiades. Já vi também o Cruzeiro do Sul. — Meredith vira o Cruzeiro do Sul numa viagem que ela e Freddy fizeram para a Austrália. Eles se hospedaram na cidade costeira de Broome, a noroeste, que era o lugar mais remoto que Meredith já havia visitado. Freddy tinha um amigo da faculdade chamado Michael Arrow, dono de uma fazenda enorme de pérolas. Michael fora um dos investidores das Empresas Delinn; perdera a fazenda de pérolas que fazia parte da família desde 1870. Era um bom homem, aberto e simpático, fora um bom amigo. Meredith se perguntava como Freddy se sentia por ter traído Michael Arrow. *Droga, Freddy!*, pensou (pela zilionésima quarta vez).

O que Meredith se lembrava de Broome era o teatro a céu aberto para onde Michael os levara. Eles tinham se sentado em balanços e assistido a um filme sob as estrelas. Ela não conseguia se lembrar do filme, mas se lembrava de Michael dizendo:

— Vê aquela beleza ali? É o nosso Cruzeiro do Sul.

Meredith imaginou se alguma vez veria o Cruzeiro do Sul de novo. Freddy, com certeza, não.

Pelo telescópio, as estrelas pareciam mais perto, embora permanecessem apenas estrelas, meros pontos de luz a milhões de quilômetros de distância.

— Freddy comprou uma estrela para você, não foi? — perguntou Connie.

Meredith concordou, mas nada disse. Freddy comprara uma estrela para ela e colocara o nome de Garota Prateada com base numa canção que seu pai costumava cantar para ela. *Sail on Silver*

*Girl, sail on by, your time has come to shine, all your dreams are on their way, see how they shine**. A canção era "Bridge Over Troubled Water". Cada vez que ela tocava no rádio, Chick Martin pegava a mão da filha. *Oh, if you need a friend, I'm sailing right behind***. Chick Martin comprara o disco para lhe dar de presente de aniversário. Colocava a música para tocar antes de suas competições de salto. Dançaram-na lentamente na sala de estar, uma hora antes da formatura de Meredith. O pai também a colocara para tocar no radio-gravador do carro durante todas as lições de direção, depois de Toby terminar com ela e ir embora da cidade passar o verão fora. Meredith ouvira a canção repetidas vezes durante seus dias frios e solitários após a morte de Chick, causada por um aneurisma cerebral. Trouxera o antigo álbum consigo e o guardava no andar de cima, em sua capa de papelão; era e sempre fora seu bem mais precioso. Mesmo que a tecnologia o tivesse tornado inútil, não poderia suportar ficar sem ele.

Meredith, na época, explicara o significado da canção a Freddy e, anos mais tarde, quando a NASA tornou possível que cidadãos comuns comprassem e nomeassem estrelas, Freddy comprara uma estrela para ela e a batizou de Garota Prateada.

Uau. Era difícil pensar nisso, por diversas razões.

Meredith pediu licença e foi se deitar.

Connie ficou tão empolgada com o encontro com Dan Flynn que Meredith se deixou contagiar por osmose. A amiga passou o dia inteiro no deque pegando sol, aplicando diligentemente protetor

---

* Veleje, garota prateada, vá velejando/ Chegou sua hora de brilhar/ Todos os seus sonhos estão a caminho/ Veja como eles brilham.

** Ah, se você precisar de um amigo, estarei velejando logo atrás.

solar fator 15 no rosto e mantendo fatias de pepino nos olhos, como se fosse uma estrela de cinema. Meredith observou Connie, da segurança do sofá da sala, onde lia um livro. Mais do que tudo, ela gostaria de estar do lado de fora, mas não conseguiria relaxar, preocupada com a possibilidade de alguém estar tirando fotos suas. Os paparazzi em Nova York haviam sido implacáveis, cercando o exterior de seu prédio dias a fio. Mas aquilo era mais insidioso ainda – a câmera, o segredo, o olho perscrutador gravando cada movimento. Se havia ou não alguém ali fora a observando não importava. Meredith se sentia constrangida, culpada. Um deque ensolarado em Nantucket não era coisa para ela.

Sentiu vontade de ligar para Dev e ver se ele tinha notícias de Julie Schwarz sobre o caso de Leo. Teriam duvidado de Deacon Rapp? Teriam encontrado a sra. Misurelli? Meredith ligou o celular e prendeu a respiração enquanto aguardava as ligações ou mensagens de texto que chegariam. Nada. Então percebeu que era domingo e que até Dev, por mais que trabalhasse, não estaria no escritório. Estaria em algum outro lugar, pescando no lago ou passeando no Central Park. Droga, até mesmo os agentes federais – aqueles agentes sem nome e sem rosto – estariam aproveitando o verão naquele domingo.

Meredith pegou um vestido branco de linho emprestado com Connie; estava comprido demais, batendo no meio dos joelhos, mas o que ela faria? Desejou que sua pele estivesse um pouco mais bronzeada. Colocou o vestido primeiro, depois fez a maquiagem e então colocou a peruca. Pouco importava sua aparência, lembrou-se. Ela era um adjunto ali, uma acompanhante. Ela era a Rhoda para a Mary Tyler Moore de Connie. Ela era Mary Anne para a Ginger da amiga.

Connie estava linda de morrer com um tubinho de seda verde-água. Parecia uma sereia que atraía marinheiros para a morte. Usava um par de Manolos prateados (uma vez Meredith tivera um par de sapatos idêntico), usava Guerlain Champs-Élysées e recendia a um jardim da Provence. *Ai, perfume!* Ela quase pediu a Connie para dar uma borrifada, mas desistiu. Seu cheiro não importava.

Seguiu-se uma batida à porta e Dan Flynn materializou-se no vestíbulo. Para início de conversa, ele era um homem muito bonito e fazia limpeza muito bem. Usava calças brancas vincadas com mocassins caros e uma camisa estampada azul da Robert Graham.

Connie atravessou o corredor. Do alto da escada, Meredith viu Dan arregalar os olhos. Vê-lo se banquetear com a visão de sua amiga querida deu a ela certa excitação vicária. Abraçaram-se constrangidos, e Meredith reprimiu um sorriso. Então Dan percebeu sua presença.

— E aqui vem minha segunda companhia. Sou ou não um homem de sorte?

Connie e Meredith subiram no Jeep vermelho de Dan Flynn. O teto negro macio estava rebaixado como um acordeom.

— Lá vamos nós — disse Dan. — Segurem os cabelos! — disse, referindo-se à peruca de Meredith e, surpresa, ela riu. E segurou, segurou mesmo os cabelos. O vento e o sol batendo em seu rosto foram intoxicantes. Dan colocou Robert Cray para tocar e Meredith sentiu-se relaxar pela primeira vez em meses. Fizera um acordo consigo mesma, no banheiro do segundo andar, prometendo que não passaria a noite pensando no que os meninos estariam fazendo ou sobre o marido. Freddy, precisava aceitar, não podia se preocupar com mais ninguém, e ela, Meredith, precisaria fazer o mesmo. Estava determinada a brilhar como companhia no jantar, dizer as palavras certas, ser interessante – e não a mulher derrotada que Dan Flynn, sem dúvida, esperava.

– Vamos começar com alguns drinques! – disse ele. – Champanhe!

Sim, Meredith adorava champanhe, embora champanhe lhe desse uma dor de cabeça infernal. Eles chegaram ao Galley, que dava vista para o Nantucket Sound; colocaram a garrafa de champanhe na areia, onde se acomodaram nos móveis baixos de vime com almofadas de linho creme. Aquela era uma cena digna do sul da França. Meredith ouviu Connie e Dan conversarem sobre Nantucket – da forma como estava agora, da forma como costumava ser. Dan Flynn nascera e crescera na ilha e seu pai antes dele, e seu avô antes do pai... e assim sucessivamente por cinco gerações. Num dado momento, sua família fora proprietária de quase um décimo da ilha, mas então vendera uma parte e doara outra como área de conservação. Dan era pescador de peixes e moluscos, e dono de 25 armadilhas para pescar lagostas. Tinha a firma de lavagem por pressão e administrava as 14 propriedades da família, embora seu trabalho mesmo, disse, fosse conhecer todos na ilha e tudo o que acontecia ali. Durante a baixa estação, ele viajava. Exatamente como os caçadores de baleias dos anos 1800, Dan Flynn conhecia o mundo. Atravessara a China de motocicleta; fora mochileiro na Índia, contraíra malária e passara meses convalescendo com a ajuda de algumas drogas psicodélicas na praia de Goa. Subira montanhas com a esposa e os três filhos para conhecer Machu Picchu.

Connie estava luminosa e parecia ser a Connie de verdade, que se iluminava, e não uma cópia gentil e delicada. Dan era um homem charmoso e cavalheiro. Quando Meredith tentou lhe passar uma nota de vinte dólares para pagar a bebida, ele respondeu:

— Guarde a nota, por favor. Esta noite é por minha conta. — Meredith sentiu um alívio que acharia absurdo um ano atrás, quando não precisava se preocupar com dinheiro.

Eles saíram do Galley e pararam para outra rodada de drinques na 21 Federal. Até mesmo Meredith, que quase nada sabia sobre Nantucket, já ouvira falar desse lugar – o que queria dizer que ela teria que ficar bem alerta. Poderia encontrar alguém que conhecesse – mas assegurou a si mesma que ninguém a reconheceria. A peruca, os óculos. Dan fora instruído a apresentá-la como Meredith Martin.

Dan conhecia todos que estavam no bar do 21 Federal, incluindo os garçons. Pediu mais champanhe. O bar era escuro e sofisticado; a clientela era atraente e agradável. Mas era em ambientes graciosos e gentis como aquele que o nome Delinn aparecia aqui e ali. Aquelas eram as pessoas que haviam perdido dinheiro ou que conheciam alguém que havia perdido dinheiro. *Estamos mudando o nosso sobrenome*, dissera Carver. *Você deveria mudar também.*

Meredith imaginou se os meninos teriam seguido adiante com a ideia. Será que Leo conseguiria mudar de nome enquanto estivesse sob investigação? Tinha medo de que, se trocassem mesmo de nome, eles se afastariam, e como ela os encontraria de novo?

Precisava voltar à cena, fazer-se presente. Sem grandes reflexões! As pessoas à sua volta conversavam sobre cavalos; Dan e Connie falavam sobre velejar.

— Meu marido costumava velejar. E meu irmão, Toby, é velejador.

Toby, pensou Meredith. Meu Deus, lembrou-se de quando Toby é que parecera o cara perigoso.

Ela pediu licença para ir ao banheiro, mesmo que isso significasse passar pelas pessoas que ali estavam para jantar, pessoas que poderiam reconhecê-la. Vislumbrou rapidamente para os rostos: não conhecia nenhum deles. Olhou desconfiada para a porta do banheiro. Amy Rivers poderia estar do outro lado.

Imaginou se algum dia sobreviveria a essa ansiedade específica.

O banheiro feminino estava vazio. Meredith fez xixi em paz, lavou as mãos, ajustou a peruca e analisou-se brevemente no espelho de corpo inteiro. Em algum lugar naquele disfarce estava uma menina que fora capaz de executar um salto reverso perfeito com meio-pike, uma mulher que havia lido todos os romances de Jane Austen, exceto um, uma filha, esposa e mãe que sempre agira por amor. Era uma boa pessoa, embora nunca ninguém fosse olhar para ela assim de novo.

Droga, Freddy Delinn, pensou (pela zilionésima quinta vez). Então engoliu as palavras, porque era assim que ela era.

O Company of the Cauldron era, como dissera Connie, o restaurante mais romântico da face da Terra. O salão era pequeno, charmoso, aconchegante. Estava iluminado por candelabros e decorado com flores secas, panelas de cobre, ferramentas antigas de fazenda e utensílios de cozinha. Havia um harpista e o som da música fez Meredith pensar que, mesmo se tudo o que ouvira falar do paraíso fosse mentira, ainda assim, deveria haver um harpista no céu. Dan conhecia os donos do restaurante, portanto eles lhe deram a mesa à janela, na frente do restaurante, de onde se tinha vista da rua de pedras. Connie e Meredith sentaram ao lado uma da outra e Dan de frente para elas. Havia uma bisnaga de pão artesanal no centro da mesa e um prato de molho de feijão branco com alho. Dan pediu uma garrafa de vinho e, quando o garçom saiu para buscá-lo, ele pegou a mão de Connie. Connie e Dan estavam de mãos dadas, este era o encontro que Meredith estava atrapalhando e, ainda assim, ela não queria estar em outro lugar.

128 ✦ *Elin Hilderbrand*

Assim que a comida chegou, a conversa ficou mais séria, Dan falou da esposa e de sua luta de dez anos contra o câncer de mama. Seu nome era Nicole, descobriu um caroço no seio quando tinha 40 anos e seu filho mais novo, quatro. Passou por uma quimioterapia, então mastectomia nos dois seios e depois mais cinco anos de tamoxifeno. Nicole tomou todas as precauções possíveis, inclusive a de se colocar no que Dan chamou de "dieta macrobiótica dos infernos" e, justamente quando eles achavam que ela havia vencido a doença – ela estava em boa forma, participando de várias passeatas sobre o câncer de mama pelo estado –, descobriram que o câncer se espalhara para o fígado. Ela morreu dois meses depois.

– Sinto muito – disse Connie. Seus olhos estavam marejados.

– E as crianças? – perguntou Meredith.

– Isso foi paralisante para os meninos – disse Dan. – Principalmente para o mais velho. Ele abandonou os planos de ir para a faculdade, roubou minha caminhonete velha e foi embora para a Califórnia. Raramente tenho notícias dele.

Isso faz de nós três pessoas que não têm contato com os filhos, pensou Meredith.

Connie respirou fundo.

– Meu marido morreu de câncer de próstata que se espalhou para o cérebro – disse ela. – Só que eu não consigo falar sobre isso. Estou apenas tentando sobreviver a cada dia.

Dan ergueu a taça de vinho.

– À sobrevivência.

Amém, pensou Meredith.

Os três tocaram suas taças.

A noite poderia ter acabado com os chocolatinhos sedutores que vieram junto com a conta, mas Dan Flynn era um desses homens que não sabia parar. (Freddy sempre estava na cama antes das 22 horas, preferencialmente às 21:30h. *O estresse!*, costumava dizer, quando Meredith pedia para ficar fora até mais tarde. *Será que não há jeito de você entender?!*) Dan conduziu Connie e Meredith pela rua até o Club Car. Lá, mais champanhe foi pedido para as senhoras, enquanto Dan tomava um cálice de vinho do Porto. Meredith hesitou de início, mais uma vez analisando o velho vagão Pullman atrás de pessoas que pudesse conhecer. (No caminho, Dan dissera a Meredith que aquele vagão Pullman fora uma vez parte de um trem que saía de Nantucket para Sconset.) Mas Meredith foi atraída para o final do vagão onde um homem tocava piano e as pessoas se reuniam em volta dele cantando "Sweet Caroline" e "Ob-La-Di Ob-La-Da." Num dado momento, Meredith viu Dan fungando no pescoço de Connie, no bar. Esse era o final romântico do encontro deles; ambos logo quereriam se livrar dela. O pianista partiu para "I Guess That's Why They Call it the Blues" e Meredith começou a cantar, pensando em Irmã Delphine, da Merion Mercy, que educara sua voz durante quatro anos no coro do madrigal. Agora, ali estava ela, uma cantora meio bêbada entoando uma música romântica.

O pianista virou-se para ela.

— Bela voz — disse. — Qual o seu nome?

Ela precisou inventar um nome. Levou a mão à peruca.

— Mary Anne.

— Okay, Mary Anne. A próxima música é com você — disse ele.

Ela cantou "I Will Survive", de Gloria Gaynor, uma vez que sobrevivência se tornara o tema daquela noite. Tema daquele verão.

CONNIE

Na segunda de manhã, Connie acordou sem saber onde estava.

Então riu, ligeiramente preocupada.

Estava na cama.

Estava na própria cama, enfiada nos lençóis fresquinhos e brancos, a cabeça afundada numa nuvem de travesseiros. A luz entrava pelas janelas. O mar parecia tão próximo que parecia a ela que as ondas estavam batendo na borda da cama.

Tinha a cabeça pesada, mas não latejante. Percebeu que havia água na garrafa em sua mesa de cabeceira, com uma fatia fina de limão dentro, do jeito que gostava. Não se lembrava de ter feito isso. Olhou circunspecta por cima do ombro, para ter certeza de que o outro lado da cama estava vazio.

Tudo bem.

O relógio marcava 5:30h. Deus amava Nantucket, no leste distante dos Estados Unidos. A manhã chegava cedo. Connie pôs um segundo travesseiro em cima da cabeça e fechou os olhos.

Quando tornou a acordar às 7:50h, pensou: *Meu Deus, estou no meu quarto! Estou na minha cama!*

Havia conseguido. Encarara os demônios e dormira na própria cama. Mas esse orgulho foi logo substituído pela culpa. Havia dormido na própria cama quando *não* dormir nela significava um tributo, mais ou menos, a Wolf.

Connie puxou um travesseiro de penas para cima do peito quando lembranças da noite anterior lhe vieram à mente. Ficara de mãos dadas com Dan Flynn, e essa mera atitude — ficar de mãos dadas com um homem — tivera um sentido pecaminosamente bom. Durante toda a vida teve inúmeros namorados; no ensino médio e na faculdade, ela trocava um por outro. Não ficou cinco minutos sozinha, percebeu, até a morte de Wolf. Ter sobrevivido por tanto tempo sem atenção masculina lhe parecia surpreendente, como ficar sem boa comida ou bons livros. No Club Car, Dan encostara a boca em seu pescoço e alguma coisa dentro dela voltara à vida, como se retornando dos mortos. Precisava se livrar daquela sensação, mas ela estava conseguindo, estava reacendendo! Por quanto tempo negara atenção às suas necessidades físicas? Com Dan, tudo o que desejara fora ser um corpo.

Assim que chegaram em casa e Meredith foi cambaleante para a cama, Dan e Connie foram para a cozinha — com a desculpa de tomarem uma saideira —, embora o que Dan tivesse pedido fosse água. Connie não se lembrava da água; lembrava-se do beijo macio e demorado que a levara à estratosfera.

E Dan, cavalheiresco, ficou só no beijo. Connie chorou, lembrava agora, quando disse a ele que não beijava um homem desde a morte de Wolf. Acreditava que seus dias de beijos haviam acabado. Dan não ofereceu comentário semelhante. Não disse que Connie fora a primeira mulher que ele beijara desde a morte de Nicole, o que provavelmente queria dizer que ele havia estancado o sangramento de seu coração com o carinho oferecido por outras mulheres. Fizera sexo com uma colega de ioga de Nicole quando ela lhe levara um prato de arroz integral, ou quem sabe se deixara seduzir pela babá de 21 anos dos meninos. Homens eram criaturas diferentes. Se fosse Connie que tivesse morrido, Wolf jamais teria passado dois anos e meio dormindo no sofá. Ele já teria se casado novamente com uma mulher mais nova e mais bonita, uma versão menos experiente de Connie. Disso ela tinha certeza.

Bebeu a água e levantou. Deixaria a cama desarrumada. Gostava do jeito das cobertas amontoadas. Finalmente o quarto parecia habitado.

Escovou os dentes, lavou o rosto, inspecionou a pele no espelho. Ainda era bonita. Alta. Sempre fora bonita, mas esta manhã estava mais satisfeita com sua aparência. Dan Flynn a beijara. E ficara só no beijo – talvez porque quisesse ir devagar, ou talvez porque fosse segunda-feira e ele tivesse trabalho em alguma casa em Pocomo Point às oito.

Sim, era isso. Foi isso o que ele lhe disse.

Era *segunda-feira*.

Connie engasgou. Ai, meu Deus. Ai, meu Deus. Ai, meu Deus. Ela... nem conseguiu colocar o pensamento em palavras. A lembrança lhe chegou de forma escorregadia, pulou logo para sua mente, ricocheteou à volta, quicou e escorreu antes de aterrissar com um grande e viscoso *splat* no chão de sua cabeça.

Não telefonara para Ashlyn no dia anterior. Fora domingo e ela não telefonara.

Olhou-se no espelho com os olhos arregalados. Os cílios estavam colados com sobras de rímel da noite anterior. Saíra com outro homem, beijara esse homem, dormira pela primeira vez na própria cama em dois anos e meio. Tudo isso era digno de nota. De fato, surpreendente.

Mas deixando tudo isso de lado: havia esquecido de telefonar para a filha.

Após o pânico inicial, Connie pensou: *Tenho minhas dúvidas de que Ashlyn tenha percebido. E, caso tenha, de que deu importância.*

Connie não falava com a filha desde dez dias após o enterro de Wolf, a partir do momento em que distribuíram os bens e tomaram ciência de toda contabilidade, no escritório do advogado da família, em Georgetown. Ashlyn recebeu um fundo de investimento com ações e papéis do governo – um portfólio que Wolf vinha formando para ela ao longo dos anos – que agora valiam entre 600 mil e 700 mil dólares. Herdou também o seu Aston Martin azul-marinho conversível. Ashlyn conseguiu conter a raiva e amargura que sentia até ter o dinheiro na mão e se ver sentada atrás do volante do carro – e então saiu da vida de Connie.

Parte disso se devia à maldição de ter uma filha médica. Quando Wolf foi diagnosticado com câncer de próstata, Ashlyn tinha acabado de se formar na Johns Hopkins University School e fazia sua residência em oncologia pediátrica no Washington Cancer Institute, em WHC. Wolf vinha sofrendo com os sintomas e os ignorando; andava ocupado demais com o trabalho e, embora reluzente de orgulho com relação às conquistas da filha, não gostava de ir ao médico. Gostava de dar ao corpo a chance de se curar sozinho, independentemente do sofrimento. Isso fora verdade durante as décadas em que Connie esteve casada com ele, desde dores de estômago até infecções de ouvido e gripes. O problema de próstata de Wolf, no entanto, se apresentou de forma um pouco diferente, interferindo em sua vida sexual. Connie ficou aliviada quando ele marcou uma consulta no urologista e, quando ele chegou com a notícia de problemas na próstata, ela ficou apavorada. Mas o primeiro oncologista que eles consultaram foi um homem calmo que lhes assegurou que a radioterapia daria jeito no problema. Wolf ficaria cansado por um período, sofreria de incontinência urinária e sua vida sexual seria temporariamente interrompida.

Ashlyn concordara com o que os médicos haviam dito ao pai e concordara com o plano do tratamento. Ela e Wolf tinham conversas particulares ao telefone sobre sua doença e tudo estava bem. A filha tinha um diploma de medicina novo em folha e queria exibi-lo. Sabia muito mais sobre células cancerosas do que Connie, embora câncer de próstata não fosse algo que ela visse na oncologia pediátrica. Connie e a filha não discutiam a doença de Wolf a não ser em linhas gerais, por se tratar de câncer de *próstata* e também porque, mesmo Ashlyn sendo médica, Connie acreditava que a privacidade do marido devesse ser respeitada.

Como previsto, o câncer desapareceu com a radioterapia. Wolf usou fraldas geriátricas durante aproximadamente 12 semanas. Quando iam ao cinema, Connie levava uma fralda extra dentro da bolsa e a entregava para o marido como uma mercadoria contrabandeada, antes de ele ir ao banheiro masculino. Foi um período humilhante para ele, mas um preço pequeno a pagar por uma vida saudável.

E então a vida voltou ao normal. Wolf recebeu um prêmio, o Institute Honor Award, de AIA, pelo prédio do sindicato estudantil que ele projetara na Universidade Católica e, em sequência, mais três encomendas enormes, incluindo um projeto federal para projetar e construir num novo prédio para os veteranos no centro de Washington D.C. Wolf nunca estivera tão ocupado, mas tanto ele quanto Connie reconheciam o trabalho e suas compensações como um raio de sol dourado que marcaria o auge de sua carreira. Eles tinham quase 3 milhões investidos nas Empresas Delinn e esse dinheiro vinha crescendo exponencialmente – em um mês tiveram lucro de 29% – e isso, junto com os prêmios, as encomendas e o restabelecimento da saúde de Wolf, assegurava a sensação deles de ótima condição financeira e bem-estar.

Wolf começou a ficar com visão turva na mesma época em que Ashlyn levou uma amiga para os pais conhecerem em casa, uma mulher chamada Bridget.

Ashlyn e Bridget moravam em Adams Morgan, a menos de trinta minutos de Wolf e Connie em Bethesda, mas, mesmo assim, elas decidiram ir e ficar para o final de semana. Connie, que de início achou que aquela visita fosse uma "escapada" para duas mulheres sobrecarregadas de trabalho, duas residentes estressadas, fez o possível para recebê-las bem. Arrumou as camas nos quartos de hóspedes e colocou dálias em vasinhos de vidro em cada mesinha de cabeceira. Preparou bolinhos de amora e assou costelas para servir com estrogonofe. Encheu o tanque do Aston Martin e desenhou um mapa até a estada onde ficava a maior plantação de abóbora do estado de Maryland. Comprou dois romances indicados pelo *Washington Post Book World* e alugou alguns novos lançamentos na videolocadora.

O que Connie não fez foi imaginar o que a visita de Ashlyn e sua melhor amiga pudesse *significar* — até vê-las de mãos dadas com as bolsas de viagem, saindo da estação de metrô. Até vê-las pararem no meio do caminho de pedras que levava à casa, olharem uma para a outra, dividirem um momento de sussurrada intimidade — Ashlyn claramente assegurava à amiga que aquele final de semana seria bom; seus pais eram mente aberta, tolerantes, liberais, democratas de carteirinha, a favor do voto livre contra a guerra — e se beijarem.

Connie as observava da janela da frente. Estivera ansiosa pela chegada delas. E, para falar a verdade, foi como se seu coração fosse uma xícara de chá que tivesse caído e se estilhaçado no chão.

Ashlyn e Bridget eram amantes. A razão pela qual a filha quisera passar o final de semana ali não fora para contar aos pais, mais do que isso: mostrar a eles.

Connie endireitou a postura. Treinou alguns sorrisos antes de abrir a porta. Precisava conversar com Wolf, mas ele estava trabalhando no local onde desenvolvia seu projeto. As encomendas o mantinham fora por longas horas e, embora ela não reclamasse, naquele momento, sentiu-se abandonada e ressentida. Precisava do marido ali. Ele já devia ter percebido; deveria tê-la preparado para essa possibilidade. Sua filha, sua única filha era lésbica? Sim, parecia que sim. Embora as mulheres, raciocinou Connie, fossem mais aptas a experimentar com sua sexualidade, certo? O tempo para ficar ruminando os pensamentos estava se extinguindo; Connie podia ouvir os passos das garotas na escada que levava à porta da frente. Podia ouvir Ashlyn rindo. Isso não queria dizer que jamais haveria um casamento na casa de Nantucket, como ela sempre imaginara. Isso não queria dizer que nunca haveria netos. Connie *era* liberal; *era* tolerante. Cursara estudos femininos em Villanova; lera Audre Lorde, Angela Carter e Simone de Beauvoir. Mas qual o problema em dizer que *não era* assim que queria que as coisas acontecessem? Aquilo – Connie abriu a porta e viu Ashlyn e Bridget lado a lado, rindo, nervosas – não era mesmo o jeito que ela queria que as coisas acontecessem.

Ela tirou nota máxima no quesito tentar mudar de opinião. Sorriu, abraçou e agradou Bridget como se ela fosse um gatinho adorável que Ashlyn tivesse levado para casa. Bridget era irlandesa, de County Mayo e havia algo de delicado nela – cabelos curtos e negros, sardas e um sotaque que encantou Connie, apesar das circunstâncias. Era inteligente e, pelo que dissera Ashlyn, extremamente brilhante. Era exatamente o tipo de moça que Connie gostaria que um filho levasse para casa.

Connie ofereceu às moças biscoitos de aveia com lascas de chocolate – os biscoitos favoritos da infância de Ashlyn –, uma xícara de chá – a amante era irlandesa – e falou como uma idiota. Uma mãe idiota que não adivinhara a preferência sexual da própria filha. (Teria havido pistas que ela não percebera? No ensino médio e na faculdade, até mesmo na residência médica, Ashlyn tivera namorados *homens*. Wolf uma vez pegara um rapaz subindo a treliça para o quarto dela no meio da noite. E, como gritara furioso, o rapaz não estava lá para jogar futebol de botão!) Connie sabia que era transparente – pelo menos para Ashlyn – e ficou agradecida quando Ashlyn disse que ela e Bridget estavam indo para o quarto "delas" desfazer as bolsas. Isso lhe dera a chance de escapar para o santuário de seu quarto, de onde telefonara para Wolf, para contar a novidade.

Ele ouviu, mas não comentou.

– Sei que vai parecer que estou dando uma desculpa esfarrapada, mas estou com uma dor de cabeça de matar. A pressão é tão forte que parece que vão nascer chifres. Dá para esperar até eu chegar em casa?

Naquela noite, os quatro se sentaram em torno da mesa de jantar para comer a refeição suntuosa que Connie preparara, e Ashlyn e Bridget falaram da viagem que estavam planejando fazer a Londres, País de Gales, Escócia e, por fim, a Irlanda, para visitar a família de Bridget.

Então mais uma mãe terá seus sonhos despedaçados, pensou Connie.

Mas o que disse foi:

– Isso me parece maravilhoso, meninas!

Ashlyn franziu a testa, provavelmente diante do termo "meninas". Por que infantilizá-las? Por que não se referir a elas como mulheres ou, melhor ainda, gente? Mas Connie achou que ajudaria pensar nelas como meninas inocentes: Ashlyn com seus cabelos longos e claros, soltos, exceto por uma trança na frente do rosto que o emoldurava e a fazia parecer uma dama da Renascença, e Bridget com seus cabelos negros brilhantes e seu sorriso maroto. Elas não eram tão diferentes de Connie e Meredith no ensino médio – sempre juntas, amigas, se divertindo e sendo afetuosas juntas –, eram?

Wolf não falou muita coisa durante o jantar. A cabeça, reclamou ele. E já havia tomado seiscentos miligramas de ibuprofeno. Pediu licença antes da sobremesa. As moças se acomodaram no sofá para assistir a um dos filmes que Connie alugara, comer crocante de maçã e fazer algumas piadas com relação ao creme de leite que Connie fingiu não ouvir enquanto arrumava a cozinha. Tentava lembrar-se de que, certamente, aquela era uma fase. Rezou para não acordar à noite com nenhum grito feminino de tesão e amaldiçoou Wolf por ser tão egoísta. Quando subiu a escada, ele já estava deitado com as luzes apagadas e uma compressa sobre os olhos.

— Sinceramente, não consigo acreditar.

— Estou ficando cego, Connie. Não consigo enxergar nada — disse Wolf.

Pela manhã, Ashlyn deu uma olhada no pai e sugeriu que ele telefonasse para o clínico. Mas era sábado, e isso queria dizer atendimento de emergência. Wolf resistiu. Tomaria mais um pouco de ibuprofeno e ficaria deitado.

— Pai, a sua pupila direita está dilatada — disse Ashlyn.

— Só preciso descansar. Tenho trabalhado feito o diabo.

E Ashlyn, envolvida nas tramas do romance, não insistiu da forma que teria feito normalmente. Ela e Bridget estavam, por sugestão de Connie, dando uma volta no Aston Martin, por aquele caminho de abóboras. Fariam um piquenique.

Às 14 horas, Wolf estava gemendo. Às 15 horas, ele pediu a Connie para chamar uma ambulância.

Connie mudou de roupas e pôs shorts e camiseta. Prendeu os cabelos num rabo de cavalo. A casa estava silenciosa; Meredith estava dormindo. Ela iria buscar o jornal. Daria uma volta e esfriaria a cabeça. Decidiria se telefonaria para Ashlyn naquela manhã ou se esperaria para ver o que viria a acontecer. Em seu coração, no entanto, sabia que nada aconteceria. Poderia telefonar ou não — isso não importava.

Wolf foi diagnosticado com câncer de próstata que se alastrara para o cérebro. Tinha dois tumores localizados no lóbulo frontal e, por isso, explicara o oncologista, sua analogia com "nascerem chifres" era apropriada. Um dos tumores poderia ser retirado, o outro, não. O que não podia ser operado havia se espalhado como leite derramado sobre uma mesa. Wolf faria tratamento quimioterápico para reduzir o tumor inoperável. Se conseguissem levá-lo a um estágio em que pudesse ser contido, haveria uma intervenção cirúrgica e os dois tumores seriam retirados juntos.

Wolf, no curso de um final de semana, parecera aceitar a própria mortalidade.

— E se eu não quiser fazer a quimioterapia? E se eu simplesmente deixar rolar?

— Terá dores de cabeça fortíssimas, que nós poderemos administrar com medicação. Visão turva, certamente. Dependendo do quanto o câncer for agressivo, você poderá ter um ano de vida. Ou três.

Wolf apertou a mão de Connie.

— Certo — disse.

— Quimioterapia — disse Connie.

— Me deixe pensar.

Connie sentou-se na beira da cama desfeita. No jantar no Company of the Cauldron, na noite anterior, Dan Flynn lhes contara sobre a morte da esposa. Os sintomas básicos de sua doença foram similares aos de Wolf. O câncer desaparecera e depois ressurgira — o mesmo câncer — num lugar diferente. Em Nicole, o câncer de mama passara para o fígado. Em Wolf, o câncer de próstata passara para o cérebro. Parecera tão injusto: o médico te diz "você está curado", diz "derrotou o câncer" e, então, uma célula errante, renegada, viaja para um lugar mais hospitaleiro e decide se multiplicar.

Connie nunca fora capaz de dividir a história de Wolf com ninguém que não tivesse passado por aquela situação junto com ela. Era complicada demais; não fazia sentido.

Wolf recusou-se a fazer a quimioterapia.

Em parte, por causa das três encomendas que estava preparando, inclusive o novo prédio dos veteranos. Esses prédios iriam, era de se supor, ficar décadas, séculos de pé. Isso era a arquitetura, ele era arquiteto e se fosse embora agora por causa de um tratamento debilitante, perderia o controle. Os prédios se tornariam outra coisa — outra coisa de outra pessoa —, mesmo se seguissem seu projeto.

— Seria o mesmo que Picasso entregar sua palheta para um assistente ou para outro artista... Matisse, digamos... e pedir a ele para terminar *Guernica*. Você entende, não entende, Connie?

O que Connie entendia era que Wolf se achava Picasso. Era uma questão de ego.

— Não se trata de ego — disse ele. — É legado. Posso terminar esses dois prédios e completar meu legado, ou posso fazer quimioterapia e deixar meu legado escorrer pelo ralo. E não há garantia alguma de que a quimioterapia vá me salvar. Ela poderá reduzir meu tumor a um tamanho operável e aí eu vou morrer na mesa de cirurgia.

— É preciso ter fé.

— Tenho fé de que poderei terminar os prédios — disse ele. — Poderei terminar o trabalho da minha vida.

— E quanto a mim? — perguntou ela.

— Eu te amo — disse Wolf.

Ele a amava, mas não o suficiente para lutar contra a doença. O trabalho é que era importante. Seu legado. Esse era o seu argumento, e Connie sabia também que, no fundo, ele estava com medo. Não gostava de médicos, não acreditava no sistema de saúde, tinha medo da quimioterapia e de ter a cabeça raspada, o crânio aberto e o cérebro escarafunchado com uma colher de sorvete de laranja ou de chocolate com amêndoas. Melhor se enterrar no trabalho e fingir que nada havia de errado. Disfarçar a dor com Percocet, mais tarde com morfina, e esperar que o próprio corpo se curasse. Connie era casada havia 25 anos com Wolf, mas ela, nos últimos tempos, não tinha nem voz, nem vez. Era o seu corpo, sua doença, sua decisão. Poderia brigar com ele ou apoiá-lo. Apoiou-o.

Ashlyn ficou furiosa. Ela, por sua vez, ficou incrédula e inconsolável. Invadiu o escritório de Wolf, depois os seus locais de trabalho e passou-lhe sermões. Agendou uma consulta para conseguir uma segunda opinião, com a qual ele concordou e depois faltou na última hora por causa de um problema com o mestre de obras. Ashlyn entrou furiosa em casa e berrou com Connie:

— Você vai simplesmente ficar parada e deixá-lo morrer!

Wolf morreu 17 meses depois. Concluiu duas de suas encomendas e deixou a terceira — o complicado e espetacular prédio dos veteranos — em fase de acabamento.

Connie não podia acreditar que havia perdido sua única filha com a morte do marido, mas a verdade era que Ashlyn sempre fora uma menina muito intensa e difícil de lidar. Com ela ou era tudo ou nada. Ou ela te amava ou te odiava; não havia nunca o meio-termo. Connie, por sua vez, crescera desorganizada, amante da diversão, relaxada. Nenhuma desses rótulos se aplicava a Ashlyn. Não aceitava abrir mão; não pegava leve consigo mesma nem com os outros. Connie e Wolf uma vez marcaram uma consulta na psicóloga que estava preocupada com a busca de Ashlyn "pela perfeição". Tinha oito anos e, quando pegava um lápis de cera, uma veia saltava em sua testa.

142 ✦ *Elin Hilderbrand*

* * *

Após a morte de Wolf, Ashlyn viu-se consumida pela raiva. Ashlyn *virou* a própria raiva. Durante os dias em que ainda havia diálogo, Connie ouvira de tudo.

– Você não o encorajou a lutar. Quando se *é* diagnosticado com uma doença como a dele, que certamente era tratável, se não curável, você luta contra ela. Faz o que pode, testa novos remédios, se submete a dezenas de doses de quimioterapia, faz o que precisar para permanecer vivo.

– Mas você sabe que o seu pai não se sentia assim. O trabalho dele...

– O trabalho dele! – gritou Ashlyn. Seus olhos brilharam de uma forma que assustou Connie, que precisou se lembrar de que ela estava sofrendo. Durante toda a sua vida, Ashlyn ficara do lado do pai. Buscara seu amor e atenção como se fossem o único amor e atenção que importassem. Connie sempre fora tratada como inimiga, e, quando não uma inimiga, então um obstáculo entre Ashlyn e o pai. Connie permanecera fiel e esperançosa e, como era de esperar, na faculdade e na residência médica, Ashlyn voltara. Seguiram-se almoços, idas às compras e a spas (embora sem grandes confidências, Connie percebia agora, sem chances de Ashlyn se abrir com ela com relação à sua vida emocional). Ashlyn fora mais próxima de Wolf e ponto final. Sendo assim, Connie esperara que o marido concordasse em se tratar pelo bem da filha. Tivera esperança de que ela salvasse Wolf por ambos.

– Seu pai era um homem que refletia muito. Fez a escolha que pareceu certa para ele. Acredito que, no seu trabalho, você já tenha tido pacientes que recusam tratamento.

– Esses pacientes não eram o meu pai.

Certo.

– Eu amei muito o seu pai. Você sabe disso. E escolhi respeitar a escolha dele de tanto que o amei. Você não acha que também foi duro para mim? Não acha que era quase insuportável ver a vida dele se esvaindo na minha frente?

– Ele escolheu o trabalho dele – disse Ashlyn. – Nem a mim nem a você.

– Ele tinha medo de hospitais – disse Connie. – Não gostava nem de colocar um Band-Aid. Eu não conseguia imaginá-lo ligado a quarenta aparelhos, com fios saindo de dentro dele, jogando veneno para dentro do corpo. Eu não conseguia imaginá-lo preso a uma mesa de cirurgia enquanto serravam seu crânio.

– Ele teria feito isso se nos amasse – disse Ashlyn.

– Isso não é verdade – respondeu Connie. – Porque ele nos amava, sim. Me amava, amava você.

– Tá, mas sabe o que parece? – perguntou Ashlyn. Chorara tanto que as olheiras estavam rosa-escuro, as narinas esfoladas. Pele muito clara, cabelo muito claro, olhos muito claros. Ashlyn tinha aparência delicada, e as pessoas sempre achavam que, quando a conhecessem, ela seria calma e doce, mas estavam enganadas. Ela era forte, determinada e focada. Mesmo na infância, queria ser independente. – Parece que ele desistiu de mim por eu ser como sou. Por causa de Bridget...

– Querida! – disse Connie. – Não!

– Ele desistiu de mim. Porque não haverá uma superfesta de casamento ou um neto investidor. Porque não haverá netos. E você o deixou ir.

– Ashlyn, pare! Isso não teve *nada* a ver com a morte dele.

– Por 28 anos eu fiz o possível para vocês terem orgulho de mim. Ensino médio, faculdade, residência...

– Mas nós temos orgulho de você...

— Mas não consigo não sentir as coisas que eu sinto. Não consigo deixar de ser *quem eu sou*...

Connie tentara fazer Ashlyn entender que a decisão de Wolf era simplesmente a decisão de Wolf. Fora uma decisão tremendamente egoísta, sim. Mas ele quisera viver e morrer nos próprios termos. Isso nada tivera a ver com ela ou seu relacionamento com Bridget. Talvez ela estivesse achando que sim por causa da coincidência do tempo, mas não.

— Mas sim! — disse ela. Não daria o braço a torcer. Estava colocando a mãe no limite, e Connie sentiu uma onda de raiva pelo marido, por tê-la deixado sozinha para suportar a agressão. Afinal de contas, ela o havia perdido também. Estava sofrendo também. Connie deveria ter saído de perto — tinha 28 anos de experiência com a filha para já saber —, mas, em vez disso, disse:

— Você acha que seu pai não quis lutar porque descobriu que você era lésbica? Sabe o que isso parece para mim, Ashlyn? Parece que você está se autoflagelando.

Ashlyn estendeu a mão para dar um tapa na mãe, mas Connie a segurou com força e apertou. Era filha de Veronica O'Brien, afinal de contas.

— Fique em paz consigo mesma, Ashlyn, e então será capaz de ficar em paz com as decisões do seu pai.

Connie não se arrependeu de ter dito o que disse, embora tenha se arrependido do que disse depois, após o velório. E arrependeu-se por não ter dito mais quando Ashlyn entrou no Aston Martin. Ela deveria ter se deitado no chão, na frente do carro. Deveria ter ido atrás da filha.

Descobrira — por intermédio de Jake e Iris — que Ashlyn conseguira um emprego no hospital de Tallahassee. Mudara-se para lá com Bridget. Jake e Iris disseram que só tinham notícias esporádicas de

Ashlyn e prometeram que, quando tivessem notícias importantes, contariam a ela. (A principal razão pela qual Connie não gostava de Iris era porque Iris sabia mais de sua filha do que ela própria.) Connie continuava a telefonar para o celular da filha todas as semanas, e todas as semanas era atendida pela secretária eletrônica.

A ligação que chegou ao telefone de Connie no dia que deixaram a fotografia de Meredith na varanda fora o indício mais promissor que recebera desde que a filha partira no Aston Martin.

Connie desceu as escadas ao primeiro andar. O fato de não ter ligado para a filha no dia anterior parecia agora positivo. *Como posso sentir saudade de você quando você não vai embora?* Ashlyn, pelo menos, ficaria curiosa com a falta de comunicação da mãe. E talvez até preocupada.

Connie aguardaria mais alguns dias e então tentaria de novo com o novo número.

Com isso decidido, sentiu-se melhor. Estava tocando a vida para frente. Passara por dois meses de julho e dois meses de agosto desde a morte do marido, mas somente naquele dia sentiu como se estivesse mesmo no verão. Iria ao Sconset Market pegar o jornal, um pouco de café com creme e canela e bolinhos de pêssego recém-assados. Quando voltasse, Meredith já deveria estar acordada e elas poderiam desconstruir a noite anterior minuto a minuto.

Na falta de outra opção, já seria uma ótima forma de se distrair.

Connie pôs o pé para fora de casa e logo soube que alguma coisa estava errada. Alguma coisa em seu carro. Estava estacionado em frente à sua casa, os vidros intactos, a lataria perfeita, pelo menos do lado que estava virado para a casa. Mas o carro parecia doente. Estava caído, abatido.

Connie aproximou-se para inspecionar.

– Oh – murmurou.

Os pneus tinham sido cortados.

Eles tinham sido rasgados em cortes profundos. Em seguida Connie viu uma folha enfiada sob o limpador de para-brisa. Arrancou-a dali, abriu-a e leu-a.

Em hidrocor preto, dizia: *Ladrona, vá para casa.*

O primeiro instinto de Connie foi amassar a folha e a jogar fora, mas precisaria dela como prova para a polícia. Mais uma vez a polícia. Ah, pobre do seu carro. Connie virou-se e examinou a propriedade. O dia estava claro e ensolarado, com vento suficiente para fazer as fitas-do-mar dançarem. O local era idílico. E fora um lugar seguro até ela levar Meredith para lá. Agora, elas estavam sob ataque.

Ladrona, vá para casa.

Quem quer que tivesse escrito aquela folha, não sabia escrever direito. Portanto, deveria ser alguém jovem, ou estrangeiro, ou burro.

Ou era Connie que estava sendo burra? Primeiro a sua casa, depois o seu carro. O que viria a seguir? Meredith e Connie estavam com alvos pintados nas costas. E se a situação se agravasse? E se elas fossem feridas? Connie estava colocando o seu bem-estar em risco por causa de Meredith. Mas Meredith era sua amiga. Ficaram três anos – anos ruins e solitários – sem se falar e agora Connie a tinha de volta.

Ladrona, vá para casa. Connie foi tomada por pensamentos contraditórios. Meredith lhe dissera coisas terríveis; Meredith colocara Freddy e seus negócios lamentáveis na frente de uma amizade de vida inteira. Meredith ainda estava sob investigação – sabia mais do que estava dizendo, isso com certeza. Mas nunca roubara ou trapaceara em toda a sua vida. Fora a única menina que nunca roubara goles de vinho da comunhão; fora a única que não comia coisas proibidas na Sexta-feira Santa – nem mesmo um cream cracker Ritz, nem um biscoito de chocolate que a mãe deixava guardado no armário da copa. Outro dia Connie vira Meredith subir os degraus da igreja Saint Mary e pensara: *Ali está uma mulher que ainda acredita em Deus. Como consegue?* Sua falha número um era que sempre fora perfeita e ninguém gostava de pessoas perfeitas. *Relaxa e goza, Meredith!* Quantas vezes Connie não sentira vontade de gritar isso ao longo dos anos? Agora que a perfeição de Meredith sofrera um baque daqueles, Connie a amava ainda mais. Na noite anterior, ela cantara no bar; fora extremamente divertida, esportiva, deixando-a espantada. Lembrou-se do rosto da amiga enquanto ela acompanhava a música: brilhava de suor, os óculos escorregavam pelo nariz.

Ladrona, vá para casa.

Até onde Connie sabia, Meredith *estava* em casa.

Connie observou os pneus rasgados. Sabia como eles tinham ficado daquele jeito, mas isso não tornava as coisas mais fáceis.

Entrou para acordar a amiga.

MEREDITH

O delegado inspecionou os quatro pneus rasgados, pegou a folha como prova e pediu sinceras desculpas às duas. Mandara uma viatura rondar a rua a cada hora e, na noite anterior ele mesmo fizera a ronda entre meia-noite e quatro da manhã. Antes da meia-noite, porém, aquele policial em particular fora chamado para intervir numa festa de menores de idade na praia e, depois das quatro, o mesmo policial fora chamado para intervir numa disputa doméstica lá para os lados de Madaket. Portanto, o ato de vandalismo acontecera ou enquanto Connie e Meredith estavam na cidade ou nas primeiras horas da manhã.

Não importava. De qualquer forma, Meredith estava apavorada. Pneus rasgados; isso parecia muito violento. Quando perguntou ao delegado que tipo de instrumento poderia rasgar um pneu, ele dissera:

— Neste caso, parece uma faca de caça.

E ainda havia a folha de papel. *Ladrona, vá para casa.* Fora escrito em letras de forma, tornando impossível ver se era caligrafia masculina ou feminina. (Meredith secretamente checara a caligrafia da folha com a do cartão de Dan Flynn. Gostara de Dan, e parecia que Dan gostara dela, mas, no mundo que ela agora sabia esconder inúmeros segredos, imaginou se Dan estaria chamando Connie para sair a fim de poder machucá-la. Graças a Deus, a caligrafia não batia.) *Ladrona, vá para casa.* A única pista que eles tinham era a palavra errada.

Dan apareceu e trocou os quatro pneus. O trabalho foi gratuito, mas Meredith se ofereceu para pagar pelos pneus, que custaram seiscentos dólares e, aproveitando o incidente, entregar mais quatrocentos pela lavagem com a máquina de pressão. No total, foram mil dólares em dinheiro, que estendeu para Connie, com a mão trêmula.

Connie olhou para o dinheiro.

— Guarda isso.

— Por favor, Connie. Me deixa pagar.

— Estamos juntas nessa — respondeu Connie. E então lhe contou que, enquanto trocava os pneus, Dan a chamara para sair de barco, na quinta. Eles iriam navegar em torno do porto e conferir os lugares das armadilhas das lagostas. — E você irá conosco.

— Não — disse Meredith, categórica. — Não vou.

— Você precisa ir — disse Connie.

— O homem quer você para ele — disse Meredith. — Naquela noite, tudo bem, mas eu não vou ficar o verão inteiro segurando vela.

— Bem, não posso te deixar sozinha aqui — retrucou Connie. — Não depois do que aconteceu hoje de manhã.

— Já sou crescidinha — disse Meredith. — Vou ficar bem.

Connie abriu um sorriso. Era impressionante o que um pouco de romance fazia com alguém. Os pneus de seu carro tinham sido rasgados com uma faca de caça e, ainda assim, Connie estava flutuando. Meredith achou que ela insistiria mais uma vez para que fosse com eles e, caso insistisse, ela concordaria. Gostava da ideia de um passeio de barco — em mar aberto, Meredith não seria confrontada com ninguém que conhecesse. E estava com medo de ficar sozinha em casa. Passaria o dia com as portas fechadas, encolhida no chão de seu closet.

Mas Connie não insistiu e ela percebeu que a amiga estava pronta para ficar a sós com Dan. Nesse momento, o telefone da casa tocou e o coração de Meredith quase saltou pela boca. Connie correu para atender — deveria ter imaginado que era Dan, ou a polícia com um suspeito. Poucos segundos depois, disse:

— Meredith, é para você.

Leo!, pensou Meredith. *Carver!* Mas então se policiou. Precisava parar de pensar assim. Era a esperança, afinal de contas, que a deixava para baixo.

— Quem é? — perguntou.

— Um garoto de 15 anos que diz ser seu advogado — respondeu Connie.

Meredith pegou o telefone. Sentiu os nervos à flor da pele. Boas notícias? Más notícias? Más notícias, concluiu. Eram sempre más notícias.

— Meredith? — perguntaram do outro lado da linha. Era Dev. Meredith imaginou seus cabelos negros despenteados, seus dentes de vampiro, seus óculos sem armação. Não havia percebido antes, mas percebia agora que usava o mesmo tipo de óculos de Dev. Ficavam muito melhor nele.

— Dev? — confirmou ela.

— Olá — respondeu. — Seu tom de voz estava suave, quase macio. — Como estão as coisas?

— Oh. — Pensou por um momento que Dev ouvira falar dos pneus rasgados e estava ligando para lhe oferecer algum aconselhamento legal, mas isso era impossível. — Estão indo.

— Ouça — disse Dev. — Burt e eu tivemos um encontro com os agentes federais. Eles estão convencidos agora de que há mais de 10 bilhões de dólares aplicados em algum lugar no exterior. Freddy ainda não está falando. Os federais estão dispostos a não te acusar de conspiração, e possivelmente nem Leo, se conseguirem a cooperação de vocês.

Meredith afundou numa das cadeiras da sala de jantar. De lá, podia ver o azul do mar. Estava escuro, azul-marinho, diferente da água azul-turquesa de Palm Beach, ou da água azul-clara do Cabo de Antibes.

— Que tipo de cooperação? — perguntou. Suspirou. — Eu já contei tudo.

— Preciso de pistas de onde esse dinheiro possa estar — disse Dev.

— Achei que havia sido clara — rebateu Meredith. Respirou pausadamente. — Eu não sei.

— Meredith.

— Eu não sei! — disse ela. Levantou e foi à janela. — Você foi muito gentil comigo em Nova York. E eu te retribuí sendo honesta. Eu disse a verdade aos federais. Agora eles estão tentando me subornar com a minha própria liberdade e, pior ainda, com a liberdade do meu filho, que nós merecemos independentemente de qualquer coisa, porque eu não sabia de nada do que estava acontecendo. E você sabe, eu sei e Julie Schwarz sabe que Leo também não sabe de nada. Eu não participava de nenhum dos negócios de Freddy. Eles não me interessavam. Não sou uma pessoa afeita a números. Eu me graduei em literatura americana. Li Hemingway e Frost, ok? Minha tese foi sobre Edith Wharton. Posso te dar uma explicação detalhada sobre papel do forasteiro em *Época da Inocência*, mas eu não sei o que é uma derivada. Nem sei muito bem o que é um fundo de cobertura.

— Meredith.

— Não sei onde Freddy enfiou o dinheiro dele. — Meredith gritava agora, embora num tom de voz baixo, de forma a não alarmar Connie. — Ele tinha um escritório em Londres. Já checou lá?

— Os agentes federais estão investigando o pessoal em Londres.

— Eu nunca estive no escritório em Londres. Não conheci *uma única alma* que tenha trabalhado lá. E são eles os *vilões da história*, não são?

— Alguns dos *vilões* — concordou Dev.

— Eu nem sequer sei o nome deles — disse Meredith. — Nunca fui apresentada a nenhum. Eu não poderia distingui-los numa multidão de duas pessoas. Freddy me levou três vezes a Londres e, da primeira vez, éramos colegas de faculdade, mochileiros. Das outras duas vezes, Freddy foi visitar o escritório, e você quer saber aonde eu fui? Fui a Tate Gallery ver Turners and the Constables. E fui à maldita Abadia de Westminster!

— O que os federais estão procurando são palavras-chave — disse Dev. — Frases. Nome de pessoas. Coisas que Freddy repetiu e que podem não ter feito sentido. Uma das palavras que apareceu nos arquivos é "dial". Você sabe o significado da palavra "dial"?

Meredith deu uma risadinha.

— Esse era o nome do clube de culinária de Freddy em Princeton.

— Mesmo? – perguntou Dev. Parecia que havia descoberto uma pepita de ouro em sua peneira.

— Mesmo – disse Meredith. Freddy fora o rei da sinuca no Dial. Seduzira Meredith com um golpe certeiro, bola 12 na caçapa certa. Eles costumavam se embebedar com canecos de cerveja e assaltar a cozinha do Dial durante a noite. Era quando Freddy preparava a sua especialidade – frango a passarinho com rodelas de tomate e molho russo. Nada que Meredith tivesse comido antes ou desde então tivera um sabor melhor. Freddy era capaz de relaxar na época – beber demais, ficar acordado até tarde. Tinha uma aparência maravilhosa – cabelos negros, olhos azuis. Meredith lembrava-se de ter perguntado se ele se parecia com o pai ou com a mãe. *Não pareço com a minha mãe*, disse. *Nunca conheci o meu pai; portanto, não sei dizer.* De onde vinha o nome Delinn, a propósito? – perguntou Meredith. Pois parecia francês; *É um nome francês*, disse Freddy. *Mas a minha mãe dizia que o meu pai era irlandês. Não cresci do mesmo jeito que você, Meredith. Não tenho pedigree. Vamos fingir que nasci de um ovo.*

— E quanto à palavra "buttons"? – perguntou Devon.

— Nosso cachorro – respondeu ela. Buttons fora um presente para os meninos, quando eles tinham dez e oito anos. Freddy tinha um investidor dono de um canil no norte do estado, onde os cachorros costumavam ganhar prêmios. Freddy queria um golden retriever. Meredith fizera pressão para dar ao filhotinho um nome literário – Kafka ou Fitzgerald —, mas Freddy disse que o certo seria deixar os meninos darem o nome ao cachorro e eles lhe deram o nome de Buttons. Meredith ainda podia ver os meninos e o filhotinho cor de manteiga. Freddy tirara fotografias dele com aquela sua expressão de bobo. Naquela noite, na cama, dissera-lhe: *Daremos carros a eles quando fizerem 16 anos e relógios Rolex quando fizerem 21, mas nenhum presente será igual a este que demos hoje.*

E Meredith tivera que concordar.

— Poderia ser um código? — perguntou Dev.

— Talvez — respondeu ela. — Freddy adorava o cachorro. Ele o levava para o trabalho. Passeavam por lá, caminhavam até em casa. Às vezes davam voltas pelo parque. Eu costumava levar o cachorro para Southampton para passar o verão com os meninos, e Freddy ficava muito para baixo. Não por sentir saudade de nós, fique sabendo, mas do cachorro.

— *Sério?* — perguntou Dev. Mais uma pepita de ouro.

Meredith balançou a cabeça. Essa era uma caçada ao ganso selvagem. Certamente havia dinheiro escondido; Freddy era esperto demais para não ter guardado milhões, até mesmo bilhões, mas ele o esconderia num lugar onde jamais seria encontrado.

— E quanto à palavra "champ"? — perguntou Dev. — Outra palavra que aparece com frequência.

Ai, meu Deus. Meredith tossiu e lutou contra a necessidade de cuspir. *Champ?* Com frequência? Que frequência? "Champ" era o apelido que ele dera à decoradora deles, Samantha, porque o sobrenome dela era Champion. (Meredith sempre achara que o apelido era uma zombaria com o marido de Samantha, Trent Deuce, de quem Freddy não gostava.)

— "Champ"? — perguntou Dev. — Lembra alguma coisa?

Meredith fez uma pausa.

— Onde essa palavra "champ" apareceu? Fiquei curiosa. Na agenda?

— Não sei dizer — respondeu Dev.

Certo, pensou Meredith. A informação ia só dela para ele.

— Essa palavra quer dizer alguma coisa para você? — insistiu Dev.

Meredith se lembrou do dia em que viu Freddy com a mão na cintura de Samantha. Lembrou-se de como ele tirara a mão quando a vira. Ainda podia se lembrar da expressão em seu rosto: o que era? Culpa? Medo? Apesar dessa lembrança, que sempre a deixara inquieta, ela não queria entregar Samantha ao FBI. Samantha era sua amiga ou fora. Além do mais, era decoradora; nada tinha a ver com os negócios de Freddy ou com o esquema Ponzi.

Ainda assim, Dev estava querendo saber. Ela não seria a mulher que a mídia achava que era; uma mulher que mentia para o seu advogado. E precisava pensar em Leo. *Leo!*

— "Champ" era o apelido que Freddy deu à nossa decoradora. Samantha Champion Deuce.

— Ai, meu Deus — respondeu Dev, baixinho.

— Ela era amiga de Freddy, mas mais amiga minha do que dele disse Meredith. — Foi nossa decoradora durante anos.

— Quantos anos?

— Uns dez, 12.

— Então há inúmeras razões para o nome dela aparecer — disse Dev. — Razões que nada têm a ver com os negócios.

— Eu te garanto que Samantha nada tinha a ver com os negócios de Freddy — disse Meredith. — Ela costumava chamar o ramo que ele trabalhava de "loja de dinheiro". Como se ele vendesse sorvete ou bicicletas.

— Mas agora você entende o que estamos procurando? — perguntou Dev. — Palavras que queiram dizer alguma coisa. Que possam ser uma pista, um contato, uma senha. O dinheiro pode estar em qualquer lugar do mundo. Conversei com Julie Schwarz...

— Conversou?

— Leo está fazendo uma lista de palavras e Carver também. Mas eles disseram que nós devíamos te perguntar. Disseram que Freddy só conversava com você, só confiava em você...

— Ele era meu marido — respondeu Meredith. — Mas há muitas coisas que eu não sei sobre ele. Ele era uma pessoa reservada. —

Por exemplo, Freddy nunca dissera a Meredith em quem votava nas eleições. Ela não sabia o nome do alfaiate dele em Londres, que fazia seus ternos. Não sabia qual a senha de seu telefone nem de seu computador; sabia apenas que havia uma senha. Tudo ficava o tempo todo trancado, inclusive a porta de seu escritório.

— Entendo — concordou Dev.

Como ele poderia entender?, pensou Meredith. Dev não era casado. Não dormira trinta anos ao lado de alguém para, um dia, descobrir que esse alguém era outra pessoa.

— Isso poderia te ajudar, Meredith — disse Dev. — Poderia te manter fora da prisão. Em um ou dois anos, quando tudo for passado, você poderá voltar à vida normal.

Voltar à vida normal? O que isso queria *dizer?* Meredith ficou tentada a contar para Dev sobre os pneus rasgados do carro de Connie, mas conteve-se. Tinha medo de que isso soasse como um pedido para que tivesse pena dela e a imagem que ela precisava transmitir agora era de força. Ela apareceria com a resposta. Salvaria a própria pele.

— Não consigo pensar em nada agora — disse. — Você me pegou desprevenida. Mas vou tentar. Vou... fazer uma lista.

— Por favor — pediu Dev.

Naquela noite, Meredith estava com muito medo de dormir. Ficou imaginando um homem com uma faca de caça escondido no meio das fitas-do-mar. Levantou-se da cama, foi ao corredor e espiou pela janela que dava para o pátio e para a estrada. O pátio estava vazio, silencioso. As algas balançavam. Havia uma lua cheia que desaparecia atrás de nuvens noturnas e fofas para depois voltar a aparecer. Às 03:15h, um par de faróis apareceu na estrada. Meredith ficou tensa. Os faróis diminuíram a intensidade da luz na entrada de carros da casa de Connie, aguardaram um pouco e, aumentaram novamente. Era a polícia. O carro patrulha estacionou no acostamento por alguns minutos, depois deu ré e foi embora.

Ela escreveria uma lista de palavras da forma como Dev havia pedido. *Voltar à vida normal* significava vida com Leo e Carver. Leo ficaria seguro e livre, e os três — inclusive Anais ou qualquer outra mulher com quem Carver estivesse saindo — jantariam juntos à mesa de madeira rústica da casa imaginária de Carver.

Meredith apareceria com a resposta.

Atkinson: nome da professora que dava aula de antropologia e quem a apresentou a Freddy.

Meredith dera a Freddy aquele livro usado. Com aquele laço entre eles, gravitaram na direção de um e outro no primeiro dia de aula. Meredith e sua colega de quarto, uma moça do pacato Alabama, chamada Gwen Marbury, fizeram amizade com Freddy e também com seu colega de quarto, um garoto de Shaker Heights, Ohio, chamado Richard Cassel. Os quatro formaram um grupo bem alegre, embora só tenham saído juntos enquanto cursavam aquela matéria. Sempre que Meredith via Freddy em outros lugares do campus, ele estava na companhia de uma morena estonteante. Sua namorada, imaginou ela, outra formanda. Era de esperar. Freddy era muito divertido, inteligente e muito bonito também para estar disponível. Por intermédio de Gwen Marbury, que estava muito mais interessada nas políticas sociais de Princeton do que nos estudos, Meredith soube que o nome da moça era Trina Didem e que ela era de Istambul, Turquia. Trina era aluna tanto de economia quanto de ciências políticas. Mais uma vez, era de esperar: linda, exótica e brilhante, uma moça destinada a ser correspondente de lugares distantes da CNN, chefe da Brookings Institution ou secretária de estado. A atração de Meredith por Freddy intensificava-se à medida que ficava sabendo mais sobre Trina, embora soubesse que o que estava sentindo nada mais fosse do que uma paixonite de caloura por um veterano bacana. Era também uma forma de parar de pensar em Toby na College of Charleston, bebendo litros e mais litros de cerveja na companhia de todas as sulistas doces e louras. Mas Meredith gostava do tempo que passava em sala com Freddy, Richard e Gwen — os três faziam piada com a língua da tribo Khoisan e especulavam sobre as vantagens da sociedade matriarcal — e, quando a aula acabava, continuava seu estudo antropológico de Trina Didem. Trina esperava Freddy do lado de fora das escadas de pedra, para fumar seu cigarro de cravo. Ela, Trina, sempre usava uma gargantilha fininha de couro preto, assim como brincos grandes feitos de pedras multicoloridas. Usava calça jeans apertada e desbotada e uma bolsa italiana de couro macio na cor bege. Na verdade, talvez, assim como Freddy, ela também tivesse uma queda por Trina. Trina era uma mulher, enquanto Meredith era uma menina tentando tornar-se mulher.

No início de dezembro, bateram à porta da sala de antropologia. A professora Atkinson fez uma pausa na aula e foi abrir a porta com uma expressão perplexa no rosto, como se ali fosse sua casa e os que batiam fossem convidados inesperados. Em pé à porta estava Trina Didem. Primeiro a professora olhou para Freddy, talvez achando que se seguiria ali algum tipo de briguinha amorosa bem no meio de sua discussão sobre o número de Dunbar. Mas Trina, assim pareceu, estava ali em trabalho oficial. Leu uma tira de papel em seu inglês musical. Estava procurando Meredith Martin.

Meredith levantou-se, confusa. Achou que talvez Trina tivesse ficado sabendo de sua queda por Freddy e fora lá para tirar satisfações. Mas, um segundo depois, Trina explicou que a presença de Meredith era requisitada no Student Life Office, o departamento de apoio ao aluno. Reuniu os livros. Freddy lhe estendeu a mão quando ela saiu. Era a primeira vez que ele a tocava.

Ela seguiu Trina para fora do prédio. Estava tão surpresa com sua presença que não foi capaz de perguntar o óbvio: *Por que você me tirou de sala? Aonde vamos?* Parecia, pelo caminho que tomavam que elas estavam indo para o gabinete do decano, que era ligeiramente diferente do departamento que fora mencionado. Ou talvez fossem um único e mesmo lugar – Meredith ainda era muito nova no campus para saber. Trina aproveitou a oportunidade de estar do lado de fora, no ar frio e cristalino, para acender um cigarro de cravo. Por estar alguns passos na frente de Meredith, a fumaça roçou seu rosto. De alguma forma, isso a levou de volta à realidade.

– Você é a namorada de Freddy. Não é?

Trina pigarreou e soltou a fumaça.

– Não sou namorada dele. Freddy é meu professor de inglês. Soltou mais fumaça. – E de economia também. Eu pago a ele.

Meredith sentiu os próprios pulmões se encherem daquela fumaça tóxica de cravo – para ela, o cheiro parecia-se com melado queimado e com os biscoitos de gengibre de sua avó, os quais ela detestava –, mas não ligou porque estava empolgada demais com a notícia. Freddy era *professor* de Trina! Ela o pagava! Meredith mal podia esperar para contar a Gwen.

Mas sua alegria teve vida curta. Quando chegaram ao gabinete estofado do diretor, que estava vazio não fosse pelas duas, Trina fechou a porta. Nas memórias de Meredith houvera um tapete oriental sob seus pés; o som metálico de um relógio de pé. Percebeu que Trina havia apagado o cigarro, mas uma aura de fumaça ainda a rodeava. Assim, de perto, dava para ver que Trina tinha manchinhas de rímel nos cílios superiores.

O que estará acontecendo?, imaginou. Mas não teve coragem de perguntar. Definitivamente era algo ruim. Pensou brevemente no quanto seria irônico se ela fosse expulsa da faculdade no exato momento em que descobrira que Freddy estava solteiro.

— O decano está numa reunião no outro lado do campus. Estagio aqui, por isso me pediram para te contar.

Contar o quê?, pensou Meredith. Mas não encontrou voz.

— Sua mãe telefonou — disse Trina. — Seu pai teve um aneurisma cerebral. Ele faleceu.

Meredith gritou. Trina aproximou-se para tocá-la, mas Meredith a afastou bruscamente. Em sua lembrança, houve um constrangimento pela gritaria. Estava gritando na frente de Trina, a quem considerara um modelo de como ser uma mulher da Ivy League. E que tipo de notícia Trina, dentre todas as pessoas, acabara de lhe dar? Seu pai estava morto. Chick Martin, dos sanduíches de berinjela com presunto, dos jogos mensais de pôquer; Chick Martin, o sócio de Saul e Ewing, que se especializara em Justiça Arbitral; Chick Martin, que acreditara que a filha era brilhante e talentosa. Sofrera um aneurisma cerebral no trabalho. Então a arbitragem o matara. Arbitragem era uma coisa traiçoeira; tinha um milhão de regras e brechas, e, enquanto tentava decifrar o código que o levaria às respostas, o cérebro de Chick Martin entrou em curto-circuito. Ele estava morto.

Mas, não, não era possível. Meredith havia acabado de chegar em casa do feriado do Dia de Ação de Graças. O pai esperara por ela na estação de trem de Villanova. Ele quisera pegá-la na universidade, mas ela insistira em ir de trem — New Jersey Transit para 30th Street Station, SEPTA para Villanova. *É isso o que os universitários fazem, pai!*, dissera. *Eles pegam o trem!*

Os pais a tinham acolhido afetuosamente durante o feriado. A mãe lhe levara ovos poché na cama; o pai lhe dera quarenta dólares para a reunião de classe que estava acontecendo na quarta-feira à noite, na Barleycorn Inn. Depois os pais a levaram ao coquetel na casa da família Donover na sexta à noite e, como concessão ao seu novo status de adulta, o pai lhe oferecera um cálice de Chablis. Ele a apresentara aos casais que ela já conhecia durante toda a sua vida como se ela fosse uma outra pessoa: *minha filha, Meredith, aluna de Princeton!*

Chick Martin, o primeiro e melhor defensor de Meredith, o único de quem ela precisara na vida, se fora agora.

Meredith parou de gritar por tempo suficiente para olhar para Trina, pensando em como a *odiava, odiava* o cheiro de cigarros de cravo, *odiava* a cidade de Istambul. Odiava a beleza e sofisticação que mascarava o sadismo necessário para dar uma notícia como aquela.

— Você está enganada — disse Meredith.

— Eu vou te acompanhar até a sala para você pegar as suas coisas. Nós já chamamos um táxi para te levar para casa.

O mundo deixara de ser um lugar seguro naquele dia. Feliz do jeito que fora em toda a sua vida Meredith *jamais* conseguira ser de novo.

Seu pai se fora; o amor dele por ela se fora também. Pensou nas lições de direção no estacionamento da universidade, o pai dizendo: *Não suporto te ver sofrendo assim.* A dor que Toby causara a Meredith era uma coisa. A dor agora era outra completamente diferente.

Setecentos e cinquenta pessoas foram ao enterro de Chick Martin — os sócios da firma, os companheiros de pôquer, amigos, vizinhos.

Os professores de Meredith e, ao que parecia, todos que ela conhecera um dia. Connie estava lá, assim com os pais, mas Toby não — ele estava começando as provas finais na Universidade de Charleston e não poderia vir.

Dustin Leavitt foi ao enterro.

Dustin Leavitt? Meredith o viu se aproximando da igreja enquanto ela esperava o carro funerário ali na frente, junto com a mãe e a avó. Havia tanta gente de tantas partes diferentes de seu passado presente ali, que ela teve problemas de ligar o nome às pessoas. Quando viu Dustin Leavitt, percebeu sua boa aparência e achou que era alguém que conhecia de Princeton — um professor? Um aluno formando? Foi então que lhe ocorreu: Dustin Leavitt, colega de 33 anos do sr. O'Brien na Philco, com quem dançara na festa de formatura de Connie. Tinha se esquecido completamente dele.

Ele segurou suas mãos. Apesar do fato de tantas pessoas terem segurado e apertado as mãos de Meredith, elas estavam geladas. Há dias ela não dava a mínima atenção à sua aparência e agora temia estar com o nariz vermelho, com cara de troll descabelado. Como não tinha nenhum vestido preto, usava uma blusa de lã de gola alta e uma saia cinza, risca de giz. Meias pretas e sapatilhas horrorosas da mesma cor. Num ato de estupidez, passara base no rosto, que agora tinha marcas de lágrimas descendo pela face.

— Olá — disse Meredith, tentando soar natural, como se tivesse encontrado Dustin Leavitt num banco na lanchonete Minella e não nos degraus da igreja de Saint Thomas de Villanova durante o funeral do pai. Sentiu-se constrangida pela situação em que se encontrava e depois constrangida por seu constrangimento.

Dustin Leavitt disse:

— Sinto muito por sua perda, Meredith. Todos nós sabíamos o quanto o seu pai gostava de você.

— Oh — exclamou ela. Novas lágrimas rolaram por seu rosto. Dustin Leavitt hesitou. Meredith sabia que o estava deixando desconfortável, portanto tentou sorrir e acenar para que prosseguisse. Ele apertou seu braço — pareceu que ele havia feito o mesmo depois de sua apresentação de saltos ornamentais em Lower Merion — e então desapareceu no interior escuro da igreja.

Meredith o viu mais tarde, na recepção em Aronimink, e mais tarde ainda, depois da recepção, que acabou se tornando um evento inesperado na casa da família O'Brien. A mãe e a avó de Meredith haviam ido para casa, mas ela ficara com Connie, Veronica, Bill O'Brien e os outros convidados que, em sua maioria, já estavam todos bêbados, mas, por ainda ser cedo — 18 horas — e por causa do almoço parco oferecido pelos protestantes em Aronimink, acharam que mais bebidas, pizzas e biscoitos de queijo na casa dos O'Brien seria opção melhor do que ir para casa. Meredith tinha uma vaga lembrança das coisas que haviam acontecido naquele dia — tomara um remédio às nove horas para acalmar os nervos — e na hora em que chegara à casa da família O'Brien já estava mais bêbada do que Connie ou Veronica, o que queria dizer alguma coisa. Acreditava que, finalmente entendia o propósito verdadeiro do álcool — erradicar a consciência e liberar o pensamento quando este era muito angustiante. Dustin Leavitt fez a sua parte ao lhe oferecer conforto numa taça longa de champanhe.

— As pessoas acham que o champanhe é melhor para celebrar — disse. — Mas eu gosto dele quando estou sofrendo.

Meredith sabia que tinha uma resposta sábia para aquilo em algum lugar dentro de si, mas essa resposta estava enterrada debaixo de uma pilha de memórias perdidas de infância e ela não conseguiria encontrá-la agora. Ergueu a taça para o rosto bonito, porém cada vez mais desfocado, de Dustin Leavitt e disse:

— Ao sofrimento.

Eles brindaram. Beberam. Na sala de jantar, onde a mesa estava cheia de caixas de pizza, sanduíches embrulhados em papel laminado e barquinhos de papelão com batatas fritas, Connie apareceu abraçada com Drew Van Dyke, que viera da Johns Hopkins para ficar com ela durante aquele momento difícil. Afinal de contas, o pai de sua melhor amiga havia morrido. Meredith ficou confusa. Sem dúvida Connie amara Chick Martin; ela e a amiga eram muito íntimas e Connie fora como uma filha adotiva para Chick. Mas Meredith suspeitava que, para eles, aquele enterro era só mais uma oportunidade de viajarem por duas horas para se verem e fazerem amor. E por que Connie precisava de outra pessoa para consolá-la, mas não Meredith?

Toby deveria ter vindo, pensou. Deveria estar ali homenageando o seu pai, deveria estar ali por ela.

Meredith olhou para Dustin Leavitt.

— Me leve embora daqui — disse ela.

— Será um prazer — respondeu ele.

Eles saíram juntos pela porta da frente sem dar explicações ou desculpas, e ninguém se meteu. Tendo acabado de perder o pai, Meredith tinha a liberdade de fazer o que quisesse — ou talvez ninguém tivesse percebido.

Ela seguiu Dustin Leavitt até o carro dele, um Peugeot sedã. Ele abriu a porta para ela entrar. Ela entrou, incomodada mais uma vez pela roupa medonha que vestia e, para piorar, a meia abrira um rombo durante o dia, deixando seu dedão de fora. Isso a incomodava da mesma forma que uma unha quebrada ou um dente mole incomodaria.

— Algum lugar em especial que você gostaria de ir? — perguntou Dustin.

Meredith encolheu os ombros.

— Minha casa, então?

— Tudo bem — respondeu ela.

Ficou olhando pela janela enquanto Dustin dirigia. A cidade de Villanova era a mesma que fora durante toda a sua vida, mas estava diferente agora, porque seu pai morrera. Eles passaram pela estação de trem onde, até o dia anterior, o carro de Chick Martin estivera estacionado, como se o esperando chegar em casa. Quantas vezes Meredith saíra de ônibus da escola e vira a Mercedes cor de bronze do pai naquele estacionamento?

Dustin Leavitt pegou as ruas que os levariam à via expressa, e Meredith sentiu a primeira onda de pânico.

— Onde você mora? — perguntou ela.

— Em King of Prussia — respondeu ele. — Depois do shopping.

O shopping, tudo bem, sim o shopping era lugar conhecido, mas em sua ingenuidade infantil, Meredith achara que King of Prussia *fosse* o próprio shopping. Não percebera que era também um lugar onde as pessoas moravam.

Não tinha forças nem vontade para conversar; não queria fazer perguntas a Dustin Leavitt sobre sua família, emprego ou hobbies e, com certeza, não queria falar de si.

Ele estacionou perto de um condomínio de apartamentos. Três prédios altos, vinte ou trinta andares, formavam um semicírculo. Foram para o prédio do meio. No primeiro andar ficava um restaurante chinês. Pela janela, Meredith viu pessoas cujo pai não havia morrido naquela semana, bebendo drinques azuis eletrizados em aquários de peixes. Dustin Leavitt pegou as chaves, abriu a caixa de correio, tirou uma pilha de correspondências e deu uma olhada nelas. Aquele ato simples e cotidiano acertou Meredith como cubos de gelo pelas costas O que ela estava fazendo ali? Quem era aquele homem? O que aconteceria em seguida?

Em seguida, eles entrariam no elevador. Dustin Leavitt apertaria o botão do 18º andar e desceria ali. Que escolha tinha Meredith além de segui-lo? O corredor tinha um carpete marrom-avermelhado, que ia de parede a parede, com marcas do aspirador de pó. Cheirava a cigarro, a latas de lixo e molho de soja. Meredith ficou enjoada, a bebedeira começou a fazer efeito. Teve medo de vomitar. Dustin Leavitt abriu a porta do apartamento 1804. Estava escuro ali dentro.

– Ótimo, meu colega de quarto não está aqui.

Colega de quarto?, pensou ela. Era ela quem tinha uma colega de quarto. Gwen Marbury. Meredith não sabia o que esperar de Dustin Leavitt; talvez esperasse que ele tivesse uma casa, como a família O'Brien, menos a esposa e os filhos. Dustin tinha 33 anos. Certamente não esperava um apartamento vagabundo e um colega de quarto.

Ele abriu a geladeira, o que iluminou a cozinha.

– Quer uma cerveja?

– Quero – respondeu.

Ele lhe entregou uma garrafa de St. Pauli Girl. Ela tomou um gole bem pequeno, mais para bloquear os aromas do ambiente. Dustin pegou uma cerveja para si, afrouxou o nó da gravata e saiu pelo corredor escuro. Meredith hesitou. Agora, parecia, seria o momento de pedir licença. Mas fora ela que lhe *pedira* para tirá-la da casa da família O'Brien e, quando ele perguntara "Minha casa, então?", ela concordara. Ela estava longe de casa e sem meios de voltar. Seguiu-o.

Quando percebeu, eles estavam se beijando na cama, com Dustin por cima dela. As mãos dele faziam força para abaixar sua meia-calça. Seus joelhos cederam, o dedão do pé saltou pelo furo da meia. Meredith não conseguia decidir se ajudava Dustin ou o repelia. Desejou então estar em qualquer outro lugar. Mas como poderia pará-lo? Havia pedido por aquilo.

Ele arrancou a meia. Enfiou o dedo entre suas coxas. Doeu. Ela não saía com ninguém desde Toby, desde junho.

— Apertado — disse ele.

Meredith estava com medo de vomitar. Dustin Leavitt colocou um preservativo. Ela respirava pela boca, torcendo para não vomitar. Não pensaria nos bifes com queijo e nas cebolas congeladas da mesa de jantar da casa da família O'Brien. Não pensaria em cocô de gato dentro da caixa de areia. Não pensaria no pai, caído sobre a mesa de trabalho, sangrando por um olho.

Dustin Leavitt penetrou-a.

Isso, pensou Meredith, *é o que acontece quando uma garota perde o pai. Ela sai com um cara e é estuprada.*

E então fica se culpando.

Meredith ficou em casa durante o Natal, ouvindo repetidas vezes "Bridge Over Troubled Water" em seu toca-discos. *If you need a friend, I'm sailing right behind.* Parentes e vizinhos vieram montar a árvore de Natal e preparar comidas gostosas que nem ela nem a mãe comeram. A festa de final de ano foi uma caixa embrulhada em papel prateado com nada dentro. Toby telefonou, mas Meredith recusou-se a falar com ele. Pediu à mãe para anotar o recado.

— Ele manda os pêsames — transmitiu a mãe. — Disse que amava Chick e se lembrará dele sempre com muito carinho.

Pêsames? Carinho? Que escolha lexical era essa? Toby amava Chick, mas não a amava mais. Meredith estava furiosa. Pensou em ligar de volta e dizer a ele que havia dormido com Dustin Leavitt. Será que ele se importaria?

Meredith fez essa pergunta a Connie quando elas se encontraram para tomar uma cerveja no Bennigan. Connie não se envolveu e foi logo encerrando o assunto.

— Tente esquecê-lo — disse. — Ele é caso perdido.

Meredith tentaria esquecê-lo. Para se distrair, estudava. Deus abençoe e Ivy League: num tipo raro de tortura, a universidade marcou as provas finais para depois do Natal. Meredith voltou ao campus e, apesar do fato de ser uma sombra de quem fora antes, arrasou nos exames: tirou A, de cabo a rabo.

Freddy aproximou-se dela na primeira semana do novo semestre.

— Ouvi falar do seu pai. Sinto muito.

Isso foi dito com uma gravidade maior do que Meredith estava acostumada a ouvir de seus colegas. Connie a abraçara e a escutara em casa, e sua colega de quarto, Gwen, a abraçara e a ouvira na faculdade, mas Meredith sabia que nenhuma delas entendia. Sentiu a pena delas, mas não a solidariedade. Trataram-na como se ela tivesse alguma doença. E Gwen, que odiava o próprio pai, pareceu até sentir inveja.

Mas, quando Freddy falou, Meredith sentiu-se bem melhor.

— Obrigada — agradeceu. — Trina te contou?

— Na verdade, foi Gwen. Mas quando Trina apareceu na sala eu já sabia que não seriam notícias boas. Ela é conhecida como a mensageira da morte por aqui.

— É — respondeu Meredith. Ficaria muito satisfeita se nunca visse Trina de novo. Lembrou-se de semanas atrás, quando as roupas, os acessórios e o jeito da moça foram de grande interesse para ela. Era impressionante como isso havia mudado. Até a atração de Meredith por Freddy perdera a cor, quando comparada ao verdadeiro amor de sua vida. Aquele amor estável, incondicional e fortalecedor de seu pai se fora para sempre. Não era justo, não era *nada* justo isso ter acontecido. Naquela semana, Meredith ficou alternando entre uma melancolia devastadora e uma raiva de arrancar os cabelos.

Meredith e Freddy caminharam juntos em silêncio por um tempo. Ela não sabia para onde Freddy estava indo, mas estava sendo levada para o lado leste do campus, para o prédio de Serviço de Saúde Mental, onde os alunos conseguiam apoio psicológico gratuito. Lá, Meredith foi atendida por uma mulher chamada Elise e fez pouco mais do que soluçar durante as sessões de cinquenta minutos.

— Meu irmão, David, morreu no ano passado — disse Freddy. — Ele estava no exército e foi atingido durante um treino. Um erro brutal e sem sentido. Um perfeito babaca descarregou a arma quando não deveria, e o meu irmão está morto.

— Ai, meu Deus! — exclamou Meredith. — Havia ouvido dezenas de histórias de morte nas semanas desde a morte de seu pai e tinha ainda de pensar em como responder. Sabia que as pessoas estavam tentando criar um tipo de conexão interpessoal ao dividir suas próprias perdas com ela, mas Meredith sentia autopiedade ao achar que sua perda era única — e muito pior — do que a de qualquer outra pessoa. Mas a história de Freddy lhe pareceu tanto triste quanto cruel. Um irmão alvejado acidentalmente enquanto treinava para defender o próprio país? Atingido por um semelhante? Meredith sentiu vontade de dizer a coisa certa, mas não sabia qual era. Decidiu lhe fazer uma pergunta que ele pudesse responder.

— Quantos anos ele tinha?

— Vinte e três.

— Muito jovem. Vocês eram íntimos?

Freddy encolheu os ombros.

— Não muito, mas ele era meu *irmão*.

— Deve ter sido difícil — disse e então odiou-se. Falou como se fosse Connie ou Gwen Marbury!

Freddy não respondeu e Meredith não o culpou, mas ele a acompanhou pelo caminho que levava ao prédio do Serviço de Saúde Mental. Ela pensou em desviar, de forma que ele não adivinhasse aonde ela estava indo, mas então decidiu que não importava se ele soubesse.

— Vim muito aqui no ano passado. Ajudou bastante. Está te ajudando?

— Não — respondeu Meredith.

— Demora um pouco — disse Freddy. Cravou os olhos nos dela e somente então foi que Meredith se lembrou de que ele lhe havia estendido a mão assim que ela foi chamada para fora da sala. E, nesse momento, reconheceu Freddy da mesma forma que achava que a Virgem teria reconhecido o Anjo Gabriel; não lhe parecia menos místico. Freddy era uma pessoa diferente daquele veterano bacana por quem ela tivera uma queda. Ele era a pessoa que fora enviada para ajudá-la a juntar os caquinhos. Quando Freddy sustentou o olhar no dela do lado de fora do prédio sombrio e deprimente do Serviço de Saúde Mental, Meredith pensou: *Sou sua, me leve com você.*

— Vou voltar e te pegar dentro de meia hora, ok? — perguntou.

— Sim — respondeu ela.

Tornaram-se inseparáveis desde então.

Durante muitos anos Meredith acreditou que Freddy lhe fora enviado pelo pai. Acreditara nisso até dezembro do ano anterior, quando ela, junto com o resto do mundo, ficou sabendo dos crimes do marido. Até mesmo agora, quando pensava em sua traição, ficava sem fôlego. Outras pessoas haviam perdido dinheiro. Meredith perdera a confiança numa pessoa que ela acreditava ter sido enviada para salvá-la. Ele, Freddy Delinn, era Dustin Leavitt, um homem capaz de violentar uma jovem bêbada de 18 anos que havia acabado de perder o pai. Ele era o homem com a faca de caça; não era um emissário de seu pai anjo da guarda, mas um enviado do diabo, que viera arruinar sua vida.

Meredith ouviu uma porta se abrir no corredor.

— Meredith, é você? — disse Connie.

— Sou.

— Você está bem?

Bem? Ficaria bem se não pensasse, se não lembrasse. Sentiu o peso de uma mão em seu ombro, Connie estava ali, seus cabelos compridos, embaraçados e ainda mais belos enquanto dormia.

— Meredith?

— Sim — respondeu. E deixou Connie guiá-la de volta à sua cama.

CONNIE

Connie passou a manhã inteira tentando convencer a amiga a sair com ela. Estava um dia lindo — ensolarado, céu azul, uma brisa leve. Um dia como nenhum outro.

— Nada que você diga me fará mudar de ideia — disse Meredith. — Eu não vou.

— Não quero ir sozinha — rebateu Connie. Olhou demoradamente para o mar. — Estou assustada.

— Viu, agora você está falando a verdade — concluiu Meredith. — Sente-se melhor?

– Não – respondeu Connie. – Quero que você vá comigo. Se você for, eu me sentirei melhor.

– Como você vai saber o que sente por esse homem se nunca ficar sozinha com ele?

– Não estou pronta para ficar sozinha com ele – respondeu Connie. Pensou no beijo. Fora maravilhoso, mas, de alguma forma, só aumentara o seu medo. – Vou cancelar o passeio.

– Não, não vai – disse Meredith.

– Vou dizer a ele que podemos fazer um piquenique aqui no deque – disse Connie. – Vou dizer que podemos nadar aqui, nessa praia, com Harold. Assim, poderemos ficar todos juntos.

– Não! – protestou Meredith.

– Meredith – disse Connie –, eu não te pedi nada desde que chegamos aqui.

– Como? Espera aí. Você vai mesmo usar essa carta?

Connie mal podia acreditar no que fazia.

– Vou – disse.

– Bem, então não posso dizer não. Posso? – perguntou. – Você salvou a minha vida. Me trouxe para cá. Está me dando abrigo apesar do dano físico à sua casa e ao seu carro. Estou em débito com você. E, portanto, *terei* que sair com você e o seu namorado. – Colocou as mãos nos quadris. Era pequena em estatura, mas imperativa. Connie podia jurar que ela fazia força para não sorrir.

– Sim – respondeu. – Obrigada.

– Vou colocar a minha peruca – disse Meredith.

Enquanto Meredith estava no andar de cima, ouviu-se uma batida à porta. Connie praticamente saiu correndo para abri-la. Estava *muito* mais relaxada agora que Meredith concordara em ir com ela, embora ainda esfregasse os braços. Seus medos e ansiedades tinham ido embora. Iriam passear no barco de Dan. Iriam se divertir!

Abriu a porta. Dan estava segurando um buquê de flores silvestres que ela reconheceu como vindo de um dos caminhões de plantas que ficavam parados na Main Street.

— Para você — disse ele, entregando as flores.

— Obrigada! — agradeceu. — Que gentileza.

Dan sorriu. Ficava tão bonito de óculos escuros sobre os cabelos curtos e ondulados. Connie aproximou-se para beijá-lo. Queria que fosse um beijo rápido, um beijo de obrigada pelas flores, mas Dan fechou os olhos e fez dele um beijo demorado. E mesmo enquanto Connie retribuía, gostando do que fazia, pensou: *Não, não posso fazer isso. Não estou pronta.*

Afastou-se.

— Meredith decidiu ir conosco — disse.

— Oh — respondeu Dan. — Ótimo.

— Não, não é nada ótimo — disse Meredith, descendo as escadas. Prendia a peruca com os grampos. Connie lhe lançou um olhar de advertência. Meredith estava indo com eles porque Connie precisava dela, mas não podia deixar Dan saber que ela estava indo porque Connie precisava dela. Essa era a lógica do ensino médio, a amiga sabia disso, mas só porque elas eram mais velhas isso não queria dizer que haviam superado as regras.

— Sou uma intrometida das piores. Fico segurando vela. Mas a verdade é que não me sentirei segura ficando sozinha o dia inteiro nessa casa. — Sorriu timidamente para Dan. — Me desculpe.

— Não se desculpe — respondeu Dan. — Está tudo bem.

— Está tudo bem — confirmou Connie.

Foi um daqueles dias que faz você se sentir feliz por estar vivo — mesmo que você tenha perdido o marido por causa de um câncer, que sua única filha não tome conhecimento da sua existência, que seu marido tenha perdido 50 bilhões num esquema Ponzi e você seja odiada por todos na América. A mala do Jeep vermelho de

Dan estava cheia de coletes salva-vidas e anzóis, e Connie encaixou o cooler que continha duas garrafas de vinho e um lanche que alimentaria dez pessoas. Sentou-se na frente, ao lado de Dan, e Meredith esticava-se no banco de trás, fechando os olhos sob o sol. Dan colocou "Heard it in a Love Song", de Marshall Tucker e todos eles cantaram a plenos pulmões.

Parou o carro no estacionamento da Children's Beach, a Praia das Crianças. A Praia das Crianças era um parque aquático com uma concha acústica, um pátio e uma barraquinha de sorvete que ficava de frente para uma pequena praia, bem ali no porto. Connie tentou manter as emoções sob controle. Não ia àquele lugar desde que Ashlyn era uma menininha. Houve alguns verões em que a levara ali todos os dias — ela brincara no escorregador, reclamando que o metal estava muito quente em contato com suas perninhas, e Connie a empurrava no balanço, para frente e para trás, inúmeras vezes. Naquela época, a barraquinha de sorvete era uma lanchonete que servia café da manhã com os melhores doughnuts da ilha. Meu Deus, que sofrimento pensar nessas coisas! Connie levava Ashlyn ali nos dias em que chamavam Wolf para velejar e depois elas iam andando até o Nantucket Yacht Club para encontrá-lo para almoçar, sendo sua única preocupação a de que a filha se comportasse mal.

Dan entrou em ação, e Connie e Meredith o seguiram. Ele pegou os anzóis, as tolhas de praia e um galão de gasolina. Connie segurou uma alça do cooler e Meredith segurou a outra. Meredith também estava de olho na movimentação da Praia das Crianças — as mães tentando fazer os filhos comerem mais uma colherada de manteiga de amendoim e geleia, as crianças construindo castelos de areia, o sonho dos ortopedistas que era um muro de escalada em forma de cone, de quase sete metros de altura —, mas logo parou com os devaneios. Estaria pensando em Leo? Meredith pegou três coletes salva-vidas com a mão livre. Connie pegou sua bolsa de praia.

O barco de Dan estava ancorado ao longo do píer. Eles foram andando até a passarela de embarque em frente ao Hotel White Elephant e subiram a bordo.

Era um belo barco, um Boston Whaler Outrage com dois motores na traseira. Connie logo se apaixonou por ele. Tinha um estofado em forma de ferradura nos fundos e na frente, e uma cabine para dois atrás dos controles, sob uma cobertura de lona. Toby era velejador – habilidade aprendida num acampamento de verão em Cape May e depois desenvolvida numa faculdade em Charleston – e Wolf fora velejador também, embora Connie nunca tenha tido muito gosto pelo esporte. Velejar dava muito trabalho, uma combinação de esforço físico e intelectual, e requeria sorte. Connie adorava estar no mar, mas era muito mais fácil da forma que Dan fazia – virando a chave e inalando a fumaça dos motores.

Ela o ajudou a puxar a corda que estava presa ao píer. Meredith estava sentada na frente, acenando para as pessoas nos barcos. Connie uniu-se a ela. Meredith estava reluzente. Reluzente! Sentia-se tão à vontade a ponto de acenar para as pessoas.

— Está feliz por ter vindo, não está? – perguntou Connie.

— Ah, fique quieta – respondeu a amiga. Levantou o rosto para o sol e sorriu.

— Aonde você quer ir? – perguntou Dan. Connie estava sentada ao seu lado, de frente para o painel de controles.

— Qualquer lugar – respondeu ela. – Todos os lugares. – Estava feliz da vida, embora um tiquinho de nada constrangida por estar sentada ao lado dele no assento que cabia à namorada. Mas também era bom poderem ir aonde bem entendessem na velocidade que quisessem sem se preocupar com a vela mestra ou com a vela da proa. Nunca se sentara ao lado de Wolf em um barco. Quando velejavam, ele estava sempre se movendo, sempre monitorando tudo.

Eles saíram do porto, passando pelas casas imensas de Monomoy e as casas ainda maiores em Shawkemo Point. Dan privilegiou algumas casas e disse a Connie a quem elas pertenciam – àquele escritor famoso, àquele industrial. A ilha parecia especialmente verde e convidativa nesse dia. As casas pareciam palcos montados para o verão: bandeiras balançavam, toalhas esvoaçavam penduradas em varais. Meredith examinou a terra, uma das mãos protegendo os olhos, e então se deitou ao sol, sem óculos e de olhos fechados.

Velejaram até Pocomo Point, onde encontraram uma frota de veleiros-escola Sunfish com velas brancas – crianças e adolescentes aprendendo o básico.

– Assim que sairmos do meio deles, nós vamos ancorar e nadar um pouco.

Ele parou o barco num lugar belo e espaçoso. O farol de Great Point estava visível ao noroeste, e o belo Hotel Wauwinet ao norte. Sem o barulho do motor, o único ruído era o das ondas batendo na lateral do barco. Connie ficou subitamente ansiosa.

– Me deixa abrir o vinho – disse ela.

– Está maravilhoso aqui – elogiou Meredith.

– Vamos nadar – disse Dan. – Aí, almoçaremos. – Olhou para Meredith. – Você sabe nadar?

– Sim. Sei.

Connie arrancou a rolha de uma garrafa gelada de chardonnay. Sentiu o sangue esquentar. Não conseguia servir o vinho rápido o bastante. Não sabia muito bem o que havia de errado com ela.

– Meredith foi campeã de salto ornamental no ensino médio. Ficou em terceiro lugar no campeonato estadual no último ano.

— Mesmo? — perguntou Dan. — Bem, então eu tenho uma surpresa para você.

Connie serviu um copinho vermelho Solo Cup com chardonnay e virou rapidamente o primeiro um terço do vinho. Uma ardência fria desceu por sua garganta e ela sentiu os músculos relaxarem.

— Vinho? — perguntou a Dan.

Ele estava mudando o cooler de lugar e rearrumando outras coisas na popa.

— Vou pegar uma cerveja daqui a um minuto.

O típico homem com sua cerveja, pensou Connie. Wolf era um bebedor de vinho. Esta era uma dentre várias coisas elegantes nele. Connie deu outro gole. Com que frequência apareciam homens como Wolf?

— Meredith, quer vinho?

— Não, obrigada.

Dan puxou alguma coisa do fundo do barco — uma prancha comprida e branca. Um trampolim.

— Aqui está — disse ele, orgulhoso.

— Ai, meu Deus — exclamou Connie. — Meredith, um trampolim!

Meredith foi à popa do barco. Viu a prancha de salto e levou a mão à boca.

— Comprei para os meus filhos — disse ele. — Eles adoram. — Subiu na prancha, retirou a camiseta, atirou-a dentro do tanque do barco e deu uns pulos como teste. Então se aproximou do final da prancha, saltou alto e mergulhou. Subiu à superfície e esfregou os olhos. — Sua vez! — gritou para Meredith.

Ela olhou para Connie.

— Eu não mergulho há anos.

— Você era a melhor no Merion Mercy — disse Connie. — Bateu todos aqueles recordes.

Meredith tirara os grampos da cabeça – com eles, veio a peruca. Seu cabelo natural estava achatado e ela o balançou.

– Não posso acreditar que vou mergulhar – disse. – Será que vou lembrar como se faz?

– Não é a mesma coisa que andar de bicicleta? – perguntou Connie. Bebeu mais um pouco e uma sensação de bem-estar se estabeleceu dentro dela. Ficou com os braços arrepiados; sentiu um brilho dourado no peito.

– Acho que vamos ver agora – respondeu Meredith. Retirou a saída de praia e subiu no trampolim. Foi até a ponta e voltou. Deu alguns pequenos saltos como teste. Então se preparou no início da prancha e, como uma ginasta, deu um, dois, três passos coreografados, pulou inacreditavelmente alto e dobrou o corpo num perfeito mergulho frontal, direto. Foi algo de se admirar. Connie piscou. Fora a todas as apresentações de Meredith na escola, e o que a surpreendia agora ao observá-la saltar era ver como não mudara com o tempo.

Dan assobiou, bateu palmas e gritou. Meredith voltou à superfície, os cabelos molhados e lisos, e nadou com facilidade para a lateral do barco.

– É como andar de bicicleta – disse.

– Mais um – pediu Connie. – Mais difícil. Mostre para ele, de verdade. – Lembrou-se de Meredith uma vez dizendo a um jornalista do *Main Line Times* que um salto frontal simples ou um reverso eram os mais difíceis de se executar, porque o corpo queria dobrar e torcer. Seu corpo, disse, desejava certo grau de dificuldade.

Meredith voltou a subir na prancha. Fez um frontal com um meio-pike. O pike não foi tão certinho quanto costumava ser no ensino médio, mas isso era de esperar.

Dan pegou uma toalha e sentou-se ao lado de Connie.

— Cara! Viu só isso?

— Eu te disse — respondeu Connie. Tomou o vinho. Tinha dois dedos ainda dentro da taça. Mais uma dessas e ela estaria pronta para comer alguma coisa.

Meredith subiu novamente na prancha. Caminhou até o final com um andar monárquico e se virou.

Salto de costas. A entrada foi perfeita, os dedos dos pés esticados, embora ela não tenha alcançado a altura que alcançava no ensino médio. Por Deus, Connie podia se lembrar da forma como Meredith parecia flutuar no ar, parecia voar.

— Mais um! — pediu Connie.

— Não sei — respondeu. Então subiu mais uma vez na prancha e deu um salto de costas com uma meia torcida.

Dan colocou os dedos na boca e assobiou.

— Esse foi muito fácil! — exclamou Connie. Lembrava-se de Meredith se alongando nos colchonetes azuis que os treinadores espalhavam pela borda da piscina. Ela podia encostar facilmente a cabeça nos joelhos, os braços por baixo das coxas. Algo difícil agora, só de pensar.

Deu então um salto simples. Depois um reverso. E depois, sem nada falar, aproximou-se do final do trampolim e deu um frontal com duas meias cambalhotas. Dan vibrou e Connie pensou se deveria ficar com ciúmes. Fora uma jogadora de hóquei agressiva no ensino médio, mas isso não inspirava o mesmo tipo de admiração. Connie tocou o ombro de Dan para lembrá-lo de que ainda estava ali.

— Está pronto para aquela cerveja?

— Você não vai tentar?

Ela encheu a taça de vinho — glug, glug, glug — e não entendeu muito bem o que ele queria dizer. Meredith deu outro salto; Connie levantou o olhar a tempo de ver as pernas da amiga entrarem na água. A chave para o bom mergulho era: quanto menos respingo, melhor.

— Você me dá licença? — Ela fechou a garrafa de vinho com a rolha e a colocou de volta no cooler.

— Você não vai saltar? — perguntou Dan.

— Ah — respondeu Connie. — Eu não mergulho assim.

— Vamos lá! — disse Meredith. — A água está maravilhosa.

— Vamos — insistiu Dan, levantando-se. Subiu no trampolim. — Você deve estar com calor.

Sim, estava com um pouco de calor, mas não gostava de ser pressionada a fazer as coisas. E ainda achava que a água estava fria demais para nadar. Mas agora, se dissesse não, pareceria fresca, exigente ou, pior, velha. Pularia uma vez, decidiu, e então tomaria vinho.

Dan pulou mais uma vez de cabeça e esperou, balançando braços e pernas na água, pela vez de Connie. Connie pulou na prancha da forma que vira Dan e Meredith fazerem, testando-a, mas a prancha estava mais flexível do que previra — ou talvez suas pernas não estivessem tão firmes quanto as deles —, ela perdeu o equilíbrio e teve que balançar os braços num tipo de vaudeville para não cair.

— Opa! — exclamou. — Tudo bem. — Equilibrou-se e foi ao fim da prancha. Ao longe, viu o farol de Great Point. Gaivotas voavam no alto, algumas nuvens fininhas passavam correndo no céu. Ela não queria pular. Gostava de ficar assim, sobre a água, olhando.

Saltou da prancha, posicionou os braços na frente da cabeça e mergulhou, chegando à água mais cedo e com mais força do que esperava. O peito, onde ficara mantendo aquele brilho dourado do chardonnay, ardeu. E inspirou água pelo nariz. Ela fungou, sentiu as narinas queimarem, e a queimação desceu pelo pescoço. Connie enxugou os olhos, ajeitou o sutiã do biquíni e passou as mãos pelos cabelos.

— É isso aí! — exclamou Dan. — Muito bem! — Mas Connie sentiu que ele não estava sendo sincero.

— A água está gelada! — disse ela, embora não fosse verdade. Queria voltar para o barco. Mas lá veio Meredith de novo.

— Tudo bem, o último.

— O que vai ser agora? — perguntou Dan.

Meredith correu para o final da prancha, pulou e lançou-se em mais um frontal com meio-pike, embora seu pike tenha saído solto e ela tenha entrado mais cedo, respingando uma boa quantidade de água. Apesar disso, Connie ergueu as mãos com os dedos abertos: Dez. Meredith inclinou a cabeça na direção do ombro.

— Água no ouvido.

Somente quando voltou nadando para a escadinha lateral do barco que Connie viu o nome escrito em letras douradas: *Nicky*.

Nicky?, pensou. E então percebeu: Nicole, a esposa. Nicky.

Sentiu vários tipos de tristeza diferentes enquanto subia a bordo.

Nada que uma segunda e depois uma terceira taça de vinho não pudessem curar. Dan abriu uma cerveja e Meredith bebeu o chá gelado Nectars, de Nantucket. Connie não gostou de ter sido obrigada a entrar na água, mas adorou ficar secando ao sol e sentir a água salgada evaporar de sua pele.

A peruca de Meredith estava sobre o assento ao lado de Connie, como um pobre animal abandonado. Connie a levantou com dois dedos.

— Eu gostaria que você não tivesse que usar isso — disse.

— Me dê isso aqui — respondeu Meredith.

— Eu gostaria que as pessoas simplesmente te deixassem em paz — completou. Sentia o vinho circulando por seu cérebro, como um bálsamo. — Que *nos* deixassem em paz.

SEGUNDA CHANCE ⭐ 181

Seguiu-se um silêncio constrangedor. Meredith inclinou a cabeça mais uma vez, ainda tentando tirar a água do ouvido. Connie torceu para que ela não tivesse ouvido; o tom saíra errado.

— Não sei quanto a vocês, mas eu estou pronto para almoçar — disse Dan.

Almoço, sim! Entusiasmada, Connie tirou o almoço do cooler. Havia dois tipos de sanduíches: salada de frango no pão integral ou rosbife com queijo suíço, raiz-forte e maionese em pão de centeio. Havia também a salada de batatas que Connie fizera especialmente para a ocasião, sopa gelada de pepino com dill, salada de frutas de melão, morangos e amoras, e cupcakes com cobertura de manteiga de amendoim.

— Maravilhoso — disse Dan. Comeu um de cada sanduíche, uma porção generosa de salada de batatas e uma tigela de sopa. — Fez tudo isso sozinha?

— Meredith mergulha — respondeu ela — e eu cozinho. — Sentiu-se como se talvez isso empatasse as coisas. Deu uma mordida em seu sanduíche de frango com salada. — Sua esposa gostava desse barco?

Dan concordou.

— Adorava.

— Deu o nome em homenagem a ela? — perguntou. Sua voz ganhou um tom de confronto até para os próprios ouvidos, embora não soubesse muito bem a razão. Estava evidente que o nome do barco era uma homenagem à esposa, e por que isso deveria importar? Era o barco dele, ele o tinha havia tempos, muito mais do que os últimos dez dias, que era o tempo que ele conhecia Connie. E nada havia entre eles a não ser alguns beijos deliciosos. Mesmo assim, não era meio estranho levar uma mulher que você havia beijado algumas vezes para passear num barco com o nome da sua falecida esposa?

— Costumávamos ter um barco — disse Meredith melancolicamente, como se todo mundo no país não tivesse ouvido falar no mega iate *Bebe* de Freddy, que lhe custara 7 milhões de dólares do dinheiro de seus clientes. Ela sorriu para Dan. — Mas ele não tinha um trampolim!

À tarde, eles foram de barco até o final do píer. Havia focas espalhadas nas pedras escuras, e Connie pensou em Harold.

— Vamos sair para dar uma olhada nas armadilhas das lagostas — disse Dan.

— Tudo bem — respondeu Connie.

Terminara sozinha uma garrafa de vinho e só comera menos da metade de um sanduíche, portanto, estava agradavelmente animada. Atingira um estágio perfeito de equilíbrio. Estava feliz e relaxada, sem nenhuma preocupação no mundo. Pensou em abrir a segunda garrafa, mas decidiu que não. Afinal de contas, era a única que estava bebendo. Dan bebera uma cerveja e Meredith continuara com o chá gelado diet. Mas quando Dan apertou o acelerador e o motor esquentou, Connie sentiu uma vontade imensa de tomar mais uma taça de vinho. Se parasse de beber agora, naquele sol, certamente cairia no sono e, se dormisse, acordaria com dor de cabeça. O barco singrava a água, em alguns momentos mal a tocando e, quando eles se viram no rastro de um barco em alta velocidade que acabava de ultrapassá-los pelo lado direito, a proa se chocou com uma onda e um borrifo de água os atingiu pela lateral. Meredith olhava para a frente, tão imóvel e alerta quanto uma donzela num navio baleeiro; não colocara de novo a peruca e estava sem os óculos. Pareceu não se importar por ter se molhado.

Connie estava ao lado de Dan, de frente para o painel de controle, mas, mesmo assim, espichou-se para trás, para ver se conseguiria alcançar o cooler. Tão logo levantou, o barco bateu em outra onda e ela caiu sobre o piso áspero do deque, ralando o joelho. Saiu sangue. Engatinhou até a segurança dos assentos estofados e segurou-se com a força que pôde na grade ali de trás. Dan não viu o tombo, o que foi bom, mas veria as manchas de sangue no deque. Ela analisou o joelho. Ardia. Eles passaram pelo rastro de outro iate maior e mais poderoso, e a frente do barco bateu de novo na água; seguiram-se mais borrifos de água na frente. Connie não conseguia chegar ao cooler, enfiado debaixo do assento, e, mesmo se conseguisse alcançá-lo, a coordenação motora necessária para abrir a garrafa de vinho já estava comprometida naquelas circunstâncias. Ela teria que esperar até que eles parassem ou diminuíssem a velocidade.

Estavam numa velocidade de tirar o fôlego. Connie franziu os olhos para o velocímetro: cem nós ou quase isso. Seria isso o equivalente a duzentos quilômetros por hora? Não conseguia se lembrar. Dan era um caubói atrás do volante de um barco, enquanto Wolf, quando velejava, parecia um maestro conduzindo uma orquestra. Mas ela se lembrou de que não estava querendo substituir Wolf. Não estava procurando nada além de uma folga de seu sofrimento. Gostava de barcos a motor, lembrou-se também. Ali na frente, Meredith parecia completamente indiferente à velocidade. Connie precisava relaxar mais.

E então, de repente, Dan reduziu a marcha, e o barco foi perdendo velocidade. Saltando para a superfície da água reluzente, Connie viu boias altas em colunas de madeira. Dan manobrou o barco por entre elas e parou.

— Tudo bem! — gritou. Procurou as cordas e, com uma mão experiente de laçador de rodeio, enlaçou uma boia com uma tira verde. Ele parecia ocupado e Connie aproximou-se do cooler sentindo-se como um pirata tentando arrombar a arca do tesouro. Soltou-o e tinha acabado de pegar a segunda garrafa de chardonnay quando Dan gritou:

— Rápido! Preciso de ajuda aqui! — gritava ordens, da mesma forma que Wolf tendia a fazer quando navegava. *Homens*, pensou Connie. Estava com os olhos em Dan (será que ele esperava mesmo que *ela* o ajudasse com a armadilha das lagostas?), mas as mãos procuravam o saca-rolhas.

— Preciso de ajuda! — gritou ele, de novo.

Meredith apareceu ao seu lado para ajudá-lo a puxar as cordas. Connie viu que sua presença era também necessária, portanto deixou o vinho no cooler e correu. Puxar, descansar... eles puxaram e descansaram, puxaram e descansaram. Os braços de Dan estavam rijos com o esforço, e Connie teve a sensação de que ela e Meredith não estavam ajudando muito no quesito força. Finalmente a armadilha de madeira subiu à superfície da água verde e Dan gritou:

— Para trás! — Ele puxou a armadilha para a lateral do barco, e Connie e Meredith ajudaram-no a colocá-la sobre o deque.

Dan suspirou e enxugou a testa. Olhou para Connie e pensou em sorrir. Ele era bonito e a havia beijado, mas era um completo estranho para ela. Connie estava feliz por Meredith estar ali.

— Uau! — exclamou Meredith. Agachou-se para inspecionar o conteúdo da armadilha, mas Connie não quis chegar muito perto. Viu trinta ou quarenta lagostas negro-esverdeadas subindo umas por cima das outras num frenesi assustado, como adolescentes em um show de rock. Os cascos se chocavam e algumas antenas surgiam pelos vãos da armadilha. Lagostas se pareciam muito com baratas, concluiu Connie, com suas carapaças semelhantes a armaduras e sua feiura pré-histórica. Ainda assim, pensou, eram deliciosas. Adorava salada de lagosta, rolinhos de lagosta cozidos no vapor com manteiga derretida, sopa de lagosta...

— Tantas! — exclamou Connie, admirada. — O que fará com elas?

— Bem, três sortudas serão nosso jantar de hoje à noite — disse Dan. — E o resto eu venderei para Bill do East Food Seafood.

— Sinto muito por elas — disse Meredith.

Dan concordou.

— Típica resposta feminina. Minha esposa também tinha pena delas. Costumava implorar para eu soltá-las.

Connie achou que poderia contribuir com sua própria expressão de solidariedade em prol dos crustáceos, mas não se importou.

— Precisa de ajuda? — perguntou.

— Não — respondeu Dan. — Mas preciso separar essas moças aqui e colocá-las dentro de coolers. Depois então vou pescar por alguns minutos. As senhoras se dispõem a passar alguns minutos aqui?

— Meu Deus, sim! — respondeu Connie. Agora que ele praticamente lhe dera permissão, ela abriu o vinho e se serviu de uma boa taça. — Meredith, quer vinho? — ofereceu.

— Não, obrigada — respondeu. Estava ao lado da armadilha, observando Dan, enquanto ele vestia luvas grossas de trabalho e puxava as lagostas, uma a uma, colocando tiras de borracha azul em cada garra. Ele então as colocava, dentro de um cooler branco de tamanho industrial que havia puxado pela alça. Meredith parecia hipnotizada pelo trabalho dele. Bem, aquilo não era nada do que ela veria na Riviera Francesa.

Connie levou o vinho para a frente do barco e deitou-se ao sol.

Apesar de suas boas intenções, ela devia ter caído no sono: quando tornou a abrir os olhos, a armadilha de lagostas já não estava mais ali, e o cooler em que Dan as guardara estava enfiado debaixo dos estofados dos fundos do barco. Dan estava segurando seu anzol, e

Connie viu que Meredith segurava outro; estava de pé, ao lado de Dan, enrolando a linha.

Connie sentou-se. Precisava de uma visita ao toalete.

Ouviu Meredith contar:

— Teve uma vez, na piscina de Princeton, quando mergulhei assim para Freddy, só que eu era melhor porque era mais jovem e estava treinando. E achei que Freddy ficaria impressionado, que me acharia muito talentosa, atlética, flexível... quer dizer, até mesmo sob uma perspectiva *sexual* meus saltos deveriam tê-lo deixado excitado, certo? Só que, em vez de ficar impressionado, ele... bem, eu não entendi direito a reação dele. Ele ficou sem palavras. Por alguma razão, não gostou de me ver mergulhar. E então eu parei. Houve vezes, durante anos seguidos, em que nós estávamos na piscina da casa de alguém havia um trampolim, e eu dava um salto frontal e um meio-pike como o que eu fiz hoje, que dá a falsa impressão de facilidade, e Freddy ficava morrendo de raiva. Me acusava de estar me exibindo. Ele se sentia ameaçado pelos meus saltos. Eu deveria ter visto isso como um sinal. — Meredith lançou a linha de volta à água; o carretel zumbiu. — Por que não percebi isso como um sinal?

Dan riu.

— Percepção tardia — respondeu ele.

— Percepção tardia que, no meu caso, custou cerca de 50 bilhões de dólares.

Connie estendeu a mão para a taça de vinho; estava quente. Despejou-a na água e foi, cambaleante, até os fundos do barco para pegar mais.

Dan e Meredith estavam tão concentrados na conversa, que nem perceberam que ela havia acordado. Ela se serviu de outra taça e se perguntou se Dan estaria se *interessando* por Meredith, então decidiu que não. Durante toda a vida delas, os garotos gostavam de conversar com Meredith – ela era esperta, rápida, engraçada – mas Connie era bonita, e isso sempre ganhava.

Até mesmo Freddy Delinn uma vez – sim, uma vez lhe dera uma cantada. Connie apagara essa lembrança – achava – de sua mente.

Largou o vinho em um dos porta-copos redondos, convenientemente colocados em volta do barco, subiu na lateral do veículo e mergulhou. Plaft! Mais uma vez a água chegou rápido demais, seu peito queimou e seu joelho ardeu. Deixou-se levar pela profundidade gelada e urinou, doce alívio. Sabia que havia vida marítima abaixo dela – todas aquelas lagostas, só para começar e, certamente, muitas outras criaturas sinistras. Àquela distância em que estavam, talvez até tubarões. Mas o vinho e a soneca lhe provocavam uma letargia que a fazia querer flutuar um minuto sob a superfície.

Sete ou oito anos antes, Freddy levara um drinque para Connie no deque da casa no Cabo de Antibes. Wolf estivera fora, correndo, e Meredith fora à cidade, a uma loja de antiguidades, para dar mais uma olhada em alguma coisa que queria comprar. Essa parte da história fazia sentido em sua lembrança, mas Freddy lhe levar uma bebida – um gim-tônica fresquinho e gelado com fatias de lima – fora uma surpresa, pois ele não bebia. Portanto, a bebida fora um flerte; Connie percebera imediatamente. Além do mais, havia uma expressão diferente em seu rosto quando lhe entregava o copo. Connie sempre se sentira insegura quando visitava Freddy e Meredith – em Manhattan, em Palm Beach, na França – por causa do dinheiro, talvez. Era impossível, diante de todo aquele dinheiro, achar que se estava à altura. Por isso, para compensar, ela ostentava sua beleza. Na noite que Freddy lhe levara a bebida, ela já havia se vestido para o jantar. Usava um vestido comprido de verão, com estampas indianas rosa e laranja. O vestido tinha um decote cavado, deixando os seios à mostra. Em casa, na América, Connie só usaria aquele vestido se estivesse com Wolf. Mas ali era o sul da França, onde todos pareciam determinados a mostrar o que tinham.

Freddy ainda estava de roupão. Olhara fixamente para os seios de Connie com intenção de que ela o visse olhando, o que parecera algo ainda mais audacioso. Entregou-lhe a bebida, ela tomou, e eles se recostaram no parapeito do deque que dava vista para um rochedo por cima do Mediterrâneo.

Então ele se virou para ela, e ela perguntou, numa tentativa de puxar assunto, qual era sua origem. O nome Delinn era francês, certo? Mas então Freddy disse:

— Você é uma mulher incrivelmente bonita, Constance.

Connie ficou sem fala. Concordou, embora hesitante. Não se sentiu assustada pelas palavras de Freddy em si — durante toda a sua vida as pessoas lhe diziam que ela era bonita —, mas pela forma como ele as dissera. As dissera com um *propósito*, como se quisesse levá-la para o quarto e fazer amor com ela naquele exato momento. Usara seu nome completo, Constance, que a fazia sentir-se sofisticada. E então se inclinou, beijou-a e, com uma mão boba, segurou seu seio, que estava mal protegido pela seda do vestido. Ela sentiu uma excitação repentina e engasgou. Connie e Freddy separaram-se e olharam um para o outro por um segundo brutal, então ela saiu do deque. Levou a bebida para o quarto de hóspedes e lá ficou, sentada na cama, esperando Wolf voltar.

Até mesmo agora o que a impressionava com relação àquele encontro com Freddy fora a confiança dele, sua autoridade, o direito que julgara ter de aproximar-se para beijá-la e tocar seu corpo. Freddy não tivera escrúpulo algum em colocar a mão em algo que não lhe pertencia.

Connie sentiu braços se fecharem em torno de seu corpo e arrepiou-se, confusa e temerosa. Estava sendo puxada para a superfície.

— O que houve? — engasgou.

Dan estava na água ao lado dela, segurando-a com firmeza por baixo do braço.

— Graças a Deus — disse ele. — Achei que você estava se afogando.

— Afogando? — perguntou ela.

— Você caiu muito perto dos nossos anzóis, um perigo — disse ele.

— Eu não caí. Eu mergulhei.

— Tudo o que vi foi o respingo da água — admitiu Dan. — Mas você bebeu vinho demais. Eu fiquei preocupado.

Vinho demais?, pensou Connie.

— Estou bem — assegurou-lhe. Afastou-se nadando, na direção da escada na parte de trás do barco. Mais uma vez o nome. *Nicky*. Deus, que tarde esquisita.

Eles ficaram na água até bem depois das 17 horas. O sol ficou mais fraco em sua descida, e Connie, apesar do fato de ser observada como se fosse uma adolescente, terminou a segunda garrafa de chardonnay, embora não sozinha. Quando voltaram ao porto, Meredith concordou em tomar uma taça. Connie e Meredith sentaram-se juntas no estofado, Dan colocou para tocar uma música de Jimmy Buffett, o domo dourado da Igreja Unitária reluziu ao sol, e Connie chegou à conclusão de que havia sido um bom dia.

Meredith virou-se para ela enquanto Dan prendia o barco à plataforma:

— Tem razão. Estou feliz por ter vindo.

Uma vez em terra firma, eles combinaram. Dan as deixaria em casa e voltaria por volta das 19 horas para um jantar de lagostas.

Connie gostou da ideia. O que gostou mais, percebeu, foi estar de volta à própria casa. Começou preparando para si um gim-tônica bem gelado e cítrico, num copo alto – reminiscente daquele preparado para ela por Freddy Delinn – e o levou consigo à ducha no deque. Quando fizera o projeto, Wolf colocara uma prateleira pequena para o drinque de Connie, um detalhe que, para ela, era o máximo em civilidade. Tomou um banho demorado, enrolou-se numa toalha, serviu-se de mais bebida na cozinha e subiu para se vestir.

Meredith pôs a cabeça para fora do quarto.

– Dei uma olhada em torno da casa e do carro. Nada aconteceu enquanto estivemos fora.

Connie balançou a mão, dispensando a ideia.

– Claro que não.

Colocou um vestido branco de algodão e deixou os cabelos secarem naturalmente. Hidratou o rosto – pegara muito sol – e passou rímel. A mão tremeu com o pincel, borrou o olho, Connie praguejou, pegou uma bola de algodão para limpá-lo e começou de novo.

Lá embaixo, na cozinha, arrumou cream crackers, queijo Brie, um bom pedaço de cheddar e um pote de mel trufado. Enfiou um garfo em três batatas que assavam e, sem querer, furou a mão. Acendeu o forno, embora detestasse fazer isso numa noite tão quente. Completou sua taça e, quando Meredith apareceu, perguntou animada:

– Gim e tônica?

– Vou continuar com o vinho – respondeu Meredith.

Connie percebeu que ainda tinha uma garrafa no cooler. Não o esvaziara ainda, as coisas do piquenique ainda estavam ali, agora boiando em dois dedos de água. Tirou o pote com a salada de batatas e a garrafa térmica com a sopa. Os sanduíches estariam bons? Veronica, mãe de Connie, os teria jogado fora. Não suportava sobras, principalmente na forma de sanduíches que, a despeito do quanto fossem bem embalados, ficavam umedecidos. Mas Wolf crescera num lar mais abstêmio, com pais que haviam enfrentado a Grande Depressão, e nunca jogava comida fora. Portanto, em homenagem a Wolf, Connie colocou os sanduíches na geladeira.

— Eu gostaria de ter uma torta de amoras. É sempre bom ter torta de amoras de sobremesa depois de um jantar com lagostas, só que estou sem tempo de dar uma corrida para comprar. Vamos ter que comer esses cupcakes. — Connie tirou o plástico protetor de cima dos cupcakes, e a cobertura se espalhou. Imaginou rapidamente como estaria seu rímel. *Você é uma mulher incrivelmente bonita, Constance;* fora isso que Freddy dissera tantos anos antes. Mas nenhuma mulher era bonita com maquiagem borrada. A voz de Freddy saíra séria e teatral, como se ele tivesse nascido ator de cinema, em vez de um adolescente pobre coitado de algum lugar de Nova York. A cobertura dos cupcakes — de manteiga de amendoim — tornara-se uma sombra feiosa e marrom, percebeu ela. Parecia...

Tinha ainda que descascar as espigas de milho, ferver água tanto para elas quanto para as lagostas, rasgar algumas folhas para a salada, bater o molho e derreter três tabletes de manteiga. Bebeu o resto do gim, serviu-se de mais e espremeu o resto da lima dentro dele. Ouviu alguém perguntar: *Francamente, Connie,* mais um *copo?* E ergueu os olhos achando que era Meredith, mas Ela estava à porta dos fundos observando Harold brincar nas ondas. Ela tinha lavado os cabelos, vestido os shorts brancos e a túnica azul; não usava essa roupa desde a noite em que fora fotografada com ela. Portanto, Connie ficou feliz por ela tê-la colocado e, além disso, ficava bem assim. O sol a iluminou como se fosse uma estátua. Aquela era a hora favorita do dia de Wolf. A sala começou a girar, mas, não, Connie não tinha tempo. Água para as lagostas e para o milho, molho para a salada, pôr a mesa. Encontrar os cream crackers para as lagostas e os palitos. Queria uma torta de amoras.

Às 19 horas em ponto, ouviu-se uma batida à porta. Dan era dessas pessoas pontuais. Wolf também se esforçava para ser pontual, mas Connie sempre o fazia atrasar. Fora criada naturalmente assim; seus pais se atrasavam para praticamente tudo. *Atrasada para o meu próprio enterro*, Veronica costumava dizer. Wolf ficava irritado e, por mais que ela não gostasse de lembrar, eles brigavam. Connie tomou mais um gole fortalecedor de seu gim, apesar de sua visão estar embaçada e os calcanhares escorregarem da parte de trás das sapatilhas. A água tanto para o milho quanto para as lagostas estava fervendo — era cedo demais para uma happy hour legítima —, mas a salada parecia crocante e fresquinha e o seu molho, pronto, embora a ponta dos dedos de Connie agora cheirassem a alho. Meredith pôs a mesa para três.

Dan bateu mais uma vez. Connie correu à porta da frente e quase torceu o tornozelo. Sapatos idiotas.

Abriu a porta e lá estava ele, de banho tomado, bonito, de camisa branca e calças jeans, que era a roupa masculina favorita de Connie. Tinha uma caixa de padaria em uma das mãos e uma sacola grande de papel, com as lagostas, na outra. Estendeu a caixa.

— Para a sobremesa — disse.

Connie a pegou. Era uma torta de amoras.

— Oh! — respondeu. Olhou para Dan, pensando. *Incrível, o homem leu a minha mente.* Era mais do que um golpe de sorte; devia ser o destino. Eles estavam em sintonia. Dan sabia que um jantar à base de lagostas pedia torta de amoras de sobremesa. — Obrigada!

Ela deu um passo em falso para trás e quase perdeu o equilíbrio, mas Dan a segurou pelo braço.

SEGUNDA CHANCE ★ 193

— Ui, esses sapatos — exclamou ela. — É melhor eu tirar antes que quebre o pescoço. Entre, olá. — Aproximou-se para beijá-lo, esperando receber o mesmo beijo que ele lhe dera naquela manhã, mas recebeu um beijo rápido e seco. Ele parecia menos encantado do que quando fora pegá-las para o passeio de barco. Era possível até que, pensou Connie, ele nem quisesse estar ali. Era bem possível que ele só tivesse ido por conta da obrigação, por estar com as lagostas.

Quando Connie voltou para a cozinha, tentou imaginar o que teria feito para que ele não quisesse estar ali, talvez tivesse chegado à conclusão de que não gostava dela. Ela gostava *dele*; gostava de tê-lo ali, disponível. Gostava do fato de ele ter levado torta de amora.

— Posso te servir uma bebida? — perguntou ela.

— Claro. Tem cerveja?

Cerveja de novo. Connie não havia pensado na cerveja. Deu uma olhada na geladeira, nos fundos, e encontrou duas garrafinhas verdes de Heineken, graças a Deus, levadas para lá por um de seus hóspedes; talvez Toby, antes de ter parado de beber. Toby costumava beber cerveja até mesmo depois de sua primeira tentativa de desintoxicação, pois argumentava que cerveja não era álcool. Tomar cerveja era o mesmo que tomar suco, dizia. Era como tomar leite. Toby era alcoólatra, o perfeito e clássico alcoólatra, como sua mãe Veronica fora, mas vencera o alcoolismo. Andava sóbrio. Connie puxou uma garrafa de cerveja, abriu-a, serviu um copo e observou a espuma transbordar por cima da bancada.

Dan estava lá fora no deque, junto com Meredith, admirando a água. Meredith apontou para a cabeça escura de Harold. Disse alguma coisa, e Dan riu. Connie perguntou-se mais uma vez se Dan gostava de Meredith. Talvez eles formassem um casal melhor. Mas isso era tolice. Connie estava feliz por ver Meredith lá fora, no deque. Ela não ousara ir ali desde que fora fotografada. Connie supôs que talvez ela se sentisse mais segura com Dan por perto. Um homem.

Uniu-se a eles. Entregou a cerveja a Dan e os três brindaram.

— Obrigada por um dia perfeito — disse Meredith.

Connie respirou fundo para dizer alguma coisa, mas como não conseguiu pensar em nada a acrescentar apenas sorriu. Na Merion Mercy Academy, era comum caminhar com um livro sobre a cabeça para adquirir boa postura. Connie sentiu-se como se estivesse equilibrando um livro agora, um que corria o risco de escorregar e cair no chão. Ou talvez fosse a sua cabeça que estivesse ameaçando cair.

— Bem, obrigado a vocês por me fazerem companhia; não teria sido tão divertido sozinho.

Connie concordou. Sim. Percebeu que ainda segurava seu gim com tônica. Achou que deveria mudar para o vinho. A taça de vinho de Meredith estava vazia; precisava ser preenchida. Connie buscaria a garrafa.

— Acho que o ponto máximo foi te ver mergulhar — comentou Dan.

Connie concordou. Sim, era ótimo ver Meredith mergulhar. Ela era uma mergulhadora fantástica — campeã, fora.

— Foi *mesmo* divertido — disse Meredith. — Mas é claro que eu era muito melhor.

— Quando era mais jovem — respondeu Connie. Sua voz soou engraçada aos próprios ouvidos. Será que aquelas palavras haviam feito sentido? Meredith e Dan estavam ambos olhando para ela agora. — Eu costumava ir a todas as apresentações de Meredith. Todas, cada uma, cada apresentação.

Eles ainda estavam olhando para ela. Tudo bem, o que foi? Ela nem queria saber. Queria buscar a garrafa de vinho. Jogaria seu gim com tônica pelo ralo da pia. Pegou um cream cracker e cortou um pedaço torto de queijo Brie. Comida! Devorou-o. Nada comera desde a metade da metade do sanduíche, no barco.

— Você precisa de ajuda com as lagostas? — perguntou Dan.

— Não, não — respondeu ela, a boca ainda cheia. Fez alguns gestos indicando *Está tudo sob controle, vou entrar para cuidar das coisas. Fiquem aí fora.*

As duas panelas no fogão ferviam tanto que as tampas batiam. A sacola com as lagostas estava sobre a bancada. Connie percebeu que não queria preparar as lagostas. Wolf sempre as preparara e, no verão anterior, Toby o fizera. Wolf, Toby, Freddy Delinn. Quanto tempo elas demorariam para cozinhar? Deveria chamar Dan ou ela mesma jogaria as lagostas na panela? Precisava derreter a manteiga. Meredith e Dan pareciam felizes no deque; estavam conversando. Estavam aproveitando o happy hour. E daí que ela estivesse trabalhando como uma escrava na cozinha abafada? E daí que Meredith fosse uma grande mergulhadora? Graciosa e tudo o mais? Com braços e pernas atraentes? Quem dissera isso? Connie tirou os sapatos. Ahhhh, essa fora uma boa ideia. Vinho. Connie serviu-se de uma taça de vinho e deveria também encher a taça de Meredith. É o que faria assim que acabasse com a manteiga. Ia virar o gim com tônica no ralo da pia, mas como só havia um dedinho de sobra ela o tomou.

Colocou a manteiga na frigideira e acendeu o fogo.

Atrasada para o meu próprio enterro, Veronica costumava dizer. Veronica morreu de cirrose. Isso não foi surpresa para ninguém. E então, em seu enterro, alguma coisa aconteceu entre Meredith e Toby; Connie tinha certeza.

Toby, Wolf, Freddy Delinn, Dan. Danforth Flynn, esse era um belo nome.

A manteiga estava derretida e Connie decidiu que só faria isso: jogou as lagostas na água fervente. Uma, duas, três. Segurou a tampa. Seguiu-se um zunido agudo quase imperceptível: as lagostas gritando. Mas, não, isso era mito. Era o som do ar que saía pelos cascos, ou qualquer coisa parecida.

Vinho para Meredith. A manteiga estava derretendo. E quanto ao milho? O milho só demoraria uns cinco minutos.

E então Connie se lembrou do telefone celular. Não checava o celular desde aquela manhã cedo, antes de Dan chegar. E se Ashlyn tivesse telefonado?

Connie foi correndo ao quarto pegar o telefone. Danforth Flynn, Freddy, Dan, Wolf, Toby. Seu telefone não mostrava nenhuma ligação perdida. Nenhuma ligação perdida de Ashlyn. Nunca havia uma ligação perdida de sua filha teimosa, mas por que não?

Connie checou as mensagens de texto: havia uma mensagem não lida ainda, que, provavelmente, seria uma mensagem da operadora lembrando que a conta havia vencido. Connie esticou o braço bem à frente, de forma que pudesse ler. A mensagem era de Toby: *Vendi barco cliente Nantucket. Chego ilha 2 semanas. Ok?*

Toby chegaria à ilha em duas semanas? Um cliente de Nantucket? Quem seria? Era uma piada, mas Connie não vira a graça. Toby chegaria em duas semanas? Seu belo, engraçado, divertidíssimo irmão?! Ele havia vendido o barco? Isso não era possível a não ser que estivesse comprando um barco maior ou mais veloz.

Connie apertou as teclas para responder. Nunca adquirira o hábito de enviar mensagens, mas talvez devesse fazê-lo agora. Talvez, se passasse uma mensagem de texto para Ashlyn, ela responderia.

Ok?, perguntara ele. Connie apertou a tecla: *OK!* Então se lembrou de Meredith. Não poderia deixar Toby entrar naquela festa surpresa sem avisá-lo antes. O que ela queria dizer era: *Você não vai acreditar, mas Meredith Delinn me telefonou pedindo socorro, eu socorri e adivinha o quê? Tem sido ótimo. Com exceção da tinta na casa e dos pneus rasgados*. Mas isso era coisa demais para uma mensagem de texto, principalmente quando Connie não podia enxergar os botões com facilidade. Enquanto procurava óculos para Meredith, devia ter procurado óculos para si também. Connie deixou o texto só no *OK!* Mas depois pensou em acrescentar LOL!, que sua amiga Lizbet lhe dissera que queria dizer "laugh out loud" ou "ri alto".

Connie enviou a mensagem. Então desceu correndo novamente. Tinha muitas panelas no fogão.

A cozinha estava quente. Ela resgatou a manteiga de cima do fogão. Colocou o milho na segunda panela de água fervente e apagou o fogo das lagostas. Jogou o molho por cima das folhas verdes e misturou. Colocou a manteiga dentro de um jarro pequeno de cerâmica. Gostou da sensação dos pés descalços no piso de cerâmica. Precisava servir mais vinho a Meredith.

Não perdera nada, lembrou-se. Não havia nenhuma mensagem de Ashlyn agora, mas houvera antes. Tentaria lhe enviar uma mensagem.

— Ok, está pronto! — disse Connie.

Por que a cozinha estava tão quente? O forno estava aceso, era por isso. Mas Connie se esquecera de colocar as batatas ali dentro. Droga... lá estavam elas sobre a bancada. Tinha acabado de vê-las. "Ri alto", pensou. Mas lágrimas brotaram em seus olhos.

Meredith veio do deque e perguntou:

— O que nós podemos fazer para ajudar?

Connie se dissolveu em soluços.

— Connie, o que houve? — perguntou Meredith. Parecia preocupada de verdade. Mas ela não entenderia. Meredith, todos sabiam, passara por uma crise de âmbito nacional sem derramar uma só lágrima sequer.

— Esqueci de colocar as batatas no forno.

Connie se lembrava só de partes do jantar. Deixou que Dan a conduzisse à mesa. Ele abriu sua lagosta e retirou a carne como se ela fosse criança. O milho ficou intocado em cima do prato. Seus ombros caíram, como se os ossos estivessem derretendo, e Meredith levantou-se para lhe levar uma blusa. Dan e Meredith conversaram alegremente sobre algum assunto que ela não conseguia lembrar. A salada estava encharcada de molho. Connie só conseguiu dar uma garfada.

— Coma! — implorou Meredith.

No lugar onde Connie esperava encontrar o vinho havia um copo de água gelada com uma fatia de limão. Ela o tomou com prazer, lembrando-se de como costumavam usar esse mesmo truque com a mãe e de como Veronica normalmente caía, exceto uma vez em que ela cuspiu a água por cima de toda a mesa e exigiu o gim. Os olhos de Connie estavam fechando, e a cabeça, caindo para a frente como acontecia às vezes no cinema, em que Wolf a levava para assistir aos filmes amadores, longos e assustadores de que ele gostava. Teve esperança de que tanto Meredith quanto Dan tivessem se lembrado de colocar a torta de amoras no forno, embora tivesse suas dúvidas. Ela era a única ali que pensava nessas coisas, mas estava cansada demais para levantar e cuidar disso.

Ashlyn não percebia o quanto estava sendo cruel. Não entenderia até o dia em que tivesse filhos. Talvez nunca tivesse filhos seus, nunca. E, ao mesmo tempo que seria uma pena, seria também uma bênção. Wolf, Toby, Freddy Delinn, Danforth Flynn. A cabeça de Connie caiu acima do prato, mas ela a levantou de novo, alerta e consciente. Ficou olhando para Meredith. Será que Meredith sabia o que Freddy tinha dito e feito com ela em Cabo de Antibes? Certamente não. O homem não lhe contava nada.

Connie sentiu uma pressão sob as axilas. Sentiu que era erguida. Estava nos braços de Dan. Podia sentir o seu cheiro, a trama de sua camisa branca. Linho. Quem passava suas roupas a ferro, imaginou, agora que sua esposa era falecida? Estava flutuando bem da forma que flutuara na água mais cedo.

Ouviu as palavras "bebeu muito".

Meredith disse:

— E ela mal comeu alguma coisa.

Aterrissou numa superfície macia, muito nova para ser familiar. Sua cama, tão gostosa e luxuosa quanto a cama de um hotel cinco estrelas. Sentiu um beijo no rosto, mas era um beijo feminino. Era Meredith.

Seus olhos se abriram. Ainda havia luz do lado de fora. Havia uma coisa que ela queria dizer a Meredith, mas não conseguia ficar nem mais um segundo acordada.

— Wolf está morto — disse. As palavras soaram engraçadas, confusas. Teriam feito sentido?

— Eu sei, minha querida. Sinto muito.

MEREDITH

Quando Meredith acordou na manhã seguinte ao passeio de barco, seu corpo doía. Principalmente seu tronco: os espaços entre as costelas estavam estendidos e doloridos.

Os saltos.

Meredith sentia-se culpada até mesmo de pensar, mas o dia anterior fora um bom dia. Isso era mesmo possível levando em conta a sua situação? Com certeza não, mas sim. Sim. Fora um dia em que estivera presente em cada momento. Tinha pensado em Freddy, mas foram pensamentos intencionais; não do tipo que se esgueiravam à sua consciência. Pensara nos meninos também, mas o dia fora tão maravilhoso em todos os aspectos que os pensamentos sobre Leo foram mais otimistas do que o normal. Imaginou o que ele e Carver estariam fazendo e chegou à conclusão de que também deveriam estar aproveitando o tempo e não gastando suas preciosas horas pensando em Deacon Rapp.

As horas boas começaram com o trampolim. Meredith se sentira outra ao tirar a peruca e subir na prancha. Não mergulhava – havia décadas – e, mesmo expressando dúvidas para Connie com relação à sua capacidade de virar e torcer e entrar de cabeça na água, por dentro, ela sabia que conseguiria. Havia saltos ainda internalizados, saltos que aguardavam havia trinta anos para sair.

Era para Meredith ter saltado em Princeton; esse fora um dos fatos que levaram a sua admissão. O treinador Dempsey tinha outra mergulhadora – uma aluna do penúltimo ano, chamada Caroline Free, que viera da Califórnia e vinha quebrando todos os tipos de recordes da Ivy League. Mas Caroline iria se formar, e o treinador Dempsey queria colocar Meredith em seu rastro. Mas após a morte de seu pai, ela perdeu todo e qualquer interesse em saltar. Era impressionante como uma das coisas mais importantes de sua vida de repente perdia a importância. O treinador entendeu, mas voltou a lhe sondar no seu segundo ano de faculdade. No segundo ano, Meredith estava pronta. Engordara cinco quilos desde o primeiro ano, por causa da cerveja, da comida com fermento do refeitório e dos sanduíches de frango frito com molho russo que Freddy preparava para ela na cozinha do Dial. Em casa, em Villanova, durante o verão, ela voltara a dar braçadas na piscina do Aronimink junto com a mãe, usando uma de suas toucas horrendas decoradas com

SEGUNDA CHANCE ★ 201

flores artificiais de lavanda sobre a orelha direita. As voltas na piscina adiantaram; Meredith voltara ao seu corpo musculoso e pequeno e queria permanecer assim. Mais ainda, queria mergulhar. Sentia falta; era parte de sua personalidade.

Quando contou a Freddy, ele foi logo incentivá-la a desistir. Se ela mergulhasse pela equipe de Princeton, disse, seria totalmente consumida por isso. Haveria treinos de manhã cedo e durante a tarde, haveria encontros na cidade e, pior ainda, *fora* da cidade – finais de semanas inteiros em Penn, Columbia e Yale com os membros pele e osso e de cabelos verdes do time de natação. Previu que Meredith perderia o baile do Dial – uma olhada no horário da equipe confirmava isso –, e, com Meredith longe, Freddy teria de arrumar outra acompanhante.

Meredith aproveitou a oportunidade para perguntar quem ele havia convidado para o baile no ano anterior.

– Ah, Trina.

Trina? – perguntou ela.

Freddy a analisou para ver se haveria perguntas desagradáveis. Eles tinham, claro, conversado sobre Trina logo no início do relacionamento, e Freddy confirmara a mesma história– embora, para Meredith, isso tenha soado como a *confirmação de uma história* – de que ela era apenas aluna sua e não muito mais do que disso. Essas haviam sido as palavras exatas de Freddy, "não muito mais do que disso". Agora Meredith descobria que ele a levara ao baile no ano anterior! Em sua cabeça, ela nem precisava fazer as perguntas chatas.

– Eu não tinha mais ninguém para levar, e ela era boa para essas coisas. Se apresentava bem.

Meredith sabia que não deveria se importar com coisas tão frívolas quanto o baile do Dial, mas se importava. Bailes de final de ano em clubes de culinária eram eventos glamorosos com luzes estroboscópicas, champanhe francês e orquestras com 16 integrantes tocando Frank Sinatra. A possibilidade de não ir ao baile e de, em vez de levá-la, Freddy levar Trina, fora suficiente para selar o acordo: Meredith encontrou-se com o treinador Dempsey e disse que lamentava muito. Ele implorou que ela voltasse a pensar no assunto. Princeton *precisa* de você, disse. Meredith quase mudou de ideia. Adorava a universidade com uma militância quase feroz; se Princeton precisava dela, ela lhe serviria. Mas Freddy riu e disse que Dempsey estava sendo manipulador. Era Freddy quem precisava dela. Aquele era o seu último ano. Ele queria passar cada segundo com ela.

Meredith desistiu de saltar. Acabou que a mãe ficou feliz. Ela temia que os saltos desviassem sua atenção dos estudos.

Ela não voltou a saltar de forma estruturada ou competitiva. Freddy não gostava. Tinha inveja de que ela fosse excelente em alguma coisa que nada tivesse a ver com ele. Queria que ela se focasse em esportes que eles pudessem praticar juntos – natação, corrida, tênis.

Então foi neles que Meredith concentrou suas energias. Ela e Freddy nadavam juntos no balneário de Hamptons, em Palm Beach e no sul da França – o que queria dizer que ela nadava no mar ou dava voltas em sua piscina azul-safira sem bordas aparentes, enquanto Freddy falava com Londres em seu telefone celular. Eles jogaram tênis regularmente durante um tempo, mas depois de dez anos de casados Freddy andava ocupado demais para perder tempo numa quadra, e Meredith foi obrigada a jogar tênis com mulheres como Amy Rivers.

Saltar do barco de Dan no dia anterior fora um prazer havia muito tempo deixado para trás. Quantas mulheres de 49 anos podiam dar um salto frontal com duas meias-cambalhotas? Meredith poderia ter ido ainda além; sentira-se tentada a fazer o seu frontal com uma meia-cambalhota e meia-torcida, mas não queria dar a impressão de estar se exibindo e também não queria se machucar. Dan Flynn ficara impressionado com seus saltos, o que foi gratificante, e Connie, voltando aos tempos da escola, ficara orgulhosa e proprietária. *Eu costumava a ir a todas as apresentações de Meredith.* Era engraçado se lembrar desses momentos, principalmente momentos em que Connie ocupava sempre o mesmo assento à grade da piscina e usava os mesmos gestos para avaliar sua entrada na água. *Um pouco demais. Um pouco de menos.* As duas palmas abertas queriam dizer *Perfeito! Dez!* Houve um encontro em que ficaram sem um juiz e, após muita discussão, Meredith convencera os treinadores das duas equipes a deixarem Connie fazer parte da mesa julgadora. Ela conhecia os saltos de frente para trás e de trás para frente, e Meredith soubera que ela seria justa. Connie acabara pegando mais pesado com a amiga do que os outros dois juízes, mas Meredith ganhara mesmo assim.

Mergulhar de novo foi como voltar a ser quem ela era de fato, em seu íntimo, antes de Freddy. Mas houve outras coisas maravilhosas com relação àquele dia: o sol, a água, o barco, o almoço. Meredith adorou estar naquele barco, sentir sua velocidade e potência, apreciar o vento salgado no rosto. Estava, pela primeira vez desde que tudo acontecera, sem medo do mundo exterior. Gostou de conversar com Dan sobre pesca da lagosta. Ele lhe perguntou se ela gostaria de pescar com ele. Sim, claro — não deixaria nenhuma oportunidade escapar. No final da tarde, quando o sol estava fraco e dourado e a água reluzia, ela saboreou uma taça gelada de vinho com Connie, tendo a promessa de um jantar à base de lagostas pela frente. Percebeu então que poderia experimentar a felicidade. Breve, porém verdadeira.

O jantar também foi agradável – até certo ponto. Dan apareceu com as lagostas e a torta de amoras – sem perceber, satisfez o desejo de Connie, e, quando eles estavam lá fora no deque, Meredith não poderia ter ficado mais grata.

Enquanto Connie preparava o jantar na cozinha, Dan lhe disse:

– Espero que não ache que estou me precipitando, mas você não é nada do que achei que seria.

Isso poderia levar a algum tipo de conversa complicada, mas Meredith já passara tempo suficiente com Dan para perceber que ele não tentaria culpá-la. O confronto se dava com sua notoriedade. Freddy a transformara numa pessoa pública. Pessoas como Dan Flynn, que tinha uma firma de lavagem de alta pressão na ilha de Nantucket, haviam feito uma imagem de "Meredith Delinn" sem conhecê-la. Todos na América o fizeram.

Ela inclinou a cabeça e perguntou:

– Sério? E como você achou que eu seria? Fale a verdade.

– Achei que você seria uma socialite. Uma socialite falida. Que seria materialista, exigente, autoritária. Pensei, finalmente, que seria uma pessoa amarga. Preocupada consigo mesma. Uma estraga-prazeres.

– Estraga-prazeres, eu?

– Bem, eu não vou fingir que *te conheço*. Quer dizer, nós só saímos duas vezes, certo? Domingo à noite e hoje.

Meredith olhou de relance para Connie, na cozinha.

– *Nós* não saímos, exatamente...

– Sim – respondeu ele. – Mas passei a te conhecer um pouquinho, certo? E acho que você é uma mulher maravilhosa, Meredith. Inteligente, interessante, e uma esportista das boas.

– Bem, obrigada – agradeceu ela.

— Você é uma mergulhadora muito habilidosa, sabe jogar uma linha de pesca... o mundo sabe essas coisas sobre você? Não, o mundo te vê como... o quê? A esposa de Freddy Delinn. Certamente uma cúmplice de seus crimes...

— Eu não era cúmplice dele — respondeu ela. Odiava-se até por ter que dizer isso. — Eu não sabia nada sobre os crimes de Freddy, e tampouco os meus filhos. Mas ainda há pessoas que eu preciso convencer disso.

— Acredito em você — disse Dan. — Mais do que acredito. Sei que é inocente nessa história. Posso afirmar... por causa da pessoa que é.

— Bem, obrigada — respondeu. Falara assim para dar um fim à conversa enquanto as coisas ainda estavam relativamente brandas. Mas sentiu-se tentada a dizer que ele não a *conhecia* e que não poderia afirmar nada sobre ela. Sentiu-se tentada a dizer que nenhum de nós conhecia os outros, não de verdade. Se havia uma pessoa neste mundo que Meredith achava que conhecia, era Freddy Delinn, e estava enganada.

Tão logo eles se acomodaram à mesa, ficou claro que Connie estava bêbada. Dan olhou de relance para Meredith, e ela demonstrou que não sabia o que fazer. Sentiu-se responsável e constrangida. Percebeu que Connie bebia vinho no barco, muito vinho, duas garrafas menos a taça que ela havia tomado, mas nada disse. O que poderia ter dito? Connie era uma mulher adulta e gostava de vinho. Algumas mulheres eram assim; bebiam chardonnay como se fosse água e não apresentavam nenhuma reação visível. Meredith sentiu-se reconfortada por ser vinho que Connie bebia. Sua mãe, Veronica, abusara do gim e podia ser encontrada a qualquer hora do dia com um copo de Tervis na mão. Havia sempre garrafas de tônica pela metade na cozinha e fatias de lima em vários estágios de desidratação, sobre a tábua de cortar carne e o ralo da pia.

É claro que Connie também gostava de gim. (Meredith concluiu que deveria haver uma predileção herdada pelo zimbro, porque ninguém poderia crescer observando Veronica se destruir da forma como fez e depois, voluntariamente, escolher beber gim.) Meredith vira Connie se servir de gim-tônica na cozinha, mas nada comentou. Estavam, afinal de contas, numa happy hour. Além do mais, ela não estava em posição de julgar ou bronquear. Connie salvara sua vida; a levara para lá e a permitira ter um dia maravilhoso como aquele. Se Connie queria beber, Meredith não iria importuná-la.

Agora, no entanto, ela se sentia negligente. Dan ajudou a levar Connie ao seu lugar à mesa, no qual ela despencou. Tirou a carne de sua lagosta. Meredith fez o mesmo com a sua, achando que a melhor coisa a fazer seria agir normalmente e ver se eles conseguiriam sobreviver ao jantar. Meredith trouxe para a amiga um copo de água gelada com fatias de limão, do jeito que ela gostava. Depois, serviu-se de uma espiga de milho e salada. Ficou impressionada por Connie ter conseguido preparar o jantar no estado em que estava. Ela poderia aprender alguma coisa com Connie na cozinha. Chegaria o dia, num futuro não muito distante, em que teria que preparar as próprias refeições, e ela nunca aprendera a cozinhar. Tinha vergonha disso. A mãe fora uma dona de casa típica da sua época — saltimbocca de vitela, frango e nhoque aos domingos, a melhor salada de atum que ela já comera na vida. Meredith sabia preparar salsichas no micro-ondas e fritar ou mexer os ovos; era assim que se virara quando Leo e Carver foram pequenos. E então, de um dia para o outro, como num passe de mágica, havia dinheiro de sobra para irem a restaurantes todas as noites e contratar uma cozinheira para fazer o café da manhã, almoço, lanche e jantares quando ela sentia vontade de chamar os amigos.

Mas Meredith não podia deixar a mente divagar assim. A refeição à sua frente estava ótima, apesar de simples. Será que, com um pouco de orientação, ela conseguiria se virar?

— Saúde! — desejou.

Dan bateu em seu copo produzindo um tinido e Connie também, embora tenha hesitado ao ver que era água gelada. Cedeu à água e brindou com Dan e a amiga.

— Parece delicioso! — exclamou ele. Estava adotando uma voz excessivamente alegre e alta, das que se usa com velhos ou enfermos.

Connie foi se servir de salada. Meredith incentivou-a:

— Coma!

Meredith atacou a lagosta. Tinha o rosto prazerosamente rosado e firme por causa do sol. Ninguém conversava, mas estava tudo bem. Estavam todos ocupados comendo.

— Gente, entrar na água me deu aquela fome! — disse e deu uma espiada em Connie, que cortou um pedaço da lagosta, passou-a demoradamente pelo molho de manteiga e a deixou empalada na ponta do garfo, pingando na toalha.

— Coma, Connie! — insistiu. Parecia que falava com uma menina de cinco anos.

Dan comia, faminto, certamente tentando colocar o máximo de comida no estômago antes que seu jantar chegasse a um fim antecipado. Meredith quis dizer alguma coisa que garantisse que ele voltaria.

— Bem, que mais posso fazer enquanto estou aqui em Nantucket?

— Você precisa ir a Great Point — disse Dan.

— Como chego lá?

— Vai precisar de um 4X4. O Cadillac serve. E vai precisar de um adesivo para a praia.

— Você costuma ir a Great Point? — perguntou Meredith.

— Sempre que posso. Lá é ótimo para pescar ostras em Coatue.

— Eu adoraria pescar ostras.

— Vou levar vocês lá — prometeu ele.

— Vai ser divertido, não vai, Con? Pescar ostras com Dan?

A cabeça de Connie caiu para a frente e, de início, Meredith achou que a amiga estivesse concordando, mas então caiu de novo perto demais do prato, antes que ela acordasse e jogasse o pescoço para trás. Connie acordou por uns segundos, apesar dos olhos embaçados, e Meredith notou molho de salada em seus cabelos. Tudo bem; ela detestava ser desmancha-prazeres, mas daria por encerrada a brincadeira.

Deu uma olhada para Dan, e ele concordou. Levantou Connie e, juntos, eles a levaram para o quarto. Ela suspirou quando deitou no colchão. Dan saiu, mas Meredith ficou para ajeitá-la.

Quando voltou para baixo, Dan estava à porta, pronto para sair.

Não quer ficar para terminar o jantar? — perguntou Meredith.

— É melhor eu ir. Foi um dia cheio.

Não podia discutir sobre isso com ele.

— Quer levar a torta ou...

— Não, não, não — negou. — Vocês aproveitem.

Alguma coisa na forma que ele falara fez Meredith temer que elas nunca mais o veriam de novo. Em pânico, disse:

— Eu sei que Connie gosta de você. Só que ela está... passando por um momento difícil. Sofrendo, sei que entende... e então, como se já não bastasse, eu *apareço*. E junto comigo todas as coisas que aconteceram desde que chegamos. Ela está sob forte pressão.

Dan levantou as palmas das mãos.

— Eu sei — disse. — Já passei por isso.

Ai, não, pensou Meredith. Ele estava escapando. Isso era uma pena. Ela queria que ficasse, e, se tivesse que ir embora, queria ter certeza de que voltaria. Por causa de Connie, claro, mas também por causa dela. Ele se tornara um amigo.

Abriu a porta para Dan.

— Bem, obrigada de novo. Por tudo. Foi... o melhor dia que tive em muitos... *muitos* anos.

Essas palavras não passaram despercebidas. Ele sorriu.

— De nada, Meredith. — Aproximou-se para abraçá-la e, quando se afastou, disse: — Cabeça erguida.

Ai, não! Aquilo soava como um adeus. Dan saiu. Meredith não sabia o que dizer, então disse:

— Sim, farei isso. — Depois que ele entrou no Jeep, ela fechou a porta.

Agora, Meredith apalpava os músculos doloridos entre as costelas e concluiu que precisava tomar um remédio. Mas Connie estaria se sentindo bem pior do que ela na manhã seguinte. Meredith levantou da cama e desceu para ver como estava a amiga.

Dan não telefonou durante três dias, depois quatro. Connie fingia não perceber, mas Meredith tinha certeza de que não era o caso. Perguntara a Meredith se seu comportamento fora muito humilhante durante o jantar. A última coisa que lembrava ter feito foi dar uma garfada na salada "e ela estava com molho demais!".

Como se salada encharcada fosse o problema.

Meredith escolheu a resposta, embora tenha sentido rompantes de raiva: Dan Flynn era uma pessoa e tanto, que poderia lhes fazer muito bem, e ela o espantara.

— Nada humilhante. Você só estava cansada.

— Eu estava bêbada.

– Você estava com muita coisa na cabeça. Emocionalmente falando.

– É verdade – respondeu Connie. – Acha que Dan percebeu isso? Acha que ele me dará um desconto por uma noite desastrosa de bebedeira?

– Claro que sim – respondeu Meredith.

Mas o telefone não tocava. As duas amigas passaram os dias quietas. Meredith ficara um pouco mais corajosa. Aventurava-se para o deque para ficar 15 minutos deitada ao sol, saía para caminhadas curtas na praia junto com Connie. Tomava um banho maravilhosamente prazeroso na ducha do lado de fora e ficava ali até a água quente acabar. Na manhã de sábado, as duas foram juntas à cidade e Meredith pôde jurar que Connie tinha esperança de encontrar Dan. Ela mesma também achava que gostaria de encontrá-lo. Veja só! Em vez de temer um encontro por acaso, estava esperando por ele. Meredith e Connie andaram com os olhos atentos. Quando passaram pela 21 Federal, caíram num silêncio sombrio e respeitoso, como se pelos recém-falecidos.

Então Connie disse:

– Acho que Dan gostou de você.

– O quê? – perguntou Meredith.

– Acho que ele gostou de você.

– Connie – respondeu Meredith. – Eu sou a mulher menos desejável do mundo. – Baixou a voz para um sussurro. – Em primeiro lugar, sou casada com Freddy Delinn. Em segundo lugar, olhe para mim. – Ficou feliz porque sua argumentação seria enfatizada pelo fato de ela estar usando uma peruca surrada e despencando. – Ninguém *gosta* de mim. Ninguém vai *gostar* de mim de novo.

– Acho que Dan gostou de você – repetiu Connie. – Como pessoa. Acho que gostou do seu jeito.

SEGUNDA CHANCE ✦ 211

— Acho que ele gostou do *seu* jeito — disse Meredith.

— Então por que ele não telefona?

Connie surgiu com uma resposta. Dan não telefonava porque ela, Connie, estava acabada. Desde que Wolf morrera, ela se largara. Precisava fazer as unhas, as sobrancelhas, depilar a virilha.

— Vamos ao salão de beleza — disse.

— Não posso — respondeu Meredith.

— Claro que pode — disse Connie. — Use sua peruca.

— Não é simples assim.

— Claro que é. Fomos a lugares mais públicos que um salão de beleza e correu tudo bem.

— Eu sei. Mas não posso ir ao salão. — Ir ao salão seria o equivalente a entrar num mar infestado de tubarões. Seria como entrar num campo minado, saltando em um pula-pula numa sexta-feira 13. O salão Pascal Blanc foi o primeiro lugar a denunciá-la publicamente. E não tinha mais público do que a primeira página da sessão Estilo do *New York Times*. Com certeza Connie tinha lido o artigo.

— Caso você ainda não tenha entendido, não gosto de ir aos lugares sem você.

— Vou ter que implorar pela sua compreensão — respondeu Meredith. — Não posso ir ao salão.

— Você precisa dar a volta por cima — disse Connie.

— Então você leu o artigo?

— Li — respondeu Connie. — E sabe o que pensei quando o li? Pensei: "Meredith Martin é a melhor cliente que seu salão já teve. A perda foi sua, Pascal Blanc."

— Para falar a verdade, a perda foi minha — retrucou Meredith. — Estou tão grisalha quanto a Mãe de Whistler, e o salão fez questão de declarar como eles eram moralmente superiores ao me manterem afastada de lá, a fim de proteger suas outras clientes que poderiam ficar aborrecidas ao me ver.

— Não está com vontade de cuidar dos cabelos?

Meu Deus, a resposta àquela pergunta era sim. Desde que começara a ficar com os fios grisalhos aos quarenta anos, de seis em seis semanas ia ao salão retocar a cor natural da juventude — louro suave. Isso era, sabia, tremendamente fútil da parte dela, embora tivesse mais a ver com a forma como se sentia por dentro, principalmente agora. A Meredith Martin de verdade era loura. Era uma garota de 18 anos, brilhante e talentosa e com um futuro promissor pela frente.

— Não posso pintar os cabelos — disse Meredith. — Se eu for ao salão, terei que ir de peruca.

— Então vá comigo — disse Connie. — E use a peruca. Você pode fazer as unhas da mão e do pé. Eu pago.

— Não se trata de dinheiro, Connie. — Embora fosse dinheiro também, além de outras coisas. Em Palm Beach, Meredith costumava ir todas as semanas à manicure e pedicure, gastando em média 125 dólares e sempre deixava cinquenta de gorjeta. Sendo assim, 175 com as unhas, cem com massagem e 250 com os cabelos a cada seis semanas. Todo esse dinheiro, e ela nem piscava. Sentia vergonha disso agora.

— Não se trata de dinheiro — respondeu Connie — porque é por *minha conta*. Manicure e pedicure. Por favor? Não tem graça ir ao salão sozinha.

— Não posso — respondeu Meredith. — Mulheres sob investigação não vão ao salão. Mulheres cujos maridos estão cumprindo pena de 150 anos em prisão federal não vão ao salão.

— Entendo que você se sinta assim. Mas isso não é nada tão sério. É só uma manicure e pedicure. Alguma coisa para fazer você se sentir bonita. Para afastar o seu pensamento dos problemas.

Posso ir sozinha, mas gostaria que você fosse comigo. E ninguém vai te machucar, prometo.

Connie marcou hora para sexta à tarde. No carro, Meredith achou que iria hiperventilar. Usou a respiração cachorrinho; fora muito mais útil para sua ansiedade por causa de Freddy do que fora para o nascimento de seus dois filhos. Connie olhou para ela.

— Que arrumar as coisas e voltar para casa? — perguntou.

— Não — respondeu Meredith. — Nós vamos. — Isso havia se tornado um tipo de obstáculo idiota que agora ela via que precisava vencer. Era uma prova. E Meredith se lembrava de que nunca fracassara em uma prova na vida.

O salão RJ Miller era aconchegante e despretensioso. Jazz tocava ao fundo, e o lugar recendia a laquê, acetona e cappuccino. Era um centro de atividade, e Meredith logo percebeu que isso agiria a seu favor. As mulheres acomodadas nas cadeiras eram todas glamorosas — tão glamorosas quanto as mulheres de Palm Beach ou Southamptom. Tinham um belo bronzeado e vestígios de botox; vestiam saias Lilly Pulitzer e sandálias Jack Rogers. Os tipos eram familiares — seu tipo, seus exatos gênero e espécie —, embora ela não reconhecesse uma só alma. E ninguém se virou para olhá-la com sua peruca horrorosa e óculos sem graça. Estava tão atraente quanto a recepcionista de uma biblioteca pública. Mais de algumas mulheres se viraram para Connie; ela era encantadora.

Connie apresentou-se junto com Meredith à recepcionista, que tinha uma cascata de cachos dourados e suntuosos. Apresentou Meredith como "Mary Anne Martin". A recepcionista mal percebeu sua presença, a não ser, talvez, para se indagar intimamente por que Meredith não estava ali para fazer alguma coisa naquele seu cabelo hediondo. Era um alívio ser ignorada, mas Meredith não pôde deixar de se lembrar do salão Pascal Blanc nos dias em que o fundo de investimentos de Freddy dava quase trinta por cento de lucro. Quando ela entrava, o salão quase a recebia aos aplausos. Meredith tivera a honra de saber que pessoas puxa-saco nada tinham a ver com ela e tudo a ver com dinheiro, mas, mesmo assim, acreditava que os funcionários do salão gostassem dela. Era uma pessoa de verdade, apesar de seus muitos milhões. Ainda assim, nenhum funcionário ou as mulheres com que fizera amizade ali a defenderam. Precisava admitir que se surpreendera ao perceber que, ao que parecia, nos trinta anos que ficara casada com Freddy, não fizera uma amizade verdadeira sequer. Não forjara nenhuma conexão humana que fosse capaz de suportar os abalos sísmicos do colapso do marido. Quase todos a amaldiçoavam, exceto Connie.

— Por aqui — disse a recepcionista. Conduziu-as à sala de manicure e mostrou a cada uma banheirinha para os pés. Meredith já ia se acomodar quando percebeu que havia esquecido de escolher a cor do esmalte. Escolheu um roxo-escuro. *Paris à Meia-noite.*

Já estivera em Paris à meia-noite, mais de uma vez — sempre que iam para Cabo de Antibes, voavam a Paris e dirigiam à costa num Triumph Spitfire que Freddy mantinha no hangar em Orly. Quase sempre Meredith tinha compras a fazer em Paris — gostava de parar na Printemps para comprar velas e toalhas de mesa e na Pierre Hermé para comprar caixas de macarons coloridos.

Sua vida fora de um consumo exacerbado. Como não percebera?

A pedicure apareceu. Apresentou-se como Gabriella. Perguntou a Meredith — a quem chamou "Marion" — se gostaria de um cappuccino. Sentindo-se corajosa, ela aceitou.

Gabriella tinha um sotaque forte, da Europa Oriental ou Rússia. Meredith sabia o nome e a história de vida de todas as moças que trabalhavam no Pascal Blanc. Sua manicure, Maria José, tinha um filho chamado Victor, que frequentava a escola pública no Brooklyn. Meredith fora uma vez vê-lo em seu musical do ensino médio; ele encenou o Sr. Applegate, em Damn Yankees. Meredith foi vê-lo porque adorava Maria José e queria lhe dar apoio, mas a manicure ficou tão surpresa com o fato de *Meredith Delinn* se dar ao trabalho de ir até Red Hook para ver Victor, que sua presença atraiu mais atenção o desempenho do menino, e ela acabou se sentindo culpada. Quando explicou isso a Freddy, ele a beijou no rosto e disse: *É, eu sei. É difícil ser Meredith Delinn.*

Ali no RJ Miller, Meredith não conversou com Gabriella. Escondeu-se atrás de uma revista *Vogue* — cheia de coisas adoráveis que ela não podia mais comprar — e tentou aproveitar o trato nas unhas. Por cima da revista, monitorava quem entrava e saía do salão. Cada vez que entrava alguém, uma campainha soava e ela se assustava. Em uma das ocasiões, fez um movimento com o pé e Gabriella exclamou:

— Ai, não! Eu te machuquei?

— Não, não — respondeu Meredith. Fechou os olhos e recostou-se, ouvindo o movimento pegajoso de mãos da pedicure passando creme em seus pés e calcanhares.

Ao seu lado, Connie relaxava.

— Sublime, não?

— Hum-hum — respondeu Meredith. Era sublime em teoria, embora não conseguisse relaxar. Queria acabar logo com aquilo e dar o fora dali. Inclinou-se para frente, ansiosa, observando os passos finais do trabalho da moça, como quem observava uma corrida de cavalos. Gabriella colocou os pés de Meredith naqueles chinelinhos ridículos de pedicure, colocou separadores de papelão entre os dedos, pintou suas unhas com duas camadas de Paris à Meia-noite e uma camada final de brilho. Fim!

Meredith quase pulou de seu lugar.

— Está com pressa? — perguntou Gabriella.

Meredith olhou de relance para Connie, cujos olhos se encontravam a meio mastro, como um estudante universitário que tivesse fumado muita maconha.

— Não — respondeu, sentindo-se culpada.

Gabriella então convidou Meredith — mais uma vez a chamando "Marion", ao que ela quase não respondeu — à mesa onde faria as unhas das mãos. A mesinha era perigosa. Não havia revistas ali, atrás das quais pudesse se esconder; era um trabalho cara a cara. Gabriella começou a trabalhar em suas unhas e tentou conversar um pouquinho.

— Lindo o seu anel — disse, apontando para o diamante de Meredith. Freddy era um pobre coitado quando eles se casaram, pobre demais para comprar um anel, portanto ficara feliz quando recebera aquele diamante imenso de Annabeth Martin. Houve uma época, naqueles primeiros anos, em que Meredith ouvira Freddy contar às pessoas que ele havia comprado aquele anel ou as deixado acreditar que fosse o caso.

— Obrigada — agradeceu. — Era da minha avó.

— A senhora é casada? — perguntou Gabriella.

— Sou — respondeu. — Não. Bem, sou separada.

Gabriella não se deixou intimidar pela resposta. Nem sequer ergueu os olhos. Talvez não entendesse "separada". Com certeza não entendia o tipo de separação do qual Meredith falava.

— E a senhora mora na ilha ou está só visitando?

— Só visitando.

— De onde a senhora é?

Meredith não sabia o que responder. Deu a resposta de sempre.

— Nova York.

Gabriella iluminou-se.

— Mesmo? Nova York? Temos muitas clientes de lá.

— Não a cidade de Nova York. — Meredith foi rápida em completar. — No norte do estado.

Gabriella concordou, empurrou as cutículas de Meredith. Desde tudo o que acontecera com Freddy, Meredith retomara o vício de roer as unhas. Lembrou-se de a avó mergulhar a ponta de seus dedos em pimenta para fazê-la parar. Isso, com certeza, seria considerado abuso hoje em dia.

— No norte? Onde no norte?

Meredith não queria responder. Não era para Gabriella ter dado atenção. O norte do estado nada tinha de atraente como a cidade o tinha; pareciam duas nações diferentes. Mas a pergunta fora feita inocentemente e requeria algum tipo de resposta.

Meredith usou a resposta de sempre novamente:

— Utica. — Essa fora a cidade onde Freddy nascera, embora ele não tivesse na época, dinheiro suficiente para morar exatamente em Utica. Fora criado, se é que se podia dizer assim, nos arredores de Utica.

— Verdade? — perguntou Gabriella. A palavra soara mais como "Verdad?". A voz da moça saiu alta o suficiente para que aquela parte do salão ficasse em silêncio momentâneo. — Meu namorado, *ele* é de Utica. Será que a senhora o conhece? O nome dele é Ethan Proctor — disse seu nome com cuidado, como o tivesse praticado durante horas para pronunciá-lo corretamente.

— Não, sinto muito — respondeu. — Não conheço nenhum Ethan Proctor.

— Mas é de Utica, não?

— Sim. — A moça estava transformando as unhas de Meredith de bordas irregulares e quebradas em meias-luas suaves. Meredith estava mesmo precisando disso, mas tinha que mudar o rumo da conversa de forma que fosse Gabriela a falar de si mesma, caso contrário, se encontraria em apuros.

Gabriella inclinou-se para frente e abaixou a voz, no estereótipo perfeito da manicure fofoqueira.

— É claro que a senhora sabe quem morou em Utica, muito tempo atrás.

Não, pensou Meredith. *Não!*

— Quem? — sussurrou.

— Freddy Delinn.

Meredith sentiu o nariz comichar e achou que espirraria. A culpa era toda sua por ter sido idiota o bastante para dizer Utica, em vez inventar o nome de outra cidade. Plutão, Nova York. Por que não respondera Plutão?

— Sabe de quem estou falando, Freddy Delinn? — perguntou Gabriella. — Monstro psicopata que roubou o dinheiro de todo mundo?

Meredith concordou. O monstro psicopata que dormia abraçado com ela na cama, por volta das 21:30h, todas as noites; que comprou um golden retriever para as crianças, que estava com a mão na cintura de Samantha e então a retirou, apressado, como se ela nunca estivesse estado no lugar em que estava. O rapaz que a acompanhara ao Serviço de Saúde Mental e que se oferecera para voltar e pegá-la. Que a convencera a não mais saltar para a equipe de natação de Princeton para que ela pudesse ser seu par no baile de final do ano. Ele fora o mestre do sanduíche de frango frito, rei da sinuca. Quando exatamente ele se tornara um monstro psicopata? Os agentes federais achavam que por volta de 1991 ou 1992, portanto, quando as crianças tinham oito e seis anos, bem na época em que Meredith se viu livre da cozinha. Não comeriam mais sanduíches prontos, dentro de caixinhas. Eles poderiam sair para jantar — no Rinaldo's, no Mezzaluna ou no Rosa Mexicano — todas as noites! Monstro psicopata que roubara o dinheiro de todos. Meredith achou que seria difícil ouvir Freddy ser chamado de monstro psicopata por Gabriella, a manicure búlgara ou croata, mas tudo o que pôde pensar era que ela falava a verdade.

— De onde *você* é, Gabriela? — perguntou Meredith.

A moça não respondeu. Não a ouvira porque sua voz nada mais era do que um sussurro estrangulado. Na verdade, talvez nem tivesse chegado a falar; talvez tivesse apenas pensado aquelas palavras, desesperada para mudar de assunto, mas não chegara de fato a proferi-las.

— Tem uma moça, aqui em Nantucket. Como eu, também de Minsk.

Minsk, pensou Meredith. *Belarus.*

— Ela faz faxina. Ela perguntar ao chefe, dono da casa que ela limpa, se ele poder investir o dinheiro dela com Freddy Delinn, e ele diz "Sim, claro", e vai perguntar se ela também pode investir. Aí o senhor Delinn diz "Sim, claro". Aí então a minha amiga investe *todas* as economias dela, 137 mil dólares com Freddy Delinn e, agora, perdeu tudo.

Meredith concordou e balançou a cabeça. O primeiro gesto significou que ela ouvira a história, o segundo dizia: *Essa é uma tragédia odiosa, hedionda, tenebrosa causada pelo meu marido. Esse dinheiro, a economia de uma vida inteira da sua amiga, esses 137 mil dólares podem muito bem ter sido o dinheiro que eu gastei na Printemps, com velas feitas à mão. Pode ter sido usado para colocar combustível no Spitfire, a caminho do Cabo de Antibes. Mas o que você precisa entender, Gabriella, é que embora eu seja culpada por ter gasto o dinheiro de forma perdulária e indesculpável, eu não sabia de onde ele vinha.*

Eu achava que Freddy o ganhava.

Gabriella, talvez percebendo alguma coisa na linguagem corporal de Meredith, ou nos feromônios que ela exalava e que alardeavam MEDO, perguntou:

— A senhora conheceu Freddy Delinn?

— Não — respondeu Meredith. A negação saiu fácil e automática, da mesma forma que deve ter saído da boca de Pedro, o apóstolo. Meredith tentou se convencer de que não estava mentindo. Não conhecia Freddy, nunca conhecera.

Encontrou-se novamente com Connie, quando se sentou ao seu lado no secador de unhas. Connie ainda parecia meio aérea, e Meredith se perguntou por um breve momento se ela estaria bêbada. Teria bebido em casa antes de elas saírem? Achava que não, mas afinal, poderia não ter percebido. Prometeria a si mesma que *prestaria atenção* à próxima pessoa da qual se aproximasse, mas nem sonhava que houvesse outra pessoa. Prestaria mais atenção em Connie a partir de então.

— Isso não é o *paraíso*? — perguntou a amiga. Não estava bêbada, concluiu Meredith. Estava apenas com jeito de embriagada, e toda aquela atmosfera calma, pacífica e restauradora do salão permeava sua pele e a deixava em êxtase.

— Minhas unhas estão melhores — respondeu Meredith, convicta. Não contaria a Connie sobre sua conversa com a manicure, fora culpa sua ter mencionado Utica. Freddy estava tão difamado agora que os detalhes de sua vida eram conhecidos de todos. A história da faxineira que perdera as economias de toda uma vida a atravessara — era assim que sempre se sentia, como se estivesse sendo cortada ao meio —, embora tenha tido suas dúvidas quanto ao relacionamento misterioso entre a faxineira e o dono da casa. Que tipo de pessoa procuraria as Empresas Delinn por causa da faxineira? Seria o mesmo de quando Meredith fora assistir ao musical da escola do filho da manicure? Uma demonstração de atenção? Uma forma de provar a si mesmo que não havia diferença de classes entre ele e ela, a ponto de ambos poderem investir com Freddy Delinn?

SEGUNDA CHANCE ✦ 221

— Ainda preciso fazer depilação — disse Connie.

— Oh — respondeu Meredith. Queria desesperadamente ir embora.

— Deve ser rápido — disse Connie.

Meredith concluiu que o mais seguro seria esperar por Connie dentro do carro. Disse isso a ela, que perguntou:

— O que você acha que é, um cachorro? Espere aqui e leia a *Cosmopolitan*. Fico pronta em um minuto.

— Eu me sentiria mais segura dentro do carro — justificou-se.

— Está bem. Quer marcar hora para fazer o cabelo?

Sim, pensou Meredith. *Mas não*. A ida ao salão correra bem — mais ou menos —, embora sua manicure tivesse chamado Freddy de monstro psicopata na sua cara, ela tivesse tido que negar que o conhecesse e engolido aquela história desconcertante sobre a faxineira.

Poderia cuidar do cabelo?

A vaidade venceu; marcou hora. A recepcionista de cabelos cacheados perguntou:

— Vai querer cortar e pintar?

— Vou — respondeu Meredith. Tocou a peruca. A recepcionista a observou. Certamente percebera que usava peruca, mas mesmo assim colocou informações suas no computador e lhe entregou um cartão. Terça-feira, às 16 horas.

Connie desapareceu para dentro da sala de depilação. Meredith deu a Gabriella um envelope pardo pequeno que continha vinte dólares. Esse, confirmou silenciosamente, era dinheiro seu, ganho anos antes, não o dinheiro que Freddy surrupiara da faxineira.

Meredith saiu do salão. Estava descendo as escadas, olhando para os pés. Paris à Meia-noite era uma cor explosiva. Havia meses seus pés não estavam tão bons assim.

Levantou o rosto, procurando o carro de Connie no estacionamento. Sempre se pegava procurando um de seus carros – o Range Rover que eles usavam para ir a Southampton, ou o Jaguar conversível que usavam em Palm Beach, um carro que mais parecia um sapato de mulher. Não sentia falta de nenhum deles; imaginou se Freddy sentiria. Concluiu que não. Freddy, ironicamente, não ligava muito para bens materiais, apenas o dinheiro e o poder que eles lhe traziam. Gostava de poder comprar um Range Rover por 70 mil dólares, mas não gostava do carro.

Meredith estava tão submersa nesse pensamento – se explicasse isso a Connie ou a Dan, eles entenderiam? – que precisou parar no meio do estacionamento para se lembrar: um Cadillac verde. Avistou o carro, mas teve a atenção desviada por uma mulher acorrentando uma bicicleta branca e azul-turquesa no rack, enquanto fumava um cigarro. Havia algo de familiar nela.

A mulher virou-se, tirou o cigarro da boca e soprou a fumaça em sua direção.

Amy Rivers.

Meredith começou a tremer. Deu alguns passos para trás, achando que talvez Amy não a tivesse visto, embora tenha havido uma fração de segundos que Meredith temeu ter sido de reconhecimento mútuo. Virou-se de volta para o salão e subiu correndo as escadas. Na pressa, um de seus chinelos saiu do pé. Tinha um pé descalço, mas não deu importância. Voltou ao ambiente refrigerado e doce do salão e pensou: *Encontre Connie.* Haveria outra saída dali? Havia uma porta na frente, Meredith poderia sair por ela e Connie poderia sair de carro e pegá-la.

A recepcionista a viu e perguntou:

– A senhora esqueceu os sapatos?

Sim, de repente, Meredith percebeu que havia esquecido os sapatos, fato que só a faria demorar-se mais. Gabriella veio da sala de manicure com as sapatilhas de Meredith, os mesmos sapatos com que fora visitar Freddy — eram agora, oficialmente, sapatos de azar — e ao mesmo tempo ouviu o barulho do sino sinalizando que alguém entrava no salão. Estava tão nervosa que sentiu medo de urinar no chão.

Uma voz chamou:

— Meredith?

E Meredith pensou: *NÃO SE VIRE.*

Mas 49 anos de condicionamento prevaleceram, ela respondeu automaticamente e viu-se cara a cara com Amy Rivers.

Amy usava uma camisa polo azul-clara, short branco e tênis Tretorn. Tinha os cabelos presos num rabo de cavalo; estava bronzeada. O estranho era o quanto ela era *familiar* para Meredith. Não parecia certo que alguém tão familiar — almoçara inúmeras vezes com essa mulher; batera milhares de bolas com ela — pudesse ser tão ameaçadora. Ela fora sua *amiga*. Mas era assim que o mundo funcionava. Não era do bicho-papão dentro do armário que você deveria sentir medo; as pessoas que você gostava e com que se preocupava podiam te machucar muito mais.

— Bela peruca — disse Amy. Estendeu a mão para tocá-la, possivelmente para arrancá-la, mas Meredith recuou.

Meredith nada falou, Gabriella ainda segurava suas sapatilhas. Muito lentamente, como se tivesse uma arma apontada para ela, Meredith pegou os sapatos. Os olhos de Amy passaram dos pés de Meredith para Gabriella.

— Você fez as unhas dessa mulher?

— Sim — respondeu Gabriella, um sotaque russo marcado na voz.

— Sabe quem ela é?

Gabriella encolheu os ombros, não muito certa agora.

— Marion?

— Hah! — respondeu Amy, anunciando a ingenuidade da moça. Virando-se de volta para Meredith, perguntou: — Recebeu o recado que deixei para você?

Meredith concordou.

— Seu marido roubou todo o meu dinheiro — disse Amy. — *Mais de 9 milhões* de dólares. E eu sou uma das que tiveram sorte, porque ainda tenho um emprego, mas nós tivemos que vender a casa em Palm Beach e tirar Madison da Escola Hotchkiss.

— Sinto muito — suspirou Meredith.

— Mas, como eu disse, sou uma das que tiveram sorte. Sinceramente, não sei como você pode andar por aí como um ser humano qualquer, passando o verão em *Nantucket* e *fazendo as unhas*, quando arruinou tantas vidas. As pessoas *quebraram* por causa de vocês e não só quebraram, como ficaram *arrasadas*. Nosso vizinho em Palm Beach, Kirby Delarest, explodiu os miolos. Tinha três filhas pequenas.

Meredith fechou os olhos. Conhecia Kirby Delarest. Era investidor de Freddy, ele e seu marido haviam sido camaradas, se não amigos, porque Freddy não tinha amigos. Mas Kirby Delarest às vezes passava em sua casa. Meredith uma vez vira Freddy e Kirby fazendo churrasco ao meio-dia na piscina, tomando uma garrafa de um vinho raro e caro que Kirby comprara num leilão e fumando Cohibas. Meredith estranhou, porque Freddy nunca bebia e, com certeza, não ao meio-dia, em dias de semana, mas Freddy estava efusivo naquele dia, dizendo que ele e Kirby estavam comemorando. *Comemorando o quê?*, perguntara ela. Por causa dos charutos, achou que talvez a esposa de Kirby, Janine, estivesse esperando outro filho. Perguntara então: *Alguma coisa que eu ainda não saiba?* Freddy então a tomara nos braços, dançara valsa com ela no pátio de pedras e dissera: *Apenas dance comigo, mulher. Me ame. Você é o meu bilhete premiado de loteria. Meu golpe de sorte.* Meredith ficara curiosa, quase desconfiada, mas decidira aproveitar o momento. Não perguntara mais nada. Achara que Freddy e Kirby estivessem celebrando o momento por terem ganhado ainda mais dinheiro, fechado um bom acordo, uma jogada correta, conseguido mais lucros inacreditáveis. Kirby era alto, elegante, de cabelos louros-claros, e tinha um sotaque que ela não sabia identificar. Parecia europeu – holandês, talvez –, mas, quando lhe perguntara, ele dissera que era de Menasha, Winsconsin, o que com certeza explicava sua natureza amável e sua boa aparência escandinava, assim como a afinidade de Freddy por ele. Fred adorava as pessoas do centro-oeste. Achava-as as mais honestas da face da Terra.

Meredith não ouvira a notícia de que Kirby Delarest dera um tiro na cabeça, pois não havia ninguém que lhe desse notícias. Samantha também fora decoradora de Kirby e Janine Delarest; Freddy e Meredith os apresentaram. Meredith se perguntou se Samantha saberia.

Gabriella e a recepcionista ficaram os encarando. Meredith então percebeu que o salão estava em silêncio, a não ser pela voz suave de Billie Holiday.

– Sinto muito – disse Meredith. – Eu não fazia ideia.

– Não fazia *ideia*? – perguntou Amy. Deu um passo na direção de Meredith, que sentiu o cheiro da fumaça do cigarro nela. Não sabia que Amy era fumante; talvez um hábito induzido por causa do estresse que Freddy lhe causara.

– Não, ideia nenhuma, sobre nada disso.

– Você quer que eu acredite? – perguntou Amy. – Todos sabem que você e Freddy estavam sempre juntos. Que vocês dois viviam um tipo de história de amor doentia.

História de amor doentia? Meredith não tinha resposta para isso.

— E o seu filho? — perguntou Amy.

Meredith levantou bruscamente a cabeça.

— Não... — disse. O que queria dizer era *Não ouse falar nada de Leo.*

— Há milhares de provas contra ele. Tem uma pessoa na minha empresa que conhece aquela advogadazinha dele e até ela mesma diz que ele é caso perdido. Seu filho vai passar o resto da vida na cadeia.

— Não — disse Meredith. Fechou os olhos e balançou a cabeça. Não, não havia milhares de provas contra Leo. Julie Schwarz era uma superadvogada; ela jamais falaria contra um caso seu, um cliente seu. *Leo!* Se houvesse milhares de provas contra Leo, Dev lhe teria dito.

— Sim. Tenho certeza. Minhas fontes são confiáveis. Sua família será banida, Meredith. Como bastardos.

Meredith abriu a boca para falar, mas dizer o quê? Você está enganada. *Me deixe em paz.* Ou, mais uma vez: *Sinto muito.* Mas a recepcionista aproveitou a falta de palavras de Meredith para se intrometer:

— A senhora está pronta para lavar os cabelos, sra. Rivers? Precisamos começar a atendê-la senão iremos nos atrasar.

Amy riu.

— Você sabe quem é esta mulher?

A recepcionista pareceu confusa. Gabriella respondeu numa voz mais baixa:

— Marion?

— Meredith Delinn — disse Amy.

Naquela noite Meredith subiu ao quarto sem jantar. Connie protestou. Havia feito filé de salmão marinado na grelha e espigas de milho da Bartlett Farm.

— Você precisa comer alguma coisa. Vou te preparar o jantar dos jantares.

O jantar dos jantares era o problema. A casa estonteante com vista para o mar era o problema. A bela vida que Connie partilhava com ela era o problema. Amy Rivers tinha razão. Como ela podia continuar a ter uma vida de privilégios quando tantas pessoas haviam perdido tanto? Kirby Delarest — aquele homem gentil do centro-oeste cujas três filhinhas lourinhas sempre usavam roupas iguais da Bonpoint, no jantar no Everglades Club — havia se matado. Meredith às vezes encontrara consolo ao pensar que, pelo menos, Freddy não tinha matado nem violentado ninguém. Mas agora o sangue de Kirby Delarest estava em suas mãos. Vistos pelos olhos de Amy, os crimes de Freddy pareciam piores, como se ela houvesse aberto a porta do porão e encontrado milhares de corpos empilhados um sobre o outro.

Não poderia comer um jantar especial.

— Não consigo comer.

— Vamos lá, você só teve um mau dia — insistiu Connie.

Um mau dia. Um mau dia era quando Meredith tirava A- na prova de francês, e a mãe preparava galinha à La King com cogumelos para o jantar. Um mau dia era quando estava chovendo, e ela ficava com os dois meninos dentro do apartamento, um puxando o cabelo do outro, rasgando páginas do álbum de fotografias ou se recusando a tirarem uma soneca. O que acontecera com Amy Rivers no salão não fora um *mau dia.* Fora um momento do qual ela nunca se esqueceria. Amy forçara Meredith a se olhar no espelho e lhe falara a verdade: ela era feia. Poderia tentar se esconder, mas quando as pessoas descobrissem quem ela era, todos concordariam. Meredith era um ser humano cruel, responsável pela ruína de milhares de pessoas. Responsável pela trajetória da economia nacional rumo à lata de lixo. Gabriella, ao ouvir o nome Meredith Delinn, ficou pálida:

— Mas a senhora me disse que não conhecia Freddy Delinn. Agora está dizendo que ele era o seu marido?

— Ela está mentindo — disse Amy. — Mentindo, mentindo, mentindo.

A recepcionista foi se afastando lentamente de Meredith, como se houvesse uma tarântula em seu ombro.

— Cancele a hora que marquei, por favor — pediu Meredith.

A recepcionista concordou; o rosto demonstrando declarado alívio. Bateu nas teclas do computador, toques fortes e ávidos, deletando Mary Anne Martin.

Quando Meredith virou-se para a porta, Amy disse:

— Pode aproveitar as férias em Nantucket, Meredith, mas você vai pagar. Os outros investidores estão pedindo a sua cabeça. Você e seu filho vão acabar como Freddy, apodrecendo na cadeia, que é o lugar de vocês.

Meredith ficou esperando no interior escaldante do carro de Connie, como um cachorro — um cachorro que teria morrido se tivesse sido deixado ali pelo período de tempo que ela ficou no salão. Mas não fez qualquer movimento para baixar o vidro ou ligar o ar-condicionado. Não se importava se o seu cérebro fervesse. Não se importava se morresse.

Apodrecer na cadeia, que é o lugar de vocês. Seu e do seu filho.

Amy tinha razão; de certa forma, a culpa *era* dela. Ela era, pelo menos, responsável pela perda de Amy. Implorara a Freddy para aceitá-la como cliente. *Por mim, por favor?* E Freddy dissera: *Por você, por favor? Está bem, aceito.* Mas Meredith não sabia. Poderiam remover o seu cérebro cirurgicamente, procurar em seus miolos e crânio e somente então é que perceberiam que ela não soubera de nada. Quando tudo começara, Meredith se oferecera para fazer um teste no polígrafo, mas Burt lhe dissera que, com alguns tipos de pessoas, esses testes não funcionavam. Meredith não entendeu.

– Com mentirosos patológicos, por exemplo – explicou Burt. – Eles têm tanta certeza de que suas mentiras são verdade, que de nove a cada dez vezes enganam a máquina.

Estaria chamando Meredith de mentirosa patológica? Não, não, insistiu ele. Mas não havia teste de polígrafo para atestar sua inocência.

E havia algumas coisas das quais ela era culpada: era covarde; vivera uma vida de submissão. Nunca perguntara a Freddy de onde vinha o dinheiro. Ou melhor, em certo momento perguntara, mas ele não lhe dera uma resposta direta nem resposta alguma. E ela não exigira. Não pegara a chave de seu escritório sob o manto da escuridão da noite para passar um pente fino em seus livros, da forma que deveria ter feito.

Uma vez, Eleanor Charnes, mãe de Alexander, amigo de Leo na Saint Bernard, espalhara um boato na escola dizendo que os negócios de Freddy eram criminosos, e Meredith, disfarçadamente, dera um jeito para que Eleanor não fosse convidada para a festa do The Frick Collection ou para o baile de abertura do Metropolitan Museum.

Phyllis Rosse insistira que o marido retirasse os 25 milhões aplicados nas Empresas Delinn, porque ela havia discutido com Freddy no Flagger Museum em Palm Beach, e achou suas respostas com relação aos negócios "evasivas". Meredith, em contrapartida, foi contra a entrada de Phyllis para sócia do Everglades Club.

E também, claro, tinha ainda o que fizera com Connie.

Meredith tinha culpa dessas coisas. Mas Leo? Leo não era culpado. (Era? Ai, meu Deus. Ai, meu Deus. *Milhares de provas*. De que fontes confiáveis Amy ouvira essas notícias? O que isso queria dizer?) Quando Amy disse o nome de Leo, Meredith sentiu vontade de mostrar os dentes e rosnar. *Não diga mentiras sobre o meu filho!* Amy Rivers era outro pelicano assustador dos pesadelos de Leo, quando criança.

Sua visão começou a embaçar. Iria desmaiar, mas não se importava.

Connie saiu correndo do salão. Quando abriu a porta do carro, um ar fresco e limpo entrou.

— Meu Deus! O que *aconteceu?*

Meredith lhe contou sem poupar detalhes.

— Essa é a mulher de quem você me falou? De Palm Beach?

— É, eu sabia que ela estava na ilha. Eu a vi na livraria, mas achei que não tinha me reconhecido.

— Essas coisas que ela disse sobre Leo? — perguntou Connie. — Não são verdade, são?

— Não — sussurrou Meredith. Não podiam ser verdade, não podiam.

— Eu gostaria de voltar correndo lá dentro e quebrar a cara dela — disse Connie.

Meredith ficou olhando para fora da janela. Elas estavam em Milestone Road, a caminho de Tom Nevers. Havia árvores e mais árvores. Pessoas andando de bicicleta, gente normal.

— A peruca não funcionou — disse Meredith. — Ela me reconheceu na hora.

— Porque vocês eram amigas. Me deixa te perguntar uma coisa, você acha que foi ela que tirou a sua foto? Vandalizou a casa? Rasgou os pneus?

Esse pensamento já havia passado por sua cabeça. Amy, com certeza, estava com raiva suficiente para fazer essas coisas, mas pichar uma casa, principalmente, parecia algo mais juvenil e estava abaixo dela. A primeira palavra que Meredith usaria para descrever Amy Rivers seria: *ocupada*. Ela estava sempre correndo entre um compromisso e outro. Seus dias eram ocupadíssimos. Quando almoçava com Meredith, sempre saía dez minutos antes e já estava cinco minutos atrasada para o compromisso seguinte. Ver Amy andando de bicicleta a surpreendera. Em Palm Beach, ela parava seu Audi preto no estacionamento do Everglades Club, fazendo cantarem os pneus. Para Meredith, Amy Rivers era ocupada demais para pensar e executar aquele tipo de vandalismo. Com certeza tinha outras coisas com que se preocupar.

Mas, talvez não.

E ela nunca teria escrito "ladrona". A não ser que estivesse tentando despistar a polícia.

Possível?

— Eu não sei — respondeu Meredith.

Quando Meredith voltou para o quarto, telefonou para Dev, em seu escritório de advocacia, enquanto rezava uma Ave-Maria. Eram 18 horas de sexta-feira. Quais as chances de Dev estar no escritório? Meredith foi atendida pela secretária eletrônica, o que queria dizer que a droga da recepcionista já havia saído. Já deveria estar em seu assento a bordo da Hampton Jitney. Meredith teclou o ramal de Dev, que logo atendeu.

— É Meredith.

— Olá, Meredith.

Ela repetiu as coisas que Amy Rivers havia dito. Não eram verdade, eram? Não havia milhares de provas contra Leo.

Dev ficou em silêncio. Meredith sentiu-se em queda livre.

— Não sou advogado de Leo — disse. — Sinceramente, não sei que tipo de provas está sendo usado. Mas há alguma coisa, Meredith. Quer dizer, nós sabemos que há, certo? Caso contrário, ele não estaria sob investigação. Mas nesse exato momento, pelo que parece, nada até agora foi suficiente para levá-lo a julgamento; caso contrário, já o teriam processado. E ele não foi acusado de nada. Julie está atrás daquela mulher, Misurelli, a secretária. Ela disse que iria a Pádua, se preciso. Julie é um fenômeno como advogada. E tem um olho de lince. Leo está em boas mãos, Meredith. Não há nada que você possa fazer, a não ser dizer a si mesma que Leo não foi acusado de nada e que está em boas mãos. – Meredith ouviu Dev engolir em seco. – Está bem?

– Está bem – respondeu ela. Dev prometeu que conversariam depois do final de semana, mas, se ela precisasse dele nesse meio-tempo, tinha o número do seu celular.

Meredith despediu-se e desligou, depois desligou o próprio celular. Respirou fundo: não foi acusado de nada. Em boas mãos. Um fenômeno de advogada. Amy Rivers estava mentindo. *Sua família será banida. Como bastardos.*

Meu Deus, pensou ela.

Mais tarde, Connie grelhou o salmão, e a fumaça flutuou pelas portas da sacada, fazendo o estômago de Meredith roncar. Deveria descer; estava sendo infantil. Sem ela lá embaixo, Connie poderia exagerar na bebida. Poderia ficar obcecada por causa das razões pelas quais Dan não havia telefonado ou poderia cair em autopiedade com relação a Wolf e Ashlyn.

Meredith deveria descer. Mas não podia.

Pouco depois, ela ouviu alguma coisa roçando do lado de fora de seu quarto. Um pedaço de papel passado por baixo da porta. Dizia:

"Seu jantar, madame."

Meredith abriu a porta e, apesar do sentimento dominante de que tudo que deveria comer era pão mofado com fezes de rato, pegou o belo prato – salmão rosado reluzente com algum tipo de molho de mostarda, aspargos grelhados e uma espiga perolada de milho, da Bartlett Farm, já com manteiga e sal –, sentou-se na cama e devorou tudo.

Virou a folha de papel e escreveu: "Estava delicioso. Obrigada." Sentiu vontade de acrescentar *Eu te amo*, mas ela e Connie ainda não haviam acertado totalmente as coisas. Talvez logo acertassem. Meredith deixou o bilhete no corredor, depois fechou a porta e deitou-se na cama. Ainda estava claro no lado de fora, e seu livro estava bem ali, mas ela não conseguia ler. Não se trancara no quarto porque não queria falar com Connie. Trancara-se ali porque precisava pensar.

Centenas de provas. Olho de lince. Em boas mãos. Não foi acusado. Irá à Pádua. Passará o resto da vida na prisão.

História de amor doentia. Essa era outra frase que a incomodava.

Caso fosse muito honesta consigo mesma, o início de seu romance com Freddy fora embolado com o final de seu romance com Toby. Meredith passara o primeiro semestre em Princeton procurando as "oportunidades deslumbrantes" que Toby dissera que ela descobriria quando eles terminassem. Queria que Toby estivesse certo. Queria que Princeton fosse tão fabulosa que esquecesse que um dia conhecera um rapaz chamado Toby O'Brien. E a pessoa na qual fixou suas atenções foi Freddy. Então seu pai faleceu, Toby não foi ao enterro, e ela se deixou ser usada por Dustin Leavitt. Então, quando Meredith voltou à faculdade se sentindo tão solitária quanto jamais se sentira na vida, apareceu Freddy. Sua resposta. Ele era uma piscina e ela mergulhou.

Freddy tornou-se presidente do Dial em seu último ano, ao mesmo tempo que Meredith se mudou para uma suíte com Gwen

234 ★ *Elin Hilderbrand*

Marbury e as gêmeas Hope e Faith Gleeburgen, cristãs fundamentalistas nascidas de novo, que foram acomodadas com Meredith e Gwen por total falta de opção para ambos os pares. As moças Gleeburgen pareciam muito boazinhas, embora Meredith pouco as visse, pois passava todas as noites com Freddy.

Meredith não tinha outros amigos além de Gwen Marbury, embora Gwen também tivesse se afastado. Gwen namorou Richard Cassel por um tempo numa tentativa de permanecer próxima de Meredith e Freddy; talvez achasse que eles pudessem se *tornar* Meredith e Freddy. Só que Gwen e Richard não formavam um bom casal e acabaram terminando. Mais tarde, Richard disse a Freddy: "Você pode tirar a garota de dentro do trailer, mas não pode tirar o trailer de dentro da garota", o que era uma coisa horrorosa de se dizer — mas assim era Richard Cassel: cruel e esnobe.

Depois que Freddy se formou, recebeu uma proposta de emprego da Prudential Securities em Manhattan. Meredith não podia suportar a ideia de ficar sem ele; não podia suportar a ideia de Freddy em Manhattan e todas aquelas mulheres de terninho, saindo para tomar drinques no South Street Seaport, depois do trabalho. Ele viraria seus belos olhos azuis para outra; essa nova mulher iluminaria o seu caminho, cairia aos seus pés e faria o que ele quisesse. Meredith ficava doente só de pensar. Ela começou a vomitar após quase todas as refeições em seu penúltimo ano. Freddy achou que ela estava bulímica — mas, não, insistia ela, só estava doente de tanto medo de perdê-lo. Eles foram juntos ao Serviço de Saúde Mental em busca de aconselhamento, como um casal casado. O psicólogo achou que um período de separação seria saudável para os dois, principalmente para Meredith.

— Parece que você está correndo o risco de se perder — disse o psicólogo. — Freddy te dominou completamente.

— Isso é besteira — respondeu o rapaz. — Não precisamos nos separar. — Se Freddy estava pensando a mesma coisa quando entrou ali, ouvir as palavras saindo da boca do psicólogo levaram-no à direção oposta.

— Então, por que você vai embora? — perguntou Meredith.

Bem, ressaltou Freddy, ele tinha alguns empréstimos para pagar, muitos empréstimos, o que era uma coisa que Meredith, tendo tido uma vida privilegiada, não conhecia. O emprego na seguradora pagava um bom dinheiro; ele não podia simplesmente deixar de aceitar.

— Tudo bem — respondeu Meredith. — Então eu vou parar a faculdade e vou para Manhattan com você.

— Agora você está vendo como está sendo autodestrutiva? — perguntou o psicólogo.

A solução apareceu na forma de um estágio bem remunerado oferecido a Freddy pelo chefe do departamento de economia, que estava escrevendo um novo livro e precisava de um auxiliar de pesquisa. Freddy, durante seus anos em Princeton, era conhecido como um *expert* em economia. Entendia o funcionamento do dinheiro, o que impulsionava o mercado e o que o fazia cair. Acompanhava o mercado de ações, dizia ele, desde os 12 anos. No Dial, foi eleito "A próxima lenda de Wall Street".

Agora, Meredith piscava. Estava sentada na beira da cama, observando o sol morrer no oceano. *A próxima lenda de Wall Street.* Bem, essa previsão se tornara realidade, não?

No verão entre o primeiro e segundo ano de faculdade de Meredith, ela convenceu Freddy a viajar como mochileiro pela Europa. Eles se locomoveriam com o Europass; dormiriam em hotéis baratos e albergues. Meredith planejara o itinerário das cidades — Madri,

Barcelona, Paris, Veneza, Florença, Viena, Salsburg, Munique, Amsterdã, Londres – assim como o itinerário em cada cidade. Queria visitar as igrejas, os museus de arte e todos os lugares de importância literária – a casa de Anne Frank em Amsterdã, Shakespeare e Cia. em Paris. Meredith explicou a Freddy a importância dos afrescos de Giotto e a diferença entre o gótico e o romântico. Freddy tomou notas em um pequeno caderno. De início, ela achou que ele faria troça dela, mas quando se espremeram numa cama de solteiro à noite ele insistiu que seu interesse era sincero. Ela era uma das que havia lido Yeats e feito cursos de história da arte; era ela que sabia falar francês. Ele era apenas um jovem com pouca cultura, criado numa casa com paredes de gesso no norte do estado de Nova York, tentando ficar à altura dela.

Antes de saírem, Freddy disse a Meredith que não tinha dinheiro para uma viagem daquelas. Usara tudo o que recebera durante a graduação – que consistia em um cheque de cem dólares de sua mãe e um prêmio especial de mil dólares de ex-alunos do Dial – para pagar os empréstimos. Meredith lhe garantira que tinha dinheiro suficiente para os dois. E, fiel ao que dissera, Freddy saiu sem nenhum tostão no bolso. Guardou o restinho do que levara numa boate em Barcelona. Nem Freddy nem Meredith queriam ir à boate, mas eles haviam conhecido uns jovens universitários catalães chiques, nos Rambles, que os convencera a ir. Depois que chegaram à boate e tiveram que pagar a quantia exorbitante de 16 dólares por duas cervejas, Meredith sugeriu que fossem embora, mas Freddy decidiu que queria ficar. Os universitários arrumaram uma mesa perto da pista de dança e pediram várias garrafas de Cava. Meredith e Freddy dançaram constrangidos ao som da música da casa e logo se sentaram à mesa, conversando em inglês com os estudantes. Freddy retornou aos seus dias de professor e começou a corrigir todos os erros de tempo verbal dos universitários. Meredith ficou bêbada e agressiva – queria ir embora –, mas Freddy continuou a ignorá-la. Um dos universitários era uma jovem de cabelos negros que se parecia com Trina. Essa moça o chamou para dançar. Ele olhou de relance para Meredith e logo disse não, mas ela se sentiu compelida a dizer "Não seja tolo, Fred. Vá dançar com ela". Então Freddy e a moça foram dançar, e Meredith pediu licença para ir ao banheiro – onde estavam todos cheirando cocaína ou se picando nos tornozelos – e vomitou. Recostou o rosto contra os azulejos escuros do chão do banheiro fedorento e concluiu que aquele fora o mais baixo que chegara na vida, sem contar com a hora que passara no apartamento de Dustin Leavitt. Não imaginara que pudesse experimentar um sentimento tão baixo assim ao lado de Freddy, mas ali estava ele e, mais ainda, ela tinha certeza de que o perderia para aquela espanhola. Ele se casaria com ela, aproveitaria a vida no interior da Catalunha, ajudando o pai da moça na sua plantação de oliveiras. Meredith só levantou do chão quando alguém chutou agressivamente a porta do compartimento em que estava, gritando alguma coisa em alemão. Quando voltou à mesa, Freddy estava de pé. Eles estavam indo embora, disse. Meredith nunca se sentiu tão aliviada.

Assim que saíram, porém, Freddy contou a ela que havia pago a conta, que a conta custara trezentos dólares e que, agora, ele estava de fato quebrado.

Ela não estava acostumada a sentir raiva de Freddy. Ficar aborrecida, frustrada, com ciúmes sim, mas com raiva não. Não sabia, então, como expressar o que estava sentindo.

– Por que você pagou a conta? Eles te *pediram* para pagar?

– Não. Eu quis pagar. – Encolheu os ombros.

– Mas agora você não tem nem um centavo.

Ele lhe lançou uma expressão arrependida.

– Eu sei.

E ela pensou: *Não consigo acreditar, Freddy! Quanta irresponsabilidade!*

E pensou: *Ele fez isso para impressionar a garota que é parecida com Trina.*

E então pensou com mais calma, porque havia uma coisa em Freddy que sempre a fazia desculpá-lo. *Ele fez isso porque é naturalmente generoso e queria deixar aqueles estrangeiros felizes.*

Não pensou na época (embora certamente pensasse agora): *Ele queria a admiração deles, queria controle. Queria sair dali como um grande homem.*

Quando Meredith chegou ao último ano da faculdade, Freddy foi embora de Princeton. Tirara um ano de férias para ficar com ela, mas não poderia tirar dois. A seguradora o procurara de novo com outra oferta e um salário ainda maior. Aparentemente, ter dito não a eles da primeira vez e trabalhado com um grande economista tinha aumentado o seu valor, e ele não poderia negar a oferta de novo. Seus empréstimos gritavam.

Meredith não ficou feliz, mas concordou que ele deveria ir. Era por um ano apenas. Ela conseguiria aguentar.

Marcou todas as suas aulas para segunda, terça e quarta para que, na quarta à noite, pudesse estar dentro de um trem a caminho da cidade. Freddy, como um adicional ao seu trabalho na seguradora, estava morando num condomínio na East 71st Street. O lugar estava muito além de suas posses; era, em essência, um aluguel bancado por outro operador da seguradora, que estava passando um ano em Zurique num banco suíço.

Meredith teve uma epifania. O investidor tinha *ficado* em Zurique; conquistara um alto cargo num banco suíço. Um banco suíço onde, possivelmente, Freddy havia escondido o dinheiro. Que banco era aquele? Perguntara, mas Freddy algum dia lhe respondera?

Precisava se lembrar e contar para Dev. E qual era mesmo o nome daquele operador de mercado? *Thorlo* foi o nome que passou por sua cabeça, mas não era exatamente esse. *Ortho?* Não. Meredith passara uma boa parte de seu último ano na faculdade vivendo em meio aos bens desse homem. Lembrava-se que ele tinha uma mãe dinamarquesa que enchera seu apartamento de móveis modernos e de belo design. Lembrava-se de um pinheiro alto, Norfolk, o qual se tornara responsabilidade sua molhar; lembrava-se de uma cadeira de balanço feita de madeira macia e clara. Lembrava-se de uma estátua folclórica de um homenzinho com um chapéu de feltro engraçado, os cabelos feitos de algodão cinza. O nome da estátua era Otto – seria esse o nome de que estava se lembrando? Mas qual então era o nome do operador de mercado? Puxou pela cabeça. Talvez esse pudesse ser o nome que a salvaria. *Thorlo. Ortho. Morara* no apartamento desse homem. Cortara aipo com suas facas especiais e afiadas e o colocava nos bloody marys que preparava para si e para Freddy, nas manhãs de domingo. Naquela época, eles saíam aos finais de semana. Iam a bares, dançavam. Freddy uma vez ficara tão bêbado que subira na mesa do bar e requebrara os quadris ao som de "I Love the Nightlife". Fora um ano engraçado o seu último na faculdade, embora a faculdade nada tivesse a ver com isso; era a sua vida na cidade, junto com Freddy, que importava. Metade do tempo, eles gostavam de fazer programas de adultos: todos os domingos, Meredith preparava bloody marys, eles compravam pãezinhos e salmão defumado do H&H e liam a *Times*. A outra metade, eles passavam bêbados no Mill da 85th Street. Meredith oferecia coquetéis para os rapazes do Dial que haviam se formado com Freddy e estavam agora vivendo na cidade, com suas várias namoradas. Meredith servia coquetel de camarão, queijo de corda e enroladinhos de porco com mostarda escura, temperada exatamente como sua mãe fazia.

Lembrava-se de receber Richard Cassel e sua nova namorada Astrid, que trabalhava como assistente editorial na Harper's Bazaar. Astrid aparecera usando um vestido transpassado Diane Furstenberg, um dos originais, e um par de Oleg Cassini de saltos altos. Uma insegurança familiar voltou a assombrar Meredith, que usava uma saia cáqui e uma blusa de lã tricotada à mão. Astrid, assim como Trina, era sofisticada de uma forma que Meredith temia jamais ser. E, para completar, a noite em que Richard e Astrid foram ao apartamento deles foi a mesma noite em que ele planejava pedi-la em casamento. Richard tinha um anel da Tiffany dentro do bolso do paletó; o daria de presente a Astrid depois do jantar deles em Lutèce. Tudo aquilo era tão igual ao que Meredith queria para si, que ela se sentiu tomada por uma inveja horrorosa. (O final dessa história foi que Richard e Astrid se casaram, tiveram cinco filhos, o segundo deles com paralisia cerebral, e então Richard pulou fora do casamento durante um longo caso com uma socialite casada e infeliz, com quem acabou se casando e se divorciando pouco tempo depois.)

Havia algo incomparavelmente romântico com relação a um noivado, pensou ela, que não se traduzia em casamento.

Ela e Freddy tinham feito muito sexo selvagem naquele ano, nos lençóis brancos da cama dinamarquesa. Meredith dormira nos lençóis desse operador de mercado e, ainda assim, não conseguia lembrar seu nome.

Thorlo. Não, essa era a marca das meias grossas que ela e Freddy tinham usado enquanto caminhavam nos Alpes. Estava se confundindo.

O céu estava púrpura. Meredith ouviu água descendo pelo encanamento; Connie havia ligado o lava-louças. O prato sujo em que comera estava sobre a penteadeira. Ela desceria com ele na manhã seguinte e o lavaria. Escovou os dentes e colocou a camisola. Ouvia as ondas. Pensara em tantas coisas, que Amy Rivers agora parecia muito distante. Estava décadas em seu futuro.

Meredith se formara com honras em Princeton, mas não Phi Beta Kappa como esperava. Estudava no trem entre Princeton e Nova York e o dia inteiro nas quintas e sextas, enquanto Freddy trabalhava — mas estava longe da fonte preciosa de recursos da Biblioteca Firestone, e houve momentos em que fora breve ou preguiçosa demais na redação de um trabalho, por querer ficar com Freddy, ou devido a uma ressaca da farra na cidade. Ainda assim, sua mãe ficara orgulhosa, e ela tivera a notícia de sua formatura em Princeton sendo publicada tanto no *Main Line Times* quanto na revista *Aronimink*. A mãe a levou para jantar na Nassau Inn, deu-lhe um colar de pérolas e um cheque de 5 mil dólares. Uma semana depois da formatura, Meredith descobriu que havia sido escolhida para um programa de ensino que posicionava os melhores alunos das universidades em sistemas escolares falidos e vagos em Appalachia, Brownsville, Texas e Nova York. Meredith iria para Nova York, sem sombra de dúvida. Caso não tivesse uma vaga lá, ela teria abandonado completamente a ideia daquele programa de ensino, muito embora ensinar inglês fosse tudo o que sempre tivesse sonhado fazer.

Mas, felizmente, ela não precisava se preocupar. Tinha o seu diploma e um emprego em Nova York. Ficaria com Freddy!

Ouviu mais um roçar do lado de fora da porta. Ouviu Connie suspirar ao colocar o bilhete. Outra folhinha de papel passou por baixo da porta. Mais uma vez, Meredith esperou até ouvir a amiga ir embora. O bilhete dizia: "Sua sobremesa, madame, Bons sonhos!"

Meredith abriu a porta. Um quadrado de alguma coisa cremosa numa casquinha de massa de empada. Cheesecake? Levou a sobremesa para a cama, enfiou-se debaixo da colcha e deu uma garfada. Era azedo: torta de limão. Torta de limão a levava de volta a Palm Beach, com Amy Rivers, mas, não, não se deixaria levar por esse caminho. Fique no presente, encontre a resposta. Qual era o nome do operador de mercado?

Meredith queria que Freddy a pedisse em casamento. Isso era tudo no que ela pensava. Por quê?, perguntava-se agora. Por que, por que, por quê? O que fora tão irresistível nele? Tão impossível de largar? Seus olhos azuis? Sua sagacidade? Sua confiança natural, apesar do fato de ter vindo do nada? Sua expertise em economia? Seu sucesso prematuro no mundo financeiro? Sua generosidade inata? Seu desejo ardente de ser o homem que tomava conta das coisas, que resolvia os problemas, que fazia as pessoas felizes? A forma como a tratava, tocava, falava com ela? Sim, agora ela estava chegando perto. Era a forma como ele acreditava que ela fosse um tesouro delicado, não menos valioso do que as coroas de pedras preciosas que eles haviam visto juntos na Torre de Londres. Freddy era um marido devotado. Não iria abandoná-la do jeito que Toby o fizera. Não sairia velejando por aí em busca de liberdade. Não via interesse em uma mulher diferente a cada noite. Era diferente em seu desejo. Queria Meredith. Era intoxicante.

E então, justamente quando Meredith sentia-se segura e confortável em seu relacionamento com Freddy, a seguradora o mandou em uma viagem de duas semanas para Hong Kong. Ele deixou escapar que surgira uma conversa sobre transferi-lo definitivamente para lá. Isso foi um baque emocional para ela. Tinha acabado de se mudar para o apartamento alugado de Freddy, muito contra a vontade de sua mãe. (A mãe não gostava da "aparência" daquela situação, os dois vivendo juntos.) Meredith começaria seu emprego de professora em setembro; o que ela faria se Freddy se mudasse para Hong Kong?

Ela se mudaria também.

Sentira vontade de ir com ele na viagem – poderia usar o dinheiro que ganhara de formatura –, mas Freddy disse não, aquilo era trabalho. Algo que ele teria que fazer sozinho. Namoradas não eram bem-vindas.

– Como você sabe? Perguntou?

– Apenas sei.

Meredith passou duas semanas naquela cidade quente, suja e desgraçada, enquanto Freddy estava em Hong Kong. Connie telefonou e a convidou para ir a Nantucket. Ela estava começando a namorar um rapaz chamado Wolf Flute, cuja família tinha uma casa na praia. O lugar era simples, mas tinha quatro quartos. Meredith poderia ficar por uma semana ou mais se quisesse.

Meredith não aceitou.

Ficou no apartamento, pediu comida chinesa, leu livros na cadeira de balanço de madeira clara (*A Escolha de Sofia; Adeus, Columbus*); sentiu falta de Freddy. Ele telefonara três vezes, mas a ligação estava ruim. Meredith ouvira as palavras "Victoria Peak", "Hollywood Road", "Hotel Peninsula". Ouviu excitação em sua voz. Um dos sócios o havia levado de barco a uma ilha e eles foram a um restaurante de frutos do mar. Pegaram o peixe direto do tanque e, vinte minutos depois, ele estava cozido, temperado e adornado na frente deles. Freddy nunca estivera num lugar como Hong Kong. Antes de conhecer Meredith, ele não estivera em lugar nenhum.

Meredith concluiu que o odiava. Ele iria deixá-la da mesma forma que Toby havia feito, mas ela não deixaria isso acontecer. Iria surpreendê-lo. Da próxima vez que o telefone tocou e ela supôs que fosse ele, não atendeu. O telefone parou de tocar e depois começou a tocar de novo. Meredith sorriu, vingativa, mas não atendeu. Saiu do apartamento pela primeira vez em dias. Daria uma volta no parque, depois iria a um restaurante belga comer *moules et frites.* Quando saiu do apartamento, o telefone ainda estava tocando.

Meredith acalmou-se e depois irritou-se de novo. Gritou para a estátua folclórica chamada Otto. Avançou para cima dela com uma das facas dinamarquesas afiadas. Escreveu "foda-se" com sabonete no espelho do banheiro. Freddy veria aquilo quando voltasse, mas ela não estaria ali para testemunhar sua reação. Afinal de contas, iria para Nantucket visitar a amiga. Connie lhe falara sobre uma festa chamada Madequecham Jam — centenas de pessoas numa festa na praia! Tudo o que ela precisaria levar era um biquíni.

Meredith preparou uma bolsa de viagem. Pegaria o ônibus em Chinatown para Boston, outro ônibus de Boston para Hyannis e passaria duas horas numa barca para chegar a Nantucket. Era uma viagem mais demorada do que ela havia imaginado; ficava exausta só de pensar, mas, pelo menos, não ficaria sentada dentro do apartamento, *esperando* Freddy voltar para casa.

Estava à porta, lembrava-se, pronta para ir para a rodoviária, quando ouviu uma batida. Olhou pelo olho mágico. Era do correio. Um telegrama.

— Meredith Martin? — perguntou o homem.

Ela aceitou o telegrama, as mãos trêmulas. Nunca recebera um telegrama antes. As únicas pessoas que ela sabia que recebiam telegramas eram mães cujos filhos haviam morrido no Vietnã. O que diria aquele? Que Freddy havia morrido? Fora atingido por um ônibus enquanto atravessava a rua do lado contrário do tráfego? Ou talvez fosse um telegrama de Freddy dizendo que não voltaria. Haviam lhe dado emprego fixo em Hong Kong, e queria que ela enviasse suas coisas. Talvez ele tivesse sentido vontade de dizer isso por telefone, mas ela não havia atendido.

Qualquer coisa que o telegrama dissesse, não seria boa coisa.

Pensou em deixá-lo para trás, no apartamento. Mas que tipo

de pessoa teria força de vontade para deixar um envelope como aquele – um telegrama gritava urgência – sem abrir?

Abriu-o à porta. Dizia:

MEREDITH PONTO NÃO POSSO VIVER SEM VOCÊ PONTO CASA COMIGO? PONTO
FREDDY

Leu-o de novo, depois uma terceira vez, o coração se inflando de felicidade como se fosse um balão. Pulou de alegria e gritou. Ria, chorava e pensava. *Droga, eu queria ter alguém aqui,* mas não, era melhor assim. Ele a surpreendera, a chocara, a tirara do desespero, salvara-a de ir para Nantucket e, certamente, de fazer algo de que ela viria a se arrepender.

Isso era o correto. Era a única coisa que ela queria. Não havia o que pensar. A resposta era sim.

Houve apenas um problema antes de Meredith e Freddy se casarem, e esse problema chegou na forma do casamento apressado de Connie, que se deu em dezembro, quando Connie soube que estava grávida.

Meredith fora madrinha. Usou um vestido social de veludo vermelho, sapatos vermelhos de salto agulha e o anel de diamante de Annabeth Martin. Ela e Freddy estavam morando juntos no apartamento alugado; Meredith estava às vésperas de começar seu primeiro ano lecionando na Gompers. Sabia que certamente veria Toby no casamento, mas estava pronta para ele.

Mas então Freddy não pôde ir. Precisavam dele no trabalho. Tinha um cargo menor na hierarquia da seguradora; não havia escolha.

Sendo assim, Meredith enfrentou Toby sozinha. Ele estava bronzeado por ter velejado em algum lugar incrivelmente glamoroso

— Ibiza ou Mônaco — e levara uma moça de sua tripulação como acompanhante. O nome dela era Pamela; era mais alta do que Meredith, mais gorda e tinha as mãos vermelhas e calejadas. Meredith achou-a bajuladora; ofereceu-se para ajudar Connie com o véu comprido e o buquê, quando elas haviam acabado de se conhecer no dia anterior.

Connie dissera: *Ah, não se preocupe com isso. Meredith está aqui para me ajudar.*

Meredith pensara: *Tudo bem,* Pamela tinha seu charme, era simpática, mas não a pessoa que esperava que Toby escolhesse. Toby foi efusivo nas atenções para com a irmã, a mãe e Pamela; pela cerimônia e pela primeira parte da festa, ele a ignorou completamente. Ela, enquanto isso, não conseguia tirar os olhos dele. Ele exalava sua costumeira saúde e energia de quem vive ao ar livre; o terno parecia aprisioná-lo. A gravata verde de cetim que usava fazia seus olhos mais verdes. Por dentro, Meredith o amaldiçoava. Filho da mãe, luminoso o tempo inteiro. Ele puxou Pamela para a pista de dança. Propôs um brinde muito carinhoso e bem-humorado a Wolf e Connie, e Meredith teve que admitir que a liberdade lhe caía bem.

A banda começou a tocar "The Best of Times", dos Styx, que era a música de Meredith e Toby quando namoravam, e ela percebeu que tinha uma escolha: poderia ir ao bar para tomar mais um schnapps de pêssego com suco de laranja, ou poderia se esconder no banheiro e chorar.

Toby a interceptou a caminho do banheiro.

— Dança comigo — pediu.

— Você não falou comigo a noite inteira — respondeu ela.

— Eu sei. Sinto muito. Dança comigo.

Meredith voltou a lembrar da noite em que eles terminaram. Quase disse: *Achei que você não gostava de dançar.* Mas, em vez disso, deixou Toby conduzi-la à pista de dança. Encaixou-se tão bem em seus braços que não achou justo. *Freddy*, pensou. *Estou noiva de Freddy.*

Toby cantarolou em seu ouvido. Costumavam ouvir essa música no carro dele, quando faziam amor. Havia muito tempo. Mas nem tanto tempo assim: cinco anos.

— Estranho estarem tocando essa música.

— Eu que pedi — disse Toby.

Meredith recuou. Toby pedira a música deles à banda?

— E quanto a Pamela?

— Ela é só uma amiga. E não parece se importar.

Meredith inclinou o pescoço. Pamela estava no bar, toda voltada para o irmão de Wolf.

— Não entendi — disse Meredith. — Você sabe que estou noiva? Que vou me casar em junho?

— Sei. Ouvi falar — respondeu. — Só achei que...

— Achou o quê? — perguntou Meredith.

— Eu precisava de um jeito para quebrar o gelo — disse.

— Quebrar o *gelo*? — perguntou Meredith. — Quando ouço essa música, Toby, eu sofro.

— Eu sei. Eu também.

— Por que você *sofreria*? Foi *você* que terminou *comigo*.

— Me encontre mais tarde — disse ele. — Por favor, Meredith. Encontre comigo no Wayne Hotel.

Ela o encarou.

— Você só *pode* estar brincando.

— No bar. Para a gente poder conversar.

— Sobre o quê? — perguntou. Mas ele não respondeu. Apertou as mãos em sua cintura. Cantarolava de novo. *The best of times are when I'm alone with you.*

Meredith chegou a pensar em sair da pista de dança, mas não podia fazer escândalo no casamento de Connie; o casamento por si só já estava envolvido em escândalos suficientes. Então terminou de dançar com Toby. A verdade cruel era que ela ainda tinha sentimentos por ele; a verdade cruel era que ele tinha a primeira e melhor fatia de seu coração; a verdade cruel era ser eletrizante estar em seus braços. Mas será que iria se encontrar com ele no Wayne Hotel? Meredith hesitou. Um segundo, dois segundos, dez segundos. Então chegou à conclusão: *De jeito nenhum, não vou fazer isso*. Na música seguinte, voltou ao seu lugar, e o irmão de Wolf, Jake, a chamou para dançar. Meredith observou Toby e Pamela virarem doses de tequila no bar.

Meredith pensou: *Preciso voltar para Nova York. Preciso voltar para Freddy*.

Freddy e Meredith se casaram em junho, na Saint Thomas de Villanova, a mesma igreja em que se dera a missa pela morte de Chick Martin. Cento e cinquenta pessoas estavam presentes e, se Meredith tinha algo a reclamar, era que a igreja parecia vazia se comparada à multidão que fora prestar homenagem ao seu pai.

Connie foi madrinha de casamento de Meredith, mesmo com Ashlyn tendo nascido em abril e ainda estar sendo amamentada. Richard Cassel fora padrinho à convite de Freddy. Bill e Veronica O'Brien estavam lá, embora Toby não tenha ido. Meredith precisou tomar coragem para convidá-lo, mas, depois do que acontecera no casamento de Connie, decidira que seria uma boa ideia Toby vê-la se casando com outra pessoa. Com certeza ela não era a única noiva a se sentir assim. Toby mandou um cartão que dizia: "Velejando no Caribe. Felicidades!" Meredith ficou decepcionada, mas percebeu que ele certamente também não teria ido se estivesse logo ali na esquina.

Annabeth Martin foi de cadeira de rodas e recebeu os cuidados da mãe de Meredith pela maior parte da noite, ambas radiantes de felicidade. Era assim que deveria ser; Meredith casada logo depois de formada − como elas haviam feito − com um homem que iria longe.

A mãe de Freddy foi à cerimônia religiosa, mas não ficou para a festa. Alegou que precisava voltar para Utica naquela noite para trabalhar cedo na manhã seguinte.

− Trabalhar? − perguntou Meredith. − No domingo?

− Na loja − respondeu Freddy. Ele se referia ao K-Mart.

Meredith só conhecera a sra. Delinn naquele dia, mais cedo. Tinha um corpo flácido e a pele de um branco-amarelado da cor de ovo cru. Tinha os cabelos ralos e mal pintados na cor acaju. Tinha olhos azuis congestionados − sem o cobalto forte dos olhos de Freddy. Em linhas gerais, pensou Meredith, a sra. Delinn parecia cansada e abatida, como se o esforço de estar ali naquele momento quase a tivesse matado. Tratou Meredith de uma forma esquisita, quase em deferência, e ficou dizendo o quanto apreciara ter sido convidada.

− Claro que a senhora seria convidada. É mãe de Freddy.

− Você vai tomar conta dele − disse a sra. Delinn. Era uma afirmação, não uma pergunta. − Vai amá-lo. Ele vai tentar dar a entender que pode viver sem amor, mas não pode. Freddy precisa de amor.

Meredith entrou na igreja sozinha. Sentiu a ausência do pai; seu lado esquerdo estava dormente. Todos na igreja sorriam para ela. Ela estava feliz por eles estarem lá, mas o único homem que importava era o homem que estava no altar, os olhos brilhando, o rosto irradiando promessas. Quando ela estava a cerca de dez passos do altar, ele foi buscá-la, pegou-a pelo braço e foi com ela pelo resto do caminho.

Freddy inclinou-se e sussurrou:

Você parecia solitária.

— Não mais — respondeu ela.

— Nunca mais.

Meredith largou o prato de sobremesa. A dor em seu coração não podia ser descrita.

Estava cansada e, de inúmeras formas, sentia-se derrotada, mas ela ainda era a mesma, Meredith Martin; portanto, saiu da cama e foi ao banheiro escovar os dentes pela segunda vez.

Caiu no sono se lembrando da música de seu casamento. Ela e Freddy cursaram aulas de dança na cidade e estavam em sincronia na forma como se moveram juntos. Fora uma festa e tanto — num dado momento, todos os convidados foram para a pista de dança. Até mesmo Annabeth Martin, em sua cadeira de rodas; até mesmo Wolf, segurando o bebezinho Ashlyn. Depois, Meredith se viu num círculo entre os amigos de Freddy — os velhos amigos do Dial, os novos amigos da seguradora — e agora, à medida que se lembrava, havia alguém que ela não reconhecia naquele círculo, um homem alto, magro, com os cabelos louros esbranquiçados de um escandinavo. Meredith lembrou-se de Gwen Marbury e, ao mesmo tempo em que pensava *Gwen Marbury não foi ao meu casamento,* perguntou:

— Quem é aquele homem?

— Aquele homem? — perguntou Gwen. — É Thad Orlo.

Meredith despertou de repente; seus olhos abriram: *Thad Orlo!*

Acordou ao raiar do dia e perguntou-se a que horas poderia esperar que Dev atendesse o celular. Oito horas? Sete horas? Não queria ser uma cliente lunática que telefonava para o advogado de madrugada. Mas queria lhe contar sobre Thad Orlo. Era algo real; era o nome de um banqueiro suíço. Respirou pausadamente. Não sabia dizer se estava ansiosa porque tinha certeza de que essa informação iria ajudar ou se tinha medo de que não ajudasse em nada. Precisava encontrar a resposta. Os outros investidores estão pedindo a sua cabeça. A sua família vai ser banida. Precisava encontrar a chave que seria a liberdade dela e de Leo.

Ligou o telefone celular e aguardou com a ansiedade prevista para ver se alguém havia telefonado durante a noite. Amy Rivers tinha o seu número. Seria previsível se ela tivesse deixado um recado agressivo na caixa eletrônica, elaborando melhor as coisas terríveis que havia lhe dito no dia anterior. Mas o telefone brotou para a vida em silêncio, dando a Meredith nada mais além da hora do dia. Eram 06:09h. Incapaz de aguardar mais, digitou o telefone de Dev, que atendeu no primeiro toque.

— Alô? — atendeu ele. Parecia surpreso, mas é claro que estaria surpreso; ainda era basicamente meio da noite.

— Dev, é Meredith.

— Olá, Meredith. — Ele parecia sem fôlego.

— Eu te acordei?

— Não. Estou correndo, Riverside Park.

Riverside Park ficava na mesma cidade que Meredith passara a maior parte de sua vida adulta, mas ela não ia lá havia vinte anos ou mais, desde que um dos meninos tinha um amiguinho da escola que morava no Upper West Side e a outra mãe (de cujo nome Meredith não se lembrava) e ela mesma levavam os meninos ao parquinho ali. Meredith gostou de imaginar Dev correndo pelas trilhas ao longo do Hudson. Gostou de imaginá-lo longe de sua escrivaninha.

— Sinto muito incomodar.

— Está tudo bem?

— Estou telefonando porque lembrei de uma coisa que pode ajudar.

— Lembrou?

— Milhões de anos atrás — disse — e estou falando de 1982, 1983...

Dev riu. Meredith fez contas para ver se Dev já teria *nascido* nesses anos.

— Era o ano de minha formatura em Princeton, e Freddy estava morando em Nova York e trabalhando para a Prudential Securities.

— Que departamento? – perguntou Dev.

— Ai, meu Deus, eu não faço ideia – disse. A despeito do quanto o tivesse amado naquela época, não se dera ao trabalho de saber exatamente o que ele fazia. Não se importava, nunca se importou, da mesma forma que Freddy também nunca se importou com o lado feminino das famílias de Faulkner. – Corretagem? Finanças, taxas de variação? Vocês não têm esse tipo de informação na ponta dos dedos?

— Eu não – disse. – Talvez a Comissão de Valores Mobiliários tenha.

— Nós morávamos de aluguel no apartamento de um homem chamado Thad Orlo. – Fez uma pausa. Podia ouvir a batida dos tênis de Dev no asfalto, assim como uma sirene, buzina de táxis e um cachorro latindo. – Esse nome apareceu nas investigações?

— Não sei dizer. Mas acho que não.

— Thad Orlo trabalhava para a seguradora, mas estava passando um ano na Suíça, em algum banco suíço, talvez um banco afiliado à seguradora? Enfim, eu nunca o *conheci* de verdade, porque enquanto nós estávamos em Nova York, ele estava na Suíça. Essa era a situação, mas eu de vez em quando perguntava sobre ele, e Freddy me dizia que Thad Orlo tinha ficado no banco suíço, mas, quando perguntava que banco era, ele dizia que não conseguia se lembrar. Agora, o que isso queria dizer na verdade, é que ele não *queria* me contar porque, se tinha uma coisa em relação a Freddy, é que ele lembrava de *tudo*. E então teve outra vez... – Meredith se lembrava das exatas palavras –, em que perguntei a ele o que havia acontecido com Thad Orlo. Perguntei porque nós tínhamos *morado* no apartamento dele, com toda aquela mobília e todos aqueles objetos, e toda vez que eu via algum design dinamarquês, eu me lembrava dele... de início, Freddy fingiu que não tinha ideia de quem ele era, o que era absurdo, então uma vez ele assumiu que se lembrava e começou a *me* perguntar daquele jeito paranoico dele por que eu queria tanto saber de Thad Orlo. E eu me lembro de ter dito: Calma, *Freddy, desculpa, eu só estava pensando.*

Dev respirava fundo. Talvez estivesse impressionado com a importância da pista. Talvez estivesse se perguntando por que Meredith não o esperava chegar ao escritório. Mas, quanto mais Meredith pensava no assunto, mais convencida ela ficava.

– Sim – confirmou ela. – Ele ficava na defensiva e irritado quando eu fazia perguntas sobre Thad Orlo. Você deveria investigar. Deveria encontrar Thad Orlo.

– Mas você não sabe qual o banco?

– Não. Freddy com certeza sabe, mesmo tendo mentido e me dito que não sabia.

– Mas Freddy não está falando. Nada.

– Ainda não? – perguntou Meredith. Não queria ter notícias de Freddy. Mas, no fundo, queria sim.

– Ainda não.

– Bem, você não consegue encontrá-lo de alguma forma? – perguntou Meredith. Presumira que a Comissão de Valores tinha uma base de dados imensa com nomes e conexões. Era impossível, nos dias de hoje, permanecer anônimo, certo? – Não pode procurá-lo no Google?

– Será a primeira coisa que farei na segunda-feira – respondeu Dev. – Você sabe mais alguma coisa desse homem?

— A mãe dele era dinamarquesa — disse Meredith, mas então ficou se perguntando se tinha mesmo certeza disso, ou se apenas deduzira por causa dos móveis da casa. — Acho.

— Onde ficava o apartamento? — perguntou Dev.

— Seventy-first Street — respondeu Meredith. Só não conseguia lembrar se o prédio ficava entre a Lexington e a Third, ou entre a Third e a Second, e com certeza, não lembrava o número do prédio. Morara ali por quase dois anos, mas o endereço lhe fugira da memória. Já tinha idade agora para justificar esses esquecimentos. Os detalhes mais importantes de sua vida evaporavam.

— Tudo bem — respondeu Dev. — Vou checar tudo o que você acabou de me contar.

— E vai contar aos agentes federais?

— Vou contar aos agentes federais.

— Dirá a eles que estou colaborando? Dirá a Julie Schwarz e a Leo que estou ajudando?

— Sim, Meredith — respondeu Dev. Ela não sabia dizer se a falta de fôlego de Dev se devia ao seu passo acelerado, à beleza de Hudson sob a luz matutina ou à irritação. — Direi a todos que você está colaborando.

CONNIE

Connie tinha certeza de que Dan telefonaria. Ela sabia que *não* tinha desempenhado um papel muito bonito durante o jantar;

ficara bêbada e já tinha experiência suficiente com a mãe para saber a impressão que isso causava. Mas já se passavam quase três semanas sem notícias dele. O relacionamento deles fora evoluindo e então, bum!, parara de repente. Connie não era boa para lidar com rejeição. Estava, como sua cunhada diria, bagunçando seu estado psicológico geral.

Também não tivera notícias de Ashlyn, apesar de ter tentado se comunicar por mensagem de texto: *Por favor, telefone. Mamãe.*

Também voltara ao hábito de deixar mensagens aos domingos. De nada adiantava, sabia. Era como rezar; falava com alguém que poderia ou não estar ouvindo.

A única pessoa que dera notícias foi Toby. Ele enviara uma mensagem dizendo: *Estarei aí dia 8 ou 9, ok?*

Connie não sabia muito bem ao que a mensagem se referia, até clicar na barra de rolagem e ver que Toby havia vendido o barco para uma pessoa de Nantucket e que ele estaria na ilha dentro de três semanas, ok? E ela respondera *OK! LOL.*

Connie resmungou. Nada havia ali para dar risadas. Precisava dizer a Toby que Meredith estava com ela. Precisava dizer a Meredith que Toby estaria chegando. Qual dos dois ficaria mais aborrecido? Decidiu que deixaria quieto por enquanto. Tinha medo de que, se contasse a Toby que Meredith estava ali, ele não aparecesse. E ela estava louca para vê-lo. Tinha medo de que, se dissesse a Meredith que Toby estava indo, ela faria as malas e iria embora. Ou pior até, se encheria de esperanças de vê-lo e, no último minuto, ele telefonaria dizendo que não iria mais vender o barco e que, em vez disso, velejaria para a Venezuela para tomar um café com uma garota chamada Evelina.

Leu a mensagem mais uma vez. Dia 8 ou 9? Bem, não tinham nada marcado. Respondeu, OK, mas sem o LOL.

*   *   *

Connie decidiu pegar Dan de surpresa na Stop & Shop. Ele lhe dissera da passagem que, quando a ilha estava muito movimentada, em agosto, ele sempre ia àquela mercearia no meio da semana, às seis da manhã.

Não esperava encontrá-lo na primeira tentativa. "Meio da semana" poderia ser terça, quarta ou quinta. E seis poderia ser seis e meia ou sete horas. Mas, quando Connie estacionou às 6h10 daquela manhã de quarta-feira, o Jeep vermelho estava lá. Ela sentiu um rompante de nervosismo e uma sensação irracional de conspiração do destino: o simples fato de Dan estar ali quando dissera que estaria já lhe parecia um bom sinal. Connie começou a murmurar: *Calma. Anda logo. Você precisa encontrá-lo antes que ele vá embora. Isso é muito óbvio, mas só para você. Ele vai achar que é uma supercoincidência. Todo mundo precisa ir ao mercado. Ele só deu uma sugestão de qual era a melhor hora de ir, por que você não poderia aceitá-la?* Ela pegou um carrinho, tinha uma lista; aquela era uma ida legítima ao mercado. Connie chamara Meredith para ir com ela, dizendo: *Oi, estou indo amanhã bem cedinho ao mercado. Se você quiser ir comigo...* Mas Meredith dissera que não. Respondia não a qualquer saída desde que aquela mulher a enfrentara no salão. Connie dissera: *Meredith, você não pode passar o resto do verão dentro de casa. Estamos em agosto, agora, o melhor mês.* E Meredith dissera: *Não, não é seguro.* Connie respondera: *Mas é seguro. O vandalismo parou. Você deixou aquela mulher dizer o que queria. Ela não vai fazer mais nada contra você. Ela não vai te* apedrejar.

Mas Meredith não se deixaria convencer. Continuava teimosa como antigamente. Connie não se esquecera.

Estava frio dentro do mercado, a seção de legumes e verduras parecia uma geladeira. Connie tinha uma missão ali. Primeiro, precisava encontrar Dan; depois, se preocupar com as compras. Mas, caso ela se encontrasse com ele no meio do mercado com um carrinho vazio, isso anunciaria o óbvio.

Connie colocou um saco rendado de limas dentro do carrinho.

Saiu apressada pelo mercado, checando cada corredor. Viu uma mulher loura com dois meninos de pijamas, um homem de terno e gravata – Testemunhas de Jeová? Alguém indo a um enterro? –, e encontrou Dan, extremamente atraente com shorts cáqui, camiseta e chinelos, em frente à prateleira de cereais. Ele não a viu. Connie poderia dar as costas, voltar para a seção de legumes e verduras e dar no pé. Mas aquela era a sua chance. Levantara ao raiar do dia para tomar banho e lavar os cabelos. Estava cheia de energia, perfumada, usava um belo vestido de malha rosa-choque.

Avançou com o carrinho.

– Dan? – chamou-o.

Ele virou. A expressão em seu rosto foi... difícil de interpretar. Foram várias expressões de uma só vez. Ele pareceu surpreso, feliz, preocupado, perplexo, abalado.

– Connie. Oi!

– Olá – disse ela, tentando parecer animada, apesar da óbvia falta de entusiasmo dele. – Bem, resolvi aceitar sua sugestão sobre fazer compras a essa hora, e você tinha razão! O mercado está vazio. Limpo e as prateleiras estão cheias.

– Está vendo? Eu te disse. – Pegou uma caixa de cereal Kashi da prateleira e colocou no carrinho. Connie olhou para as outras compras dele... tacos, carne moída, tomates, Triscuits, café Starbucks, abacates, seis caixas de massa, aipo, ameixas, duas embalagens grandes de suco de tomate. Imaginou se o pegara fazendo compras para uma festa para a qual ela não fora convidada, até se lembrar de que ele tinha adolescentes em casa.

– E aí, o que você tem feito? – perguntou ela.

Agora foi a vez de ele olhar para o carrinho dela, onde viu uma única sacola de limas.

Connie desejou que tivesse pegado outra coisa como sua primeira compra.

E, sem dúvida, quando Dan voltou a olhar para ela, seu rosto dizia tudo: limas para tomar com gim. Ela ficara muito bêbada; começara a beber no barco de uma forma que logo a deixara antissocial e continuara a beber até cair com a cara dentro do prato. E então o que ela coloca no carrinho para amenizar a imagem de sua bebedeira? Uma sacola de limas. Connie achou que morreria de vergonha ali e agora.

— Bem, o de sempre — disse ele.

O de sempre; isso era o mesmo que não responder nada. Uma resposta qualquer. Connie deveria bater em retirada, deveria aceitar que seu relacionamento, amizade, fosse o que fosse, morrera no nascedouro. Mas não queria.

— Tem saído de barco? — perguntou.

— Todas as quintas e sábados. Preciso checar as armadilhas das lagostas.

As armadilhas das lagostas, que continham as lagostas que Connie não havia comido, sequer provado.

— Humm — disse. — E quanto ao Galley? Voltou lá?

Ele não respondeu, o que queria dizer o quê? Que ele não voltara ao Galley ou que teria ido lá com outra mulher?

— Como você está? Como está Meredith? — perguntou ele.

Connie não ficou surpresa ao ouvi-lo perguntar sobre Meredith. Ele a adorara. Ela sabia! Mas a culpa era dela. Ela havia arrastado a amiga para os seus dois encontros com ele e, no segundo, Meredith e Dan ficaram encarregados de descobrir o que fazer com ela embriagada.

– Estamos bem. Meredith está bem. – Mentira, tudo mentira. Elas estavam arrasadas, precisavam de alguém que as salvasse. – Ficamos nos perguntando por que você não ligou mais. – Boa essa, pensou Connie, usar o pronome "nós", incluindo Meredith também. Pobre Meredith, que se recusava a sair de casa. Connie chegara até a sugerir que fossem à missa acender uma vela para Leo, mas ela negou.

Dan sorriu.

– Por que eu não telefonei? Bem, vocês duas parecem andar com os dias cheios.

– Andamos mesmo com os dias cheios. Cheios de desespero, sofrimento, solidão. É por isso que sentimos a sua falta. Você é divertido. Eu não via Meredith sorrir desde...

– Bem, que bom.

– E eu também gosto de você – disse Connie. Isso saiu como uma admissão corajosa, mas positiva; a barreira da conversa retórica fora derrubada. Iria dizer o que sentia. – Achei que você telefonaria; achei que sairíamos de novo.

– É o que você quer? – perguntou Dan.

– É.

Dan assentiu, pensativo.

– Eu te acho uma mulher muito bonita, Connie. Sei que acabou de perder o seu marido e entendo o tipo de dor que está passando...

– Tem a questão da minha filha também – disse. – Minha filha não fala comigo. Tivemos uma briga séria depois da morte de Wolf. – Connie não podia acreditar que estava desabafando confissões ali, no corredor número dez do supermercado. – Acho que se minha filha não tivesse me abandonado eu estaria muito melhor...

– Eu também entendo isso – disse Dan.

— Entende?

— Meu filho Joe saiu pelo país, poucas semanas depois da morte de Nicole. Roubou minha caminhonete. Só tive notícias dele uma vez, por e-mail, e ele estava pedindo dinheiro. Eu mandei, apesar do quanto o pedido dele e a sua saída tenham me deixado furioso. Porque ele é meu filho.

Connie concordou.

— Eu te contei sobre Joe durante o jantar no Cauldron — disse Dan.

Contou?, perguntou-se Connie.

— Você não se lembra, lembra? Talvez porque estivesse bebendo. Bem, estávamos todos bebendo naquela noite. Mas a sua bebedeira, se me permite ser tão ousado, parece ter sido em defesa de alguma coisa. Você tem medo de mim, ou de intimidade, ou da ideia de intimidade. Tem medo de começar a namorar alguém, de conversar, e foi por isso que levou Meredith com você nas duas vezes que te chamei para sair. Eu entendo, Connie, você não está pronta. Só que eu não estou pronto para quem não está pronta. Isso faz sentido para você?

As caixas de som do mercado tocavam "Beautiful Day". Antes que pudesse mudar de ideia, ele disse:

— Gostaria de ir a algum lugar? Para tomar um café, sei lá, ou caminhar na praia.

Dan tirou o celular do bolso traseiro da calça e olhou a hora.

— Preciso chegar à cidade às oito.

Connie aguardou. Ele disse, enfim:

— Tudo bem, me deixa acabar as minhas compras. Tenho tempo para uma caminhada na praia. Uma caminhada rápida.

Eles foram a Monomoy, onde a areia era grossa e macia e o ar cheirava a peixe, algas e coisas em decomposição. Mesmo assim, com o sol nascendo e a vista do porto cheio de barcos, Connie não poderia imaginar outro lugar mais atraente. Então estava com o cenário e estava com o homem, temporariamente, mas não sabia o que fazer. Estava surpresa por ter sugerido aquela caminhada. (Não iria desperdiçá-la; ela o forçara a ir.) A vida inteira fora perseguida por garotos, rapazes, depois por homens. Fora a esposa adorada de Wolf Flute durante mais da metade de sua vida, mas agora Wolf se fora, então quem era ela? Era como se ele a tivesse levado consigo. Ela não era esposa de ninguém.

Corria o sério risco de também não ser mãe de ninguém.

Os pés de Connie faziam um ruído de sucção conforme ela caminhava na areia densa e molhada à beira da praia. A forma como Dan havia dito "uma caminhada rápida" a deixara preocupada. Ela já havia pensado em dar meia-volta e não prender mais aquele homem. Mas estava intrigada com o que ele havia dito sobre seu filho Joe roubar sua caminhonete, ir para a Califórnia e mandar um e-mail pedindo dinheiro.

— Me conte sobre Joe — disse. Sentiu-se envergonhada por Dan, aparentemente, *já* ter lhe contado sobre Joe e ela não se lembrar.

— Ai, meu Deus — disse ele. — Vamos pegar pesado assim, logo de cara?

— Desculpe — disse Connie. — Mas estou ouvindo o tique-taque do relógio. E quero mesmo saber.

— Joe — disse Dan. — Joe, Joe, Joe. — Estava olhando para a água, e isso deu a Connie uma chance de observá-lo. Ele era tão bonito, que ela estava meio perturbada. Gostava de seus cabelos curtos, repicados, o castanho e o grisalho; gostava de seus olhos azul-esverdeados, da barba por fazer, de seu pomo de adão, a forma tensa e graciosa de seu corpo de corredor. Connie podia ver que Dan cuidava do corpo. Ele o faria durar bastante tempo e isso, na idade deles, era uma coisa muito atraente.

— Só falar o nome dele já me deixa ansioso — admitiu Dan.

Connie conhecia esse sentimento. Deus do céu, e como! Cada vez que ela falava "Ashlyn", sua pressão arterial subia. Cada vez que alguém dizia "Ashlyn" — principalmente alguém como Iris —, Connie se sentia como se tivesse uma arma apontada para ela. Estava empolgada por ter esse fenômeno descrito por mais alguém.

— Joe era o nome do pai de Nicole — disse Dan. — Então, desde o início, era como se ele pertencesse a ela. Só a ela. — Fez uma pausa, pegou uma pedra arredondada e achatada e a fez quicar diversas vezes pela água rasa. Sorriu para Connie. — Sou ótimo nisso.

— É mesmo — disse ela. Parecia que ele estava tentando impressioná-la, o que era um bom sinal.

— Se você acredita em coisas assim — disse Dan. — Que um filho pode ter mais afinidade com um dos pais do que com o outro só por causa do nome. Eu não sei se acredito, mas sei lá; todos os três meninos eram extremamente ligados à mãe. Em certo nível eu acredito. Ela era *mãe* deles e era muito atenciosa. Como profissão, era nutricionista. Trabalhava com a saúde pública nas escolas em que o estado custeava almoços e, na ilha, trabalhava com escolas privadas, com o Boys & Girls Club e com os Boosters. Ela se certificava de que sempre houvesse frutas frescas à venda nos jogos de futebol do ensino médio. Parece mentira, mas, de alguma forma, ela fez dar certo. Podia ser uma tarde clara de outono e ao lado do bar que, por tradição, vendia cachorro-quente e Doritos, havia sempre uma cesta de madeira com maçãs vermelhas e crocantes. Ela deu um jeito, conseguiu o dinheiro para uma centrífuga e um dos funcionários da velha guarda ficou lá transformando maçãs em suco. — Dan balançou a cabeça. — Os adolescentes adoravam; os pais também. Nicole saiu no jornal da escola. Uma heroína local.

Connie sorriu.

— Então quer dizer que os seus filhos eram apaixonados por ela mesmo ela os fazendo comer espinafre?

— Eles comiam espinafre por causa dela, comiam couve, comiam *quiabo*, pelo amor de Deus! Eu tentava dar escondido a eles balas Fini e Milky Ways, mas eles nunca comiam doce. "A mamãe vai dar um piti", eles diziam. Uma vez ofereci Fritos e McLanches Felizes. Meu filho do meio, Donovan, me disse: "Cheio de gordura trans!" Nicole havia feito lavagem cerebral neles; eles eram seus... discípulos, e não só no que dizia respeito à comida. Mas a tudo. Não importava o que eu fizesse, não dava para comparar. Eu tinha horário de trabalho flexível, portanto, levava cada um deles aos seus jogos de futebol, mas a única pergunta que eles faziam quando marcavam o gol da vitória era "A mamãe viu?" Eu costumava ficar chateado e quando reclamei com Nicole ela me acusou de estar transformando a nossa relação pais e filhos numa competição, o que não era saudável para ninguém.

— Então ela ficou doente... — comentou Connie.

— Então ela ficou doente — disse Dan. — E foi uma crise daquelas. Não contamos aos meninos nada além do que precisavam saber, mas eles ficaram ainda mais colados nela. E durante a primeira batalha, quando achamos que iríamos perdê-la — Dan fez uma pausa aqui e respirou fundo —, achei que os meninos talvez tivessem deduzido que a doença iria matá-la e estavam lhe dando todo o seu amor enquanto ainda tinham a mãe para amar.

Ai, meu Deus, que triste. Lágrimas brotaram nos olhos de Connie.

— Quer dizer, Charlie só tinha quatro anos quando Nicole foi diagnosticada com câncer, portanto, basicamente, desde suas lembranças mais recentes, ele corria o risco de perder a mãe.

— Certo — concordou Connie.

— Essa é uma forma muito longa de dizer que todos os três eram muito próximos dela, principalmente Joe. Todos os meninos tiveram reações previsíveis à doença dela. Mas o problema com Joe aconteceu quando Nicole foi diagnosticada pela segunda vez, com câncer de fígado. O prognóstico foi sombrio. Foi, bem... terminal, é isso o que foi, e Nicole sabia disso, e Joe, Donovan e talvez até mesmo Charlie soubessem também. Nicole sempre se envolveu com medicina holística e tratamentos alternativos. Mas a dor do câncer de fígado a pegou de surpresa. Ela arrumou uma receita médica para...

— Maconha — completou Connie.

— Maconha — concordou Dan. — E eu não vou mentir para você. Fiquei surpreso por ela ter chegado a pensar nisso. Ela era tão obcecada por saúde. Praticava ioga. Mesmo depois do diagnóstico do câncer de fígado, eu a encontrava naquela posição do gato, e ela tomava aqueles shakes com trigo e Deus sabe o que mais. Mas, para a dor, ela fumava maconha. Maconha pura e medicinal. Portanto, nos seus últimos meses conosco, ela estava sempre chapada. — Pigarreou. — Isso me incomodava por dentro e por fora. Mas o que me incomodou de verdade foi Joe ter começado a fumar com ela.

— Ele começou? — perguntou Connie.

— Ela permitiu — respondeu ele. — Encorajou.

— Encorajou?

— Estava solitária. Queria se sentir menos só e ter Joe com ela no seu quarto de enferma, fumando com ela, isso a fazia se sentir menos só. Pouco importava que o menino tivesse só 17 anos e estivesse no último ano do ensino médio. Pouco importava que fumar maconha fosse ilegal; eles estavam comungando num nível mais "elevado"; essa era a desculpa dela. Fazia com que parecesse certo, com que soasse bonito. Mas para mim *não estava certo* e, com certeza, *não* era bonito.

— Não — concordou Connie. — Imagino que não.

— Isso levou a algumas discussões bem destrutivas no final da vida dela. Nicole estava muito preocupada com os meninos. Eles eram o seu único foco. E quanto a mim, perguntei, seu marido há vinte anos? Ela disse: "Você vai se casar de novo. Encontrará outra esposa. Mas os meninos nunca terão outra mãe." — Dan olhou para Connie. — Nem sei dizer o quanto isso me machucou. Eu estava sendo desprezado. Os meninos eram do sangue dela. Eu não. Fui tratado como um tipo de forasteiro e então me ocorreu que sempre tinha sido assim. — Dan pegou outra pedra e a fez quicar; ela pulou como milho numa frigideira quente. — Os moribundos podem ser tão arrogantes. Num dado momento, Nicole passou para aquele estágio em que achava que podia falar o que bem entendesse, sem se importar com quem saísse magoado, porque ela iria...

— Morrer — completou Connie.

— Morrer — disse Dan.

Nicole morreu, contou Dan. (Connie ficou interessada no tom da sua voz. Falou como se ainda não pudesse acreditar, que era como Connie se sentia com relação a Wolf.) Donovan e Charlie levaram bem. Joe não. Ele continuou a fumar maconha dentro de casa, na frente dos irmãos, e Charlie tinha só 12 anos. Joe "herdara" um estoque imenso da mãe, disse. O pai procurou por ele pela casa toda, mas não achou. Houve brigas. Dan ficou furioso com a maconha; Joe estava furioso com Dan por ter brigado com Nicole por causa da maconha.

— Ela estava morrendo e você gritava com ela — dissera Joe.

— O que ela fez foi uma irresponsabilidade — argumentara ele. — Deixar você fumar.

— A maconha era para a dor — rebatera.

— Dor dela — justificara Dan. — Não sua.

Joe continuou a fumar — embora, com uma pequena concessão, não na frente dos irmãos. Fora aceito na Boston College, mas, depois da morte de Nicole, decidiu esperar um ano. Falou sobre ir para a Califórnia e trabalhar numa campanha para legalizar a maconha. Dan disse a ele que de jeito nenhum o dinheiro da família Flynn seria usado para custear uma odisseia às drogas na Califórnia e, se Joe quisesse ir, a escolha era dele e ele teria que se bancar sozinho.

A resposta de Joe foi roubar sua caminhonete enquanto ele saía de barco. Joe a colocou na balsa e estava no meio do estado de Nova York quando Dan percebeu o que havia acontecido. Ele poderia ter mandado rastrear e prender o filho, mas sabia que Joe estava em posse de maconha e, apesar de sua raiva e mágoa, não queria ver o seu filho indo para a cadeia.

— E então foi assim — disse Dan. — Ele se foi, foi para a Califórnia e fez contato comigo uma vez só e para pedir dinheiro. Mandou a droga de um e-mail. Eu pensei: se ele tiver a cara de pau de telefonar e me pedir dinheiro, isso é uma coisa, mas eu não vou responder a droga de um e-mail. Mas é claro que eu respondi.

— Ele fala com os irmãos? — perguntou Connie.

— Deve falar, mas eles não me contam. Lá em casa, ele é um nome que não deve ser mencionado.

— Mas você o receberia de volta? — perguntou Connie.

— Num piscar de olhos.

Eles voltaram à parte em que Nicole recebera indicação médica para fumar maconha e agora estavam voltando para a cidade. Connie estava com medo de perguntar que horas seriam. Não queria que aquela caminhada terminasse.

— Sente-se melhor, me contando a história? — perguntou ela.

— Quer saber? Sim. Você deve ser a única pessoa para quem contei a história dessa forma: do início ao fim. Esse é o problema de nascer num lugar como Nantucket e continuar vivendo aqui. Todo mundo acha que já sabe o que aconteceu com você porque estava bem ali, observando tudo. Muita gente acha que Joe é um maconheiro que roubou a minha caminhonete e se mandou para a Califórnia para viver uma vida ainda mais liberal do que a da mãe. Mas essas pessoas me incomodam porque não foi culpa *exclusiva* dele. Eu tenho culpa e Nicole também, embora *ninguém* queira culpá-la porque ela morreu. Eu ainda não tive chance de me afastar do que aconteceu para ver claramente. — Riu com tristeza. — É esse o problema de se morar numa ilha.

— Acho que sim — disse Connie.

— Agora me fale da sua filha — pediu Dan.

— Uma história só não basta por dia? — perguntou Connie. — Não, eu te contaria, mas não quero que se atrase para o trabalho.

— O trabalho pode esperar — disse Dan. Ele parecia sincero, e Connie sentiu algo estranho se abrir dentro dela. Wolf fora o homem mais maravilhoso que ela conhecera, mas aquelas palavras "O trabalho pode esperar" nunca havia passado por seus lábios. Agora, se Wolf estivesse ali para se defender, ele chamaria a atenção para o fato de que máquinas de lavagem automática, cuidado de casa e lagosta não eram a mesma coisa que o trabalho de um arquiteto de renome nacional.

Connie concordou em silêncio, ainda sentindo prazer por ter sido colocada em primeiro lugar.

— Eu te conto em outro momento — disse.

— Não, me conte agora. Por favor — pediu Dan. — Caso contrário, vou me sentir como se tivesse brochado. Não deixei você chegar ao clímax.

Connie gelou, chocada. Ele tinha dito isso mesmo? A ideia dela e de clímax sexual na mesma frase era muito mais estrangeira do que deveria ter sido. Mas, sem querer chamar atenção para isso, Connie riu.

— Desculpe. Isso foi *bem* inapropriado — disse Dan.

— Você me pegou desprevenida. Mas eu gostei.

— Gostei de você ter gostado — respondeu ele pegando a mão dela.

Eles ainda tinham uns cem metros de praia à frente antes de chegarem aonde haviam deixado os sapatos, e estavam de mãos dadas. Pouco mais de uma hora antes, Connie tivera certeza de que estava sendo desprezada no corredor dez, e agora eles estavam de mãos dadas. E Dan fizera uma piadinha sobre levá-la ao orgasmo. Não tinha certeza se teria concentração para prosseguir.

— Tudo bem, se lembra do que você disse sobre o nome de Joe ter sido em homenagem ao pai de Nicole e depois sobre você se sentir como se ele pertencesse a ela? Bem, no meu caso... — Aqui ela foi parando de falar. Estava para revisitar um território emocional que havia decidido abandonar décadas atrás. Por que retornar? Bem. Por um lado, Dan fora totalmente honesto com ela, e ela queria dar reciprocidade. Mas, por outro lado, não sabia se poderia *ser* totalmente honesta. — Engravidei de Ashlyn por acidente. Wolf e eu estávamos namorando havia menos de seis meses, e ele me convidou para vir para cá, para Nantucket, por uma semana, que acabou virando duas semanas. E eu tenho certeza de que Ashlyn foi concebida na traseira de uma caminhonete em Madequecham Jam.

— Fala sério! — exclamou Dan. — Vocês foram a Madequecham Jam? Que ano era?

— Foi em 1982 — disse Connie.

— Eu estava lá! — disse Dan. — Com certeza eu estava lá. Não acha estranho?

Estranho, é... embora, agora que Connie pensava no assunto, não era tão surpreendente assim. Parecia que todos no mundo haviam ido àquele luau. Houvera centenas de moças de biquíni e Ray-Ban Wayfarers e rapazes sem camisa usando bermudas de surfista. A trilha sonora fora Journey, Springsteen e Asia. Houvera redes de vôlei, ferraduras e barris em cima de cubos de gelo, grelhas com hambúrgueres e cachorros-quentes e cachorros de verdade correndo atrás de bolas de tênis. Houvera briga de galo na água – Connie e Wolf haviam participado e vencido com facilidade. Wolf, muito alto e Connie, muito determinada. A festa começara pela manhã e continuara até tarde da noite – houvera fogueiras, rapazes tocando guitarras, gente cantando e mais cerveja, tudo acontecendo numa atmosfera de fumaça de maconha. Casais se afastavam para fazer amor nas dunas. Wolf e Connie haviam tentado fazer amor nas dunas também, mas as encontraram ocupadas; portanto, eles se acomodaram na carroceria de uma caminhonete de um dos colegas de Wolf. Connie não se lembrava do sexo, embora houvesse coisas com relação àquela noite que permanecessem com ela – as estrelas, principalmente, as constelações desconhecidas para as quais Wolf apontava: Cisne, Lira, Draco. Connie se sentira presa à terra, uma pessoa pequena, muito pouco importante, em comparação ao oceano e ao céu, embora já estivesse apaixonada por Wolf Flute e isso a fizesse se sentir importante no mundo que girava. O amor a fizera importante. Esses eram pensamentos muito profundos. Connie não fazia ideia de que estava concebendo uma criança. Mas, sim, olhando para trás, fora aquela a noite. Connie estava oficialmente tomando "pílula" embora fosse meio preguiçosa e, na verdade, tivesse esquecido a cartela na casa dos pais em Villanova.

A gravidade do que havia acontecido naquela noite não se apresentara a Connie até pouco mais de um mês depois – dia do trabalho. Ela estava de volta a Nantucket com Wolf, só que, desta vez, a família inteira dele estava passando férias na casa, como era tradição. A família Flute acreditava que o último final de semana do verão era superior a todos os outros finais de semana e que a última família a deixar Nantucket no final da temporada ganhava uma espécie de prêmio tácito. (A família Flute costumava ficar ali até a terça ou quarta-feira depois do dia do trabalho. Quando criança, Wolf sempre perdia o primeiro dia de aula e demorava duas semanas para se matricular na Brown.) Naquele final de semana, estavam o irmão de Wolf, Jake, os pais e os avós. Era um final de semana que incluía sair para velejar e jogar badminton, lagostas assadas no sábado e sopa de lagosta feita a partir da casca aos domingos. (Aquela era uma casa de Yankees; nada a desperdiçar.) A família Flute era atlética, alegre, do mar, mas não era bebedora. A única que bebia no jantar era a avó de Wolf, e o drinque não passava de uma tacinha de cream sherry. O resto tomava água gelada ou chá gelado sem açúcar, e Wolf e Connie seguiam o hábito. Sendo assim, Connie não podia imaginar a razão para o seu estômago revirado nem para tanta exaustão. Mais ainda, após encarar a primeira encarnação da lagosta e depois a segunda, saíra correndo para o único banheiro da casa – que não era maior do que o banheiro de um navio e precisava ser dividido com os outros sete ali presentes – e vomitou. Quando não havia ninguém esperando por ela à mesa, em um barco, ou em um banco para algum jogo em equipe, Connie ficava esparramada em sua cama de solteiro no quarto de hóspedes do terceiro andar, originariamente projetado para empregadas e babás, e dormia o sono pesado e suado dos mortos.

Mais para o final da semana, acordou com Wolf massageando suas costas.

– Você está doente – disse ele. – Minha mãe ouviu você vomitando no banheiro. Por que não me contou?

Connie enterrou a cabeça no travesseiro de penas. Não queria contar porque não queria acabar com as férias da família nem levar atenção às suas intimidades (o fato de a sra. Flute tê-la ouvido "vomitar" a deixou mortificada). Não contara porque boa parte do tempo ela se sentia bem. Não contara porque, em algum lugar dentro dela, ela sabia: não estava doente.

— Não estou doente — disse a Wolf.

— Não?

— Estou grávida.

Wolf não reagiu nem de uma forma nem de outra, e Connie ficou agradecida por isso. Ela não conseguiria lidar com raiva ou desespero, nem com alegria. Nada achava da situação, além do fato de que finalmente recebera o que merecia. Vinha dormindo com rapazes desde Matt Klein no 11º ano da escola e nunca dera muita importância à contracepção. Esperava que o rapaz, que tinha a posse da arma, fosse quem tomasse cuidado e, quando descobria que normalmente eles não tomavam, era sempre no auge da paixão e às vezes — muitas vezes —, ela decidia arriscar. Era de surpreender ela não ter engravidado antes.

Quando Wolf finalmente falou — demorou tanto tempo que Connie voltou a dormir —, foi:

— Uau. Tudo bem. Uau.

A palavra "uau" a incomodou. Connie não tinha intenção de ter o bebê. Tinha só 22 anos, Wolf cinco anos a mais. Ele trabalhava como arquiteto em uma firma em Washington D.C. e tinha um apartamento pequeno em Dupont Circle, mas Connie ainda vivia na casa dos pais. Alugara um apartamento em Villanova com algumas amigas, mas o namorado bêbado de uma delas acabou abrindo um buraco no gesso, elas acabaram perdendo o depósito do seguro, e os pais de Connie insistiram para que ela ficasse morando em casa e juntasse dinheiro até que desse provas de que era responsável o bastante para morar sozinha. Trabalhara como garçonete em Aronimink e servira aos próprios pais bêbados e aos amigos bêbados de seus pais bêbados, situação que ela achava humilhante a ponto de levá-la às lágrimas. Não conseguia ter seu próprio apartamento e mal conseguia lidar com o próprio emprego; sendo assim, como conseguiria dar conta de um bebê?

– Eu não queria ter um bebê – dizia Connie a Dan agora. – Eu era só uma menina. Ainda tinha muito que viver, muito mesmo. Queria viajar para a Europa como Meredith havia viajado; queria ser madrinha do casamento dela e ficar linda de vestido. Eu queria me descobrir, viver todo o meu potencial. Tinha um diploma de sociologia em Villanova e queria mostrar para as pessoas que diziam que o meu diploma não teria utilidade que elas estavam erradas. O que fosse, eu não queria ter um filho.

– E o seu marido?

– O meu namorado? – perguntou Connie. – Sim, ele decidiu que queria o filho.

Wolf estava tão determinado em ter o bebê quanto Connie estava em não ter. Ele fora educado dentro da religião protestante, mas a primeira coisa que fez foi apelar para a fé católica de Connie. Não a ensinaram a acreditar na santidade da vida? Sim, claro. Mas todo mundo cometia erros, e Connie já havia feito as pazes consigo mesma ao aceitar que aquele aborto seria o seu. No que dizia respeito a Deus, ela tinha a sua própria contabilidade, um sistema de contagem e balanço. Havia vivido limpa até aquele momento – exceto pelo sexo antes do casamento – e achava que, mesmo se cometesse aquele pecado mortal, poderia dedicar o resto da vida a bons trabalhos e sair bem no final. Faria mestrado em sociologia e se tornaria uma assistente social que trabalharia nas ruas aterrorizantes do norte da Filadélfia. Poderia lutar contra a gravidez na adolescência e pela melhoria das condições dos moradores de rua.

Wolf argumentou:

SEGUNDA CHANCE ★ 273

— Não me sinto bem com você matando um ser vivo que Deus criou.

Connie não podia acreditar que ele estava assumindo aquele tipo de posição moral tão rígida.

— É só um embrião — disse ela.

— Se transformará numa pessoa — disse Wolf. — Um menino ou uma menina. Um homem ou uma mulher. Nosso filho. Nosso primeiro filho, a próxima geração da minha família... O futuro da família Flute está *bem* aqui. — Pousou a mão em seu abdome.

Foi então que ela entendeu. Wolf estava sob a influência into xicante do final de semana em família. Sentiu a pressão dos pais e dos avós; queria fazer a parte dele em manter a dinastia, continuar a linhagem da família. Connie negou com a cabeça e desviou o olhar.

Eles nada fizeram por uma semana e depois por outra. Connie voltou para Villanova, para seu emprego atendendo mesas em Aronimink, um trabalho que ficou mais difícil na nova condição. O cheiro de ovos fritos — inevitáveis no café da manhã — a faziam enjoar, e ela não podia mais sair com os colegas de trabalho para beber alguma coisa no bar, tarde da noite. Bem, *poderia* sair, racio-cinou, desde que decidisse não manter o bebê. Mas não saiu.

Ela e Wolf falavam-se todas as noites por telefone. Ele dizia que a amava, que queria se casar com ela.

— Eu sabia que, se fizesse o aborto, eu o perderia. E eu não queria perdê-lo. Estava loucamente apaixonada por ele. Queria me casar com ele. Mas eu queria me casar direito, no momento certo. Queria estar casada um tempo com ele antes de termos filhos. Usei esse argumento, mas Wolf não mudou de ideia. Ele queria o filho. Tinha tanta certeza disso, que acabei também me sentindo segura para concordar. Ele me prometeu que tudo correria bem. Prometeu que tudo ficaria mais do que bem.

Connie e Wolf se casaram no Natal, numa cerimônia pequena em Villanova. Meredith usava um vestido de veludo vermelho e foi madrinha. Freddy não pôde ir por causa de compromissos de trabalho. Toby apareceu com uma moça de 19 anos que fazia parte da tripulação de um dos seus barcos, mas houve uma música que ele dançara com Meredith, e a garota – Connie esquecera o nome dela – se jogara para cima de Jake, irmão de Wolf. No todo, no entanto, o casamento foi muito bonito. Connie usou um tom comportado, um branco mármore – de acordo com Veronica, qualquer coisa mais chamativa seria de mau gosto –, mas o que se lembrava, de verdade, era de olhar cheia de vontade para as taças de champanhe, para a cintura fininha de Meredith, e desejar que não estivesse grávida.

Connie e Dan estavam no primeiro degrau das escadas da plata forma. Ainda estavam de mãos dadas e, embora Connie soubesse que já devia ser muito depois das oito, Dan parecia não ter pressa para ir a lugar nenhum. Aquilo parecia um luxo de verdade: estar com alguém feliz por te ouvir. Connie de repente acreditou que reviver o passado daquela forma a levaria a algum lugar. Mas, mesmo se não levasse, já estava bom.

– Quando o bebê chegou, tive complicações – disse ela. – Ashlyn virou durante o trabalho de parto, a perna ficou presa. Eu estava rolando de dor. Embora, como todos dizem, eu só consiga me lembrar dos gritos, não da dor. Num dado momento, o meu útero rompeu, e eu fui levada às pressas para a cirurgia. Quando esse tipo de coisa acontecia na Idade Média, mãe e bebê morriam. Mas eu estava no Washington Hospital Center. Eles eram bons; fizeram uma cesariana, tiraram Ashlyn de dentro de mim e cessaram a minha hemorragia interna.

– Meu Deus, Connie! – exclamou Dan. Apertou sua mão, e Connie sentiu um jorro de puro êxtase, então se repreendeu por usar sua história mais triste para obter atenção e solidariedade. Mas era verdade. Havia acontecido, e ela havia sobrevivido.

— Eu estava convencida de que a complicação no parto era a minha punição.

— Punição pelo quê? — perguntou Dan. — Você não interrompeu a gravidez.

— Punição, sei lá... por ser eu, talvez, por todas as minhas transgressões. Por ter *desejado* interromper a gravidez.

— Ah, espera aí, você não acredita no que está dizendo — disse Dan.

— Acreditei na época. Ashlyn e eu tivemos uma relação difícil desde o início. Desde que nasceu. Desde que foi concebida.

Dan riu.

— Você é tão doida quanto eu.

— Eu sei — disse Connie. Mas mesmo quando ela e Ashlyn estavam se dando bem, estava sempre segurando a respiração, esperando pela próxima coisa que viria. E sempre vinha: Ashlyn dizia alguma coisa afiada, cruel, desdenhosa. Se estava infeliz, a mãe era culpada e aceitava a culpa. Sempre se sentira culpada por, em primeiro lugar, não ter desejado o bebê.

— Wolf adorava Ashlyn — disse Connie. — Ela era o seu orgulho e alegria. E, para ela, ele não errava nunca.

— Isso me soa familiar de alguma maneira. Nossos filhos serem mais ligados com os nossos parceiros do que conosco. Mas isso também não quer dizer que erramos, Connie.

Só que Connie *havia* errado. Sempre dera cem por cento de si, mas às vezes se ressentia disso. Ashlyn era uma criança maravilhosa, brilhante, mas, emocionalmente, era feita de pedra. Ainda era.

Connie decidiu que pararia por ali, não queria falar mais nada. Mas Dan estava curioso.

— Mas por que a briga? — perguntou. — O que aconteceu?

— Humm — respondeu Connie.

Não queria contar a ele o que havia acontecido.

Mas essa era a sua chance de falar. Connie começou contando a Dan as coisas mais fáceis: ensino médio, faculdade, residência médica. Ashlyn excelente em todas as frentes. Eles eram uma família feliz. Mesmo quando Wolf foi diagnosticado com câncer de próstata, eles eram unidos. Mas então veio aquela visita de Ashlyn com Bridget. A descoberta da opção sexual da filha coincidiu com a descoberta dos tumores cerebrais de Wolf. Ele se recusou a começar o tratamento por causa das encomendas de trabalho; Ashlyn achou que fosse por rejeição a ela. Deveria ter ficado aborrecida com Wolf, mas dirigiu sua raiva para Connie, claro, porque a mãe era aquela que ficaria.

— E então, no velório... — continuou ela. Fechou os olhos. Contaria a Dan o que havia acontecido no velório? Inspirou um ar pesado. — Apoiei o mais que pude o relacionamento de Ashlyn com Bridget. Quer dizer, eu não estava exatamente *feliz* com a escolha dela, mas estava feliz por Ashlyn estar feliz. Estava feliz por ela ter alguém, por não estar sozinha.

Ainda assim, pensou Connie, poderia ter tido um desempenho melhor ao se mostrar feliz. Ashlyn e Bridget estavam sentadas de mãos dadas na primeira fileira da igreja Episcopal Saint Barnadas. E isso *incomodara* Connie. Wolf estava morto. Connie estava no pior estado emocional de toda a sua vida, a igreja estava lotada de gente que ela conhecera por toda a vida, assim como muitas, muitas pessoas que não conhecia, e sua filha estava de mãos dadas com outra mulher, no primeiro banco. Connie fuzilou Ashlyn com o olhar da mesma forma que seu pai fizera quando a vira no shopping King of Prussia, com a mão no bolso da calça Levi's de Drew Van Dyke. Connie sentira vontade de se inclinar e sussurrar: *Pega leve nas demonstrações de afeto. O reverendo Joel está olhando. Sua tia-avó está olhando.* Mas, diferentemente de seu pai, que estaria fazendo um escândalo, Connie segurou a língua. Até então estava orgulhosa de si.

Durante a recepção na casa de Jake e Iris, em Silver Spring, Ashlyn e Bridget saíram. Connie percebeu que elas haviam saído da sala, ainda ostensivamente de mãos dadas, mas estava presa numa conversa com uma parceira de bridge de Iris, que havia acabado de perder o marido por causa de um enfisema. Mais tarde, ela as encontrou quando foi ao banheiro. Subira as escadas numa tentativa de escapar de uma conversa desagradável com as pessoas que estavam na fila do banheiro do primeiro andar e encontrou Ashlyn e Bridget sob a moldura da porta de um dos quartos de hóspedes. Bridget estava com as mãos no rosto de Ashlyn e elas estavam se beijando.

Connie revivera esse momento inúmeras vezes em sua imaginação, querendo que o resultado tivesse sido diferente. Vira Ashlyn e Bridget se beijando – lábios, língua, mãos, corpos se contorcendo – e gritara:

– Pelo amor de Deus, Ashlyn! Pare com isso! Pare com isso imediatamente!

Ashlyn se virou para a mãe, a expressão em seu rosto era de humilhação, raiva e desafio. Desceu correndo as escadas com Bridget atrás dela.

Mais tarde, Connie tentou se desculpar. Telefonou para o apartamento da filha, mas esbarrou com a secretária eletrônica. Pensou em falar com ela no hospital, mas demorou alguns dias para tomar coragem. Disse a si mesma que quanto mais tempo colocasse entre seu descontrole emocional e sua conversa inevitável com Ashlyn sobre o assunto, melhor. No entanto, quando finalmente telefonou para o hospital, ficou sabendo que a dra. Flute tinha pedido demissão.

Somente no escritório do advogado, quando acertaram o testamento de Wolf, Connie ficou sabendo que Bridget recebera o convite para trabalhar em um grande hospital de prestígio e que Ashlyn fora com ela. Ashlyn recusou-se a dizer qual era o hospital. Não falava com Connie de jeito nenhum, exceto para desdenhar dela quando lhe pediu desculpas.

— Eu não quis ofender — disse Connie. Convencera-se de que sua reação não tinha sido nem mais nem menos severa do que teria sido a de seu pai, se a tivesse encontrado no topo da escada, beijando o namorado durante um velório. (O que ele teria dito? Tentou se conectar com ele, com qualquer pai. *O que você está fazendo aqui? Isso não é hora nem lugar!*) Mas a verdade escorregadia e desagradável era que a hora e o lugar pouco tinham a ver com a reação de Connie. Ela se sentira desconfortável ao ver a filha beijando outra mulher. Aquilo a deixara... enojada. Isso fazia dela uma má pessoa? Não seria, até certo ponto, compreensível?

— Você me pegou de surpresa — disse Connie. — Eu não esperava te encontrar lá. E eu estava muito sensível naquele dia, Ashlyn. Sinto muito.

Ashlyn tratara a mãe com uma risada de desprezo e, assim que entrou no Aston Martin, carro que Wolf adorava, foi embora.

— E esta foi a última vez que falei com ela — contou a Dan. — Descobri que ela trabalha como médica em Tallahassee. Acho que numa espécie de clínica comunitária. A carreira dela vem depois da de Bridget. Portanto, talvez seja por isso que ela não fala comigo; talvez tenha vergonha da sua situação. É claro que também já estava furiosa antes do velório. Me acha responsável pela morte de Wolf.

Dan abraçou Connie e a apertou, mas as lágrimas previsíveis não vieram. Era como ele lhe dissera: quando finalmente se falava sobre o assunto com alguém que nada sabia da situação, era possível tomar certa distância. Connie foi capaz de olhar para si como alguém que havia vivido essa história. Será que isso soara terrível para Dan? *Meu Deus, Ashlyn!* Aquilo não era nada que Connie não tivesse dito uma dúzia de vezes ao longo dos anos, em momentos de raiva extrema e de frustração – em resposta a respingos de esmalte no tapete persa, ou a um desrespeito ao toque de recolher, ou ao estado atroz de seu quarto. Será que teria soado como uma rejeição à sexualidade da filha? Teria soado como um golpe contra a tolerância? Será que Dan acharia que ela era preconceituosa? Connie nunca soubera lidar muito bem com aquele seu descontrole – porque houvera alguma coisa em seu tom de voz, alguma emoção que não conseguia identificar. Raiva? Constrangimento? Nojo? Certamente não. Mas talvez, sim, só um pouquinho. E agora ela estava sendo punida. Estava sendo punida por não celebrar o fato de sua filha estar apaixonada por outra mulher.

Havia aprendido a lição. Connie daria qualquer coisa – a casa, o dinheiro, o braço direito – *só para ouvir a voz de Ashlyn*.

Dan pigarreou.

– É complicado.

– É a coisa mais complicada que já enfrentei na vida – disse Connie. Deu um sorriso. – Lembre-se, foi você que pediu.

– Acho que não sei o que dizer, a não ser que sei como se sente. Mais ou menos. Faço ideia.

Eles ficaram calados por alguns segundos. A cabeça de Connie estava a todo vapor; ela podia sentir o tempo chegando ao fim. Não tinha certeza de que poderia simplesmente entrar no carro e ir embora, depois de ter entregado sua confidência mais íntima àquele homem. O sol estava alto no céu, estava quente, e Connie precisava de água, sombra, precisava nadar. Mas ficaria ali se queimando e acumulando sardas, desde que tivesse Dan ao seu lado.

— Você está matando o trabalho — disse.

— Estou mesmo — respondeu Dan, alegremente. — Puxou-a pela mão. — Vem comigo, vou te levar para almoçar.

Eram apenas 9:30h da manhã, e embora ambos concordassem que era meio cedo para almoçar, Connie estava de pé desde as cinco; portanto, para ela, era como se fosse meio-dia. Deixou o carro no estacionamento em Monomoy e subiu no Jeep de Dan. Estava tremendo, tanto de insolação quanto de alívio. Contara o pior, e ele ainda assim queria ficar ao seu lado.

— É melhor eu levar essas compras para casa — disse. — Vamos dar uma passada lá, se estiver tudo bem para você.

— Por mim tudo bem.

Eles voltaram à Miles. ne Road, e Dan virou para a Sheep Commons Lane. Estacionou numa entrada de carros circular. A casa tinha telhas cinza e uma faixa branca, exatamente como a casa de Connie, uma chaminé novinha de tijolos, uma varanda frontal com um belo balanço e uma bicicleta de dez marchas encostada no guarda-corpo. Connie vislumbrou um jardim lateral luxuoso e planejado, com um banco de pedras entre as hostas.

— Vou entrar correndo — disse Dan, levantando as compras do porta-malas.

— Tudo bem — respondeu Connie. Por dentro, estava cantando. *Ele quer ficar comigo!* Se soubesse, naquela manhã, como evoluiria a sua ida ao mercado, ela não teria entrado em pânico. Se soubesse disso nas semanas anteriores, não teria se sentido rejeitada. Connie mal podia esperar para contar para Meredith! Então lembrou que Meredith estava sozinha em casa havia horas, e que ela não fazia ideia de onde Connie estava. Deveria telefonar? Remexeu dentro da bolsa. Estava sem o celular; ficara carregando na cozinha.

Meredith estava bem, concluiu. Não era nenhuma criança.

*   *   *

Dan reapareceu.

– Que bom que você não entrou. Meu filho Donovan está sentado no sofá, de cueca, comendo cereal e assistindo *Pimp My Ride*. Isso não é algo que eu gostaria que você visse.

Dan saiu da Polpis Road para Sconset, fazendo uma infinidade de curvas para passar pelos hectares de terra que pertenceram à sua família. Eles tinham vastas áreas de terra em Squam e Quidnet; havia 14 casas naquele povoado, e Dan era o responsável pelos aluguéis e pela manutenção. Ele contou a Connie sobre as tribos Wampanoag, que haviam vivido em Nantucket muito antes dos Coffins e dos Starbucks terem chegado ali no século XVII.

– E os Flynn – complementou Connie.

– Em 1805 – corrigiu ele. – Viemos depois.

Acabaram indo almoçar no Summer House antes do meio-dia. Dan tinha carta branca no restaurante da piscina, porque todas as primaveras ele fazia a limpeza dali. Os dois se sentaram em espreguiçadeiras ao sol, e um garçom veio anotar seu pedido de bebidas. Dan pediu uma cerveja, deixando Connie à vontade para pedir vinho, que ela sem dúvida queria, mas não, pensou, não pediria. Não precisava pedir. Pediu chá gelado.

Dan levou Connie de volta para casa às 14:30h. Ele havia faltado aos compromissos da manhã, mas às 15 horas tinha outros que não poderiam ser ignorados. Connie estava radiante de felicidade. Eles haviam rido à beira da piscina; conversado até ficarem cansados e com sono. Dan, sem qualquer cerimônia, empurrara Connie para dentro da água – vestido de malha e tudo –, e Connie achara isso engraçado e atraente, o que queria dizer que estava mesmo louca por aquele homem, porque que mulher de 50 anos gostaria de ser jogada de roupa dentro de uma piscina? (E todo o trabalho que fizera cuidadosamente nos cabelos estava arruinado.) Enquanto secavam, eles pediram sanduíches de siri e uma porção de batatas fritas, depois dividiram um crème brûlée, e Connie pensou em como era bom ser solta no mundo, no meio das pessoas. E então pensou em Meredith, sentiu-se culpada e, quando Dan disse que teria que levá-la para casa, ficou louca para ir.

— Mas, se estiver livre, eu gostaria de te levar para jantar à noite — disse. — E depois gostaria que passasse a noite comigo.

Connie concordou.

— Sim — sussurrou. Era uma indicação do quanto eles estavam maduros (ou ela queria dizer velhos?) o fato de Dan deixar suas intenções claras. Isso eliminava joguinhos e adivinhações. Ambos haviam sido casados antes; Connie sabia que Dan tinha tido amantes desde a morte de Nicole. Ele sabia o que fazer, e ela estava grata por isso.

Dan a deixou à porta da frente, e Connie ficou na varanda, acenando até ele ir embora.

Não havia bebido nada, mas sentia-se embriagada.

Encontrou Meredith deitada no sofá, lendo Jane Austen. Usava o biquíni e a saída de praia. Tinha os óculos de sol no topo da cabeça, enquanto usava os óculos de leitura, mas Connie sabia que a amiga não fora um minuto sequer lá fora. Tinha mais coragem agora do que tivera naquela primeira semana, mas não se aventuraria do lado de fora estando sozinha em casa.

— Oi! — disse Connie.

Meredith não levantou os olhos. Connie experimentou uma sensação de amargor no estômago.

— Meredith?

Ela não se moveu. Não inclinou o pescoço, nem moveu a perna. Connie aguardou. Meredith virou a página. Estava quase no fim do livro. Talvez estivesse concentrada. Meredith conseguia ser extremamente nerd quando o assunto era leitura. Então Connie lembrou-se de que ela deixara trinta dólares e o título de dois romances num pedacinho de papel sobre a bancada da cozinha, e que prometera que iria a Bookworks comprá-los. Meredith estava com muito medo de sair com Connie, mas queria muito os livros; eles eram importantes para ela. Então era por isso que estava aborrecida, porque Connie esquecera de trazê-los? Tudo bem, então; Connie iria pegá-los naquele momento. Entrou na cozinha – o dinheiro e a lista ainda estavam ali e Connie os pegou –, então percebeu que havia deixado o carro em Monomoy. Merda. Bem, ela e Dan poderiam remediar isso à noite. Ela poderia pegar o carro depois do jantar e ir dirigindo para casa de Dan. Perfeito.

– Meredith, está tudo bem?

Meredith levantou a cabeça.

– Você saiu de casa às seis da manhã dizendo que iria ao mercado.

– Eu sei. Sinto muito.

– Fiquei preocupada, depois em pânico, depois aborrecida porque percebi, na hora do almoço, que você devia ter outros planos e mentiu para mim com relação a eles. Estou certa?

– Eu não tinha outros planos – respondeu Connie. – Fui ao mercado. – Falava bem devagar, procurando as palavras certas. Sabia que Meredith não receberia bem as notícias; ficara sozinha em casa por quase nove horas. – Encontrei Dan lá.

Meredith virou o rosto para Connie ao ouvir o nome, embora não fosse possível dizer o que estava pensando. Naquele momento, Connie lembrou-se por que elas ficaram três anos sem se falar.

Meredith era de meter medo quando não concordava com você. Connie se lembrou de suas brigas por telefone. Ah, como elas e estiveram em desacordo...

— Foi a maior sorte — disse Connie. Parecia estar insistindo no assunto. — Conversamos um tempo, depois fomos dar uma caminhada na praia, em seguida fomos almoçar no Summer House e então ele me trouxe em casa.

Meredith fungou, mas não estava chorando. Ela não chorava.

— Meredith? Diga alguma coisa.

— Parece que você teve um ótimo dia.

Connie sentou-se na mesinha de centro. Decidiu que não mentiria para aquela mulher para fazê-la se sentir melhor.

— Foi *mesmo* um dia ótimo. Conversamos sobre Ashlyn e sobre o filho de Dan, Joe. Demos uma volta de carro pela ilha e acabamos no Summer House. Dá para almoçar na beira da piscina lá; as rosas rugosas então em flor e é possível ver o mar. Comemos sanduíches de carne de siri e batatas fritas deliciosas. Dan me jogou dentro da piscina.

— Quantas taças de vinho você tomou? — perguntou Meredith.

Connie fez uma pausa. Essa era uma pergunta indelicada. Mas ela não morderia a isca. Aprendera algumas coisas de suas brigas anteriores com ela. Meredith estava se sentindo mal e queria que Connie se sentisse mal também.

— Você está aborrecida comigo? Está aborrecida porque eu saí com Dan?

Meredith não respondeu.

— Você nutre sentimentos por Dan, Meredith? — Isso não passara pela cabeça de Connie antes; ficara apenas preocupada se *Dan* nutriria sentimentos por ela.

— Não — respondeu Meredith. — Não nutro sentimentos por Dan. Apesar de achar que ele é um homem excelente. E, para o meu espanto, eu me diverti quando nós três estivemos juntos. O fato de vocês terem saído e se divertido sozinhos, sem a minha presença, me magoa um pouquinho, sim. Principalmente quando eu não sabia onde vocês estavam. Mas agora eu entendi. Você é adulta, essa é a sua casa. Estou aqui só porque você é cabeça fresca e tem um coração generoso. Você pode ir e vir à vontade, é óbvio. E eu posso ficar aqui sozinha, morrendo de medo e de autopiedade.

— Ah, Meredith — disse Connie. A vida era, como ela continuava a acreditar, o ensino médio repetidas vezes. Connie poderia ter ficado ofendida e na defensiva (aquela *era* a sua casa, ela tinha mesmo todo o direito de agir espontaneamente sem telefonar para saber se Meredith estava bem; em primeiro lugar, ela estava hospedada ali por causa da sua bondade) mas, ao olhar para a amiga agora, ela entendeu. — Detesto te dizer isso, mas eu vou sair com Dan hoje à noite. Para jantar.

— Sozinha?

Connie concordou.

— Onde?

— No Ships Inn — disse. — E, Meredith?

— O quê?

— Vou passar a noite na casa dele. Ele me convidou, e eu aceitei.

Meredith voltou a ler o livro. Melhor assim, entendeu Connie, do que ela ficar chocada e chamá-la de promíscua. Connie levantou-se. Pensou: *Vou de bicicleta até Monomoy, pego o meu carro, vou à livraria e compro os livros para ela. Ela os terá para passar a noite. E eu vou pegar as compras! E farei alguma coisa deliciosa para ela jantar.*

Olhou para a amiga, que agora tinha o livro sobre o rosto — embora não estivesse chorando, pois nunca chorava —, e pensou novamente: *O que faço para consertar essa situação?*

MEREDITH

Somente por volta das nove da manhã Meredith percebeu que Connie não tinha ido ao mercado, ou não tinha ido só ao mercado. De início, achou que ela se envolvera em outras atividades, fora à cidade para fazer compras na feira ou à loja de bebidas. Ou voltara para visitar a loja Vanessa Noel, para comprar sapatos, ou a Erica Wilson, ou a Daniel Chase para um vestido novo, calça jeans branca ou uma bela camiseta nova. Fazia sentido Connie preferir fazer compras sozinha, sem ela. Meredith não podia comprar nada — e também não sairia de casa.

Quando, ao meio-dia, Connie ainda não tinha voltado, Meredith pensou: *Tudo bem, talvez ela tenha saído, feito todas aquelas outras coisas e depois ido à missa (improvável) ou ao Museu das Baleias (num dia tão bonito?).* Meredith telefonou para o telefone celular de Connie e outro telefone tocou na mesma hora, deixando-a confusa, até perceber que o celular da amiga estava bem ali, na cozinha. O que explicava por que ela não havia telefonado, mas que não fez Meredith se sentir melhor.

Às 13:30h, Meredith primeiro desconfiou, depois teve medo. Sua desconfiança foi de que Connie tivesse outra amiga ou grupo de amigos com quem estava secretamente se encontrando. Só de pensar nisso, ela se sentia magoada, mas, após alguns minutos, rejeitou a teoria. Connie nunca mencionara outros amigos em Nantucket e, se os tivesse, teria telefonado para eles antes. Isso deixava Meredith só com o medo, e seu medo era de que Connie fosse confundida com ela. Amy Rivers poderia ter levado seu carro para fora da estrada, ou alguém poderia tê-la enfrentado no estacionamento da Stop & Shop e a machucado de alguma forma. Ela estava no hospital, ou alguém a tinha raptado e, naquele exato momento, ela estava amarrada e sentada num banquinho de madeira dentro de uma cozinha.

Assim que o banquinho apareceu em seu campo de visão, Meredith soube que estava sendo ridícula. Connie não fora vítima de nenhum jogo sujo. Então onde ela estava?

Quando a amiga finalmente apareceu às 14:30h e contou a ela que havia se encontrado com Dan no mercado e que eles haviam passado o dia juntos, Meredith ficou furiosa. Primeiro, passara oito horas preocupada enquanto ela satisfazia um desejo. Fora Connie que arrastara Meredith para seus dois encontros com Dan — um deles muito demorado — e Meredith não só aproveitara, como também se acostumara à ideia dos três juntos. Portanto, vê-los repentinamente se firmarem como um casal fora um choque.

Agora, Connie havia saído para namorar num belo vestido justo cor-de-rosa e laranja, Herve Leger, no qual muito poucas mulheres, mesmo vinte anos mais jovens, ficavam tão bem quanto ela, e sapatos novos de salto alto Vanessa Noel. Entregou a Meredith os romances que ela havia pedido da Bookworks — fora de bicicleta a Monomoy para pegar o carro e ir à livraria. Fizera esse esforço, porque se sentia culpada. Connie também preparara o seu jantar, antes de sair: uma salada com ovos cozidos, bacon, queijo azul, abacate e camarões grelhados. Trancou todas as portas e ligou o alarme. Então beijou e abraçou a amiga e, quando o Jeep de Dan chegou, saiu pela porta da frente.

Meredith ficou ressentida, principalmente porque Connie a deixara sem ter do que reclamar.

Sozinha, pensou Meredith. *Sozinha, sozinha.*

O telefone tocou, assustando-a. Ela e Connie haviam visto muitos filmes assustadores quando adolescentes; tudo o que podia pensar era que alguém do lado de fora sabia que ela estava só. Forçou-se a olhar por olhar o identificador de chamadas — e se fosse Connie ou um dos meninos? — e viu que era do escritório de seu advogado.

Atendeu o telefone.

— Meredith, graças a Deus.

- Oi, Dev — disse ela.

— Liguei três vezes para o seu celular e te mandei uma mensagem de texto. Recebeu?

— Não. Eu...

— Você precisa deixar o telefone *ligado*, Meredith. Para que desligá-lo?

Deveria tentar explicar que, ao desligá-lo, ela economizava 23 horas e meia de preocupação com relação a quem estava ou não telefonando para ela?

— Graças a Deus você me deu o número do seu telefone fixo — disse Dev. — Porque as coisas estão começando a acontecer.

— O quê? — perguntou ela. Sentou-se na beira do sofá. Não poderia sentar-se muito confortavelmente.

— Bem, tenho boas e más notícias.

Meredith cerrou os punhos.

— Quais?

— As boas notícias são ᴏᴜ Julie Schwarz. Os agentes federais chegaram à conclusão que Deacon Rapp, o suposto investidor legítimo que estava acusando Leo, estava, de fato, ele mesmo no esquema Ponzi.

— Você está brincando! — exclamou ela.

— Ele estava tentando incriminar Leo frente aos agentes para salvar a própria pele, o que era uma atitude lógica, uma vez que Leo é do mesmo sangue que Freddy. Mas, depois de terem examinado as tais centenas de provas, eles o pegaram. Têm uma lista de documentos de mais de um quilômetro que apontam para Rapp e, sem a acusação formal da parte dele, nada há contra Leo. O computador do seu filho estava limpo, e não se encontrou nenhuma conexão entre o escritório dele e os criminosos do 17º andar.

— Graças a Deus — disse Meredith.

Melhor ainda, encontraram aquela mulher, a tal secretária de Freddy do 17º andar, sra. Edith Misurelli. Pegaram-na assim que ela chegou de Roma, no aeroporto JFK, e logo a levaram para interrogatório. Ela disse que Leo Delinn tinha acesso negado ao 17º andar por... adivinha por quem?

Meredith tremia.

— Quem?

— Seu marido. Freddy proibiu Leo até de entrar nos escritórios onde a sujeira era feita. De acordo com a sra. Misurelli, Leo nunca colocou os pés ali.

— Ai, meu Deus! — respondeu Meredith. Sentiu um fluxo de alívio, como água gelada sobre uma preocupação ardente. — Então Leo está fora de perigo?

— Se nada de imprevisível aparecer, sim. Os agentes federais estão finalizando as investigações sobre ele. Estão se voltando para esse tal de Deacon Rapp, que desviou *31 milhões de dólares*. Ele estava trabalhando secretamente com o tio, que depositou o dinheiro em quatro bancos diferentes no Queens.

— Então já posso falar com Leo? — perguntou Meredith. — Posso telefonar para ele?

— Agora as más notícias — disse Dev. — Leo está com o nome limpo. E isso deixa os investidores e seus advogados furiosos, por quê? Porque eles querem colocar as mãos em outro Delinn. Portanto, em quem irão se focar agora?

— Em mim — concluiu Meredith.

— Em você.

Ela se levantou. *Os outros investidores estão pedindo a sua cabeça.* Foi até a estante de livros e ficou olhando para a coleção de barômetros de Wolf Flute. Ah, o tempo que Meredith perdera comprando e colecionando coisas, em vez de se preocupar com a própria liber dade.

Mas Leo está livre, pensou ela. *Leo está livre!* Permitiu que o peso maciço daquelas preocupações escorregassem para fora de seus ombros, o que era maravilhoso, mas nada era tão bom quanto se livrar daquela duvidazinha odiosa que Meredith tinha com relação ao filho. Nunca acreditara de verdade que ele estivesse envolvido no esquema Ponzi, mas, no fundo, temera que ele soubesse do esquema e tivesse sido leal ao pai ao não denunciá-lo.

Essa mulher misteriosa, essa secretária de Freddy de quem Meredith nunca ouvira falar, fornecera a única resposta palatável: Freddy proibira Leo de visitar o 17º andar.

À luz dessa nova informação, será que Meredith se preocuparia com o seu próprio destino? Não dissera que se sacrificaria, caso Leo fosse posto em liberdade?

SEGUNDA CHANCE ✦ 291

— Isso nos leva de volta à velha questão — disse Dev.

— Dos 15 milhões — completou Meredith. A voz falhava. Já não haviam falado sobre o assunto? — Você vai me perguntar de novo sobre os 15 milhões?

— Você tem mais alguma coisa a dizer? — perguntou Dev. — Qualquer coisa?

— Não — disse Meredith.

— Tem certeza?

— Eu já disse tudo a eles — confirmou.

— Tudo bem — respondeu Dev. — Então tudo o que você tem a fazer é continuar pensando em lugares onde esse dinheiro pode estar, onde os agentes federais podem procurar. Mas você ainda não deve entrar em contato com Leo e Carver até seu nome ficar limpo. Isso é mais importante agora do que nunca, está bem? — Fez uma pausa. — Ei, mas a boa notícia é a que Leo está livre.

Meredith fechou os olhos. Recusara-se a dizer essas palavras antes, mas as diria agora.

— Sim, isso é uma boa notícia.

Meredith desligou o telefone. Leo estava livre. Haveria uma comemoração na casa de Carver naquela noite, talvez somente Carver, Leo e Anais jantando, ouvindo música e rindo pela primeira vez em meses.

Meredith serviu-se de uma taça de vinho, sentiu vontade de ir ao deque, mas não poderia arriscar a exposição. Leo estava livre, mas ela ainda corria risco, talvez até mais do que antes. Desejou que Connie estivesse ali. Olhou de esguelha para as portas de vidro. Através da superfície lisa do vidro esverdeado, viu a cabeça escura de Harold emergir do topo de uma onda que subia e então desaparecer novamente. Somente uma foca.

Seus novos romances estavam sobre a mesa. Ela poderia se permitir o prazer de abrir um deles, mas não aproveitaria a experiência. Havia muito no que pensar.

Os agentes federais achavam que a conheciam, os investidores achavam que a conheciam, a mídia americana achava que a conhecia: Meredith Delinn, esposa do gigante financeiro Frederick Xavier Delinn, mãe de dois rapazes privilegiados, socialite. Achavam que ela ficava sentada à mesa de diretorias, organizando eventos sociais, fazendo compras. E, por mais que de fato fizesse essas coisas, fazia outras coisas também. Coisas que valiam a pena.

Meredith lecionara inglês durante cinco anos na Samuel Gompers High School, no Bronx. Foi um trabalho difícil, assustador, frustrante — ela desafiaria qualquer agente federal, qualquer executivo educado da Comissão de Valores Mobiliários a tentar fazer o mesmo. Ela forçara os alunos de dez séries a ler; alguns deles ela *ensinara* a ler. Dera a eles o romance *Casamento em Família*, de Carson McCuller. Para alguns alunos, o livro fora como cobertor para suas cabeças — não conseguiam enxergar nada. Mas, para outros, fora uma ponte que levara a mais livros. Todos os dias Meredith lia um poema na sala, e havia dias em que ninguém ouvia — os alunos estavam ocupados demais falando dos Knicks, ou no novo Corvette de Hector Alvarez, ou então vendendo heroína. E outros dias eles diziam: *Nós não damos a mínima para nenhum carrinho de mão vermelho nem para a porra de galinhas brancas.* Mas havia dias em que Meredith lia Gwendolyn Brooks ou Nikki Giovanni e mais da metade da sala parecia razoavelmente interessada. "Um menino morreu no meu beco" tivera a resposta: *Ih, cara, isso tá parecendo Lippy Magee sendo esfaqueado atrás da clínica.* E Meredith respondera:

— Tudo bem, todo mundo pega um lápis.

Ganhava uma miséria, viajava de metrô, ficava exausta quando chegava ao apartamento — e, às vezes, Freddy ainda estava trabalhando. Quando engravidou, ficava preocupada de ter de pegar a composição para a cidade e ficava mais exausta ainda quando subia os quatro lances de escada com sacolas do D'Agostinos. Pensou em pedir demissão, mas então Freddy anunciou que estava saindo da seguradora e abrindo sua própria empresa de investimentos. Por que trabalhar tanto para fazer dinheiro para uma corporação imensa, quando ele poderia fazer dinheiro por conta própria?

Meredith ficou mais um ano em Gompers e depois mais outro. Eles precisavam do plano de saúde. Freddy estava tendo dificuldades para fazer o novo negócio deslanchar. Meredith engravidou de novo. Eles não tinham espaço para mais uma criança nem dinheiro para se mudarem.

Uma noite, quando sua barriga estava imensa, Leo, com um ano e meio, gritava no berço e Freddy estava fora com algum cliente em potencial que, no final das contas, nunca quis investir, Meredith deitou-se dentro da banheira e começou a chorar. Pensou no pai dizendo *brilhante e talentosa, para essa menina nada dará errado*. Teria mentido? E se ele estivera dizendo a verdade, que diabo ela estava fazendo ali?

Meredith tomou toda a taça de vinho e ficou olhando para sua bela salada. Conseguiria se forçar a comer alguma coisa?

Estava escurecendo, e ela sabia que poderia acender algumas luzes, mas tinha a sensação terrível de que, se as acendesse, a pessoa que a observava a veria na sala iluminada, comendo sozinha. Pegou a salada no escuro que se adensava — não porque estivesse com fome, mas porque Connie a havia preparado para ela. Connie era muito boa cozinheira, boa amiga, boa pessoa. Meredith dissera todas aquelas coisas desagradáveis para ela, anos antes, mas Connie não as mencionara nem uma vez. Esperava que a amiga estivesse se divertindo naquela noite; ainda deveria estar jantando com Dan. Caso estivesse mesmo com medo, ainda poderia telefonar para o celular dela. Poderia telefonar agora, mas não mais tarde.

Naqueles anos, Leo e Carver foram para a creche, o que incomodava Freddy, mas não havia dinheiro para babás. Eles se mudaram para um apartamento de dois quartos na East 82nd Street, mas ainda assim era uma caminhada e tanto. Freddy costumava sair de casa antes de os meninos acordarem e voltar depois de eles irem para a cama. Perdeu peso. Meredith implorava para que ele tomasse um milk-shake junto com o almoço, que procurasse um médico, mas, para Freddy, só havia trabalho e mais trabalho. Levantar a empresa e virar o jogo. Atrair clientes. Como atrairia clientes? Trabalhava nos finais de semana. Meredith ficou responsável sozinha por tudo em casa. Não conseguia dar conta. Não conseguia ter dois filhos pequenos, administrar a casa, dar nota a trinta trabalhos e fazer o planejamento das aulas. Carver já estava mostrando sinais de ansiedade; gritava e chorava quando Meredith o levava à creche e gritava e chorava quando ela o pegava.

E então Meredith ficou grávida de novo.

Quando Freddy chegou do trabalho, ela balançou o teste de gravidez na mão, como se fosse uma varinha; uma varinha mágica que denunciaria tudo o que havia de errado na vida deles. Queria que as coisas fossem mais fáceis. Seu trabalho era pesado. Naquele mesmo dia, vira duas meninas brigando no banheiro, e uma delas tinha uma gilete escondida sob o lábio inferior. O pior era que Meredith sabia como fazer a garota parar e onde procurar a gilete.

Por que deveria saber tais coisas? Queria ir embora de Gompers no final do ano. Odiava ir trabalhar de metrô. Detestava deixar os meninos naquela creche horrorosa. Carver se agarrava à sua camisa; fechava as mãos sobre seus óculos. Os funcionários da creche tinham que arrancá-lo dela. E agora teria outro bebê.

Olhou para Freddy. Amava-o, mas aquela não era a vida que ela esperara.

— Vou pegar as crianças — disse. — E vou para a casa da minha mãe. — Ficou decepcionada pela forma como aquela frase lhe soava clichê, mas o que *não* era clichê era a ideia de dormir na casa em que passara sua infância, a grande casa colonial em Villanova com um quintal grande nos fundos, onde os meninos poderiam correr por entre os esguichos de água e brincar nos balanços. Meredith teria também mais um par de mãos para ajudar. Matricularia os meninos em Tarleton.

Freddy, lembrou-se, parecera encolher. Então sorriu.

— Mais um bebê?

— Mais um — disse ela e sorriu também, apesar de como se sentia. Mas então foi mais severa: — Falei sério, Freddy, estou indo. Até as coisas melhorarem, vou para a casa da minha mãe.

— Você não vai a lugar nenhum — disse ele. — Você vai ficar bem aqui, e as coisas vão melhorar. Vou cuidar de tudo.

A Comissão de Valores Mobiliários e os agentes federais concluíram que Freddy vinha operando o esquema Ponzi havia, pelo menos, uma década. Mas, quando Meredith olhava para trás, sabia com uma certeza de doer o estômago que aquilo havia começado um ano depois que ela ameaçou sair de casa. Porque Freddy era bom em cumprir promessas: tudo melhorou. Em vez de sair carregando peso até o Bronx, todas as manhãs, Meredith ficava em casa com os meninos. Deixava Leo num programa de pré-escola de verão na igreja católica, levava Carver para tomar chocolate no E.A.T. Café e depois o levava para casa, para brincar com blocos, assistir a *Vila Sésamo* e tirar uma soneca. Num dia muito quente em meados do verão, Meredith estava descendo as escadas do prédio de chinelos e errou um degrau. Foi caindo até chegar lá embaixo. Machucou-se, mas não demais; no entanto, decidiu cancelar a saída deles para os corredores deliciosamente refrigerados do Museu de História Natural. Quando chegou ao apartamento, estava sangrando.

Estava apenas com 12 semanas de gravidez e quase não contara a ninguém sobre ela (exceto à mãe, a Connie e à diretora na Gompers, que perguntou por que ela não voltava a trabalhar), mas, ainda assim, o aborto foi uma perda terrível. Tinha certeza de que o bebê seria uma menina, a quem chamaria Annabeth Carson em homenagem à avó e a srta. McCullers.

Freddy aceitou o aborto sem se aborrecer e, quando Meredith o acusou de não ter sentimentos, ele disse:

— Não podemos ficar os dois abalados. Temos os meninos para pensar. E vamos ter outros filhos, querida. Não se preocupe. Teremos a nossa menininha. — Tomou Meredith nos braços, disse essas palavras de conforto, mas, quando seu telefone celular tocou, voltou na mesma hora ao modo trabalho.

Foi naquele outono, ela se lembrava, que o dinheiro começou a aparecer. Eles contrataram um plano de saúde integral da Blue Cross e Blue Shield. Tiraram Leo da pré-escola católica e o matricularam na Saint Bernard. Freddy não ficava em casa com mais frequência, mas, quando ficava, estava mais feliz. Resolvera o problema de atrair clientes para a firma. Parecia que a forma que havia encontrado era dizer a eles que eles *não podiam* investir nas Empresas

Delinn. As Empresas Delinn estavam procurando apenas alguns tipos de investidores; muitas pessoas eram rejeitadas. Freddy tinha investidores batendo à sua porta. Recuperou o peso que havia perdido e mais dez quilos. Pedia almoço todos os dias: carne em conserva, creme de lagosta, omelete com queijo de cabra e salmão. Marcava jantares executivos no Gallagher e no Smith & Wollensky. Não tinha tempo para exercícios. Seu primeiro fio de cabelo branco surgiu aos 29 anos. Meredith teve vontade de arrancá-lo, mas ele não deixou. Queria parecer mais velho, disse. Precisava inspirar seriedade.

Depois do Ano Novo, eles se mudaram para um apartamento de três quartos e copa-cozinha na East Sixties. Era um prédio com porteiro. Compraram um carro e o guardaram na garagem. Alugaram uma casa em Southampton por duas semanas no verão.

Em setembro, Carver se uniu a Leo no Saint Bernard. Meredith tentou engravidar de novo, mas não teve sorte. Achava que os espermatozoides de Freddy estavam muito estressados para nadar. Freddy deu carta branca a ela para contratar uma babá e uma cozinheira, mesmo eles comendo fora quase todas as noites. Com os dois meninos na escola e uma babá filipina, Meredith estava livre para voltar a trabalhar. Gompers ou qualquer outra escola pública, de repente, pareceram fora de questão e, antes que ela se desse conta, o próprio trabalho estava fora de questão. Freddy disse que aquele tipo de trabalho absorvia muita energia, levou Meredith para um final de semana em Palm Beach e eles gostaram tanto de lá, que Freddy resolveu procurar um imóvel. *Para comprar.*

A vida de Meredith começou a se resumir a administrar tudo o que eles passaram a ter de repente: os meninos, suas necessidades, os esportes que praticavam, as tarefas de escola. Houve até outro apartamento novo – uma cobertura na 824 Park Avenue – que eles compraram, assim como uma casa em Palm Beach, antiga casa da família Pulitzer. Freddy a arrematara num leilão "por uma ninharia", dissera. (Como prova da sua ignorância dos negócios financeiros do marido, Meredith nunca ficou sabendo quanto a casa Pulitzer custara.) A Frick Collection a convidou a participar de sua mesa diretora, e ela também passou a fazer parte do Comitê de Ação de Pais na escola dos meninos, o que lhe permitiu conhecer outras pessoas importantes e ocupadas, sendo que cada uma delas parecia querer vê-la envolvida em mais alguma coisa. Ela e Freddy tinham compromissos para ir – eventos beneficentes, jantares, noites de orquestras e ópera no Metropolitan. Não havia tempo para ela trabalhar. Estava ocupada demais sendo a sra. Freddy Delinn.

Meredith lavou os pratos do jantar. A casa estava escura agora; teve que acender a lâmpada acima da pia ou acabaria quebrando um copo.

Viu que havia um único cupcake num pires coberto por um filme plástico. Suspeitou que fosse um bolinho de baunilha com cobertura de morango da padaria do Sconset Market. *Connie é um anjo*, pensou. Ou teria se sentido pior do que ela imaginara ao deixá-la sozinha, percebeu.

Meredith comeu o bolinho em pé ao balcão, tentando se lembrar do momento em que havia percebido que eles estavam mesmo... ricos. Devia ter sido um momento silencioso – uma tarde indescritível em que voltava a pé para casa de um almoço no Le Cirque, com gente como Astrid Cassel ou Mary Rose Garth, quando então parou no Bergdorf e comprou – quem sabe? – um suéter Chanel rosa-clarinho de 2 mil dólares e não guardou a nota fiscal. Ou teria sido algo mais radical, como sua primeira viagem a Paris com Freddy, desde sua aventura de mochileiros. Eles haviam reservado uma suíte no Hôtel de Crillon. Comeram no Taillevent e no Jules

Verne, no alto da torre Eiffel (Meredith poderia ter deixado de ir ao restaurante da torre, mas Freddy, não). O auge daquela viagem não fora o hotel (embora eles tenham rido ao lembrar do hotel em que haviam ficado naquele sujo 18º *arrondissement*, na primeira vez que foram lá) ou o jantar (lembraram como haviam comido baguetes e camembert sentados no chão de seu quarto no tal hotel), mas uma excursão privada que Freddy contratara no museu d'Orsay. Quando Freddy disse a Meredith que eles sairiam numa excursão particular, ela achou que teriam um guia falando inglês só para eles, mas o que ele queria dizer era que, às seis e meia, meia hora depois de o museu fechar, eles entrariam por uma porta discreta e seriam recepcionados pelo curador do museu, que veio acompanhado pelo garçom com uma garrafa envelhecida de Krug. O curador continuou a dar a Meredith e Freddy uma excursão particular pelo museu, com ênfase especial em Pissarro, que fora o pintor predileto de Meredith desde que ela fora ver uma exposição dele com o pai, no Museu de Arte da Filadélfia, aos 15 anos.

Champanhe, o museu todo em silêncio à espera deles, o curador erudito com seu sotaque inglês elegante. Sim, naquele dia Meredith entendeu que eles estavam ricos.

Meredith checou a porta dos fundos: trancada. Checou a porta da frente: trancada. Checou o alarme: ligado. As janelas estavam fechadas e trancadas também. O ar-condicionado, ligado. Ela pensou em ligar a televisão. Outras vozes ali na sala poderiam amenizar sua ansiedade. Mas Connie nunca ligava a tevê e ela também não. Poderia, sem esperar, ver alguma coisa que não quisesse no noticiário, ou "Frederick Xavier Delinn: a história verdadeira" no E!.

Subiu ao segundo andar.

Não podia deixar de se sentir uma mulher num filme de terror, uma que encontrava seu fim insuspeito sob a moldura da porta de um quarto escuro. Não sabia como se livrar desse sentimento e relaxar. Estava segura. Havia semanas que nada acontecia à casa e ao carro. Estavam em agosto agora; até onde sabia, Amy Rivers já havia ido embora. Ela, Meredith, estava segura. As portas estavam trancadas; o alarme, acionado.

Precisava dormir. E o que isso queria dizer é que precisava de remédio para dormir. Sabia que Connie tinha alguma coisa. Vira os vidrinhos com as descrições.

Foi tateando o caminho até o banheiro da amiga. Precisava acender a luz. Mas, tudo bem, era a luz do quarto de Connie. Quem quer que estivesse do lado de fora veria essa luz acender e acreditaria que Connie estava em casa. Meredith acendeu a luz. Os potinhos estavam ali bem onde ela se lembrava de tê-los visto. Conferiu as etiquetas: Ambien, Lunesta, Ativan, Prozac, Seraquil, Zoloft. Connie estava cercada de todos os soníferos e antianssiolíticos do mercado. Meredith balançou os frascos. Estavam todos cheios.

Ficou em dúvida entre o Ambien e o Lunesta. Optou pelo Ambien; tomou duas drágeas. Pegou também dois Ativan, contra a ansiedade para mais tarde, quando talvez viesse a precisar deles. Tomou logo o Ambien com água da torneira.

Isso era roubo. Deus do céu, como *odiava* essa palavra. Faria o certo; diria a Connie que havia pegado duas drágeas de Ambien e aí passaria a ser empréstimo. Convenceu-se de que também confessaria a Connie sobre o Ativan, embora soubesse que não deveria. A não ser que contasse as drágeas, ela nunca ficaria sabendo e, além do mais, eram só duas drágeas de Ativan, nada sério.

Então era assim que funcionava o roubo, certo, Freddy? Você "pegava emprestado" um pouquinho de alguma coisa e ninguém nunca ficava sabendo; você distribuía lucros de 22%, 23%, 25% e todos ficavam felizes. Dava para levar assim indefinidamente. Você já poderia estar morto quando alguém descobrisse.

Meredith agiu como um bandido, colocando os frascos exatamente onde os havia encontrado, levantando-os de novo para ver se havia uma diferença perceptível em seu peso.

Ao voltar pé ante pé para o corredor, ouviu um *tum, tum, tum* e um chiado. Parou no meio do caminho. Um chiado prolongado. De um pneu.

Sentiu o sangue fervilhar nos ouvidos. Estava suando de medo e temeu vomitar o jantar – assim como as drágeas que havia ingerido. Respirou pela boca. Ou estaria imaginando coisas, ou seria Connie chegando em casa, ou a polícia fazendo a ronda, checando o perímetro. (A polícia continuava a zelar por sua segurança? Meredith deveria ter pedido a Connie para telefonar para eles.)

Ouviu outro chiado, outro *tum*. Pensou: *tudo bem, o que faço agora?* Seu instinto, da mesma forma de quando vira Amy Rivers na livraria, era o de congelar. Fechou aos olhos e permaneceu em silêncio e imóvel como um animal na mata, esperando que o predador seguisse o caminho.

Mais um baque, outro chiado. O barulho vinha lá de fora. Havia gente lá fora, bem ali, na deserta Tom Nevers. Uma parte dela queria olhar para fora da janela e descobrir o que estava acontecendo. Deveria ser a polícia e, caso não fosse, seria algo que teria que descrever para a polícia. Mas Meredith tinha medo de ser vista.

O corredor, concluiu, era um lugar seguro. Não havia janelas, e o tapete era macio. Meredith deitou a cabeça. Queria um travesseiro, mas estava com medo demais para aventurar-se ao seu quarto ou de volta ao quarto de Connie para pegar um. Estavam ali para pegá-la. E ela não merecia? Três dias antes, as Empresas Delinn foram expostas com o esquema Ponzi, Meredith havia transferido 15 milhões de dólares do fundo de pensão da companhia para sua conta pessoal conjunta com Freddy. Deixara claro em seu testemunho: Freddy lhe pedira para transferir o dinheiro, e ela o transferira. Nada tinha a ver com isso — até aquela tarde, quando acabara de chegar em casa do banco, quando vira Freddy virar uma garrafa de Macallan 1926. Naquele momento, percebeu que os 15 milhões não eram para comprar a casa em Aspen (Carver vinha fazendo pressão para Freddy comprá-la porque ele adorava o snowboarding) nem para uma tela de Roy Lichtenstein (Samantha tinha facilidade para comprá-lo), como Meredith achou que seria. Os 15 milhões eram a represa para uma inundação, mas, quando Meredith percebeu, o dinheiro já havia desaparecido. Ela fizera aquilo a pedido de Freddy; ele fizera dela uma cúmplice involuntária. E agora os investidores estavam querendo a sua cabeça. E agora, muito possivelmente, ela iria para a cadeia.

Mas seu primeiro crime fora ter ameaçado deixá-lo; ameaçara tirar os filhos dele. Atacara sua masculinidade, deixara claro que a vida que ele lhe dava não era suficiente. Ela não queria trabalhar; queria ficar em casa. Não queria deixar os filhos na creche; queria uma babá. Não queria andar de metrô; queria andar de táxi. Não era isso o que dissera, mas fora isso que Freddy entendera... e ele saíra à procura de uma forma de lhe dar essas coisas.

Seguiu-se outro barulho, mais alto do que os anteriores, vindo da frente. Um BUM, era como o descreveria; parecia que alguém deixara um pacote enorme na varanda da frente da casa. Ou seria

Connie? Meredith aguardou. Ficou silencioso por um minuto, então dois.

Sentiu o remédio para dormir jogar seu pó mágico sobre sua cabeça grisalha. Os olhos começaram a se fechar. O tapete era macio e aveludado.

Meredith acordou com a primeira luz rosada do dia. Seu corpo doía por ter dormido no chão, mas recebeu a luz com alívio. Conseguira chegar até o amanhecer.

Sentiu-se bem para andar pela casa. O pânico da noite anterior havia passado, embora ainda sentisse um pouco de medo, preocupação, ansiedade, alguma coisa lhe martelava a cabeça. Sobrevivera, mas não se sentia segura. Alguma coisa acontecera durante a noite, tinha certeza disso, embora também pudesse ter sido imaginação sua. Não, *não* havia sido imaginação sua. Mas, se tivesse sido, como ficaria feliz!

Desceu as escadas. Pelo menos não tinha atrapalhado a noite romântica de Connie e Dan.

O andar de baixo estava limpo e inalterado, a bela sala banhada de luz. Trêmula, Meredith espiou o deque. Parecia tudo bem, certo? Mas havia o rastro de algo escuro, de cuja aparência ela não estava gostando. Sentiu-se repentinamente cansada e com a boca seca. Primeiro, precisava tomar água, depois café. Connie sempre preparava o café e, invariavelmente, quando Meredith a notava, a cafeteira já estava abastecida e pronta para uso.

Havia o rastro de algo escuro no deque. Óleo, pensou, embora soubesse que não era.

Não gostava do que estava sentindo. Poderia chamar a polícia, mas diria o quê? Que havia ouvido barulhos? Que havia o rastro de alguma coisa escura no deque?

A senhora deu uma olhada pela casa?, perguntaria a polícia.

E Meredith diria: *Não, estou com muito medo.*

Pegou o telefone celular e o ligou. Seguiram-se sinais de três mensagens. Mas, quando Meredith foi checar, viu que aquelas eram as mensagens deixadas por Dev, na noite anterior. Portanto, nada havia de novo. Tomou um copo de água gelada, tomou-o por inteiro. O café estava passando; a luz do sol banhava aquela sala exatamente da forma que Wolf Flute imaginara.

Meredith dirigiu-se à porta da frente. Mas, não, a porta da frente era assustadora demais. Estava pensando no pior, e o pior que pensava era uma bomba. Alguma coisa fora largada ou atirada à porta da frente, disso ela tinha certeza. Entrega especial para Meredith Delinn.

Chame a polícia! Nantucket tinha poucos ou nenhum crime (pelo menos até ela chegar); a polícia gostaria de ter algo a fazer naquela manhã de quinta-feira.

A senhora deu uma olhada pela casa?

A porta da frente era assustadora demais. Caso a abrisse, a bomba detonaria. Haveria uma explosão monstruosa ou uma chuva letal de pregos ou um vazamento de líquido radioativo.

Ela espiou para fora da janela da sala de jantar, de onde tinha uma visão oblíqua de parte da varanda. E sim, Meredith viu o rastro de alguma coisa escura. *Ai, meu Deus!* Estava mesmo tremendo agora, estava indo para a porta da frente, a abriria só um pouquinho, espiaria por entre os dedos, não o suficiente para ver, mas para confirmar suas suspeitas terríveis.

A porta tinha tranca tripla, e ela precisaria desativar o alarme antes de abri-la. Isso requeria a senha, que era a data de nascimento de Ashlyn: 040283, data que Meredith conhecia havia, bem, quase trinta anos, mas que teve problemas para lembrar em seu presente estado. Desligou o alarme; a casa estava descoberta. Ficou atrás da porta, abriu-a, inspirando o ar pela boca, e espiou — os olhos quase fechados —, vendo o que precisava ser visto. Nadadeiras, bigodes, um sorriso vermelho largo e assustador.

Harold esparramado na varanda frontal com a garganta cortada.

Meredith bateu a porta e a trancou. Estava ofegante. Não era uma bomba, mas de muitas formas pior. Do celular, ligou para a polícia, deu o endereço e então disse:

— Encontrei um mamífero na varanda da frente.

— Na varanda da frente? — perguntou a recepcionista.

— Uma foca — disse Meredith.

— Morta? Sério? Na sua varanda?

— Pode mandar alguém, por favor? — pediu Meredith. E então completou: — Aqui quem fala é Meredith Delinn. — Não tinha certeza se a recepcionista reconheceria o seu nome, mas é claro que sim, todos na América sabiam o seu nome.

— Sim, senhora Delinn. Mandaremos uma viatura agora.

Meredith escorregou até o chão e entendeu que seu erro não fora ameaçar abandonar Freddy. Seu erro fora não tê-lo abandonado.

SEGUNDA PARTE

CONNIE

Connie dirigiu sozinha até o píer da cidade, pensando que teria mais 15 minutos de paz antes que seu verão fosse detonado. Quando disse a Dan o que havia feito – ou, mais exatamente, o que não havia feito –, ele dissera: *Não se preocupe. Depois de tudo o que passamos, isso não pode ser muito ruim, pode?* Mas ele podia muito bem estar falando aquilo só para ela se sentir melhor.

Píer da cidade, 11 horas da manhã de um dia maravilhoso de verão. O lugar estava lotado de famílias com coolers, varas de pescar e ancinhos para pegar caranguejo, subindo em barcos a motor para passearem em Coatue e Great Point. Connie estava impressionada com como aquelas pessoas pareciam felizes e relaxadas. Ela estava doente de tão ansiosa. Doente! Seguira seus instintos e agora tinha que esperar pelo melhor.

Onze horas, dissera. Mas não o via em lugar nenhum. Típico dele. Era o gene de Veronica que passara adiante: *Atrasada para o meu próprio enterro.*

Connie andou pelo porto, checando os barcos, olhando, mas não vendo, o coração acelerado, um gosto azedo na boca, como se tivesse chupado uma dúzia de limões no café da manhã. Então o viu: aqueles ombros largos, as pernas arqueadas. Inconfundível. O sol, um halo brilhante em torno de sua cabeça.

Toby!

Ele usava uma camisa polo verde, shorts cáqui, mocassins sem meia (será que Toby *tinha* meias?), óculos de aviador. Estava bronzeado. (Toby e Connie eram parecidos de muitas maneiras, mas Connie ficava cheia de sardas, enquanto Toby era, e sempre fora, um deus bronzeado.) Ele ainda tinha os cabelos fartos e louros e seu peso parecia estável. No passado, Connie o vira tanto magro e subnutrido quanto inchado e gordo. Ele deu um grito de alegria e a abraçou com força, levantando-a do chão. Connie lembrou-se de que, quando sóbrio, ele era exatamente como um filhote de são-bernardo, todo amor e entusiasmo. Havia quase dois anos andava sóbrio – ou assim dizia.

– Eu te disse! Estou aqui!

– Olá, meu irmão – disse ela. Ele a colocou no chão, e eles se beijaram. Parecia sóbrio, nem cheiro de bebida nem menta, da forma que costumava fazer quando bebia.

– O tempo está maravilhoso – disse ele. Pendurou no ombro a bolsa de lona que lhe pertenceres, durante toda a sua vida adulta, literalmente. Era azul-celeste e tinha seu monograma; viajara com ela por todo o mundo. – Maryland está terrivelmente quente. Nós não tivemos nenhuma brisa durante todo o verão. O que eu interpretei como um sinal. Esse cara, Roy Weedon, há anos vem me perguntando sobre o meu barco e, quando a oferta chegou da Academia Naval, eu pensei: agora está na hora de vendê-lo.

— Não posso acreditar que não o tem mais — disse Connie. Toby tinha economizado para comprar *Bird's Nest* por quase dez anos, e era o barco à vela mais maravilhoso que Connie já havia visto. Um clássico. Toby ganhara a competição regatas no estado de Maryland, o que lhe dera a liberdade e o dinheiro para passar o inverno inteiro velejando pelas ilhas do Caribe. — Não posso acreditar que o vendeu. Sabe que nunca mais vai consegui-lo de volta, não é? Sabe que nunca mais vai conseguir um barco como aquele?

— Sei disso tudo — respondeu Toby. — Mas não posso mais viver à mercê do vento nem da economia, Con. E a oferta da Academia Naval foi muito boa para negar. O colegiado mais importante de velejadores do país logo estará sob minha tutela.

Certo. Eles haviam conversado por telefone um dia antes. Toby confessara que as regatas lhe eram convenientes, porque o dei-xavam livre para fazer outras coisas — principalmente beber e ir atrás das esposas de outros homens. Ele precisava de algo mais estável, mais sério. Precisava pensar no filho, Michael. Precisava de um plano de saúde, aposentadoria. Finalmente, precisava crescer.

— Quer dar uma última olhada nele? — perguntou Toby.

— Não vai ser triste para você?

— Já fiz as pazes com essa situação. Vamos lá, ele está bem aqui.

Connie ficaria grata por qualquer coisa que postergasse sua che-gada em casa. Acompanhou Toby pela marina. E lá estava ele — *Bird's Nest* — 33 pés de madeira polida, cordas, lona e níquel. Havia um rapaz nele, testando as velas. Ele parecia jovem demais para ser o novo proprietário.

— Esse é o cara de Nantucket? — perguntou Connie.

Toby riu.

— Você é engraçada, Connie.

Eles retornaram calmamente ao carro. Ele continuar ia pensando que ela era engraçada por mais alguns segundos.

— E aí, como você está? — perguntou ela. A ida a Tom Nevers levaria apenas vinte ou trinta minutos; portanto, ela precisava agir rápido. — Anda sóbrio?

— Sem dúvida.

— Sem dúvida? Que tipo de resposta é *essa*?

— Cruzes, Con. Você já está mandando em mim? Não podemos ir devagar?

— Não — respondeu Connie. — Não podemos ir devagar. — Ela não se deixaria ludibriar pelo seu charme adolescente e encantador, embora isso parecesse dar certo com todos os outros. Wolf, apesar de já ter visto Toby em seus momentos mais bêbados e patéticos, simplesmente adorava o cunhado. Os dois podiam trocar histórias de velas por horas a fio e, quando Toby visitava Nantucket, costumavam competir um com o outro em veleiros com velas latinas. Era o ponto máximo do verão de Wolf: seguir Toby até o porto, voltar, e então sentar-se com uma cerveja gelada no Rope Walk para depois ficarem os dois conversando sobre o passeio, jibe a jibe.

— Tudo bem — disse Toby. — Não bebo há 22 meses. Mas não dou isso como certo. Tive uma recaída no começo. — Franziu os olhos pela janela lateral. — A combinação diabólica de Marlowe Jones e o Treaty of Paris.

— Hum — respondeu Connie. O Treaty of Paris era o antigo boteco favorito de Toby. Marlowe Jones era a esposa solitária do delegado de Annapolis. Combinação diabólica mesmo.

— Mas, como eu disse, isso foi há quase dois anos. Cheguei a um acordo com a minha relação com o álcool. Herdei a doença. Sorte a sua não ter herdado.

SEGUNDA CHANCE ✦ 313

Connie sentiu uma mistura complicada de emoções. Sentia vergonha ao pensar no quanto ficara bêbada no dia do passeio de barco com Dan. Mas aquilo lhe ensinara que ela *não era* imune, que precisava ficar de olho. Um lado seu sentia falta do antigo Toby, aquele que fora seu companheiro de copo, engraçado e amoroso. Dois anos antes, quando Toby fora ao enterro de Wolf, ele parara em todos os bares do centro da cidade e fora de táxi para a casa de Connie, um bagaço de homem. Então os dois ficaram bebendo vinho no deque até o nascer do sol. Jake e Iris os encontraram inconscientes nos móveis de jardim, numa reprise lamentável de seus pais.

Toby não faz bem para você, disseram Iris e seu diploma em psicologia. *Vocês não são bons um para o outro.*

— Está namorado alguém? — perguntou a Toby. — Sem contar Marlowe Jones?

— Não estou namorando Marlowe — respondeu ele.

— Ela ainda está casada com Bart?

— Ainda está casada com Bart. É um dos piores casamentos que eu já vi, mas simplesmente não acaba.

— Como mamãe e papai — murmurou Connie .

— Exatamente.

— E não há mais ninguém?

— Não. Ninguém especial.

Seria melhor se ele estivesse namorando alguém, pensou ela. Mas a vida romântica de Toby era impossível de acompanhar. Sempre havia uma mulher, mas raramente uma que durasse mais que algumas semanas. Toby se casara duas vezes. Conhecera a primeira esposa, Shelden, na tripulação do barco *Cascade*, que foi o barco que ele capitaneou antes do *Excelsior*. Shelden tinha dinheiro de família, muito do qual gastara financiando o estilo de vida de Toby — as bebedeiras e as farras em lugares como Portofino, Ios e

Mônaco. Não foi difícil entender por que Shelden o abandonara naquela época, Toby estava em seu período mais descontrolado e irresponsável, e Shelden bancava todo o seu mau comportamento. Ele ia aos bares mais populares da beira-mar, pagava rodadas de bebida para todos os presentes e depois chegava ao *Excelsior* com 15 pessoas, pronto para ficar festejando até as três da manhã.

Vários anos depois, enquanto trabalhava em Norfolk, Virginia, Toby conheceu Rosalie, que era uma mãe solteira com dois filhos para criar. Toby surgiu como um tipo de herói romântico, velejando para salvá-la – embora "salvá-la" tivesse significado engravidá-la, casar com ela, e então fazê-la sofrer tanto, sendo tão mau pai e padrasto, que Rosalie voltou para a casa da família em Nova Orleans. Seu filho, Michael, tinha agora dez anos. Rosalie se casara de novo com um técnico do New Orleans Saints, um cara que Toby admirava. "Ele é tão responsável que eu queria que fosse *meu* pai." Seguiram-se viagens para Nova Orleans, onde toda a família misturada – Rosalie e o técnico tinham filhos próprios agora – ia a festivais de jazz e fazia passeios no rio.

– Como vai Michael? – perguntou Connie.

– Ótimo – respondeu Toby. Abriu o telefone celular e mostrou uma foto para Connie. Ela olhou-a rapidamente: Michael de boné de beisebol. – Ele é estrela do sub-onze na Liga Juvenil e está cursando a Pop Warner de novo nesse outono. Começando como quarterback. O garoto é um atleta inato. Mãos velozes.

– Puxou a tia – disse Connie. Viu Toby olhando para a foto. – Gostaria de vê-lo com mais frequência?

– Hã? – Fechou o telefone. – Sim, claro. Fiz pressão para ele vir passar duas semanas em Annapolis, mas ele tinha acampamento.

– Ele ainda assim poderia ter vindo ficar um pouco com você. Você pediu a Rosalie?

— Claro que pedi. Ela disse que ele tinha acampamento.

Connie balançou a cabeça, pensativa. *Você não lutou para ver o seu filho?*

— Michael está bem, é feliz; fico feliz por ele ser feliz. Nos falamos sempre pelo Skype.

— Skype? – perguntou Connie.

— Connie, está tudo bem – disse Toby. E ele realmente parecia bem.

Quando criança, Toby sempre fora o melhor filho, pelo menos para Connie; fora essa a impressão que seus pais passaram. Toby era o rapaz de cabelos dourados, o atleta talentoso. Mostrava ter futuro como velejador durante os verões em Cape May, mas havia também o futebol, o basquete e o lacrosse. Em Radnor, fora capitão dos três times. Sempre fora gentil e generoso com Connie, talvez porque entendesse que ela não tinha tanta sorte quanto ele. Ela era esperta, mas ele era mais, além de mais querido pelos professores. Connie era linda, mas, por ser menina, essa beleza era vista como um problema e não como algo tão positivo quanto para Toby. A beleza de Connie exigia que ela fosse para a Merion Mercy, uma escola católica para meninas, em vez das escolas públicas super-divertidas, cheias de atividades sociais e menos rígidas que Toby frequentava. A beleza de Connie levava a ter rapazes rodeando a casa, nenhum dos quais seus pais aprovavam.

Quando estava no ensino médio, Toby começou a beber – a ir a festas de chope no interior ou a roubar doses de gim do bar dos pais e beber no carro a caminho da South Street –, e isso foi considerado um rito de passagem. Quando Connie começou a beber, ela ficou semanas de castigo, ouvindo a mãe, dentre todas as pessoas, falar sobre os malefícios que a bebida faria à sua "reputação".

Em linhas gerais, quando criança, Connie se ressentia e venerava Toby, odiava-o e, mais do que tudo, desejava *ser* ele.

Preciso contar para ele, pensou. *Agora.* Mas então ele perguntou:

— Como você está, Con? As coisas estão melhores?

As coisas estão melhores? Connie não gostava dessa pergunta, que a fazia reconhecer que, para ela, as coisas tinham andado bem ruins. Bem, elas *estavam* ruins. Connie andara deprimida por causa de Wolf e de Ashlyn. Mas não gostava da acusação de que sua vida precisava de melhorias — porque, depois de adulta, ela fora feliz. Tivera um casamento maravilhoso, uma casa graciosa, um marido de prestígio, uma filha brilhante.

— Estão melhores — disse. A boa notícia era que dizia isso honestamente.

— Está saindo com alguém?

— Mais ou menos. — Temia que, tão logo dissesse que sim, estava saindo com alguém, a bolha estourasse e Dan Flynn evaporasse no ar.

Por causa do incidente com Harold, seu namoro com Dan ficara um pouco de lado. Mas agora ela enrubescia só de pensar — Dan durante o jantar, segurando a sua mão; Dan na cama, trazendo-a de volta à vida. Sentiu Toby a observando.

— Mais ou menos? Como assim?

Eles entraram no carro de Connie, e Toby atirou sua bolsa de lona para o banco de trás.

— Quer dizer, sim, tem alguém, mas eu ainda não sei o que é, tudo bem?

— Tudo bem, desculpe. Não precisa ficar toda estressada.

— Ai, meu Deus — respondeu Connie. Conseguiu colocar a chave na ignição, mas não a virou. — Tem uma coisa que eu preciso te contar.

Toby ergueu as sobrancelhas. Ali estava uma expressão muito familiar, desdenhosa, como se ele tivesse certeza de que ela fazer uma tempestade em copo d'água, mulher típica da família, dramática como a mãe. *Bem, vamos ver o que acontece*, pensou Connie. *Vamos ver o que ele vai achar.*

— Meredith está aqui comigo.

Sim, ela o surpreendeu. Os olhos dele se arregalaram. Toda a expressão em seu rosto se modificou. Mas Connie podia dizer que ele não acreditava de fato no que ela tinha acabado de lhe contar.

— Você está brincando.

— Não estou.

— Meredith Martin?

— Meredith Delinn. A própria.

Toby inclinou a cabeça, como se estivesse tentando tirar água dos ouvidos.

— Ela... — Ele olhou para fora do vidro do carona, para a grade quente, fervente do estacionamento da cidade. — Uau.

— É, sinto muito — desculpou-se. — Eu estava com medo de que, se tivesse te avisado, você não viria.

— Há quanto tempo ela está com você?

— O verão inteiro.

— Você está de brincadeira.

— Não estou não.

— Então... quer dizer, o marido está na prisão. O que ela está fazendo?

— Tentando descobrir o que fazer. Acho que está sob investigação, fala o tempo todo com o advogado. Mas o lance é o seguinte... ela ainda é *Meredith.*

— Então você está querendo me dizer que ela não sabia o que o marido estava fazendo?

— Estou te dizendo que não. Não sabia.

— Não conheci o cara.

— Acho que, com certeza, isso foi proposital.

— Mas posso te dizer que ele era um cretino classe A. O típico banqueiro ganancioso e de sucesso de Wall Street.

— Ele não era nada típico — disse Connie. E depois, porque parecia estar defendendo Freddy Delinn, mudou o rumo da conversa. — E aí, tudo bem para você ver Meredith?

— Se tudo bem para mim ver Meredith? Sim, claro. — O rosto de Toby estava ficando vermelho. Ele estava nervoso.

— A última vez que você a viu foi em...

— No enterro da mamãe — respondeu Toby. — E acabou mal. Tem certeza de que Meredith está tranquila em me ver?

Connie recostou a testa no volante. Ligou o carro, precisava de ar condicionado.

— Ela não sabe que você está vindo.

Toby a encarou.

— Você não está falando sério.

— Estou. — Connie desistiu da vaga onde iria estacionar. *Essa situação parece mais uma corda bamba.*

— Ela vai ficar doida — disse Toby. — Espero que você esteja preparada.

— Não seja convencido — pediu Connie.

— Estou falando sério.

— Depois de tudo pelo que passamos neste verão, ver você será um choque menor — disse Connie. Meus Deus, como ela rezava para que isso fosse verdade. Saiu para a estrada. — Sinto muito se isso for um golpe para o seu ego.

* * *

Connie gastou os minutos na estrada Milestone contando a Toby sobre os eventos do verão. Tinta spray, pneus retalhados, Harold, a foca adorada deles, morta.

— Você devia ter me telefonado, Con — disse Toby. — Eu teria vindo mais cedo.

— Estamos conseguindo levar.

— Isso me parece mentira — disse Toby.

— Só em parte — disse ela. Estacionou no caminho de carros. — Chegamos. — Toby estava olhando para a frente da casa. Ainda havia uma sombra fraca da palavra LADRA nas tábuas de madeira, mas algumas semanas de sol e areia fizeram o seu trabalho. E Dan usara a máquina de lavagem sob pressão na varanda da frente para apagar todos os vestígios de sangue e fluidos corporais de Harold. Todos os sinais externos de terror haviam sido limpos.

Toby ajustou os óculos de sol e os cabelos e, com o que pareceu uma respiração profunda, pegou a velha bolsa de lona do banco de trás. Como se sentia? Estava nervoso? Connie achou que Toby poderia disfarçar o nervosismo com assuntos amenos — *a casa está linda* —, mas estava calado como um monge.

Quando entraram, Meredith estava sentada à cabeceira da mesa. Viu-os e levantou. Usava shorts brancos, camiseta preta e estava descalça. Seus cabelos estavam presos num rabo de cavalo. Não estava usando maquiagem, mas tinha o rosto bronzeado. Parecia, não fossem os cabelos grisalhos, ter 16 anos — pequena e forte, um elfo de olhos azuis.

Quando viu Toby, apertou os olhos, empurrou os óculos, e Connie sentiu vontade de dizer: *Sinto muito, mas ele é real.* Meredith olhou para Connie e então de volta para Toby. Connie conhecia Meredith desde os 4 anos, mas não fazia ideia de como ela estaria se sentindo agora.

— Olha só quem eu encontrei na marina lá na cidade.

Toby largou a bolsa de lona e deu alguns passos na direção dela.

Meredith ficou olhando para Connie.

— Eu pareço uma mulher que precisa de mais novidades?

Toby parou no meio do caminho.

Connie abriu a boca.

Meredith levantou o rosto para o teto e deixou escapar um resmungo.

— Aaaaaaaaai! — Então olhou para Toby. — Olá.

Ele sorriu, nervoso:

— Olá, Meredith.

Ela deu um passo tímido à frente, Toby abriu os braços, e eles se abraçaram. O abraço foi breve, mas Connie o achou genuíno. Eles não estavam em bons termos agora, mas se conhecer por cinquenta anos valia de alguma coisa. Connie queria os dois ali e de alguma forma, como resultado de sua negligência, conseguira os colocar na mesma sala.

Estava orgulhosa de si por isso.

MEREDITH

Meredith sentia-se agora da mesma forma que se sentira no casamento de Connie. E no velório de Veronica. Não podia aguentar ficar perto dele; tudo o que queria era ficar perto dele. Estava numa situação em que não havia ganhadores.

SEGUNDA CHANCE 321

— Quanto tempo vai ficar? — perguntou a ele.

— Não sei. Quanto tempo você vai ficar?

— Não sei — respondeu. Estava tão zangada com Connie, que gostaria de ir embora naquele minuto. Mas para onde iria?

— Alguém aí gostaria de almoçar? — perguntou Connie, iluminada.

Toby estava bem, mas isso só servia para aborrecê-la ainda mais. Ela não conseguia encontrar o equilíbrio. Já estava lidando com tanta coisa e agora isso. Toby, ali, em pessoa. Usava uma camisa verde e short cáqui. Os cabelos estavam iguais e o rosto era o mesmo, embora mais velho, com algumas ruguinhas e manchas de sol. Mas era ainda um homem maravilhoso. Seriam eles as mesmas pessoas que haviam se beijado encostados na árvore da Robinhood Road? Seriam eles as mesmas pessoas que haviam feito amor na biblioteca da família Martin? Havia duas respostas possíveis. Sim. E não.

— Eu adoraria almoçar — respondeu Toby.

— Meredith? — perguntou Connie.

— Não, obrigada — respondeu ela. Mal podia respirar, muito menos comer. — Acho que vou subir e deitar.

— Não quero te espantar — disse Toby.

— Não está me espantando... — Meredith não tinha muita certeza do que dizer. *Você não está me espantando. Você não tem poder para tanto. Você não tem nenhum poder sobre mim.* Estava um pouco tonta agora. Disse: — Tivemos uns dias muito difíceis, como tenho certeza de que Connie já te contou. Estou exausta.

— Fique aqui conosco — pediu Connie. Ainda estava na cozinha, esquentando os pães para os sanduíches, fatiando limão para o chá. — Mesmo que não vá comer, sente-se aqui fora conosco.

322 ⭐ *Elin Hilderbrand*

— Vocês aproveitem o almoço — disse Meredith. — Coloquem os assuntos em dia. Esse lance de irmãos.

— Meredith — pediu Connie. — Pare com isso.

Toby colocou as mãos em seus ombros. Meredith fechou os olhos e tentou não pensar.

— Fique aqui fora com a gente, por favor.

Os três se sentaram à mesa do lado de fora, Connie e Toby comiam seus sanduíches que mereciam ser capa da revista *Bon Appétit*.

O estômago de Meredith reclamava, mas ela sustentaria sua greve de fome. Deu um gole do chá gelado. Estava de costas para o oceano. Não aguentava olhar para a água. Imagens de Harold com a garganta cortada, sangue por toda parte, tão grosso e viscoso quanto óleo, infestando-lhe a mente.

— Então... estou aqui porque vendi meu barco — disse Toby.

Meredith concordou.

— Ele estava comigo há mais de vinte anos, portanto, foi difícil. Mas ultimamente fico me dizendo que ele era só uma coisa.

Só uma coisa. Bem, Meredith podia se identificar com isso. Perdera tantas coisas: o Range Rover, o celular Cader, o vestido Dior. Sentia falta de alguma dessas coisas? Nem um pouquinho.

— É difícil pensar em você sem um barco — disse Connie.

Meredith concordou de novo. Sempre que pensara em Toby ao longo dos anos, pensava nele na cabine de um veleiro, cordas na mão, sol no rosto. Pensara nele carregando todos os seus bens naquela mesma bolsa azul com a qual ele entrara na casa mais cedo. Os pais lhe deram aquela bolsa quando ele se formou no ensino médio; Meredith estava bem ao seu lado quando ele abriu o presente. Pouco sabia ela na época que aquela bolsa se transformaria em um símbolo da vida de Toby. Ele queria ser capaz de carregar tudo o que tinha nela, de forma que fosse livre para se levantar e sair, mudar-se para outro lugar, conhecer novas pessoas. Sem compromisso.

Mas, sim, um compromisso, não é?

— Me fale do seu filho — pediu Meredith.

— Michael está com 10 anos agora — disse. — Mora em Nova Orleans com a mãe e seu novo marido.

— Dez é a melhor idade — disse Meredith. Tudo nela doía: seu passado, seu presente, seu futuro. Porque, de repente, vinham suas lembranças de Leo e Carver com 10 anos. Leo pedira a Meredith e Freddy uns óculos de sol Ray-Ban, e Freddy o fizera ganhar os 139 dólares necessários, fazendo trabalhos na igreja para o padre Morrissey. Meredith fora ver como ele estava se saindo e encontrou-o de quatro no chão, passando cera no piso de madeira. Por instinto, abaixou-se para ajudar, mas Leo dissera: *Não, mãe. Isso é trabalho meu.* E, relutante, ela se levantou e o deixou ali.

Carver começou a surfar nessa idade. Usava uma gargantilha de couro com uma concha costurada e bermuda verde e preta abaixo dos joelhos. Ela podia imaginá-lo com muita facilidade — sua pele jovem e bronzeada, os músculos despontando sob sua pele lisa e clara de menino, um menino cuja voz ainda mudaria, um menino que ainda a chamava de mamãe.

Mamãe, veja só!

— Quantos anos os seus filhos têm agora? — perguntou Toby.

— Leo tem 26 e Carver, 24. Eles estão em Connecticut, Leo tem uma namorada chamada Anais.

Toby concordou. A camisa fazia seus olhos mais verdes.

Mamãe, veja só!

— Leo trabalhava para Freddy e há meses estava sob investigação. Mas meu advogado telefonou dias atrás para dizer que ele foi inocentado.

— Essa é uma boa notícia — disse Toby.

— A melhor notícia — complementou Connie. Deu batidinhas em Toby. — Leo é meu afilhado, não esqueça.

— Tenho certeza de que você fez um bom trabalho no campo espiritual durante essa crise, tia Connie — brincou Toby.

— Eu fui caso perdido nesse sentido — disse Meredith. — Os filhos vêm primeiro, você sabe.

— Eu sei — respondeu ele.

— Mas eu ainda estou sob investigação — disse Meredith. Deu um sorriso tristonho. — Portanto, aproveite minha companhia agora, porque posso ser mandada para a prisão a qualquer momento.

— Meredith — disse Connie.

— Não estou querendo ser dramática. Estamos tendo um ótimo verão, apesar de tudo.

— Exceto a foca morta — disse Toby.

— Harold — disse Meredith. — Ele era como um bicho de estimação, e o assassinaram.

— E não se esqueça dos pneus rasgados e da tinta — disse Connie. — Meredith passou a primeira metade do verão escondida aqui dentro.

— Uau! — exclamou Toby. — Há muito a conversar, mas é tudo muito sofrido!

Meredith levantou-se. Sempre que Toby abria a boca, ela pensava no que havia acontecido no velório de Veronica. Ficava tonta.

— Vou subir para dormir um pouco — anunciou.

— Por favor, fique — pediu Connie.

— Não posso — respondeu Meredith. Percebera que fora grosseira e acrescentou: — Mal consigo manter os olhos abertos.

— Tudo bem. Se prefere assim. — Estendeu a mão para ela. Connie vinha sendo muito carinhosa. Com certeza tinha medo de que a amiga enlouquecesse. Estava louca? Estava com alguma coisa. Precisava de tempo para processar o que acontecia.

Subiu ao quarto e abriu as portas que davam para sua sacada Romeu e Julieta. Podia ouvir o murmúrio das vozes de Toby e Connie. O que estariam dizendo? Meredith sentiu vontade de saber. Ficou na faixa de sol entre as portas e ouviu. Connie dizia:

— Bem, você não apareceu no velório de Chick...

— ... sempre me senti mal por causa disso. Mas eu era um garoto...

Meredith deitou-se na cama. Suas lembranças de Toby e do pai emboladas. Num momento, tinha aos dois. Depois, perdeu um primeiro, então o outro e, como se num passe de mágica, sua juventude tivera fim. Pensou no pai e Toby no quintal da frente, varrendo as folhas, ou na sala de televisão assistindo futebol. Lembrou-se do pai levando Toby para um canto, para ter uma "conversa". *Respeite a minha filha. Seja um cavalheiro.* Lembrou-se de Chick convidando Toby para se sentar à mesa de pôquer e no quanto Toby ficara animado ao ser incluído. Fora sua passagem para a vida adulta. Lembrou-se de Chick e Toby indo para a parte onde serviam rosbife durante o brunch no Hotel Du Pont. Lembrou-se de sua formatura na Merion Mercy. Estava no pódio para fazer seu discurso de boas-vindas e, quando olhou para a audiência, viu Veronica e Bill O'Brien, Toby, o pai e a mãe na mesma fila. Naquele momento, sonhara com o dia do seu casamento. Seu casamento inevitável com Toby. Mas, menos de 24 horas depois, Toby fizera suas malas metafóricas e anunciara que estava tocando a vida, deixando-a para trás. Meredith se lembrou das lições de direção do pai, no entardecer do estacionamento de Villanova. O cheiro do asfalto quente e da grama aparada, os gritos dos poucos universitários que ficavam ali para o verão, a consciência insuportável de que Toby estava na praia e que a vela mestra, os jibes e sua liberdade eram mais importantes do que ela. Chick Martin dissera: *Não suporto te ver magoada assim* e, por falta de mais palavras, colocara a música de Simon e Garfunkel para tocar repetidas vezes. *Sail on Silver Girl, Sail on by.*

Meredith sentou-se na cama. Não conseguia dormir. Pegou a caixa de papelão de dentro do armário e retirou sua tampa. Logo em cima estavam as fotografias. Tirou uma foto sua e de Freddy no dia do baile no Dial. Pareciam duas crianças. Freddy pesava 75 quilos, e seus cabelos negros encaracolados passavam do colarinho da camisa. Havia uma foto do dia de seu casamento. Freddy tinha os cabelos curtos então, do jeito que usavam os corretores da bolsa. Aqueles foram os dias em que usava seu primeiro terno da Brooks Brothers, uma tremenda extravagância. Mas, para o casamento, ele alugou um smoking. Quando a polícia federal invadiu a cobertura em primeiro de julho, achou seis smokings e 14 paletós no closet de Freddy.

Meredith poderia passar o dia inteiro vendo as fotos, mas estava procurando por outra coisa. Remexeu nos romances que estavam em cima dos anuários dos meninos, que estavam em cima do disco de Simon e Garfunkel. Meredith puxou o disco e ali, na caligrafia do pai, estava escrito: *Para minha filha, Meredith, em seu aniversário de 16 anos. Você sempre foi e sempre será minha garota prateada. Com amor, papai. 24 de outubro de 1977.*

Meredith tinha seu casamento com Toby todo planejado. Sua primeira dança com ele seria "The Best of Times" e com o pai seria "Bridge Over Troubled Water".

Ficou olhando para o closet escuro e quase vazio. Não conseguia lembrar qual música ela e Freddy haviam dançado em seu casamento. Freddy não ligava muito para música. Só ligava para dinheiro.

Ainda assim, dias e dias depois, ele comprara para ela uma estrela e dera o nome de Garota Prateada, por causa da música. Sempre incomodara Meredith que ele a tivesse nomeado Garota Prateada, pois ele não chegara a conhecer seu pai e nunca o ouvira tocar aquela música para ela. O nome da música e da história eram de Meredith, Freddy era só um convidado; ainda assim, ao comprar a estrela, ele se apoderara da música, e a fizera dele. Roubara o nome de Meredith a fim de devolvê-lo a ela como outra coisa.

Meredith remexeu até o fundo da caixa, onde encontrou um envelope pardo que continha documentos importantes seus. Pegara apenas as coisas que tinham valor: a certidão de nascimento das crianças, sua certidão de casamento, seu diploma de Princeton – e, por alguma razão, o certificado de sua estrela. Retirou-o dali de dentro. Era um papel colorido, de cor creme, de aparência oficial, e dizia "NASA" no cabeçalho da folha.

Recebera a estrela de presente em seu aniversário de 45 anos. Freddy reservara um salão no Daniel. Convidara trinta pessoas – amigos de Nova York somente –, Samantha e Trent Deuce, Richard Cassel e sua nova namorada (jovem), Mary Rose Garth e seu novo namorado (mais jovem), seus vizinhos prediletos do prédio e algumas pessoas que ela e Freddy não conheciam tão bem, mas que ele provavelmente convidara a fim de encher a sala. O jantar fora sofisticado, todos exageraram nos vinhos extraordinários, mas Meredith ficara só na sua taça e meia de tinto, e Freddy, na sua água mineral. Ainda assim, ele fora mais efusivo do que o normal, um mestre de cerimônias excêntrico e extremamente ávido. Alguma coisa aconteceria depois que o jantar fora servido, percebera Meredith, e teria a ver com o seu presente. Sentira um fluxo de curiosidade; para seu aniversário de quarenta anos, Freddy contratara Jimmy Buffett para cantar para ela na praia, em Saint Barth's. Ela achava que naquele ano seria algo parecido — Elton John, Tony Bennett. Eles eram donos de todo o chá da China; portanto, dar presentes era um desafio. O que Freddy poderia lhe dar que fosse criativo e significativo, único, e que ela não pudesse simplesmente sair e comprar?

Logo depois de Meredith ter assoprado as velas, Freddy bateu com a colher em seu copo de água.

— Atenção, atenção! — Todos pararam de falar para ouvir. — É aniversário de Meredith — disse ele. Fez uma careta, todos no salão riram. Meredith pensou nas coisas que gostaria mesmo de ter. Queria que os filhos fossem homens de sucesso e felizes. Queria mais tempo com Freddy. Lembrou-se de olhar para seus cachos grisalhos, seus olhos afiados, seu terno bem cortado, e pensar *Nunca vejo esse homem, nunca fico sozinha com ele.* Lembrou-se de desejar de presente que todos ali fossem embora para casa.

Mas não. Seguiu-se a apresentação elaborada de um envelope numa bandeja de prata, trazida por um dos garçons, o qual Freddy abriu com o suspense nervoso de um apresentador de Oscar e anunciou que havia comprado para a esposa, Meredith Martin Delinn, uma estrela na Galáxia de Bode. Chamara a estrela de "Garota Prateada" em alusão a uma música que seu pai cantava para ela quando ela era criança.

Adolescente, pensou Meredith.

Uma estrela?, pensou ela.

Onde fica a Galáxia de Bode?, perguntou-se.

— Portanto, quando olharem para o céu — continuou Freddy —, vocês saberão que uma daquelas estrelas lá em cima pertence a Meredith.

Ele a beijou e presenteou com uma certidão da NASA, e todos no salão aplaudiram, e os garçons serviram trufas de chocolate no formato de estrela e garrafas de vinho do Porto do ano do nascimento dela.

Meredith beijou-o e agradeceu.

— O que você achou? Garanto que é a única mulher no Upper East Side que tem uma estrela.

Meredith guardara o certificado da NASA, embora, na verdade, não tivesse mais olhado para ele. Sentira-se ambivalente com relação ao nome da estrela e envergonhada pela grandiosidade do gesto, em frente a todas aquelas pessoas, algumas delas perfeitos estranhos. Quanto Freddy pagara por aquela estrela?, imaginou. Cem mil dólares? Mais? Não seria isso o equivalente a jogar dinheiro fora, uma vez que a estrela era algo que Meredith nem veria em toda a sua vida? Não estaria Freddy, em princípio, anunciando que, uma vez que podiam bancar qualquer coisa nesse mundo de Deus, ele precisara ir ao céu para encontrar algo que a surpreendesse?

Todas essas coisas a incomodaram, mas o que a perturbara mais fora a forma como ele agira. Sua postura, seu exibicionismo. Algumas vezes — e essa era uma delas - Freddy se apresentava como um charlatão, andando pela cidade com sua caixa de poções mágicas que diziam curar isso ou aquilo, enganando inocentes, desaparecendo com o dinheiro das pessoas, deixando-as com a mão cheia de placebos e ampolas de água com açúcar.

Meredith analisou o certificado. Não havia nenhum selo nele, nada gravado. Ela não se questionara com relação a isso na época em que recebera o presente, embora agora estivesse claro que aquilo *não era* um documento da NASA coisa nenhuma — mas, em vez disso, algo que ele mesmo imprimira em seu computador. Balançou o papel com raiva. Como não tinha *visto*? Não analisara o documento. Como tudo o mais que Freddy lhe dizia, ela aceitara como verdade verdadeira.

E agora estava dolorosamente claro que era mentira. Ela dera apenas uma *olhada* no documento; se tivesse ao menos *aberto os olhos*, teria visto. Fora alguma coisa que ele mesmo produzira em seu computador. Sentiu vontade de rasgar o certificado

Droga, Freddy!, pensou (pela zilionésima sexta vez). Mas poderia servir como prova. Meredith pegou o telefone celular e telefonou para Dev.

Acho que desta vez eu tenho alguma coisa — disse. — Procure o nome "Garota Prateada". — Então percebeu o que estava fazendo. — Ou este deve ser o nome de uma estrela registrada na NASA.

— Hã? — perguntou Dev.

— Freddy disse que havia comprado uma estrela para mim — disse ela. — Mas agora acho que estava mentindo. — Claro que estava mentindo; o certificado foi impresso em papel de boa gramatura, o mesmo que ele usava no escritório.

— Quando foi isso?

— No ano de 2006 — disse. — Encontrou Thad Orlo?

— Não tenho permissão para falar.

— Não tem permissão para falar? Fui eu quem te deu a informação.

— Achamos que estamos chegando perto — disse ele.

Meredith percebeu como agora Dev se incluía como "nós", junto com os agentes federais.

— Bem, use "Garota Prateada" e relacione esse nome com o que você já tem. Ou com o que os federais já têm.

— O certificado diz mais alguma coisa? — perguntou. — Tem algum número? Os agentes federais estão procurando números de contas. De preferência com nove dígitos.

— Sim, tem um número — respondeu ela. No canto superior direito, na caligrafia do próprio Freddy, havia um número... dez dígitos, não nove, e três deles eram letras. Na própria caligrafia de Freddy, em caneta esferográfica. Era isso, uma pista de verdade, aquela estrela idiota, seu *pseudo presente de aniversário*! Freddy escondera uma informação ali. Dera a ela essa informação, mas teria esperado que ela descobrisse? Meu Deus, Meredith era um perfeito fracasso em ver o que estava bem debaixo do seu nariz Leu o número para Dev.

— Zero, zero, zero, quatro, H, N, P, seis, nove, nove.

— Esses números dizem alguma coisa para você?

— Nada.

— Deve ser o número de uma conta de banco. Talvez um dos zeros seja irrelevante; talvez um dos números seja para confundir. Obrigado, Meredith. Essa foi boa.

— Mas você não tem como saber se essa foi boa. Os agentes federais têm que conferir, certo? Poderia, por favor, dizer a eles que estou tentando ajudar?

— Oh, Meredith — respondeu ele. — Todos nós sabemos que você está tentando.

CONNIE

Meredith e Toby estavam sob o teto de Connie há quase 42 horas. Era estranho?

Sim.

Ocorrera uma troca tensa de palavras durante o almoço. Meredith ficara uns dez ou doze minutos com eles antes de subir ao seu quarto.

— Acha melhor eu ir embora? Tenho passagem em aberto para o aeroporto de Baltimore. Posso voltar a qualquer momento – manifestou-se Toby.

— Você acabou de chegar. Não te vejo há séculos. Quero que fique.

— Tudo bem – respondeu Toby, hesitante.

Ela vai superar.

— Acha mesmo?

Quando Meredith desceu às 17 horas, parecia ainda mais perturbada do que ao meio-dia.

— Está tudo bem? – perguntou Connie.

— Bem? – Meredith virou-se para ela.

— Desculpe. Eu não queria criar expectativa para você. Sinceramente eu não achava que ele viria. Você sabe que não dá para confiar no que ele diz.

— Isso eu sei.

Naquele momento, Toby surgiu do nada.

— Em quem não dá para confiar? – perguntou.

Eles tinham que fazer alguma coisa com relação ao jantar. Connie não estava com vontade de cozinhar. Meredith não queria sair.

Dan telefonara dizendo que iria passar a noite em casa com os meninos, mas que poderia aparecer pela manhã, para levar os três a Great Point. Connie contou a Meredith. Havia semanas Connie vinha falando sobre ir até lá, mas Meredith só franzia a testa e dizia: "Tudo bem."

Decidiram pedir pizza calabresa com cebola, que era o sabor de pizza que todos eles haviam comido durante o ensino médio. Se Connie fechasse os olhos, poderia ver a mesa a que se sentavam no Padrino, ela e Matt Klein de um lado, Meredith e Toby do outro, a jarra de cerveja de bétula e quatro copos de plástico marrom na mesa, Orleans tocando na jukebox "You're Still the One".

Connie preparou uma salada rápida e, quando a pizza chegou, eles se sentaram para comer. Mas a conversa foi forçada; Meredith estava longe, perdida em seus próprios pensamentos. Mais diferente das lembranças que Connie tinha do Padrino, impossível.

Para não se sentir vencida, sugeriu que eles fossem para a sala de jantar assistir a um filme. Estava sendo óbvia demais? A quantos filmes os três haviam assistido juntos no sótão da família O'Brien? Toby concordou, e Meredith aceitou relutante. Connie ficou com a poltrona, Toby sentou-se no sofá e Meredith olhou para o lugar vazio ao lado dele. Ele bateu na almofada.

— Senta aqui.

— Vou ficar bem no chão — respondeu ela. — Sentou-se de pernas cruzadas no tapete Claire Murray, as costas retas, o queixo empinado. Influência de Annabeth Martin, ou de tanto mergulhar.

— Meredith, você *não tem como* estar confortável — exclamou Connie.

— Estou bem.

Chegaram a um acordo sobre a qual filme assistir, o que significa que Connie e Toby chegaram a um acordo, cientes de que independentemente de filme que pegassem, Meredith diria "tudo bem". Entraram num acordo de assistir *Um Sonho de Liberdade*, mas então, no último momento, Toby gritou:

— Ah, não, vamos assistir *O Clube dos Cafajestes*.

Meredith virou-se bem lentamente para ele.

— Você está brincando.

— Vamos lá — respondeu ele. — Você não se lembra?

— Sim — respondeu Meredith. — Eu me lembro. — E então, tão lentamente quanto fumaça, ela se levantou e saiu da sala. — Boa noite — disse, quando já subia a escada. — Vou dormir.

Connie aguardou até ouvir o barulho da porta do quarto de Meredith fechar.

— Preciso perguntar?

— Primeiro encontro.

— Por que a está torturando?

— Não estou torturando — disse. — Achei que ela acharia engraçado.

— É, ela estava mesmo morrendo de rir.

— E aí, o que aconteceu com vocês duas? — perguntou Toby.

— O que aconteceu com *vocês* dois? — perguntou Connie.

— Está acontecendo — respondeu ele.

Connie balançou a cabeça.

— Eu sei que vocês duas tiveram uma briga — continuou Toby. — Percebi que ela não compareceu ao velório de Wolf, mas você nunca me contou o que aconteceu. E eu estava bêbado demais para perguntar.

— Águas passadas.

— Me conte — insistiu ele.

— Oh... — resmungou Connie. Não contara a ninguém sobre sua briga com Meredith, a não ser para Wolf. Ashlyn, Iris e sua amiga Lizbet sabiam que elas haviam discutido, mas Connie não sentira vontade de dividir os detalhes. Não eram da conta de ninguém, e a briga com ela fora extremamente dolorosa. Mas Connie estava cansada de assuntos tabu. Se havia contado a Dan o que havia acontecido com Ashlyn no velório do pai, então contaria a Toby sobre sua conversa ao telefone com Meredith.

— Poucos meses antes de Wolf morrer — disse Connie (Wolf ainda estava trabalhando, apesar de os médicos mostrarem sua desaprovação; daquele jeito, ele não melhoraria nada.) — ele examinou com cuidado toda a nossa papelada financeira. — Ficara analisando demoradamente os relatórios de ações durante quase todo o domingo, e Connie lembrava-se de ter ficado aborrecida e sido grosseira. Era um dia maravilhoso de setembro, e ela queria sair para caminhar com ele enquanto ele ainda podia andar, mas Wolf continuava imerso na papelada espalhada sobre a mesa da sala de jantar. Deveriam sair e aproveitar o dia; tinham Gene, o contador, para se preocupar com as finanças, não tinham? Há tempos Wolf desistira de ler — o esforço da leitura fazia seus olhos doerem — e, até mesmo nos lugares de trabalho, tinha um ajudante que lia para ele as medidas dos projetos. Sendo assim, quanto daquelas colunas de números ele estava entendendo? Mas ele estava determinado. Connie foi caminhar sozinha e voltou para casa com os olhos congestionados, fungando, por causa do pólen.

— Wolf me pediu para sentar. Ele me mostrou uma pilha de documentos das Empresas Delinn, que haviam sido impressos numa impressora matricial. Eu nunca tinha colocado os olhos de verdade naqueles documentos. Eu disse a ele: Meus Deus, Wolf, a gente devia doar esses documentos para um museu.

Nós vamos tirar o nosso dinheiro daqui amanhã, disse ele.

O quê?

Sair fora desse negócio com Freddy. Gene adora aplicar com ele, mas não sabe explicar como o negócio funciona e, durante todos os anos que conheço Freddy, ele também nunca conseguiu me explicar os negócios dele de uma forma que fizesse sentido.

É magia negra, Connie respondera baixinho. Essa era a resposta de Freddy sempre que alguém lhe perguntava a fórmula para lucros tão fantásticos, mesmo nos anos em que o mercado estava em queda.

Alguma coisa negra, sem dúvida, respondera Wolf. *Tenho certeza de que ele está infringindo a lei.*

Freddy?

Sim, Freddy. Gosto dele; sempre gostei. Deus sabe como é generoso. E também adoro Meredith e os meninos, mas tem alguma coisa errada nesse negócio dele. O que quer que esteja fazendo, a Comissão de Valores Mobiliários vai pegá-lo, só que nós não vamos ficar esperando isso acontecer. Nós vamos pular fora disso amanhã.

Amanhã? Está falando sério? Não quer conversar com Gene antes...?

Connie. Wolf colocou a mão sobre a dela e tentou olhar em seus olhos, mas seu olhar ficou vagueando, como vinha ocorrendo com frequência. Ele não conseguia manter o foco. Os olhos de Connie se encheram de lágrimas que nada tinham a ver com o pólen das ambrosias. Ela o estava perdendo. A liquidação das Empresas Delinn fora um passo dado para a preparação da morte de Wolf. *Vamos dar o fora desse fundo de investimentos amanhã mesmo.*

Está bem, disse Connie, embora estivesse cética. O lucro era bom demais, e eles tinham sorte de poderem investir o dinheiro deles ali, quando tantas outras pessoas haviam sido postas de lado. Mas ela havia apoiado Wolf em decisões mais radicais; o apoiaria nessa também. *Acha que Freddy ficará bravo?*

Bravo? Ele pareceu achar divertida a ideia. *Temos só 3 milhões aplicados. Isso é uma gota de água no oceano das Empresas Delinn.*

— Mas, no final das contas — Connie contou a Toby —, Freddy *percebeu* o saque. Deixou recados no escritório de Wolf e, quando descobriu que Wolf estava trabalhando o tempo todo no local das obras, cercou-o pelo telefone celular. — Mas Connie só descobrira dias depois, quando, chegando a um ponto de extrema frustração, Freddy telefonara para a casa deles.

Retirou o dinheiro?, reclamou Freddy. *Por quê?*

Freddy parecia furioso, o que pegou Connie de surpresa. *Eram só 3 milhões. Que importância tinha? Temos tão pouco dinheiro investido com você. Quer dizer, em comparação aos seus outros clientes. Você não vai sentir a nossa falta.*

Não vou sentir a falta de vocês?, perguntou Freddy. *Você por acaso sabe o orgulho que eu tenho de dizer às pessoas que o arquiteto Wolf Flute é meu cliente? Tenho centenas de clientes em Hollywood — tenho o dinheiro da família Clooney e da família Belushi —, mas sinto mais prazer em mencionar o nome Wolf Flute do que o de qualquer outra pessoa.*

Mesmo?, perguntou Connie. Não sabia como reagir. Freddy queria que Wolf continuasse a investir dinheiro com ele para que pudesse usar seu nome e atrair outros arquitetos ou outros moradores proeminentes de Washington para investir? Seria possível que fosse verdade? E, caso fosse verdade, Wolf ficaria orgulhoso ou aborrecido?

— Aí eu desliguei o telefone prometendo a Freddy que Wolf telefonaria para explicar. Wolf então me disse que não daria explicação alguma. Morava num país livre, disse, e estava retirando o seu dinheiro das Empresas Delinn. Eu não tive escolha a não ser usar o trunfo da amizade de Meredith. E Wolf me respondeu que, se eu estava preocupada com o que Meredith pensava, deveria telefonar para ela.

— E o que você fez? — perguntou Toby.

— Eu telefonei — respondeu Connie.

Meredith atendera no primeiro toque, como se estivesse de pé em seu apartamento, aguardando sua ligação.

— Meredith?

— Connie.

— Já sabe?

— Ouvi alguma coisa — disse ela. — Mas não acreditei.

Connie suspirou. Tinha esperança de que Meredith facilitasse as coisas. Tinha esperança de que ela recebesse as notícias tranquilamente e fizesse sua parte para facilitar as coisas com Freddy.

— Wolf sentiu que deveríamos tirar o dinheiro da aplicação.

— Foi o que Freddy me disse. Mas por quê?

— Bem — disse Connie. Contaria a verdade para Meredith? Com certeza não. — Não sei muito bem por quê.

— Você está mentindo, Constance — disse Meredith.

— Não estou — respondeu Connie. — Wolf tem suas razões, mas não sei bem quais são elas.

— Wolf está doente — respondeu Meredith.

Connie sentiu-se ofendida.

— Sim, eu sei.

— Tem câncer no cérebro — disse Meredith.

— Bem, isso não quer dizer que ele seja estúpido — rebateu Connie.

— Freddy diz que ele está cometendo um erro estúpido.

— É claro que Freddy diria isso — respondeu Connie. — É o fundo de investimentos dele. Ele quer que a gente fique. Já deixou isso bem claro.

— Então qual o problema? Os lucros não são bons para vocês?

— São — disse Connie. — Wolf acha até que eles são bons demais.

— O que você está insinuando? — perguntou Meredith.

— Nosso contador não sabe explicar como Freddy consegue esses lucros — disse Connie. Ninguém sabe.

— Bem, claro que não. Caso contrário, estariam fazendo o mesmo. Freddy é um gênio, Connie. — Nesse ponto, Connie pôde repetir as palavras de Meredith, elas eram muito previsíveis. — Ele foi fera em economia em Princeton. Entende de mercado como ninguém. Você sabe quantas pessoas pedem para investir com ele e ele recusa?

— Wolf acha que há algo de errado admitiu Connie.

— Algo de errado? — perguntou Meredith. — Você está acusando meu marido de alguma coisa?

— Não sei — respondeu. Usou uma voz apologética quando disse isso. Do tipo "por favor, não deixe que questões dos nossos maridos abalem nossa amizade". — Ele só está preocupado.

— Porque ele acha que Freddy está fazendo alguma coisa fora da lei — disse Meredith.

— Eu disse que não sei.

— Você sabia que Freddy trabalha numa empresa devidamente registrada?

Connie ia abrir a boca para falar, mas Meredith disse:

— Meu Deus, eu ODEIO quando as pessoas chamam Freddy de ladrão. Ele é ótimo no que faz, é melhor do que qualquer um, e isso faz dele um ladrão?

— Tudo o que estou dizendo é que Wolf quer sacar o nosso dinheiro. — A voz de Connie saiu mais rude então. Aos olhos de Meredith, ela nunca se pusera contra Freddy e agora, podia ver, iria perder. Se Meredith daria razão a Freddy, então tudo bem: Connie daria razão a Wolf. Lembrou-se de quando subia nos ombros de

Wolf nas brigas de galo em Madequecham Jam. Não fora rude? Não ganhavam sempre? – Queremos sacar o nosso dinheiro. Queremos um cheque amanhã de manhã!

– Um cheque amanhã de manhã?! – exclamou Meredith. – Então você já tomou sua decisão? Já encerrou tudo com Freddy?

– Encerrei com as Empresas Delinn, sim – disse Connie. Falara assim para diferenciar os negócios da amizade. O pior era que Connie e Wolf tinham férias planejadas em Cabo de Antibes com Meredith e Freddy dentro de duas semanas. O que fariam com relação a isso?

Foi Meredith quem perguntou.

– E quanto à França?

– Não iremos mais à França.

Nesse momento, Meredith fez uma pausa.

– Vocês não irão mais à França?

– Não vejo como poderemos ir... agora – disse Connie. O que queria dizer era: Como poderemos ficar todos sentados juntos, comendo patê e bebendo vinho, quando vocês dois fizeram um escândalo desnecessário porque estamos pegando o nosso dinheiro de volta? Como poderemos aceitar hospitalidade de um homem que, em essência, chamamos de ladrão?

Meredith tinha a voz muito tranquila. Talvez se elas ainda estivessem gritando teriam resolvido as coisas de outra forma. Mas Meredith deu um suspiro resignado e disse:

– Tudo bem, Connie, se é assim que vocês querem jogar, tudo bem. Mas você está cometendo um sério erro.

E Connie, sem acreditar que a Meredith que ela conhecia havia mais de quarenta anos, mulher que considerava como irmã, deixaria a amizade delas ser asfixiada por causa de dinheiro, disse:

– Para falar a verdade, não acho que eu esteja, não.

— Vou dizer a Freddy que você quer um cheque para amanhã de manhã.

Obrigada, disse Connie.

— E as duas desligaram.

E foi assim? — perguntou Toby.

— E foi assim — respondeu Connie. — Semanas e meses se passaram, e eu não tive notícias dela. Fiquei achando que ela telefonaria e pediria desculpas.

— Mas você não telefonou para ela pedindo desculpas — disse Toby.

— E pelo que eu me desculparia? — perguntou Connie.

Quando Wolf morreu, Meredith enviou flores e um cheque de 10 mil dólares para a Sociedade Americana de Câncer em nome de Wolf. Connie escreveu agradecendo. Achou que talvez ela e Meredith pudessem fazer as pazes, mas não ouviu resposta da amiga. Connie sabia que era por causa de Freddy.

E então veio a prova de que Wolf estava certo: Freddy foi preso. O esquema Ponzi foi revelado.

— Sorte a minha nós termos pulado fora — disse Connie. — Se Wolf não tivesse retirado o dinheiro, eu teria sido obrigada a vender a casa aqui de Nantucket. E talvez a casa de Bethesda também. Eu teria ficado na pior.

Teria ficado exatamente como Meredith.

O dia seguinte era domingo e, assim que acordou, Connie telefonou para Ashlyn.

Caiu diretamente na caixa postal.

— Oi, querida, sou eu. Ainda estou em Nantucket e adivinhe só! Tio Toby está me visitando! — Connie fez uma pausa, como se esperando que Ashlyn respondesse. Por tudo o que sabia, Toby costumava falar com ela. Desesperada como estava à espera de notícias da filha, não pôde deixar de pedir: — Enfim, ligue para mim quando receber essa mensagem. Eu te amo, Ashlyn. Sua mãe.

Connie preparou as bolsas para a ida a Great Point da mesma forma que faria para uma viagem a Paris. Usava um maiô e uma saída de praia branca que não vestia desde o verão em que Wolf ficara doente. Mesmo com a visão deficiente ele dissera: *Você parece um anjo com esse vestido branco, amor.* Esse comentário por si só deixara Connie com vontade de não usar aquela saída de praia para mais ninguém que não fosse ele. Mas agora via que bobagem isso era, a saída de praia fora cara e ficava bem nela. Ela a usaria. Colocou um livro dentro da bolsa, os óculos de sol, toalhas, um suéter. Na bolsa de roupas, escova e pasta de dentes, creme facial, escovas de cabelos e uma camisola.

Colocou comida no cooler, uma garrafa térmica de chá gelado e nenhuma garrafa de vinho. Estava bem assim. É claro que poderia colocar uma garrafa de vinho e optar por não bebê-la, mas quem queria enganar? Se levasse o vinho ficaria tentada demais.

Ouviu uma buzina do lado de fora. Dan!

— Dan, este é o meu irmão, Toby, Toby; este é Dan Flynn.

— Dan, *the man*! — exclamou Toby, apertando sua mão.

Dan abriu um sorriso.

— Prazer em te conhecer. Você e Connie se parecem.

— Parecemos? — perguntou Connie. Pôde logo ver que tudo correria bem. Toby estava acostumado a encantar todas as pessoas que conhecia, e Dan não era exceção. Os dois eram parecidos; homens acostumados à vida ao ar livre. Nenhum dos dois dava muita importância a dinheiro ou prestígio, nem a deixar um legado para os filhos. Preocupavam-se em ser livres para fazer o que quisessem. Eram uma dupla perfeita.

Dan beijou Meredith no rosto.

— Gostei do jeito como arrumou os cabelos.

Meredith estava usando um boné vermelho de beisebol com as iniciais de uma fraternidade. Fora boné de Ashlyn, e estava abandonado havia muito na prateleira empoeirada do armário. De início, Connie ficara chocada de ver Meredith com ele; então pensou: *Ah, dane-se.* Sem mais tabus. E Meredith parecia ligeiramente mais animada naquela manhã.

— Obrigada — respondeu.

— Quero dizer, sem peruca — concluiu Dan.

— Espera aí — interrompeu Toby. — Usou mesmo peruca?

— Fiquei andando incógnita por uns dias. Mas não hoje.

Dan tocou o ombro dela.

— Você não vai precisar de disfarce hoje.

— Great Point — disse Toby, esfregando as mãos.

— Vamos nessa! — disse Dan.

Eles atravessaram a cidade de Sconset, parando no mercado para comprar sanduíches, saquinhos de batatas fritas, pretzels e marshmallows. Connie preparara uma salada de frutas e uma salada de batatas e repolho fininho, e Dan disse que tinha o resto das provisões garantido.

A capota estava rebaixada no Jeep cereja, e o sol brilhava sobre os quatro, à medida que atravessavam Sconset pela Polpis Road, passando pelo Farol de Sankaty e pelo campo de golfe, pela forma azul e oval de Sesachacha Pond, até a rotatória de Wauwinet. Ali a estrada ia ficando mais sinuosa e rural — passaram por fazendas cercadas de terra aberta e uma área densa de vegetação e árvores frondosas antes de chegaram ao portal da pousada Wauwinet. Dan parou o carro e desceu para tirar o excesso de ar dos pneus.

— Posso te ajudar? — perguntou Toby.

— Seria ótimo — respondeu Dan. Atirou para Toby o calibrador e desligou o motor.

Connie estava na frente, Meredith logo atrás dela. Connie virou e lhe sorriu.

— Você está bem?

— Muito bem. — Estava com os óculos escuros enormes, portanto Connie não sabia dizer se o "muito bem" era sarcástico ou sincero.

Connie ouviu o silvo do ar deixando os pneus. Aquilo era como uma saída de dois casais, pensou. Ter Toby com eles equilibrava tudo. Lembrou-se da última vez que saiu assim com Meredith — e Wolf e Freddy — no sul da França. Freddy programara uma viagem de carro pela vila pitoresca de Annecy. Eles viajaram num Renault 1956; tinham um motorista com farda e quepe azul-marinho que só falava francês. Era Meredith que se comunicava com ele. Connie lembra-se de ter sentido inveja de seu francês e raiva de si por ter passado quatro anos estudando o inócuo latim. Os quatro foram a um jantar elegante num restaurante cinco estrelas Michelin, que dava vista para o lago. Era um lugar que Freddy e Meredith frequentavam; eles conheciam o dono, um cavalheiro de pele azeitonada e terno imaculado. O homem fez Connie se lembrar de Oscar de La Renta; beijara sua mão e levara, tanto para ela quanto para Meredith, taças de champanhe rosé. Krug. Aquele almoço devia ter custado uns quinhentos euros, embora a conta não tenha chegado à mesa. Sempre fora assim com Freddy e Meredith — tinha-se essas experiências fantásticas que pareciam acontecer num passe de mágica —, embora, claro, Freddy, de alguma forma, tivesse pago pelo serviço. Talvez o almoço tenha custado uns mil euros porque eles beberam, pelo menos, duas garrafas de Krug. Serviram também lagosta, salada de manga e ervas com alcachofras marinadas, cultivadas na própria fazenda. Comeram também um peixe inteiro com molho à parte, batatas assadas em azeite de oliva, uma tábua de queijos com figos e uvas pequenas. Então, no final, trufas de chocolate e café expresso. Fora o almoço dos deuses. Freddy, lembrava-se Connie, bebera somente água mineral. Sentou-se à cabeceira da mesa, rei soberano, pedindo esse e aquele prato enquanto Connie, Wolf e Meredith ficavam bêbados de Krug. A abstinência alcoólica de Freddy, Connie via agora, era uma forma que ele encontrara de controlar todos eles. E não era que essa viagem de carro até Annecy e esse almoço tinham acontecido um dia depois que Freddy beijara Connie no terraço? Sim, Connie lembrava-se de sentir os olhos dele em si nela durante o almoço; sentira sua admiração e seu desejo. Tinha, para ser totalmente honesta, sentido prazer nisso.

Ele a havia beijado, tocado.

Connie quase virou para Meredith para perguntar o nome daquele restaurante – aquele era o tipo e lugar de que ninguém se esqueceria – , mas decidiu que não traria o assunto à tona. Do jeito que tudo andava, o dono do restaurante podia muito bem ter sido um investidor de Freddy; do jeito que tudo andava, o restaurante teria fechado, agora mais uma vítima das Empresas Delinn.

Você é uma mulher incrivelmente linda, Constance.

O recepcionista chegou para checar o adesivo de praia. Era um senhor mais velho, com os cabelos grisalhos praticamente raspados e postura rígida. Militar reformado, com certeza. Um comandante aposentado. Esse era o tipo de gente necessária ali: alguém que pudesse manter os visitantes baderneiros sem registro longe das estreitas áreas de conservação ambiental de Great Point.

O recepcionista se iluminou quando viu Dan.

— Olá, jovem sr. Flynn. Como vai nesse belo dia?

Os dois homens apertaram as mãos.

— Vamos indo — disse Dan. Olhou para Toby, e então de novo para o Jeep. — Esses são alguns amigos meus...

Cuidado!, pensou Connie.

— De Maryland.

Toby, nunca tímido nas apresentações, ofereceu a mão.

— Toby O'Brien.

— Bud Attatash — respondeu o recepcionista. Olhou além de Toby, para dentro do Jeep.

Não nos apresente!, pensou Connie.

— As senhoras estão prontas para se divertir? — perguntou Bud.

Connie acenou. Não podia ver o que Meredith estava fazendo.

— Como está lá hoje? — perguntou Dan. *Entre no carro*, pensou Connie. *Por favor, vamos!* Mas então percebeu que o verdadeiro trabalho de Dan era conhecer todos naquela ilha e tudo o que acontecia ali. Claramente sentiu que precisava ficar alguns minutos batendo papo com Bud.

— Bem, estamos em agosto, e as focas finalmente caíram fora. Foram para a costa.

— O cheiro vai melhorar bastante — disse Dan.

— Com certeza — respondeu Bud. Coçou a nuca. Tinha o colarinho engomado como um papelão. — Ouviu falar de uma foca morta na costa sul? Assassinada, disseram. Deixada como entrega especial para aquela mulher Delinn.

Toby fez um barulho. Bud olhou-o.

— Sim, ouvi falar. Foi terrível.

As palmas das mãos de Connie coçaram. Seus ombros ardiam sob o sol. Estava com medo de virar e olhar para Meredith. Toby, percebeu, parecia tenso. Se tivesse tomado uns três drinques, teria socado o queixo de Bud Attatash.

— Terrível é a palavra certa — disse Bud. — Matar um animal daquela forma.

— Uma violência sem sentido — disse Dan.

Entra no carro!, pensou Connie. Pigarreou. Toby leu sua mente e pulou para o banco de trás com Meredith. Dan deu um passo para trás, com um pé só, mas não conseguiu se comprometer com uma saída completa.

— Nunca vão pegar quem fez isso. Aquela mulher tem muitos inimigos.

— É um pouco mais complicado do que isso, Bud — disse Dan. — E se não acredita em mim, você deveria conversar com o delegado de polícia. — Até Dan parecia incomodado agora, e Connie sentiu sua súbita irritação. Como ele não conseguira manter a conversa longe desse único assunto? Meu Deus! — É melhor a gente ir andando agora.

— Uma pobre e inocente criatura marítima — disse Bud.

Eles pararam na areia, deixando Bud Attatash em seu uniforme cáqui olhando para eles no portal.

— Desculpem por isso — disse Dan.

Ninguém respondeu. Connie deu uma olhada em Meredith pelo espelho retrovisor. Sua expressão, por baixo da aba do boné e por trás dos óculos escuros imensos feito dois pires, era inescrutável.

— Bud é inofensivo — disse Dan. — Eu o conheço a vida inteira.

Mais uma vez ninguém respondeu. Connie ligou o rádio. Era um comercial, alto e incômodo. Ela empurrou o CD para dentro, achando que seriam os Beatles, mas a música que gritou foi pior do que o rádio. Dan retirou o CD com um gesto tão brusco de propriedade, que Connie sentiu que, em primeiro lugar, não deveria nem ter pensado em tocar no rádio.

– Desculpe. Deixei Donovan usar o carro. Essa música é dele.

Connie temeu que todos os bons carmas que ela havia atraído para aquele dia estivessem correndo o risco de escorrer por entre as tábuas do assoalho.

Mas o Jeep sacolejou por cima de alguns calombos na areia, Toby gritou, e Connie foi forçada a se segurar na barra de segurança. Passaram pelas últimas casas de veraneio e rumaram para as areias de Great Point.

De repente, o silêncio deles não parecia ter como causa a conversa com Bud Attatash lá no portal, mas, em vez disso, a beleza estarrecedora da paisagem à sua volta. A areia ali era branco-creme. A vegetação consistia em arbustos baixos – myricas e rosas rugosas de perfume adocicado. O mar era de um azul-escuro; as ondas, mais gentis que as ondas de Tom Nevers. Ao longe, Connie viu o farol de Great Point. O que encantava era a pureza dos arredores. Alguns homens pescavam na beira da praia. Caranguejos fugiam das gaivotas e dos catadores de ostras.

Por que Connie nunca fora para lá antes? A resposta, supunha, era que a família Flute não ia a Great Point; isso não estava em seu roteiro de Nantucket. A sra. Flute, mãe de Wolf, dizia que não conseguia suportar a ideia de automóveis na praia, mas Wolf disse que o que isso queria dizer mesmo era que os seus pais – yankees avarentos – não queriam gastar dinheiro para comprar um adesivo de praia. (Eram 75 dólares na época; agora era quase duas vezes isso.)

Bem, pensou Connie, eles tinham saído perdendo. O lugar era um tesouro natural.

Dan os conduziu pelas marcas da areia até a ponta da ilha.

– Aqui, vocês podem ver a arrebentação.

Toby levantou-se do banco.

— Cara — exclamou ele. — Fantástico.

Connie podia ver uma marca na água, um redemoinho onde ficava a arrebentação. Ali era o final da ilha, ou o início. O farol estava bem atrás deles.

— Podemos subir o farol? — perguntou Meredith. Parecia um pouco mais normal. Felizmente, ela havia atribuído o encontro com Bud Attatash a uma má sorte. Mais do que tudo, Connie queria mantê-la feliz.

— Sim, podemos? — perguntou Connie a Dan.

— Sim, podemos — respondeu ele. Foi com o carro para o lado do porto e estacionou. Havia barcos à vela espalhados no horizonte.

Eles foram andando com passos pesados pela areia quente, a caminho do farol. Havia uma antecâmara com dois bancos de madeira, mas a porta que conduzia ao farol estava fechada.

— Nunca se sabe se a porta estará trancada — disse Dan. Virou a maçaneta.

— Está trancada — disse Connie. Ficou decepcionada. Ela mesma tentou a maçaneta.

— Está trancada. Mas eu tenho a chave — disse Dan.

— Tem? — perguntou Meredith.

Ele puxou uma chave do bolso da calça. Era da cor de uma moeda antiga.

— Tenho essa chave desde os 18 anos. Nessa época, o vigia aqui era um homem chamado Elton Vicar. E eu namorei a neta dele, Dove Vicar.

— Dove? — perguntou Connie.

— Dove roubou a chave do avô, deu para mim e fui esperto em mantê-la comigo. Porque eu sabia que ela seria útil um dia.

— Tem certeza de que ainda funciona? — perguntou Connie. Como uma chave que Dan guardara por trinta anos ainda poderia funcionar?

Dan enfiou a chave na fechadura. Teve que balançá-la, mas a encaixou, virou a maçaneta e a porta se abriu.

— Nunca tocaram nem trocarão a fechadura. Daria muito trabalho. Além do mais, não há razão.

— Então, estamos fazendo uma coisa ilegal? — perguntou Meredith. Parecia nervosa.

— Relaxe — disse Dan. — O crime foi cometido por outra pessoa, tempos atrás, por Dove Vicar, que hoje é Dove Outra Coisa, morando em algum lugar no Novo México.

— Mas não estamos invadindo? — perguntou Meredith.

— Temos a chave! — respondeu Dan, e entrou.

Connie nunca entrara em um farol antes, mas aquele ali era o que ela esperava. Era escuro e sujo, com um piso de cimento cheio de areia; tinha o cheiro de adega de porão. No meio da sala havia uma escada espiral de ferro batido, que Dan começou a subir. Connie o seguiu, pensando. *Estou saindo com o único homem em Nantucket que tem a chave do farol de Great Point.* Meredith estava atrás dela e Toby na retaguarda. Connie prestou atenção onde pisava; a única luz ali presente era filtrada em raios empoeirados que vinham de cima.

No topo da escada havia uma sala comum — porta e janelas e uma caixa que refletia a luz do sol, acionada por placas solares.

Toby estava impressionado.

— Há quanto tempo isso foi construído?

— Originalmente no ano de 1785 — respondeu Dan. — Reconstruído em 1986.

Havia uma sacada estreita que circundava o topo. Connie e Meredith saíram e andaram ali fora. Dava para ver todo o caminho de Nantucket Sound a Cape Cod. Ao sul, a ilha se espalhava à frente deles como um cobertor — as casas, as árvores e os lagos, as dunas de areia e as estradas de chão. Havia vinte anos que Connie ia a Nantucket, mas aquele dia era a primeira vez que ela a via de verdade.

Dan estacionou o Jeep na lateral do porto, e eles desdobraram as cadeiras e esticaram as toalhas.

— Isso aqui — disse Connie — é um lugar de tirar o fôlego. Não é, Meredith?

Meredith resmungou.

— Mmmmhmmm.

Dan abriu uma cerveja.

— Alguém quer um drinque?

— Toby, eu trouxe chá gelado — respondeu Connie.

Toby levantou a mão.

— Estou bem, no momento, obrigado.

— E, você, Meredith? — perguntou Dan.

— Eu também.

— Connie? Posso te servir uma taça de vinho? — perguntou Dan.

— Eu trouxe chá gelado.

— Sério? Nenhuma garrafa de vinho? — disse ele.

— Sério — respondeu ela. Colocou um chapéu de aba larga que comprara para proteger o rosto do sol, mas que nunca se importara em usar. Estava na hora de começar a se cuidar. Usar chapéu, deixar o chardonnay em casa. — Vou tomar um chá gelado.

— Tudo bem — respondeu Dan. Parecia surpreso.

— Meredith, quer dar uma caminhada? — perguntou Toby.

— Connie, quer dar uma caminhada? — perguntou Meredith.

— Ainda não. Vão vocês dois.

Meredith não se moveu.

Vou esperar Connie — disse.

Toby respondeu então numa voz bem adulta e séria, que Connie não conseguia se lembrar de tê-lo visto usar antes:

— Meredith, venha caminhar comigo. Por favor.

Meredith permaneceu imóvel como uma pedra.

— Não.

Hoje será um desastre completo?, pensou Connie.

Toby afastou-se em silêncio. Connie observou-o sair. Então, poucos segundos depois, Meredith levantou-se, e Connie pensou: *Ai, graças a Deus*. Mas Meredith tomou a direção contrária.

Dan acomodou-se numa cadeira ao lado de Connie. Tinha uma cópia de *O caçador de pipas* no colo.

— Posso me atrever a perguntar? Qual o lance deles?

— Ai, meu Deus — disse ela. — Não faço ideia.

— Não faz ideia?

Quando Connie olhou para Dan, ficou sobrecarregada pelo pouco que o conhecia e pelo pouco que ele a conhecia. Como podia? Passar a conhecer alguém? Levava tempo. Levava dias juntos, semanas, meses. A simples ideia de todo esforço que levaria para conhecer Dan e para Dan conhecê-la, de repente, pareceu-lhe exaustivo. Por que simplesmente não levara o vinho? Tudo era tão mais fácil com vinho!

— Meredith e Toby foram namorados no ensino médio — disse ela.

— Ah! — exclamou Dan, como se isso explicasse tudo. Mas como seria possível ele entender?

— Eles eram loucamente apaixonados. Era irritante.

Dan riu.

— Irritante?

— Bem, você sabe, ele era meu irmão; ela era a minha melhor amiga...

Você se sentiu deixada de lado?

— Mais ou menos, sim. No início, fiquei muito aborrecida. Quase coloquei um fim na questão... acho que eu tinha poder para isso, pelo menos com Meredith. Mas eu me acostumei com a ideia e tinha namorado, estava sempre namorando...

— Isso não me surpreende — disse Dan.

— Então a gente costumava sair a quatro, dois casais. Íamos ao cinema e dançar no Radnor High School, onde Toby costumava ir. Íamos andar de patins. — Connie riu. *Era* engraçado pensar nela, Meredith, Toby e Matt Klein no ringue de patinação com o globo espelhado rodando, criando poças de luz multicolorida. Patinavam ouvindo Queen, Lynyrd Skynyrd e Earth, Wind & Fire. Connie e Meredith patinavam de costas (passavam horas treinando no porão de Meredith) e Toby e Matt repousavam as mãos nos quadris dela. Connie e Meredith, as duas, tinham cabelos repicados e sempre levavam pentes plásticos no bolso traseiro de suas calças de grife. Entre patins, os quatro se sentavam a mesas plásticas no bar, bebiam uma mistura de refrigerantes e comiam nachos de má qualidade. — Mas, não sei por que, meus namorados eram sempre caras para eu passar o tempo. Meredith e Toby eram diferentes. Estavam apaixonados. Eram bem claros com relação a isso, se mostravam muito satisfeitos assim.

— Irritante — concordou Dan.

— E então depois que eu aceitei que eles acabariam se casando e tendo cinco filhos, Toby terminou com ela.

— Aconteceu alguma coisa?

— Ele tinha 19 anos, estava indo para a faculdade e queria liberdade. Meredith ficou arrasada. Me surpreendi. Ela era sempre tão durona, tão fria e... indiferente, como se nada pudesse atingi-la. Mas, quando Toby terminou com ela, Meredith despencou. Chorava o tempo todo, recorreu muito aos pais. Era muito próxima do pai dela... lembro que logo depois que isso aconteceu, tentei tirar Toby da mente dela, e o resultado foi lamentável.

Dan inclinou-se para frente.

— Sério? O que aconteceu?

— Fui convidada para uma festa em Villanova e convenci Meredith a ir comigo. Tive que implorar, mas ela concordou e, assim que chegamos lá, começou a beber ponche de frutas vermelhas. Refresco tipo Ki-suco e álcool em grão.

— Ai, meu Deus — disse Dan.

— E assim que me dei conta, todo mundo no salão estava pulando ao som dos Ramones, e Meredith estava estatelada no sofá. Desmaiada. Peso morto. — O que Connie não disse, era que houve um minuto ou dois em que teve medo de que Meredith estivesse mesmo morta. Connie gritou até que alguém desligou a música. E então outro convidado da festa, que se apresentou como paramédico, disse que Meredith estava respirando e que estava com batimentos cardíacos. Então a música voltou a tocar e ficou sendo responsabilidade de Connie tirar Meredith dali. — O problema é que nós tínhamos ido andando para a festa — disse Connie. Pelos dois anos anteriores Toby sempre as levava de carro para toda parte. Connie fora reprovada três vezes em seu teste na autoescola, e Meredith ainda estava aprendendo a dirigir com o pai, mas passava mais tempo chorando do que praticando. — Então minhas opções eram telefonar para os meus pais e pedir que fossem nos buscar, telefonar para os pais de Meredith ou tentar levá-la sozinha para casa.

— E...?

E os pais de Connie estavam eles mesmos sempre bêbados e não poderiam ajudar. E Connie não quis telefonar para a casa da família Martïn, porque eles acreditavam piamente que a filha deles era perfeita e Connie não poderia suportar de ideia a ser ela a informar que a filha deles era um ser humano comum, uma moça de 18 anos com o coração partido e impulsos autodestrutivos bem típicos da situação. E também não podia telefonar para Toby.

— Eu a carreguei para casa — disse Connie. — Nas costas.

— Você está brincando — gargalhou Dan.

Sim, era engraçado — quem quer que ouvisse a história sempre a achava engraçada —, mas não fora engraçado na época. Fora triste — uma noite triste, difícil e emotiva que as duas amigas dividiram ao crescer.

Connie deu um jeito de acordá-la o suficiente para levantá-la até a cama. Segurou suas pernas e Meredith passou os braços pelo seu pescoço, recostando o peso quente do rosto em seu ombro. Quantas vezes paravam para que Meredith pudesse vomitar? Quantas vezes e em que volume Meredith não parou para chorar por causa de Toby? Connie pensou: *Por que você precisa de Toby se eu estou aqui?* Mas ficou de boca fechada e esfregou as costas da amiga.

Eu sei, dói pra caramba, eu sei.

Connie sabia onde o casal Martin guardava a chave extra e sabia qual era o código do alarme da casa. Ela levou Meredith para o andar de cima, para sua própria cama sem acordar Chick ou Deidre. Connie encheu o copo do banheiro de água e colocou três Excedrin na mesinha de cabeceira dela, onde viu que Meredith ainda mantinha uma foto sua e de Toby, do baile de formatura dele em Radnor. Connie virou a foto para baixo e murmurou para a amiga adormecida que tudo acabaria bem.

O epílogo daquela história, que Connie não gostava de lembrar agora, foi o janeiro seguinte. Meredith lhe enviou uma carta, de Princeton. A carta dizia: *Adivinhe só. Você tinha razão quando disse que eu ficaria bem! Conheci um cara fantástico. O nome dele é Freddy.*

356 ✦ *Elin Hilderbrand*

* * *

Meredith voltou de sua caminhada com a mão cheia de conchas, que ela arrumou em fila ao longo da borda da toalha, como faria uma menina na puberdade.

Deu a Dan um sorriso tímido.

— Isso aqui é maravilhoso. Obrigada por ter nos trazido.

— De nada, Meredith.

As coisas estão melhorando, pensou Connie.

Toby voltou pouco depois com uma braçada de gravetos, que ele soltou fazendo barulho e formando uma pilha a poucos centímetros de onde Meredith estava.

— Para fazermos uma fogueira. Mais tarde.

— Ótimo! — disse Connie.

Toby cutucou o ombro de Meredith com o dedão.

— Você perdeu uma caminhada e tanto — disse ele.

— Não, não perdi — disse ela. — Fiz uma ótima caminhada. Fui para lá.

Toby arregalou os olhos e balançou a cabeça.

Connie fechou os olhos e pensou: *As coisas não estão melhorando. Tudo bem, vocês dois não precisam se apaixonar, ninguém está esperando isso, mas não dá para serem amigos? E se não conseguirem ser amigos, poderiam ao menos ser civilizados?*

Meredith levantou.

— Vou nadar.

— Eu também — disse Toby.

— Pare com isso, Toby — rebateu ela.

Ele deu uma risada.

— O oceano é bem grande, tem espaço para nós dois.

— Não — disse Meredith. — Não acho que tenha. — Foi andando a passos curtos e, quando a água estava na altura dos quadris mergulhou. Era íntima da água, como um golfinho. Toby mergulhou atrás dela, e Connie pensou: *Meu Deus, Toby, deixa a mulher em paz.* Mas ele foi exatamente para onde ela estava, puxou o laço do sutiã de seu biquíni preto e Meredith lhe jogou água na cara, dizendo:

— Tente brincadeirinhas novas.

— O que há de errado com as antigas?

— O que há de *errado* com suas brincadeirinhas antigas? Preciso mesmo responder? — Mas, se Connie não estava enganada, a voz de Meredith estava um pouco mais elástica, e isso era tudo o que Toby precisaria para melhorar o humor dela. Meredith nadou ao longo da costa, e ele a seguiu, insistente.

— Isso está engraçado — disse Dan. Levantou-se e se uniu a eles, e Connie fez o mesmo, embora odiasse ser levada por obrigação para dentro da água. Mas a água ali era quente e rasa. Connie boiou de costas e sentiu o sol no rosto. Dan a encorajou a ir um pouco mais fundo, onde ele a tomou nos braços e cantou uma canção de James Taylor em seus ouvidos, "Something in the Way She Moves. Ele tinha uma voz linda — e tão boa a ponto de ele poder ser cantor de verdade — e Connie adorou aquele rumor em seus ouvidos. Quando ele terminou ela disse:

— Você é o cara com a chave.

— Com a chave para quê?

Para o farol, seu tolo!, quase respondeu. Mas em vez disso disse:

— A chave para o meu coração.

Ele pareceu feliz com isso.

— Sou?

Ela concordou. Então se sentiu culpada. Wolf! Wolf era o homem que tinha a chave do seu coração. Era tolice acreditar que poderia amar mais alguém assim.

Nadou de volta à areia.

358 ✦ *Elin Hilderbrand*

* * *

Depois do almoço, Meredith se enroscou numa toalha e ador-
meceu. Toby inclinou-se na cadeira e observou os barcos à vela ao
longe. Connie se perguntou se ele estaria pensando em *Bird's Nest*.
Claro que estava. Aquele fora mais que um barco; para Toby, fora
um lar. Enquanto o analisava — sentia vontade de dizer alguma
coisa, embora não soubesse o quê — viu-o dirigir os olhos para
Meredith. Ficou olhando para ela por bons segundos e Connie
pensou: *Ai, caramba*.

Dan levantou-se.

— Vou pescar um pouquinho. Connie?

— Vou deixar passar.

Toby levantou-se.

— Eu adoraria ir com você.

Connie observou seu amante e seu irmão irem para a praia com
os anzóis. A respiração de Meredith estava audível, ela dormia
pesado. Connie imaginou com o que estaria sonhando. Estaria
sonhando com os filhos, ou Freddy, ou consigo mesma, com seu
advogado ou com aquela mulher furiosa no salão? Estaria sonhando
com Toby e, caso estivesse, com ele aos 18 anos ou ele agora, com
51? Os olhos de Connie se fecharam. Ouviu Dan cantarolando
uma música, sentiu o vento levantar a aba de seu chapéu de palha,
imaginou se as focas iriam para o céu e concluiu que certamente
iriam.

Quando acordou, foi com Toby berrando por causa de um
peixe. Dan gritou na praia:

— Essa vai ficar na memória!

Connie franziu os olhos para enxergá-los. Meredith ainda
dormia. Decidiu então ir até lá e demonstrar interesse. Reconheceu
as listras escuras nas escamas — um robalo listrado. Dos grandes.

— Isso é que é peixe! — exclamou Dan.

– O mar sempre foi generoso comigo – respondeu Toby.

Connie olhou para Dan.

– Vamos comê-lo?

– Eu trouxe minha faca de carne – disse ele. – Uma lata de azeite e meu sal temperado. Eu sabia que iríamos pescar alguma coisa. Vamos prepará-lo na fogueira.

Connie sorriu e beijou o irmão no rosto.

– Que caçador – disse. – Meredith vai ficar muito impressionada.

Eles jogaram ferraduras, e Dan ganhou sem esforço. Jogaram wiffle ball e Connie acertou a bola acima da cabeça de todos, nas algas, e ninguém foi capaz de encontrá-la. Embora isso tivesse finalizado prematuramente o jogo, Dan ficou impressionado com a batida dela, ao que ela vibrou.

– Você devia vê-la jogar hóquei sobre a grama. Ela massacrava. – disse Toby.

Connie e Dan saíram para uma caminhada e pararam para se beijar, o que, em certo momento, ficou tão intenso, que Connie achou que eles iriam acabar... não havia ninguém por perto, então... mas Dan recuou.

– Se Bud aparecer de carro por aqui e nos vir assim, ele não vai gostar – disse Dan.

– Bud costuma aparecer dirigindo por aqui?

– Ah, com certeza – respondeu ele, mordendo a orelha dela.

O sol estava se pondo. Quando Dan e Connie voltaram a seu posto, Toby havia cavado um buraco com uma pá que encontrara na mala do Jeep de Dan. Empilhou os gravetos ali dentro e usou o papel que embalara os sanduíches deles para começar o fogo. Era um homem com habilidades de sobrevivência. Dois casamentos falidos, uma vida de luta contra o alcoolismo e um filho que ele não via muito. Connie enterrara um marido e perdera uma filha. Dan enterrara uma esposa e perdera um filho. Meredith — bem, Meredith passava por dificuldades as quais Connie nem podia imaginar. Ainda assim, apesar de todo aquele sofrimento coletivo, os quatro se reuniram em torno do calor crescente e da luz da fogueira e se deixaram aquecer.

Meu Deus, os seres humanos são persistentes, pensou Connie.

Nós somos persistentes!

Dan destrinchou o robalo listrado e Connie colocou queijo e biscoitos numa travessa. Toby e Meredith estavam sentados lado a lado na toalha, sem se tocar, sem conversar, mas definitivamente coexistindo de forma mais pacífica agora. Ou Connie apenas estaria imaginando?

Era o ensino médio, repetidas vezes.

Seguiu-se um barulho. Connie ergueu o olhar e viu uma caminhonete verde-musgo vindo na direção deles. Embora aquele tivesse sido um dia quase perfeito, eles haviam visto muito poucas pessoas — um casal de pescadores andando a pé, algumas famílias em Jeeps alugados, que se aproximavam de onde eles estavam e depois retornavam, por receio ou por não quererem se intrometer. Mas aquela caminhonete vinha na direção do acampamento, então parou bruscamente, jogando areia na toalha de Meredith e de Toby. Havia palavras escritas em branco, na lateral da caminhonete: *Protetores da Natureza*. Um homem espichou a cabeça para fora da janela. Usava um boné verde. Era Bud Attatash.

Ele saiu da caminhonete.

— Está tudo bem com vocês?

Dan monitorava o progresso do robalo na grelha.

— Estamos muito bem, Bud. Não podíamos ter esperado um dia melhor.

— Concordo com vocês — respondeu ele. Ficou parado ali, com as mãos nos bolsos, um ar de desconforto. Não fora ali falar do tempo. Estaria aborrecido por causa da grelha? Ou por causa da fogueira? Dan tinha permissão para fazer fogueiras. Estava no porta-luvas do carro. Iria repreendê-los por estarem com o cooler aberto? Com latinhas de cerveja?

— Está indo para casa? — perguntou Dan. Ele havia lhe dito que, como guarda, Bud Attatash passava o verão numa cabana bem ali em Great Point.

— Sim. Só quis dar uma paradinha para ver como vocês estavam.

— Estamos preparando esse robalo listrado — disse Dan. — Cada centímetro dele legalizado.

— Eles estão bem grandes neste verão — comentou Bud. Pigarreou. — Escuta, depois que vocês passaram, comecei a pensar no que você me disse sobre a foca assassinada na costa sul ser um caso mais complexo do que aparentava. Então eu telefonei para o delegado Kapenash e ele me contou. Disse que você, Dan, estava envolvido nisso. — Nesse ponto, olhou não para Dan, mas para Meredith, cujo rosto estava lívido de medo. — E me dei conta de que disse algumas coisas inapropriadas. — Assentiu com a cabeça para Meredith. — A senhora é a sra. Delinn?

Meredith ficou com os olhos arregalados.

— Por favor, se não se importar... — pediu Toby.

— Bem, sra. Delinn, eu queria apenas me desculpar por minhas palavras rudes, hoje mais cedo. E talvez por ter dado a entender que eu me importava mais com uma foca morta do que com o seu bem-estar. O que essas pessoas fizeram foi imperdoável. Não tenho dúvidas de que a senhora tem passado por muita coisa na sua vida particular, sem precisar desses arruaceiros para tentarem assustá-la.

Meredith apertou os lábios.

— Tem razão, ela tem passado por poucas e boas — disse Toby.

— Portanto, se alguém tornar a aborrecê-la, a senhora me fale. — Desviou o olhar para a água escura até as luzes tremeluzentes da cidade. — Nantucket deve ser um porto seguro.

Dan aproximou-se para apertar a mão de Bud.

— Obrigado, Bud. Obrigado por ter vindo até aqui dizer essas palavras. Não precisava.

— Ah, eu sei, eu sei — disse Bud. — Mas não queria que nenhum de vocês ficasse com uma ideia equivocada de mim. Não sou um homem frio, nem rancoroso.

— Bem, obrigado mais uma vez — disse Dan. — Tenha uma boa noite.

Bud Attatash tocou na aba do boné virando-se para Meredith e mais uma vez para Connie e então subiu na caminhonete e saiu dirigindo no escuro.

— Bem — disse Meredith, após um minuto. — Essa foi a primeira vez.

Eles comeram o peixe grelhado com algumas fatias de tomate fresco que Dan havia comprado no mercado da Barlett's Farm. Depois, cada um deles espetou um marshmallow num graveto e o tostou na fogueira. Meredith voltou à água, Toby levantou-se para acompanhá-la, mas ela levantou a mão e disse:

— Nem pense nisso. — Toby caiu sentado de novo em sua toalha.

— Sim — disse ele. — Ela me quer.

Connie foi para o colo de Dan e ficou ouvindo o barulho da água que era deslocada pelo nado de Meredith. Dan a beijou e disse:

— Vamos dar o fora daqui.

Yes!, pensou ela.

Eles começaram a desmontar o acampamento e a arrumar tudo. Meredith emergiu da água batendo os dentes, e Connie lhe entregou a última toalha seca. Recolheu o lixo e colocou tudo dentro dos coolers. Dobrou as toalhas e as cadeiras enquanto Dan cuidava das grelhas e apagava o fogo. Toby guardou os anzóis e Meredith recolheu as ferraduras. Uma gaivota aterrissou para comer os restos do robalo. Connie achou o bastão de plástico enterrado na areia e o enfiou na traseira do Jeep. A bolinha ainda estava perdida em algum lugar, pensou Connie, enfiada no meio das algas, como um ovo de gaivota, uma lembrança de um dos pequenos triunfos do dia.

Os dias passavam rapidamente, Connie ficava quase todas as noites na casa de Dan. Deixara uma escova de dentes ali, comprava leite para o café da manhã (Dan, maníaco por saúde, só tomava desnatado) e o deixava na geladeira. Conhecera os dois filhos mais novos dele — Donovan e Charlie —, embora eles tenham tido muito pouco a dizer a ela além de "Oi". Dan lhe contou as coisas engraçadas que eles lhe disseram depois que ela foi embora.

Donovan, de 16 anos, disse:

— Que bom que você está se deitando com uma mulher regularmente de novo, pai. Posso pegar o Jeep emprestado?

Charlie, o mais novo, disse:

— Ela é bem bonita para uma mulher mais velha.

— Mais velha! — exclamou Connie.

— Mais velha que ele, foi o que quis dizer — disse Dan. — E ele tem 14 anos.

Nos dias que Dan precisava trabalhar, Connie, Meredith e Toby caminhavam na praia e sentavam no deque para ler livros e discutir o que fariam para o jantar. Esses eram os momentos em que Toby agia como adulto. Mas cada vez com mais frequência ele agia como um adolescente. Bagunçava os cabelos de Meredith, jogava pedrinhas na porta do banheiro do lado de fora quando ela estava lá, ou ainda roubava os óculos dela, forçando-a a sair tropeçando atrás dele.

— Veja só — dizia. — Você está atrás de mim.

— Não sei dizer se alguma coisa vai acontecer ou não — Connie disse a Dan.

Toby perguntou se poderia ficar mais uma semana.

— Uma semana? — perguntou Connie. — Ou mais?

— Só vou começar a trabalhar na Academia Naval depois do Dia do Trabalho — disse ele.

— E o que isso quer dizer? Que vai ficar até o Dia do Trabalho?

— Mais uma semana — respondeu Toby. — Talvez um pouco mais. Tudo bem para você?

— Claro que sim — respondeu Connie. — Eu só estava pensando o que foi que eu fiz para merecer a honra da sua presença. — O que ela queria que ele dissesse era que ele ficaria por causa de Meredith

— Estou em Nantucket — disse ele. — Por que iria querer estar em qualquer outro lugar?

MEREDITH

Na manhã de 16 de agosto, Meredith foi despertada pelo telefone. Era o telefone? Achou que sim, mas ele estava no quarto de Connie, bem, bem longe dali, e ela estava imersa num sono pesado. Connie atenderia. O telefone continuou a tocar. Mesmo? Meredith tentou levantar a cabeça. As portas da varanda estavam trancadas – mesmo com Toby do outro lado do corredor, não se sentia segura o bastante para dormir com elas abertas – e seu quarto estava muito quente. Ela não conseguia se mexer. Não conseguiria atender ao telefone.

Pouco depois, ele tocou de novo. Meredith acordou sobressaltada. Connie atenderia. Então se lembrou de que ela não estava em casa. Estava na casa de Dan.

Meredith levantou-se e foi ao corredor. Toby, certamente, nem tinha ouvido o telefone tocar; dormia feito uma pedra. Meredith gostava de acreditar que isso era um sinal de que ele tinha a consciência limpa. Freddy acordava ao menor som.

Connie não tinha secretária eletrônica e por isso o telefone ficou tocando e tocando. *Deve ser Connie*, pensou Meredith, *telefonando da casa de Dan, com alguma ideia para hoje – um piquenique em Smith's Point ou uma ida a Tuckernuck no barco de Dan.* O coração de Meredith acelerou. Ficara apaixonada por Nantucket – e, ainda assim, dentro de algumas semanas, teria que ir embora. Estava tentando não pensar sobre para onde iria ou o que faria.

O identificador de chamadas dizia: número confidencial, e o cérebro de Meredith gritou um alerta, mesmo depois de ela ter atendido e dito alô.

Uma voz feminina disse:

— Meredith?

— Sim? — respondeu ela. Não era Connie, mas a voz lhe parecia familiar e Meredith pensou: *Ai, meu Deus! É Ashlyn!*

A voz continuou.

— Aqui é Rae Riley-Moore. Do *New York Times.*

Meredith ficou confusa. Não era Ashlyn, era outra pessoa. Alguém vendendo alguma coisa? Jornal? A voz parecia familiar porque aquela era a forma como atendentes de telemarketing agiam agora; como se você fosse um velho amigo. Meredith segurou o telefone com dois dedos, pronta para largá-lo como se fosse uma batata quente.

— Sinto muito incomodá-la em casa — disse Rae Riley-Moore.

Em casa. Aquela não era sua casa. Se fosse um atendente de telemarketing, não teria procurado Meredith. Teria procurado Connie.

Meredith ficou calada. Rae Riley-Moore não se constrangeu e continuou:

— É tão cedo. Espero não tê-la acordado.

Meredith engoliu em seco. Olhou para o corredor, para a porta fechada do quarto de Toby. Ele ainda estaria dormindo pesado. Mas alguns dias atrás dissera: *Se precisar entrar aqui por qualquer motivo, é só entrar. Estou aqui para ter ajudar, Meredith. Para o que precisar.*

Quando ele lhe disse isso ela pensou: *Está aqui para me ajudar? Hah!*

— Desculpe, em que posso ajudar? — perguntou Meredith.

— Estou telefonando por causa das notícias que saíram hoje de manhã. Com relação ao seu marido...

Meredith perguntou sem pensar:

— Ele morreu? — De repente, o mundo parou de girar. Não havia mais quarto, ex-namorado, nenhuma bela ilha, nenhum esquema Ponzi de 50 bilhões de dólares. Meredith viu-se suspensa num vácuo silencioso, aguardando pela resposta que chegaria pelo portal que era o telefone em sua mão.

— Não — respondeu Rae. — Ele não morreu. Nem está ferido.

As coisas voltaram ao foco, embora Meredith ainda estivesse desorientada. Não era Ashlyn e também não era uma atendente de telemarketing tentando lhe vender uma assinatura de jornal. Tinha a ver com Freddy. Meredith sentou-se nos lençóis macios da cama de Connie. Ali, na mesinha de cabeceira, estava o relógio dela; seus números azuis diziam 7:16. Com certeza ela não deveria ter atendido ao telefone. Se o telefone tocava às sete da manhã, era por uma razão terrível, tenebrosa.

— O que foi então? — perguntou Meredith. — O que aconteceu?

— Os agentes federais encontraram provas de um caso amoroso entre o seu marido e a sra. Samantha Deuce. Sua designer de interiores?

Decoradora, pensou Meredith, imediatamente. Samantha não tinha formação em design de interiores.

— E às duas da manhã de hoje, a sra. Deuce deu uma entrevista à imprensa confirmando o envolvimento. Disse que ela e o seu marido estavam juntos havia seis anos e meio.

Meredith gaguejou. Pensou: *Ai, meu Deus, é verdade. É verdade, é verdade, Samantha e Freddy, Samantha confessou*. Pensou: *Desligue!* Mas não conseguiu se forçar a desligar.

— Isso é novidade para a senhora? — perguntou Rae.

Era novidade para ela? Era e não era.

— Sim — murmurou Meredith, os lábios molhados de saliva.

— Sinto muito — disse a jornalista. E parecia mesmo sentir. — Eu achei que... eu achei que a senhora soubesse.

— Bem, agora espero que fique claro — disse Meredith. Limpou a garganta. — Espero que fique claro... que eu não sabia de *nada* que Freddy fazia a portas fechadas.

— Está bem — respondeu. — Então seria justo dizer que a senhora está chocada e magoada?

Chocada. Poderia dizer honestamente que estava *chocada*? Magoada sim. E nada com relação a isso era justo.

— Você está me dizendo que Samantha *confessou*? — perguntou Meredith. — Você está me dizendo que eles estavam juntos havia seis *anos* e meio?

— Desde o verão de 2004 — disse Rae.

Verão de 2004: refletiu Meredith. Cabo de Antibes? Não, Sam nunca fora a França com eles, embora ela tenha dado indiretas, não é? Southampton? Sim, Samantha ia toda hora para a casa deles em Southampton — ela e Trent tinham uma casa em Bridgehampton. Samantha, parecia agora, sempre estivera por perto. Decorara três de suas quatro casas, até as colheres de chá, até os vasos sanitários. Fora quem lhes educara o gosto, a estilista deles. Ela e Meredith costumavam fazer compras juntas; Samantha escolhia roupas para Meredith e para ela dar a Freddy. Insistira nas miniaturas de cofre porquinhos para o escritório dele.

Meredith os *vira* juntos no escritório; *vira* a mão de Freddy na cintura dela. Mas fizera vista grossa, pensando: *Não, Freddy, não. Nunca.*

— Eles eram... estavam... *apaixonados*? — perguntou ela. Não podia acreditar que estava perguntando isso a uma perfeita estranha, mas precisava da resposta. Tentou se lembrar: Samantha fora ao fórum? Não. Ao julgamento? Meredith não tinha certeza, uma vez que ela mesma não fora. Não tivera notícias dela quando o escândalo foi a público. Nem um telefonema, nem um e-mail, a não ser a cobrança de um pequeno objeto de arte que chegara depois de Freddy já ter ido para a prisão. Meredith entregara o documento aos advogados. Não tinha dinheiro para pagá-lo; era uma peça para o escritório de

Freddy. Era, lembrava-se agora, a foto de uma cidade asiática que ela não reconhecia.

— Malaca — dissera ele. Meredith visitara Freddy no escritório poucas semanas antes da quebra das empresas. Percebera a foto pendurada na parede atrás de sua mesa e perguntara sobre ela. — É a capital cultural da Malásia.

A nota fiscal acusava a quantia de 1200 dólares.

Mil e duzentos dólares, pensou agora. *Pela fotografia de um lugar que nós nunca visitamos.*

Meredith achou que a nota talvez pudesse ter alguma anotação, alguma expressão de lástima ou preocupação. Mas não tinha.

— Ela disse se eles estavam apaixonados? — perguntou novamente, com mais ênfase. — A sra. Deuce. Samantha. Ela disse isso?

No corredor, a porta do quarto de Toby abriu e ele saiu. Em pé, de cuecas e camiseta, ficou olhando para ela.

Meredith ergueu o dedo; precisava ouvir a resposta.

— Ela disse que estava escrevendo um livro — respondeu Rae Riley-Moore.

Meredith desligou o telefone. Aproximou-se de Toby, e Toby dela, e eles se encontraram no meio do corredor.

— Tenho más notícias — disse Toby.

As más notícias eram que ele fora acordado por uma comoção do lado de fora. Havia caminhonetes de reportagem fazendo fila no acostamento ao longo da propriedade de Connie.

— Acredito que estejam aqui por sua causa — disse Toby.

— Ai, meu Deus. — Meredith não poderia ter se sentido mais exposta se a tivessem pegado saindo nua do boxe. Como sabiam onde ela estava? A recepcionista da delegacia, talvez. Ou talvez alguém do salão. Ou talvez tenham recebido informação da pessoa horrorosa que a vinha aterrorizando.

— Você sabe do que se trata? – perguntou Toby.

Meredith espiou pela janela.

— Ai, meu Deus. Não posso acreditar no que estou vendo. Não posso acreditar.

— Aconteceu alguma coisa? Quem era ao telefone? – perguntou Toby.

— Uma jornalista do *New York Times* – respondeu ela.

Toby ficou olhando para ela.

— Freddy teve um caso com a nossa decoradora, Samantha, durante seis anos e meio – Meredith disse essas palavras, mas não acreditava nelas. Entendia que, muito provavelmente, eram verdade, mas não *acreditava* nelas.

Toby aproximou-se para abraçá-la. Meredith fechou os olhos. Toby estava com cheiro de quem estivera dormindo. Se ela fosse brutalmente honesta consigo mesma, diria que havia dias estava com vontade que ele a abraçasse daquela forma. Vinha o afastando, brigando com ele a cada oportunidade – ele ainda era um adolescente em muitos aspectos, nunca havia crescido –, mas a verdade era que desejava um pouco do que eles haviam dividido no passado. Mas agora, com aquelas notícias, o único homem em quem ela conseguia pensar era Freddy. Seria possível que ainda o amasse? E se não fosse mais possível, então por que se sentia assim?

— Esse cara é um filho da puta, Meredith – disse Toby.

Certo, pensou ela. Essa era a resposta previsível. Freddy traíra tanta gente, por que não a trairia? Ele era um mentiroso; por que não mentiria para ela? Humm, impossível explicar.

Meredith acreditara que Freddy sempre a amara. A reverenciara.

A ideia de que pudesse estar enganada com relação a isso — muito, muito enganada — a fez se sentir tonta e nauseada. Afastou-se de Toby e curvou-se, levando a cabeça aos joelhos. A posição em que ficava antes de mergulhar. *Tudo bem, é aqui que vou desmontar, dissolver, cair no chão e... chorar,* pensou.

Mas, não, não faria isso. Respirou fundo e levantou.

— O que faremos com relação aos jornalistas? — perguntou ela. — Como faremos para eles irem embora?

— Chamamos a polícia?

— Eles estão contra a lei?

— Se colocarem o pé na propriedade, estarão invadindo.

— Eles não vão fazer isso — afirmou Meredith. — Vão?

— Chamamos a polícia mesmo assim? — perguntou Toby. — Ou... você poderia dar a eles o que eles querem. Uma declaração.

Certo. Eles querem uma declaração. Querem que Meredith condene Freddy, que o chame de filho da puta, mentiroso, patife. Olhou hesitante para o rosto de Toby, embora não fosse o rosto de Toby o que visse; era o rosto de Freddy. Da mesma forma que Freddy fora incapaz de dar certas coisas a ela, agora Toby também era incapaz de lhe dar a resposta para... o porquê de tudo aquilo.

Por quê? Ela tinha feito alguma coisa de errado? Seria Samantha Deuce melhor que ela em algum aspecto? Fora capaz de dar a Freddy algo que ela não fora? Meredith lhe dera tudo. Tudo.

— Vou chamar a polícia de qualquer forma. E telefonar para Connie também. Ela vai querer saber que há bárbaros no portão. Certo? — disse Toby.

Meredith concordou. Toby foi pegar o telefone celular. Ela foi ao banheiro, onde vomitou no vaso até não ter mais nada dentro de si.

* * *

Toby lhe levou uma caneca de café que ela não pôde nem olhar, quanto mais beber, e seu telefone celular. Connie estava do outro lado da linha.

— Alô? — disse Meredith.

— Ai, minha querida, sinto muito.

Meredith estava na cozinha. Estava num aposento claro e ensolarado com uma matilha de lobos às costas.

— Está um lindo dia — disse Meredith. — Você e Dan deveriam fazer alguma coisa. Deveriam evitar vir para casa até nós decidirmos o que fazer com esses repórteres.

— Dan telefonou para Ed Kapenash — disse Connie. — Estão levando alguém para aí para dispersar a multidão.

— Espero que dê certo — disse Meredith.

— Tem alguma coisa que eu possa fazer? — perguntou Connie. — Por você?

Me leve de volta a ontem, pensou Meredith.

— Não — respondeu. Tudo o que restava fazer teria que ser feito por ela mesma.

— Você não me parece irritada — disse Connie. — Não está com *raiva*, Meredith?

Raiva, pensou Meredith.

— Você não vai desculpar Freddy por essa também, vai?

— Eu não o desculpei por nenhuma de suas ações, Connie — disse Meredith. Sentiu um tom de confronto em sua voz. Não queria brigar. Não queria sentir. Queria *pensar*. Queria *saber*. — Te ligo mais tarde, ok?

— Tudo bem — disse Connie. — Eu te amo, sabe?

Meredith passara o verão todo esperando Connie dizer tais palavras. Esperava que ela estivesse sendo sincera e não as dizendo por pena.

— Eu também te amo.

SEGUNDA CHANCE ⭐ 373

* * *

Deu um jeito de lavar o rosto e mudar de roupa. Colocou uma saia branca confortável e uma camiseta rosa-choque. Escovou os cabelos e os dentes. Mas alguma coisa com relação a esses atos simples lhe pareceram finais, como se os estivesse fazendo pela última vez. Como poderia continuar?

Toby bateu à porta. Espichou a cabeça.

— Como você está? Está bem?

Ela queria ficar sozinha. Mas estava morrendo de medo de ficar só.

— Eles ainda estão ali?

— Estão. Mas a polícia vai chegar a qualquer momento. Vou descer para esperar por eles. Você vai ficar bem?

Bem?, pensou.

Meredith tentou ficar calma e racional. Diferentemente do dia oito de dezembro, quando foi forçada a lidar com uma situação de tão grandes proporções a ponto de sua mente mal as compreender, aquele dia era mais simples.

Ainda não estava sentindo nenhum tipo de dor; estava suspensa num tipo de choque sem ar. Por que choque? Vira Samantha e Freddy juntos no escritório dele. Pegara Freddy com a mão na cintura dela. Meredith testemunhara os dois juntos, mas deixara passar. Fora um dente-de-leão que ela soprara da palma da mão para o vento. E por quê? Caso ignorasse o ocorrido, ele não seria real? O que ela não sabia não poderia magoá-la? Seria isso verdade também com relação aos crimes hediondos de Freddy? Não estava ela cara a cara com eles, mas se recusando a vê-los?

Toby ainda estava lá embaixo. Meredith andou pelo corredor, até a suíte principal de Connie. Abriu a porta que dava para o seu banheiro.

As pílulas estavam ali: seis vidros âmbar em fila. Meredith checou o rótulo de cada um, como se tivesse esquecido o nome exato das drogas, ou a ordem exata em que os encontraria, ou o peso exato de cada vidro em sua mão. Connie não estava tomando os remédios.

Meredith quis o Ativan. Sim, passou-lhe pela cabeça tomar o vidro inteiro, dar um fim à vida bem ali no banheiro de Connie. Se o que Samantha contara à imprensa era verdade, se ela e Freddy foram *amantes* – ao pensar nessa palavra, Meredith engasgou de novo –, então que escolha teria a não ser dar um fim à própria vida?

Contou três pílulas. Já tinha mais duas, numa caixinha em seu banheiro. Se tomasse as três, seria demais? Talvez. Guardaria as duas que tinha consigo e tomaria as três ali, naquele momento. Ela sabia o que procurava. Algo mais do que dormir, algo menos do que morrer. Queria sair do ar, inconsciente, fora de alcance.

Voltou ao quarto, fechou a porta, checou para ver se as portas da varanda estavam bem trancadas, foi para a cama e afundou o rosto na colcha macia e cor-de-rosa. Que pena, pensou. Estava um dia tão lindo!

Eles haviam conhecido Samantha quando compraram a cobertura no nº 824 da Park Avenue. Samantha parecia vir junto com o prédio. Estava decorando outros três apartamentos, portanto sua presença fora quase tão regular quanto a de Giancarlo, o porteiro. Meredith e Freddy esbarravam com Samantha no elevador. Ou ela aparecia segurando um livro grosso com amostras de tecido ou acompanhada por gesseiros e pintores. Uma vez encontraram-se com ela no elevador de serviço, carregando dois vasos chineses brancos e azuis, e outra vez carregava um candelabro maravilhoso de Murano.

Por fim foi Freddy que disse:

— Talvez nós devêssemos contratar essa mulher para decorar o nosso apartamento.

— Quem? — perguntou Meredith.

— Aquela loura que a gente vive encontrando por aqui. Quer dizer, acho que o nosso apartamento merece uma mãozinha.

Em que ano isso acontecera? Noventa e sete? Noventa e oito? Meredith tentara não ficar ofendida como comentário de Freddy. Ela mesma "decorara" a cobertura quase da mesma forma que "decorara" os outros apartamentos em que eles viveram, o que queria dizer, de forma bem eclética. Meredith queria chegar à aparência de um apartamento que apareceria em um filme de Woody Allen — dúzias e dúzias de livros enfiados em prateleiras, algumas peças de arte, uma tonelada de fotos de família, móveis velhos de couro, camurça e chintz, a maior parte herdada de sua mãe e avó. Meredith gostava do serviço de chá, em prata, de Annabeth Martin, sobre uma mesinha em formato de meia-lua, ao lado de um dicionário Oxford de cem anos que havia encontrado numa das seções aos fundos da Strand Bookstore. Gostava de uma mistura de objetos que mostrassem sua vida intelectual e seu gosto variado. Mas era verdade que, em comparação com os apartamentos das pessoas com quem eles se relacionavam agora, a cobertura deles parecia boêmia e entulhada. Sem verniz. Bagunçada. Meredith nada sabia sobre manutenção de janelas, sobre tecidos, tapetes, como combinar cores e texturas ou como expor os objetos de arte que eles possuíam. Assim que Freddy sugeriu que contratassem uma decoradora, ela percebeu como os seus esforços de mostrar o que eles tinham havia sido patético. Ninguém mais tinha tantos livros velhos nas prateleiras; ninguém mais tinha tantas fotografias dos filhos — o que de repente pareceu muito ostentoso.

Além disso, agora que eles tinham a cobertura, havia mais cômodos – quartos inteiros, na verdade, com os quais Meredith não sabia o que fazer. A sala que seria o escritório de Freddy tinha estantes com prateleiras feitas de nogueiras e nada sobre elas exceto seu diploma e o dela, da universidade de Princeton.

– Parece o consultório de um dentista – comentou Freddy.

Assim sendo, preparou-se para se apresentar àquela mulher que eles viviam vendo por aí, a decoradora cujo nome era Samantha Deuce. Meredith abordou-a uma tarde, em que ela estava debaixo da marquise do prédio se protegendo da chuva e aguardando Giancarlo lhe arrumar um táxi. Apresentou-se – Meredith Delinn, da cobertura – e perguntou se Samantha estaria disposta a subir um dia daqueles até a cobertura para que elas pudessem falar sobre sua decoração.

Samantha fez uma expressão de pesar – que Meredith não achou cem por cento genuína.

– Bem que eu gostaria. Mas estou tão sobrecarregada que não posso, em sã consciência, pegar outro projeto. Sinto muito.

Na mesma hora, Meredith respondeu dizendo, sim, claro, ela compreendia. E então retornara – traumatizada e rejeitada – para dentro do prédio.

Naquela mesma noite, contou a Freddy que Samantha, a decoradora onipresente, a dispensara.

– Te *dispensou*? – perguntou ele. – Quem dispensa um trabalho desses? Você foi clara, Meredith? Deixou claro que nós gostaríamos que ela decorasse *todo* o apartamento?

– Eu fui clara – rebateu Meredith. – E ela foi clara também. Está sem tempo para outro projeto. – Alguma coisa no olhar de Samantha a incomodara. Sua expressão fora de alguém *preparado*, como se já soubesse o que Meredith lhe pediria, como se soubesse algo a seu respeito que ela própria ainda estava para descobrir. Teria Samantha ouvido coisas desabonadoras sobre a família Delinn? E, caso tivesse ouvido, que coisas seriam essas? Que eles eram *noveau riche*? Que não tinham gosto? Que eram interesseiros? Naquela época, Meredith e Freddy não conheciam mais ninguém no prédio; não havia ninguém para falar contra ou a favor deles.

— Vou conversar com ela — disse Freddy, e Meredith se lembrava de que sua decisão de tomar no assunto nas mãos chegara como um alívio. Estava acostumada com Freddy tomando conta de tudo. Ninguém dizia não para ele. E, de fato, duas semanas depois, Samantha estava presente em sua sala de estar, acariciando gentilmente o encosto do sofá da mãe de Meredith como se ele fosse um parente idoso que ela estava prestes a colocar em uma clínica geriátrica. (O que era verdade, de certa forma: Samantha renegara quase todos os móveis de família de Meredith, primeiro os guardando e então, quando ficou claro que nunca mais seriam usados, mandando-os para uma loja de móveis usados.)

Meredith disse, animada:

— Ah, fico feliz que você, afinal, tenha subido para ver o apartamento.

— Seu marido me convenceu.

Será que ele conversou diretamente com a sua consciência?, pensou ela.

E agora estava claro que sim.

Samantha Champion Deuce era uma loura elegante e atraente de quase 1,80 metro de altura. Fazia sombra a Meredith. Tinha ombros largos, seios fartos, olhos amendoados e boca grande. Usava batom de cores vivas: vermelho-fogo, fúcsia, coral. Não era bonita, embora tivesse coisas bonitas nela. Era uma mulher cativante. Era sempre a personalidade dominante na sala. Tinha uma voz sexy e rouca como Anne Bancroft ou Demi Moore; você a ouvia e não se cansava. Ela dizia a Meredith "compre isso, é lindo", e Meredith comprava. Entrava numa sala e dizia "vamos fazer assim". E assim a sala seria. Nunca perguntava a opinião de Meredith. Nas poucas vezes em que ela mostrou sua desaprovação, Samantha se virara e dissera: "Está dizendo que não *gostou* disso?" Não como se estivesse magoada, mas como se não pudesse imaginar que alguém no mundo não gostasse daquilo.

"Hum!", resmungava, como se a resposta de Meredith tivesse esbarrado com a dela.

Samantha agia com extrema autoconfiança. É claro que Meredith se sentia tentada a analisar seus maneirismos: seu sorriso malicioso, a forma como praguejava, alcançando grande e elegante efeito ("um puta Scalamandré, gosto pra cacete!") e a forma como brilhava na presença de qualquer homem, de Freddy Delinn ao gesseiro da Guatemala ("José, você é um deus e um diabo, eu me *casaria* com você").

Quando Meredith passou a conhecê-la melhor, soube que Samantha fora criada com quatro irmãos mais velhos em Dobbs Ferry, Nova York. Sua família era da realeza da classe média. Os irmãos eram os quatro melhores atletas do ensino médio que a cidade já havia visto; todos receberam bolsas de estudo para esportistas da Divisão I. Samantha havia jogado basquete até entrar na Colby College. Casara-se com um namorado da faculdade, o belo e totalmente decepcionante Trent Deuce. Eles moraram no centro, na Great Jones Street, até o nascimento do primeiro filho, quando se mudaram para Ridgewood, Nova Jersey. Trent trabalhava para a Goldman Sachs, mas fora demitido após o 11 de setembro. Passou então a trabalhar para um camarada que tinha uma pequena corretora – os detalhes sobre a vida profissional de Trent eram sempre apresentados de forma vaga por Samantha, embora Freddy tivesse reunido informações suficientes para concluir que Trent Deuce era um perdedor e ficaria melhor como vendedor de carros em Secaucus, negociando Camaros usados. (Freddy raramente falava mal de *alguém*, portanto ouvi-lo falar assim era chocante. Agora, o desprezo que ele tinha por Trent era totalmente compreensível.)

Em algum lugar durante o curso da carreira itinerante de Trent, Samantha considerara necessário voltar a trabalhar. Decorou a casa de uma amiga em Ridgewood. (Aqui, cabe salientar que Meredith e Freddy nunca foram convidados nem uma vez sequer para irem à sua casa em Ridgewood, e Meredith ficara agradecida por isso. Quem gostaria de fazer o trajeto de Manhattan aos subúrbios de Jersey? Ninguém. Para Meredith, Ridgewood era um inferno de mães chatas e restaurantes casuais. Após o sucesso da casa da amiga em Ridgewood, Samantha decorou o apartamento da mãe da amiga, em Manhattan, que era tremendamente rica, tinha milhões de amigas e saía sempre e com muito luxo. Assim foi a trajetória de sua carreira. Na época em que Meredith e Samantha se conheceram, ela era uma mulher já praticamente rica.

Mas não exatamente.

Havia uma diferença de classe sutil entre Samantha e o casal Delinn – sempre houvera. Na superfície, Samantha dizia a Meredith e Freddy o que fazer e eles faziam. Mas havia aquela verdade dissimulada de que ela trabalhava para eles.

As recordações dos Yankees, os cofrinhos antigos de porquinhos. Certa gravata lavanda da Hermès, a predileta de Freddy, também foi escolha dela. Até mesmo a palheta de cores rosa e tangerina da casa de Palm Beach – que Meredith fora contra –, Freddy defendera. Rosa-choque e tangerina? Sério? Samantha tomara umas calças de golfe de Lilly Pulitzer como inspiração.

Ela é a entendida, dissera ele.

Samantha tinha algo que Freddy valorizava. Conhecimento, perspectiva. Ele era um homem rico. Eles, Freddy e Meredith, eram um casal rico. Samantha fora quem mostrara a eles como serem ricos. Mostrara a eles como gastar. Quase toda extravagância de Meredith fora apresentada por Samantha.

Seis anos e meio. Verão de 2004. Estariam Freddy e Samantha apaixonados? *Pense, Meredith! Lembre!*

Lembrou-se de Samantha em Southampton, decorando a casa em tons brancos e mármore, apesar dos protestos de Meredith de que tinha dois filhos adolescentes que também moravam na casa e queria que Leo, Carver e seus amigos ficassem confortáveis entrando sujos de areia ou se sentando no sofá com as sungas molhadas. Mas a casa em Southampton fora decorada de acordo com as especificações de Samantha, naqueles tons, incluindo um piano de cauda branco que Meredith achava cafona. ("Você não acha que um piano de cauda branco lembra Liberace? Ou o lado brega de Elton John?", perguntou Meredith, e Samantha arregalou os olhos. "Está dizendo que não *gostou*?")

Freddy e Meredith costumavam se encontrar com Trent e Samantha para jantar no Nick and Tony; quase sempre, Freddy e Samantha se sentavam de um lado da mesa e Meredith e Trent do outro. Meredith se esforçava para conversar com Trent. Tentava lembrar-se de ler o caderno de esportes do *USA Today*, antes que saíssem juntos, para, pelo menos, ter ao que recorrer. Cada vez com mais frequência, Samantha aparecia sozinha, dizendo que Trent ficara preso na cidade, "trabalhando", ou que ela o deixara em casa tomando conta das crianças porque ele, simplesmente, não as via durante a semana. Trent era sempre justificado dessa forma, e assim se passavam inúmeras noites em que jantavam somente os três — Meredith, Freddy e Samantha. Freddy costumava dizer "Vou sair com minha esposa e minha namorada". Meredith ria; achava inocente e encantador. Às vezes sentia ciúmes de belezas exóticas e sombrias — mulheres que lembravam Trina ou a bela universitária catalã —, embora, na verdade, ela tivesse tanta certeza da devoção infinita de Freddy, que essas preocupações enfraqueciam e desapareciam.

Por volta de 2004, Freddy começou a se cuidar de novo. Como todas as outras pessoas, parou de comer carboidratos por um tempo, mas isso era difícil demais, principalmente porque ele não conseguia resistir às focaccias e aos raviólis com manteiga trufada que eram servidos no Rinaldo's. Mas comia mais verduras e legumes. Comia salada no almoço, em vez de reubens e omeletes. Começou a se exercitar na academia do prédio em que moravam. A primeira vez que disse a Meredith que iria descer para a academia, ela perguntou: "Você vai *o quê*?" Freddy nunca fora atleta, nem adepto de exercícios. Jogava o básico de tênis e sabia nadar, mas não tinha tempo para jogar golfe. Nem sequer gostava de lançar a bola de lacrosse para os meninos. Meredith não imaginava vê-lo levantando peso, tanto quanto não imaginava vê-lo praticando dança de rua com os adolescentes do Harlem, no Central Park. Mas ele dedicou-se com afinco à ginástica e à dieta; contratou um personal trainer chamado Tom. Alguns dias passava mais tempo com Tom do que com a esposa. Perdeu peso, ganhou músculos. Precisou comprar novos ternos feitos sob encomenda em sua viagem seguinte a Londres. Deixou os cabelos crescerem. Estavam bem grisalhos, mais brancos do que castanhos; a barba agrisalhava também e havia semanas em que ele ficava dois ou três dias sem barbear-se para ficar com um sombreado no rosto, que Meredith achava sexy, mas que suspeitava que estivesse causando desconfiança no escritório. "Você brigou com a gilete?", perguntou ela. Freddy disse que estava com vontade de experimentar um visual diferente. Deixou crescer um cavanhaque.

Samantha adorava o cavanhaque, lembrou-se Meredith. Acariciava-o como se ele fosse um gato, e Meredith achava engraçado. Queria que Samantha se unisse a ela na implicância com Freddy. *É a crise de meia-idade*, dizia ela.

Podia ser pior, disse Samantha.

Quando Samantha estava por perto, Freddy era mais descontraído, ria mais, às vezes tomava um cálice de vinho, às vezes ficava fora até depois das 21:30h. Uma vez, os três foram juntos a uma boate. Samantha fora logo absorvida pela multidão. Quando Meredith e Freddy a encontraram, ela estava dançando com um grupo de mulheres búlgaras magérrimas e maravilhosas, dessas que Meredith via pela cidade – trabalhando atrás do balcão de lojas requintadas de artigos culinários ou tomando conta de galerias de artes – com seus namorados musculosos. Então saíram todos da pista de dança para o bar, onde tomaram doses de Patron. Freddy os seguiu ao bar, com um gesto magnânimo pagou dez doses da bebida e então tentou convencer Samantha a sair da boate com ele e Meredith. Não, ela não queria ir.

Meredith disse: *Vamos, Freddy. Vamos nós. Ela fica. De qualquer forma, ela vai voltar para Bridgehamptom hoje à noite.*

Mas Freddy não queria que Samantha ficasse. Trocou palavras com ela que se transformaram em discussão. Meredith não conseguiu ouvir o que diziam um ao outro, embora tivesse visto Freddy pegá-la pelo braço e ela o afastar. Agora, óbvio, estava claro que fora uma briga entre amantes. Freddy não queria que Samantha ficasse com o seu grupo de jovens hedonistas do leste europeu. Poderia consumir drogas, participar de sexo grupal e encontrar um amante mais jovem e ardente. Mas, na época, tudo o que Meredith pensou foi que era muito bom ela e Freddy não terem tido uma menina. A preocupação de Freddy com Samantha, naquela noite, parecera a ela como uma preocupação avuncular, beirando o paternal, embora Samantha fosse apenas sete anos mais nova que ela e nove anos mais nova que Freddy.

Eles deixaram Samantha na boate. Freddy estava bufando. Meredith dissera: *Vamos lá, Freddy. Ela já é uma mulher adulta. Pode tomar conta de si.*

Como fora idiota!

Fora no verão de 2004 que surgira o apelido? Num dado momento, Freddy começou a chamar Samantha de "Champ", abreviatura do seu sobrenome Champion. Meredith percebeu o uso repentino do apelido e pensou: *Humm, o que será que o levou a chamá-la assim?* Mas ela nunca perguntou. Samantha era parte da vida deles; depois que a decoração acabou, ela se tornou sua consultora de estilo. Estava sempre por perto – na casa deles, no escritório de Freddy, ao telefone. Meredith achou que o apelido surgira por acaso em uma conversa entre Freddy e ela.

A palavra "champ" significa alguma coisa para você?

Quando eles se encontravam para terem um caso? E onde? Seis anos e meio. Com certeza eles haviam se encontrado centenas de vezes, certo? Mas pelo que Meredith lembrava, Freddy havia passado todas as noites na cama ao seu lado. Estava na cama às 21:30h, adormecido às 22, de pé às cinco, no escritório, em casa até as 06:30h, quando então ia para o escritório da empresa. Teriam ela e Freddy passado noites fora, longe um do outro? Bem, sim: Freddy precisava viajar. Ia a Londres a negócios no escritório de lá, que era onde ele mandava fazer os ternos. Será que Samantha se encontrava com ele em Londres? Com certeza. Provavelmente fora ela que o apresentara ao alfaiate, cujo nome ele não revelava. O alfaiate devia, certamente, achar que Samantha era esposa de Freddy. Houve vezes em que Meredith estava em Palm Beach, e Freddy teve que voar de volta para Nova York, muitas vezes — principalmente nos últimos anos. Seria quando via Samantha? Sim, claro; a resposta era sim. Onde se encontravam? (Por que Meredith precisava saber? Por que se torturar com os detalhes? Que importância tinha agora?) Encontravam-se num hotel? Se fosse o caso, em qual? Encontravam-se em Ridgewood? Certamente não. No apartamento deles? Será que faziam sexo na *cama* que Meredith dividia com ele? Ela estava começando a ver como essa história poderia ficar abominável.

Faziam encontros no iate *Bebe*? Algumas vezes Freddy viajara para "checar" um ou outro problema com *Bebe* — quando o iate estava no Mediterrâneo e quando estava em Newport ou Bermuda. Mas *Bebe* tinha uma tripulação e um capitão. Se Freddy estivesse a bordo com Samantha, algumas pessoas saberiam.

Então algumas pessoas sabiam. Billy, o capitão sabia, e Cameron, o imediato sabia. Eram cúmplices.

Samantha sempre disse que queria conhecer a propriedade deles em Cabo de Antibes, mas isso devia ser um disfarce. Ela já devia ser bem íntima da propriedade.

Quando Meredith acordou de seu estupor — alguém chamava por ela do fundo de um buraco, ou estaria ela no fundo do buraco e alguém a chamava de cima? —, lembrou-se, repentinamente da foto que Samantha escolhera para o escritório de Freddy. Uma fotografia de Malaca, na Malásia. Até onde ela sabia, Freddy nunca estivera na Malásia; nunca estivera na Ásia, a não ser na viagem que fizera a Hong Kong antes de eles ficarem noivos. Ou ela estaria enganada? Teriam Freddy e Samantha ido juntos àquele lugar, Malaca? A fotografia estava pendurada bem atrás da mesa de Freddy. O que havia ali antes? Meredith tentou se lembrar. Outra fotografia.

Toby lhe tocou nos ombros. O quarto estava escuro; uma luz estava acesa no corredor atrás dele, e Meredith pôde ver a silhueta de Connie logo ali.

— Que horas são? — perguntou.

— Nove horas — respondeu Toby. — Da noite. Você dormiu o dia inteiro.

Meredith estava aliviada. Era noite. Poderia voltar a dormir. Fechou os olhos. Mas o escuro era aterrorizante. Estava à deriva, correndo o risco de se perder. Abriu os olhos.

— Toby? — sussurrou.

— Sim.

Queria lhe perguntar alguma coisa, mas não foi necessário. Já sabia a resposta. O enterro de Veronica fora em julho de 2004. Meredith estava em Long Island, Freddy arrumara um helicóptero para levá-la para Nova York e então um carro particular para levá-la a Villanova. Meredith pedira a Freddy para que fosse com ela. E o que ele dissera? "Nunca conheci essa mulher, Meredith. E essa é a sua oportunidade de ficar com Connie. Vá ficar com ela. Eu fico aqui, segurando as pontas."

Segurando as pontas?

— Deixa pra lá — disse a Toby.

Sentiu-o com os olhos nela, depois retornou pelo corredor e fechou a porta.

* * *

Meredith acordou de manhã, morrendo de sede. Desceu até a cozinha e serviu-se de um copo de água gelada. Bebeu-o com avidez e pensou sobre como havia vezes em que você simplesmente ficava grata por um copo de água gelada e limpa; essa era uma daquelas vezes.

Connie pareceu na cozinha, flutuando como um fantasma ou um anjo numa camisola branca e *penhoar*. Meredith deduziu que Dan deveria estar lá em cima.

Connie abraçou a amiga.

— Ah, sinto muito — disse. E então se afastou. Tinha lágrimas nos olhos. — Sinto muito, muito mesmo.

Meredith concordou. Doía mover a cabeça. Doía tudo. Não achava que mais alguma coisa pudesse doer de novo depois de tudo pelo que havia passado, mas, sim, doía. Doía de uma forma diferente. Meu Deus, não podia nem acreditar que estava pensando nisso, mas doía mais.

— Você dormiu por quase 24 horas — disse Connie.

Meredith bufou.

— Tomei três Ativan seus.

Connie abraçou-a de novo.

— Ah, minha querida.

— Acho melhor você esconder o resto das pílulas. Passou pela minha cabeça tomá-las todas de uma vez só.

— Tudo bem — disse Connie. — Tudo bem.

— Achei que você ficaria zangada — disse Meredith. — Bisbilhotei o seu banheiro na primeira vez que entrei nele. Já tomei cinco Ativan ao todo e dois Ambien. Eu os roubei.

— Não estou preocupada com isso — disse Connie. — Estou preocupada com você.

— Não sei o que fazer — disse Meredith.

— O que você quer fazer? –perguntou Meredith.

Meredith afastou-se e olhou a amiga.

— Quero falar com Freddy.

— Ah, minha querida, você está brincando.

— Não estou brincando. É tudo o que quero. Não quero ler sobre o caso deles num livro. Quero saber pelo meu próprio marido. Quero que confesse para mim. Quero ouvir a verdade dele.

— O que te faz pensar que Freddy te contaria a verdade? — perguntou Connie.

Meredith não tinha resposta para isso.

Pouco depois, tanto Toby quanto Dan desceram as escadas. Connie preparou o café, e Meredith achou, por milagre, que o café estava com um perfume bom. Voltou a contar cada pequena bênção: água gelada, café quente com creme de verdade e muito açúcar.

Dan e Toby estavam preocupados com o lado prático do problema que tinham a enfrentar.

— Os jornalistas ainda estão lá fora — disse Toby. – Para falar a verdade, eles parecem ter se multiplicado da noite para o dia.

Dan olhou para Meredith, como quem pedia desculpas.

— Telefonei para Ed Kapenash ontem de manhã e, por volta do meio-dia, eles já tinham ido todos embora. Nós poderíamos ter te tirado um pouco daqui. Mas agora eles voltaram. Posso telefonar para Eddie de novo, mas...

— Ou nós poderíamos tentar Bud Attatash — disse Toby. — Ele parece o tipo de cara que tem uma espingarda e não tem medo de usá-la.

— Está tudo bem — disse Meredith. Estava constrangida por Dan ter que pedir favores pessoais ao delegado de polícia por sua causa. Sentou-se à mesa com o café. Três meses antes, estava completamente só. Agora tinha amigos, tinha um time. Acrescentou isso à sua lista de coisas para agradecer. — Vou tomar esse café e depois tenho algumas ligações para fazer.

— Vou preparar rabanadas — disse Connie.

Lá em cima, na privacidade do quarto — portas da varanda ainda bem fechadas —, Meredith telefonou para Dev no escritório, enquanto rezava a Ave-Maria.

A recepcionista atendeu e Meredith disse:

— Aqui é a sra. Delinn, quero falar com Devon Kasper.

E para sua surpresa a recepcionista disse:

— Com certeza, sra. Delinn. Vou passar a ligação.

Dev atendeu ao telefone.

— Minha nossa, Meredith.

— Eu sei.

— Depois que você me deu o nome, os agentes federais fizeram o resto. Estava tudo ali. Tudo naquela agenda, o planejamento...

— Pare — disse Meredith. — Eu não sabia que eles tinham um caso.

— O quê?

— Eu sabia que "champ" era Samantha. Era assim que Freddy a chamava. Mas eu não sabia que eles estavam dormindo juntos.

— Meredith.

— Devon — disse ela. — Eu não sabia que meu marido e Samantha Deuce tinham um caso.

Seguiu-se um silêncio. Então Devon disse:

— Está bem, acredito em você.

— Obrigada. — Ela suspirou. — Há repórteres espalhados por todo o gramado da frente da casa.

— Ótimo — disse Dev. — Você devia dar uma declaração.

— Não — respondeu Meredith.

— Meredith — completou Dev, com gentileza. — Isso pode ajudar.

— O fato do meu marido estar me traindo, deixando de honrar os nossos votos por seis anos e meio, pode me ajudar? Posso ver que você nada sabe sobre casamento. Posso ver que você nada sabe sobre o coração humano.

Dev, sabiamente, mudou de tática.

— A informação sobre a estrela foi muito boa.

— Você encontrou a conta? — perguntou Meredith. — Encontrou Thad Orlo?

— Os agentes federais ainda estão atrás disso — disse Dev. — Não posso te contar o que eles descobriram.

— Mesmo que, para início de conversa, tenha sido informação minha? – perguntou Meredith.

— Mesmo assim — respondeu Dev. Fez uma pausa. — Você acha que essa tal Champion sabia do que acontecia com Fred e os seus negócios?

— Você vai ter que perguntar para ela — disse Meredith. Imaginou como se sentiria se ficasse descobrindo que Samantha sabia do esquema Ponzi. Será que se sentiria traída? Teria Freddy dividido seu maior segredo com Samantha, mas não com a própria esposa? Mais uma vez, não seria *não saber* um tipo de dádiva? Mas Meredith fora quem perdera tudo. Samantha ainda estava por ali; ainda administrava o negócio de decorar casas, ainda levava os filhos de carro para a Little League e para a dança, ainda estava aconchegante em casa, com seu marido decepcionante, sua comunidade, seus amigos. Samantha Deuce não estava sob investigação, sua casa não estava sendo vandalizada, não estava sendo perseguida. Poderia vir a estar agora, depois do que admitira. Deveria ter ficado sem saída. Os agentes federais deviam ter apresentado provas cabais; deviam ter apresentado gravações telefônicas, ou fotos dez por oito, ou vídeos. Ou, talvez, Samantha tivesse ficado tão abalada por causa de seu amor por Fred que tivesse decidido falar. Ou quem sabe um contrato de 8 milhões de dólares por um livro tivesse lhe parecido bom.

— Tem uma coisa que eu queria te falar — disse ela. — Tem uma fotografia emoldurada no escritório de Freddy. É uma cena urbana de uma cidade asiática. Freddy disse que o nome da cidade era Malaca. Fica na Malásia. É a capital cultural do país.

— E isso é relevante porque...

— Porque, até onde eu sei, Freddy nunca foi a Malaca. Ou à Malásia. E porque essa é uma foto que Samantha comprou para o escritório dele. A duplicata veio depois que ele foi preso: mil e duzentos dólares. Freddy pendurou a fotografia bem atrás da própria mesa. — Nesse momento, Meredith lembrou-se. A cena urbana de Malaca substituíra uma fotografia tremida de Freddy e seu irmão, David, os dois sem camisa e de short, em frente a um Pontiac GTO que David havia reformado. Era a única foto dos dois irmãos juntos, e Freddy a substituíra por uma foto de Malaca? — Acho que essa foto tinha um significado secreto para Freddy. Tenho certeza agora.

— Como se fosse um lugar em que ele se encontrava com essa tal Deuce? — perguntou Dev.

— Apenas encontre a fotografia — pediu Meredith.

— Certo, vou fazer isso. Seus instintos são bons.

— E, Dev?

— Sim?

Havia uma última coisa. A mais importante e vital. Mas ela estava com dificuldade de decidir como perguntar.

— Preciso falar com Fred.

— Fred — repetiu Dev, sem emoção.

— Preciso falar com ele — disse Meredith. — Sobre isso e sobre outros assuntos. Posso telefonar para ele ou preciso ir a Butner?

— Ir a Butner seria uma perda de tempo — disse Dev.

Um lado dela ficou aliviado ao ouvir isso. A ideia de sair de Nantucket era debilitante. Não conseguia imaginar se viajando para a Carolina do Norte naquele calor abafado de agosto, ou sofrer com a poeira, com a sujeira e a indignidade, a fim de visitar o hóspede mais infame da prisão. Haveria jornalistas por toda parte, como águias à espreita de presas mortas na estrada.

— Mesmo? Perda de tempo?

— Não houve qualquer mudança no comportamento dele — disse Dev. — Freddy não fala com ninguém. Nem com um padre. Não está claro se ele *não pode* falar ou se está escolhendo não falar.

— Mas pode escolher falar comigo — disse Meredith. Certo?

— Pode ser — respondeu Dev. — Mas é uma hipótese.

— Posso telefonar para ele? — perguntou Meredith.

— Ele só tem direito a uma ligação por semana.

Meredith engoliu em seco.

— Ele tem... ele tem recebido outras ligações telefônicas? — O que queria saber era se ele havia falado com Samantha.

— Não — respondeu Dev. — Nenhuma ligação. Ele não tem falado com ninguém.

— Você pode me ajudar a conseguir uma? — perguntou Meredith.

Dev suspirou. Era o suspiro de um homem muito mais velho. Meredith o estava envelhecendo.

— Posso tentar. Quer que eu tente? Mesmo, Meredith?

— Mesmo.

— Está bem — disse ele. — Vou entrar em contato com a penitenciária e ver o que eu posso fazer.

— Obrigada — disse ela. — É importante para mim.

— Faça uma declaração, Meredith — disse Dev. — Salve-se.

Ela havia passado o verão inteiro imaginando como se salvar e, agora que descobrira, não dava a mínima. Droga, Freddy!, pensou (pela zilionésima sétima vez). Não importava se viveria ou morreria; não importava se fosse presa. Iria, assim como Freddy, dobrar-se como um inseto de origami. Não conversaria com mais nenhum outro ser vivo enquanto vivesse.

Fora isso que Freddy quisera desde o início? Que fossem à ruína juntos? Pedira a ela para transferir os 15 milhões de dólares para que fosse presa?

Salvar-se? Para quê?

Brilhante e talentosa. Essa menina é dona do meu coração.

Mamãe, olha só!

Sail on, Silver Girl. Sail on by. Your time has come to shine. All your dreams are on their way.

Meredith sentou-se na cama e tentou escrever uma declaração. Imaginou-se indo determinada até a entrada de carros de Connie e ficar cara a cara com aqueles repórteres agitados; essas seriam as notícias mais saborosas desde que OJ Simpson saíra em seu Bronco branco. Imaginou seu rosto e cabelos grisalhos em todas as telas de TV da América. Não conseguiria.

Mas escreveu mesmo assim.

Recebi informação de que o meu marido, Fred Delinn, que está cumprindo pena de 150 anos em prisão federal por seus crimes financeiros, tinha um caso amoroso com nossa decoradora, Samantha Champion Deuce, há mais de seis anos. Essas notícias chegaram para mim como um choque profundo. Eu não fazia ideia desse romance e ainda sou desconhecedora dos detalhes mais básicos. Por favor, saibam que estou sofrendo da mesma forma que qualquer esposa que descobre uma infidelidade sofre. Os crimes financeiros de meu marido são de interesse público. Sua infidelidade, no entanto, de interesse privado, e eu imploro a vocês que respeitem como tal. Obrigada.

Meredith leu novamente sua declaração. Era... minimalista, quase fria. Mas será que alguém se surpreenderia? Tinha oportunidade de dizer ali que nada sabia sobre as transações financeiras de Freddy. Deveria acrescentar a informação? *Claramente, meu marido guardava muitos segredos de mim.* Mas isso lhe pareceu muito confessional. *Eu nada sabia sobre o esquema Ponzi de Freddy e nada sobre seu caso amoroso.* Eu não sabia que Freddy estava roubando o dinheiro das pessoas e não sabia que ele tinha um romance com Samantha Deuce, nossa melhor amiga.

Eu não conhecia Freddy.

— Meu Deus! — exclamou, para ninguém.

Ela levou a declaração à cozinha, onde Connie, Dan e Toby ainda estavam reunidos em torno da mesa, terminando de comer um prato de rabanadas douradas com canela.

— O *Post* vai ter um dia cheio com essa notícia — dizia Connie. Então viu Meredith e calou-se.

Meredith abanou a folha de papel.

— Escrevi uma declaração — disse.

— Leia — pediu Connie.

— Não posso lê-la — disse. — Aqui.

Connie leu a declaração e então a passou para Toby. Toby a leu e então a passou para Dan, quando acabaram, Meredith perguntou:

— Então?

— Você é muito cordial — disse Connie.

— O cara é um filho da puta — disse Toby. Tinha o rosto vermelho; Meredith não sabia dizer se de sol ou de raiva. — Por que você não se junta ao resto da América e vai lá fora dizer que o cara é um filho da puta? Se você não for mais dura com ele, vão achar que você era cúmplice.

— É isso o que *você* acha? — perguntou Meredith.

— Não... — respondeu Toby.

— Não tenho falado nada porque esse foi o jeito que eu fui criada — disse Meredith. — Não sinto vontade de lavar a roupa suja no noticiário. Não quero *detalhes* do meu *casamento* pipocando na internet. Nem estou com vontade de dar essa declaração. Acho isso estúpido.

— Porque você é uma esnobe reprimida de Main Line — disse Toby. — Você é igualzinha aos seus pais e a sua avó.

— Bem, é verdade que os meus pais nunca bateram boca no gramado da frente da casa de ninguém — disse Meredith. — Não jogaram a porcelana que ganharam de casamento na cara um do outro. Mas, se quer saber, não sou "reprimida". Você sabe muito bem que não sou "reprimida"! Mas eu não fico por aí espalhando amor e afeição como parece que você passou a vida inteira fazendo. E como fez meu marido.

— Calma... — disse Connie. Colocou a mão no braço de Meredith.

Toby baixou o tom da voz.

— Só acho que você precisa parecer mais aborrecida.

— Com quem? — quis saber Meredith. — Sabe o que pensei quando conheci Freddy Delinn? Aqui está um cara que é sólido como uma rocha; esse cara não vai me dar um chute no traseiro para sair velejando no Seychelles. Você, Toby, você fez Freddy parecer uma aposta segura.

— Ai, meu Deus — disse Dan.

— Eu nunca menti para você, Meredith — disse Toby. — Você precisa reconhecer. Fui pouco sensível quando eu tinha 19 anos. Talvez pior ainda do que insensível quando te vi alguns anos atrás. Sei que te magoei e sinto muito. Mas nunca menti para você.

Meredith ficou olhando para Toby, então para Connie e Dan.

— Tem razão — disse ela. — Ele tem razão.

— A declaração é o que é — disse Connie. — É uma declaração. É clássica e discreta, típica de Annabeth Martin. — Connie desviou os olhos para Toby. — E isso é *bom*. Então, você vai lá fora lê-la agora?

— Não consigo — disse Meredith.

— Não consegue?

— Quero que você leia.

— Eu? — perguntou Connie.

— Por favor — disse Meredith. — Seja minha porta-voz. Porque eu não consigo ler.

Connie ficou com uma expressão estranha no rosto. No ensino médio, cada vez que Meredith ficava doente, ou antes de cada mergulho cedo, Connie aproveitava a oportunidade de fazer as leituras na capela. Ficara doente de ciúmes quando Meredith fez seu discurso de saudação na formatura. Cerca de noventa por cento dos americanos tinham medo de falar em público — Connie não.

— Eu? Sua porta-voz?

— Por favor — pediu Meredith. Seria melhor ter a bela, serena e ruiva Connie lendo a declaração. A América a adoraria. As pessoas veriam que Meredith tinha alguém que acreditava nela. Mas, mais importante, Meredith não teria que fazer isso ela mesma.

— Tudo bem — disse Connie, ficando de pé.

— Você não vai sair assim, vai? — perguntou Dan. Connie ainda estava com a camisola e o penhoar transparentes.

— Não — disse ela. — Vou vestir roupas.

Poucos minutos mais tarde, Connie apareceu vestida com calças brancas, camisa verde de linho e sandálias rasteiras. Parecia a modelo de uma propaganda de Eileen Fisher. Com a folha em punho, foi direto à entrada de carros, para a mais estranha declaração à imprensa que ela já havia visto. Os flashes começaram a ser disparados. Meredith fechou a porta, assim que ela saiu.

Queria ficar vendo Connie da janela, mas tinha certeza de que seria fotografada se assim o fizesse. Portanto, sentou-se à mesa de jantar oval com Toby e Dan e aguardou. Pensou em todas as pessoas país afora que ouviriam suas palavras saindo pela boca da amiga.

Bem, para começar, Ashlyn veria a mãe pela tevê. Será que Connie tinha pensado nisso? Leo e Carver a veriam também. Gwen Marbury a veria, Amy Rivers, sua amiga Lizbet, a ex-esposa de Toby em Nova Orleans, Dustin Leavitt, Trina Didem, Giancarlo, o porteiro, Julius Erving. Todos na América assistiriam a entrevista. Samantha, a própria, assistiria. Talvez até mesmo Freddy assistisse numa tevê na prisão.

E o que ele acharia?

Poucos minutos mais tarde, Connie voltou para dentro de casa. Os repórteres, longe de se dispersarem, gritavam coisas. O que estavam gritando?

Connie estava vermelha e ofegante, como se tivesse acabado de sair de uma corrida. Transpirava.

— Como foi? — perguntou Dan.

— Quer água, Connie? — perguntou Toby.

Connie concordou.

— Por favor.

Todos retornaram à cozinha, onde Toby serviu um copo de água gelada com limão.

— Por que eles estão gritando? — perguntou Meredith.

— Perguntas — disse Connie. — Eles têm perguntas.

Meredith pensou: Eles *têm perguntas?*

— Querem saber, principalmente, se você vai se divorciar de Freddy.

— Divorciar? — perguntou Meredith.

— Deixá-lo.

— Deixá-lo? — Meredith não entendia. Ou achava que talvez os repórteres não entendessem. O homem ficaria 150 anos na prisão. Nunca mais sairia dali. Talvez as pessoas estivessem achando que Meredith se mudaria para a Carolina do Norte e fosse visitá-lo todas as semanas, fizesse pressão no Congresso, rezasse e aguardasse dez, 12 anos pelo direito a possíveis visitas conjugais. Meredith e Freddy fazendo amor em algum trailer de teto de zinco. Talvez fosse isso o que ela tivesse visualizado para si. Mas, não, ela não visualizara nada do tipo. O presente estava tão confuso, que ela não tivera nem energia, nem imaginação para nenhum tipo de futuro, com ou sem Freddy.

Divórcio?

Ela não sabia.

Era católica, acreditava no sacramento do casamento, acreditava nos votos — até que a morte os separe. Seus pais haviam permanecido casados e seus avós também. Ela e Freddy jamais voltariam a viver juntos como marido e mulher; então, qual o sentido em se divorciar?

Ela e Toby cruzaram olhares na cozinha.

O sentido era que, ao se divorciar, Meredith ficaria livre para se casar de novo. Começar do zero.

A ideia era exaustiva.

— Não posso responder a essas perguntas — disse ela. — Não sei o que vou fazer.

Connie deu um abraço forte na amiga, que quase ficou na ponta dos pés.

— Vai ficar tudo bem — disse ela. — Acho que a declaração funcionou, ou irá funcionar, quando eles perceberem que é tudo o que terão.

— Então você não disse mais nada? — perguntou Meredith. — Não respondeu às perguntas por mim?

— Foi difícil — disse Connie. — Mas eu só fiquei parada ali, com um sorriso colado no rosto.

— Vamos ver como ficou na tevê — disse Toby.

Connie animou-se com a ideia, e Meredith não pôde culpá-la, embora não quisesse ver a declaração veiculada na tevê; queria só mais três Ativan e um quarto escuro. Queria conversar com Freddy; sua garganta doía de tanta necessidade. *Conte-me tudo. Conte quem você é de verdade.*

Toby, Dan e Connie foram para a sala de estar e ligaram a tevê. Meredith demorou-se no corredor, sem pretender assistir, sem pretender se esconder no andar de cima. Estava perigosamente perto da porta; qualquer um poderia vê-la pelas janelas laterais. Entrou na sala de estar. Ouviu Connie lendo suas palavras. *Por favor, saibam que estou sofrendo...* viu Connie na televisão, parecendo natural, calma e preparada. O canal era a CNN. A legenda na parte inferior da tela dizia: *Porta-voz de Meredith Delinn, Constance Flute, fala à imprensa sobre caso amoroso entre Freddy Delinn e a decoradora Samantha Deuce.*

Ao fundo, Meredith viu a casa de Connie.

A legenda mudou: *Meredith Delinn encontra refúgio na ilha de Nantucket.*

Era sobre ela que estavam falando, a vida dela. Era a sua melhor amiga lendo as suas palavras. Mostravam a casa, aquela mesma casa onde eles agora assistiam à tevê. Era estranhamente reflexivo.

— Estou horrorosa — disse Connie.

— Na verdade, isso não tem a ver com você, Connie — comentou Toby.

— Você está ótima — disse Dan.

Meredith precisava agradecer Connie por ter ido lá fora por ela e lido a declaração, mas não conseguia encontrar as palavras.

Então, o telefone tocou.

Toby atendeu.

— Posso saber quem está ligando?

Meredith começou a tremer. Agarrou-se ao tecido macio de sua saia.

Toby colocou a mão sobre o gancho.

— É o seu advogado.

Meredith levou o telefone para o seu quarto no andar de cima. Precisava se lembrar de respirar. Estava confusa. A cafeína correra como raios por suas veias, sentia uma pressão nos intestinos. Mas não agora, com Dev ao telefone. Deitou-se na cama.

— Duas coisas — disse Dev. Parecia mais animado do que antes. Talvez o café dele tivesse surtido efeito também. — Acabei de ver a declaração na tevê.

— Já? — perguntou Meredith.

— Temos um canal de notícias 24 horas no escritório — disse Dev. — Todo mundo tem hoje em dia.

— E...?

— Você poderia ter falado mais — disse ele. — E poderia ter falado pessoalmente.

Meredith concordou com a cabeça, embora, obviamente, ele não pudesse ver.

— Eu não consegui...

— Porque você sabe o que as pessoas vão dizer. Já estão dizendo.

— O quê?

— Que contratou alguém para falar por você. Um porta-voz.

— Eu não *contratei* Connie. Ela é minha amiga. Não tive coragem de fazer isso eu mesma. Ela se ofereceu.

— Só estou te contando como as pessoas percebem as coisas. O que pensam.

— Não me importo com o que as pessoas pensam — disse Meredith.

— Se importa sim — disse Dev.

Meredith pensou: *Ele tem razão, eu me importo.*

Penalizado, Dev continuou:

— Mas foi melhor do que nada. Você comunicou *alguma coisa.* É isso o que importa.

— A segunda coisa? — perguntou Meredith. A cafeína estava cedendo. Sentiu-se exausta de repente.

— Conversei com o diretor em Butner.

Seu estômago se contraiu.

— Ele vai ver o que pode fazer por você — disse Dev. — Sobre a ligação.

Dan teve que sair de casa para ir trabalhar. Perguntou se alguém estaria disposto a fazer um churrasco na casa dele naquela noite.

— Hoje não, cara — respondeu Toby.

Meredith não disse nada. Era agora a desmancha-prazeres que Dan temia que ela fosse.

— Talvez. Ligue mais tarde — respondeu Connie.

— Vocês deveriam ir — disse Meredith. Dan logo sairia para uma viagem de três dias para New Hampshire com os filhos. E, quando retornasse, eles teriam menos de uma semana até o Dia do Trabalho. Tudo iria acabar; nada havia que Meredith pudesse fazer para evitar.

Connie, Meredith e Toby foram para o deque. Estava quente. Meredith quis nadar, mas sentiu medo de que, caso tentasse, se afogaria. Seus braços e pernas pareciam leves e inúteis. Estava um bagaço. Era um balão cheio de ar quente e fedorento de ansiedade.

— Você deveria se divorciar, Meredith — disse Toby.

— Deixa Meredith em paz — bronqueou Connie. Então, poucos segundos depois, disse: — Você *devia* mesmo se divorciar dele. Eu pago as despesas.

Meredith deu uma risada triste e seca. Nem havia pensado no dinheiro.

Toby nadou. Meredith oscilava entre a consciência e a inconsciência. Sentia-se lerda, então ativa; o Ativan pedia revanche. Toby tornou-se Harold, Harold fora brutalmente assassinado, era culpa sua. Era como se Meredith carregasse uma praga, por que não culpá-la por tudo, pelo vazamento de óleo no Golfo, pelo derramamento de sangue no Oriente Médio? Por que, aí, por que Samantha resolvera falar? Todos também a odiariam agora, a vida dela seria arruinada. Podia ter amado Freddy; talvez o amasse ainda, caso tivesse decidido que o deixaria arruinar a sua vida. Ainda tinha filhos muito novos, um deles só com dez anos. Seus negócios iriam falir, ou talvez não. Talvez a infidelidade impulsionasse o cachê de uma decoradora. O que Meredith sabia? Samantha estava escrevendo um livro. Meredith poderia escrever um livro também, deveria escrever, mas o que esse livro diria? *Eu não estava atenta. Eu estava sendo negligente. Eu aceitava o que Freddy me dizia como sendo verdade. Eu nunca tive contato com mentiras nem mentirosos quando menina, eu não sabia o que procurar.*

— O que você está pensando? — perguntou Connie.

— Nada — respondeu.

O telefone tocou na casa, Meredith quase deu um salto na cadeira ao ouvir o toque. Sabia que não deveria atender, mas tinha esperança de que fosse Dev retornando com a resposta da penitenciária. Checou o número que ligava. *Número Confidencial.* Meredith não conseguiu se controlar: atendeu.

A voz de uma mulher perguntou:

— Meredith?

Meredith sentiu como se alguém tivesse colocado as mãos em torno do seu pescoço. Sentiu-se como se tivesse uma bola de golfe enfiada na garganta, ou uma daquelas balas redondas que os meninos costumavam comprar em Southampton.

— É Samantha — disse a mulher, embora Meredith já soubesse.

— Não — disse Meredith.

SEGUNDA CHANCE ★ 403

— Meredith, por favor.

Por favor o quê? O que Samantha queria? Esperava se unir a Meredith agora que estava exposta como amante de Freddy? Achava que ela e Meredith seriam esposas-irmãs, fariam uma espécie de família misturada do jeito que Toby tanto gostava? Meredith, como algum tipo de tia emprestada dos filhos de Samantha? Meredith e Samantha unindo forças para amenizar a sentença de Freddy?

— Não — respondeu e desligou.

O telefone tocou novamente uma hora e seis minutos depois. Meredith estava extremamente ligada no passar do tempo. Pensou em Samantha acariciando o cavanhaque de Freddy. Ele deixara o cavanhaque crescer por causa dela; começara a fazer ginástica por causa dela. Tudo fora feito por causa de Samantha.

Meredith acreditava que tudo começou quando ela foi ao velório de Veronica. Ou pouco depois. Porque Freddy pressentira alguma coisa, porque Meredith voltara confusa e distraída. Freddy lhe perguntara como tinha sido o velório, e ela dissera "Ah, foi tudo bem", embora nada tivesse ido bem; fora um estresse emocional, mas ela fora fiel a Freddy. Ela fora fiel, mas não Freddy. Ele ultrapassara os limites. Telefonara para Samantha, ou alguma coisa acendera pessoalmente entre os dois. Meredith entendia isso. O que acontecera entre ela e Toby no velório a fizera entender. Mas, quando se é casada, você detém esses desejos. Vê-se cara a cara com eles e os apaga.

Sentiu vontade de vomitar de novo. Quando checou o identificador de chamadas, viu o número do escritório de advocacia.

— Alô? — atendeu.

— Meredith? — Era Dev.

— Sim.

— Caramba, tenho umas notícias para te dar. Senta e aperta o cinto.

Meredith não estava gostando do jeito que isso soava. Nem um pouco. Perguntou, preocupada:

— O que foi?

— Ouça essa: encontramos quatro números de contas no banco suíço em que Thad Orlo trabalhava recentemente, que pareciam ter vínculo com as Empresas Delinn. Cada uma das contas tinha os mesmos números e letras daquele número anotado no seu suposto certificado da NASA, só que numa ordem diferente. Essas contas eram todas "gerenciadas" por Thad Orlo, e cada uma continha um pouco mais ou um pouco menos de um bilhão de dólares. Só que eram contas de depósito; sem movimentação.

Meredith nada disse. Odiava dizê-lo, mas não se importava mais com Thad Orlo nem com o dinheiro desaparecido. Ainda assim, teve a gentileza de perguntar:

— De quem são essas contas?

— Todas as quatro contas estão em nome de Kirby Delarest.

Meredith engasgou.

— Espere, tem mais — disse Dev.

— Mas você sabe quem é Kirby Delarest, não sabe? — perguntou Meredith. — Morava perto de nós em Palm Beach. Era um investidor.

— Não um investidor — disse Dev. — Ele era testa de ferro de Freddy. Era o responsável por esconder o dinheiro e transferi-lo.

— Ele está morto — disse Meredith. Ela pensou em Amy Rivers e seus lábios se torceram em desgosto. — Ele se suicidou.

— Ele se suicidou — disse Dev — porque estava envolvido até o pescoço. Porque estava com medo de ser pego. Mas Meredith...

SEGUNDA CHANCE ✦ 405

— Aqui, Dev fez uma pausa. Meredith podia imaginá-lo jogando a franja lisa para trás e ajeitando os óculos. — Ele não estava só investindo com Thad Orlo; ele *era* Thad Orlo.

— O quê? — perguntou Meredith.

— Kirby Delarest e Thad Orlo eram a mesma pessoa. Tinha dois passaportes: um americano, como Kirby Delarest, e outro dinamarquês, Thad Orlo. Como Orlo, tinha um apartamento na Suíça, onde trabalhava para um banco e administrava quatro contas que continham um total de 4 bilhões de dólares. Como Kirby Delarest de Palm Beach, Flórida, tinha três grandes prédios de apartamentos em West Palm, assim como um restaurante P.F. Chang e alguns shoppings pequenos a céu aberto. Seu negócio de verdade, porém, era no exterior. Ele escondia o dinheiro dos clientes de Freddy e o mantinha seguro. Quatro bilhões de dólares. Dá para acreditar?

Meredith lembrou-se de respirar. Viu Connie subindo as escadas da praia, secando os cabelos molhados na toalha, e rezou para que ela não entrasse e perguntasse se queria um sanduíche de peru para o almoço. Meredith precisava processar o que acabara de ouvir; sentia-se como se estivesse dividida entre dois mundos. Havia aquele mundo ali, Nantucket, com mar, o chuveiro do lado de fora e almoço no deque, e havia o mundo dos bancos internacionais, das duplas identidades e das mentiras. Kirby Delarest era Thad Orlo. Kirby fora alto, louro e elegante, tinha um sotaque que dissera ter adquirido na infância em Wisconsin. Meredith sabia que alguma coisa estava errada com aquela resposta, mas não o questionara. O que Freddy sempre dizia? O pessoal do Meio-oeste era o mais honesto da face da terra. Ra! Kirby Delarest andara trabalhando secretamente com Freddy. Suas filhas sempre usavam aqueles lindos vestidinhos composés da Bonpoint. Meredith pensou na tarde em que encontrou Freddy e Kirby Delarest na piscina, uma garrafa de

Petrus vazia, consumida por dois homens numa tarde de quarta-feira, para comemorar o fato que estavam roubando todo mundo. Kirby Delarest preferiu dar um tiro na própria cabeça em vez de encarar o destino de Freddy.

Os olhos de Meredith arderam como se ela estivesse no deserto. O número das contas tinham todos sido variações da falsa estrela da NASA. Eram contas da Garota Prateada. Isso teria mais implicações para ela? Não, por favor, rezou.

— Então vocês encontraram o dinheiro? Quatro bilhões? É muito dinheiro.

— Não. Não — respondeu Dev. — O dinheiro foi sacado em outubro. Todo ele. Sumiu. Desapareceu. Retirado, muito possivelmente em espécie, para ser posto em outro lugar.

— Que dia de outubro? — perguntou Meredith.

— Dezessete de outubro.

Meredith fechou os olhos. Connie bateu à porta. Meredith abriu os olhos. Connie perguntou sem emitir som: *Você está bem?*

— É o... — disse Meredith.

— O quê? — perguntou Dev.

— Tem certeza de que é o dia 17? Dezessete de outubro?

— O que é que tem? — perguntou Dev. — O que é que tem 17 de outubro?

— É o aniversário de Samantha Deuce.

— Tudo bem — disse Dev. — Tudo bem, tudo bem, tudo bem. Pode ser coincidência, mas provavelmente não é. Eu te ligo de volta.

— Espere! — gritou Meredith. — Preciso saber... você teve resposta da penitenciária? De Butner? Posso falar com Fred?

— Fred? — repetiu Dev, como se não tivesse certeza do que Meredith estava falando. Então respondeu: — Ah, não. Não recebi resposta.

— Preciso mesmo..

— Eu te falo se receber resposta — disse Dev. — Quando receber resposta.

Meredith baixou o corpo até sentar numa cadeira. Pensou em Kirby Delarest, em sua esposa Janine, naquelas menininhas lourinhas, tão perfeitas e queridas quanto as meninas Von Trapps. Pensou nos miolos de Kirby Delarest espalhados pela garagem. Meredith lembrou-se de Otto, a escultura folclórica no apartamento de Thad Orlo em Manhattan, com os cabelos grisalhos de algodão e um pedaço de arame no lugar dos óculos. Pensou no cuidado com que havia regado o pinheiro Norfolk, morrendo de medo que ele escurecesse e perdesse os galhos sob os cuidados dela e de Freddy. Nunca conhecera Thad Orlo, embora tivesse vivido entre suas coisas. Aquelas facas modernas, a cadeira de balanço de madeira clara. Sentia-se como se o conhecesse.

O telefone tocou às 18:10h.

O noticiário, pensou Meredith. A América agora estava assistindo ao noticiário.

Connie estava ali para checar o identificador de chamadas.

— Número confidencial — disse ela. — Devo atender?

— Eu atendo — respondeu Toby. Ele havia acabado de descer com roupas recém-trocadas. Meredith não conseguira contar a ele ou a Connie sobre a história de Thad Orlo/Kirby Delarest, em parte porque era uma história tão bizarra que ela não podia acreditar que era verdade, embora ela obviamenteo fosse. Freddy não agira sozinho; tinha auxiliares, *testas de ferro*, assim Dev se referira a eles, pessoas que o haviam ajudado a cavar um túmulo financeiro — e fazia sentido que Meredith conhecesse algumas dessas pessoas.

Kirby Delarest era Thad Orlo. Todas as coisas que não haviam feito sentido sobre Kirby Delarest estavam explicadas agora. Meredith tinha razão com relação a Thad Orlo e também tinha razão com relação àquela estrela falsa da NASA e, ainda assim, preocupava-se com o quanto estivera certa. Os 4 bilhões naquelas contas estavam, mesmo que indiretamente, ligados a ela. Teria Freddy escondido o dinheiro ali para ela? Transferira o dinheiro em 17 de outubro — aniversário de Samantha —, mas o que isso queria dizer? Era uma coincidência, ou o dinheiro era para a amante?

Meredith estava com medo de pensar mais adiante.

Também não contou nada para Connie ou Toby porque queria manter o odor desagradável daquela história longe da casa. Aquela casa era o único lugar seguro que ela conhecia. Mas não podia evitar que o telefone tocasse.

— Eu atendo — disse Connie, pegando o telefone. — Alô?

Meredith observou o rosto de Connie, tentando descobrir se era amigo ou inimigo, mas não conseguiu decifrá-lo. Connie parecia surpresa: sua boca formou um pequeno "o". Seus olhos se arregalaram e então, misteriosamente, se encheram de lágrimas. Eram lágrimas de tristeza, de alegria, de raiva, um pouco de tudo? Meredith não sabia.

Connie estendeu o braço.

— É para você — sussurrou. Piscou. Lágrimas rolaram de seu rosto belo e bronzeado. Meredith pegou o telefone, e Connie afastou-se propositadamente.

— Alô? — disse Meredith, pensando: *o que será que Connie acabou de me passar?*

— Mãe?

Ai, meu Deus. Ela quase deixou cair o telefone. Era Carver.

* * *

O que ele disse? O que ele disse? Depois, ela só conseguia se lembrar de fragmentos da conversa.

— Vi as notícias — disse ele.

— Viu?

— Pelo amor de Deus, mãe. Não consigo acreditar.

Ela não queria falar sobre o assunto. Estava ao telefone com o filho. Seu filhote, seu filho querido.

— Como você está? O que anda fazendo? Como está o seu irmão? Vocês estão conseguindo se virar? Estão bem? — Diria que não havia nada maior dentro dela do que mágoa, mas sim, aquilo era maior. Seu amor pelos filhos era maior.

Mas Carver estava preso no outro assunto.

— Ele te traía, mãe. Está vendo agora? Por favor, me diga que o está vendo como ele realmente é... uma pessoa rasa, vazia, que se alimenta de mentiras e de coisas que pode tomar das pessoas. Entendeu agora, mãe?

— Entendi — disse ela, embora estivesse mentindo. Não entendia. — Preciso falar com ele.

— Com quem?

— Com o seu pai.

— Não! — gritou Carver. — Esqueça ele, deixe-o, peça o divórcio, tire-o da sua vida. É a sua chance.

— Está bem — disse Meredith. — Sim, você tem razão. Como você está? Como você está?

A voz de Carver suavizou.

— Mas ele te amava, mãe. É isso que me deixa confuso com relação a toda essa história. Ele te amava de verdade. Te venerava, como uma rainha ou uma deusa. Leo concorda comigo. Ele também sabe que sim.

Leo!, pensou Meredith. Queria falar com Leo. Ele era uma seta em linha reta, um rapaz tão bom, de joelhos, passando cera no chão da igreja, recusando a ajuda dela. Houve uma vez em que Meredith saíra correndo para Choate no meio da semana para assistir ao jogo de lacrosse de Leo. Ultrapassara o limite de velocidade no Jaguar, mas chegara lá a tempo de surpreender o filho e de vê-lo marcar o gol da vitória. Meredith estivera lá para torcer e depois levara Leo, Carver e dois colegas de time para o Carini, para comerem pizza. Chegara em casa antes que Freddy chegasse do trabalho, e, quando ele chegara, ela contara o que havia feito: contara-lhe sobre o gol, sobre como Leo ficara surpreso ao vê-la e como ele a beijara pela janela do carro antes que ela saísse pelo portão, mesmo com os colegas olhando.

Freddy exibira um sorriso cansado.

— Você é uma mãe maravilhosa, Meredith — dissera. Mas sua cabeça estava em outro lugar.

— Você está bem? – perguntou ela. – Leo está bem?

Carver suspirou.

— Estamos bem, mãe.

Mas o que isso queria dizer? Estariam mesmo bem? Meredith imaginara os dois filhos numa casa vitoriana grande e empoeirada. Queria saber da casa, se eles estavam envernizando o chão ou pintando as tábuas.

— Nós te amamos — disse Carver. — Mas eu estou ligando para me certificar de que você vai fazer a coisa certa. Peça o divórcio. Por favor, me prometa.

Ela queria prometer. Mas não podia. Ninguém entendia. Ela estava totalmente sozinha. Entrou em pânico porque percebeu o fim da conversa na voz de Carver e ainda havia muito para falar. Tantas coisas que queria entender. Ele desligaria, e ela não teria um número para telefonar para ele. Ele ficaria fora de contato de novo, tão fora de alcance quanto Freddy, quanto seu pai.

— Espere! Seu número! Posso telefonar para você?

Mais uma vez um suspiro. Carver se tornara um homem que suspirava como um pai decepcionado.

— Julie Schwarz quer que Leo espere — disse ele. — Até que a poeira baixe um pouco mais, até que passe mais um pouco de tempo. E isso vale para mim também. Eu não devia ter telefonado para você agora, mas eu precisava. Eu precisava falar com você.

— Eu sei. Obrigada.

— Você me ouviu, mãe, não ouviu? — perguntou Carver.

— Ouvi — sussurrou Meredith.

— Eu te amo, mãe. Leo também te ama. — E então desligou. Meredith disse:

— Eu também amo vocês. Amo vocês! — Percebeu então que estava falando para um telefone desligado e que havia outras pessoas na sala: Toby, que a observava, e Connie, que observava Toby a observando.

CONNIE

Ela teria ido jantar na casa de Dan. Quando lhe telefonou para dizer que ficaria em casa, ele lhe disse então que sairia sozinho. Connie imaginou-o comendo no bar do A.K. Diamond, onde sabia que ele conhecia todos, e todos o conheciam, onde todas suas paixões do passado o encontrariam, ou a recepcionista gostosa do salão estaria sentada num banco ao lado. Connie queria desesperadamente ir com ele, mas não podia sair. Seu rosto estava em todos os noticiários. Dito e feito: quando checou as ligações do celular, viu que deixara de atender chamadas de Iris e Lizbet; elas a tinham visto na CNN. Ela não poderia ir a lugar algum.

— Lembre-se, estou indo para New Hampshire na sexta-feira — disse Dan.

Connie hesitou. Dan estava levando Donovan e Charlie para um acampamento de três dias de sobrevivência na selva, nas White Mountains. Nem sequer seria capaz de telefonar para ela.

— Preciso ficar — disse ela. Sabia que Dan estava esperando que ela o convidasse para ir à sua casa, mas ela também não podia fazer isso. As emoções por ali estavam tensas demais. — Amanhã, sem falta.

Mas agora desejava que tivesse ido. Observou Meredith desligar o telefone e dizer:

— Era Carver.

Connie quase nem conseguiu assentir com a cabeça. Fora ela quem atendera o telefone, fora ela que ouvira Carver dizer: "Oi, tia Connie? É Carver. Minha mãe está aí?" Connie se vira consumida por uma emoção que não conseguira identificar, embora agora supusesse que fosse inveja pura, inveja acumulada, inveja na sua forma mais crua e insidiosa. O filho de Meredith telefonara para ela. Ouvira as notícias e procurara por ela. Dissera que a amava. Connie se sentira tanto ferida quanto vazia. Poderia checar seu telefone agora, mas sabia que, embora seu rosto tivesse aparecido o dia inteiro na televisão, não haveria nenhuma mensagem, nenhuma ligação de Ashlyn.

* * *

SEGUNDA CHANCE ⭐ 413

Meredith parecia um pouco mais leve desde o telefonema de Carver — embora fosse rápida em admitir que ele quase não falara nada sobre si. Ela não sabia onde ele estava morando, no que estava trabalhando, se ainda tinha amigos ou se estava namorando alguém.

— Ele só me telefonou para ter certeza de que eu iria me divorciar de Freddy — disse ela.

— E o que você disse? — perguntou Connie.

Toby ficou olhando para ela, Meredith não respondeu nada.

— Minha proposta ainda está de pé — disse Connie. — Se você quiser se divorciar dele, eu pago as despesas.

Meredith nada disse. Connie podia ver o brilho daquela ligação se esvaindo. Lentamente, sua amiga estava voltando às profundezas de seu estado de alma anterior.

— Ele disse que me amava — comentou Meredith.

— É claro que ele te ama — disse Toby. — É seu filho.

O telefone tocou novamente, bem na hora em que o sol estava se pondo, às 19:30h. Sol se pondo às 19:30h? Meu Deus, o verão estava chegando ao fim; eles estavam correndo contra o tempo. Dentro de dois dias, Dan estaria partindo para o acampamento e, quando voltasse, eles só teriam uma semana juntos. No ano anterior, lembrou-se Connie, ficara feliz com o final do verão. O sol, a praia e a alegria forçada foram difíceis. No verão anterior, não conseguira olhar para o oceano sem pensar nas cinzas de Wolf. Tanta coisa mudara em um ano; deveria estar feliz por isso.

Toby estava ao telefone, checando o identificador de chamadas.

— Número confidencial — disse. — Quer que eu atenda?

— Não — disse Connie.

— Atenda — disse Meredith, e como para Toby uma resposta de Meredith sempre ganharia de uma resposta de Connie, ele atendeu.

— Alô? — Fez uma pausa. Olhou para Meredith. — Posso saber quem está ligando? Não vou passar a ligação a não ser que diga quem é.

Então, para Meredith, disse:

— É ela.

— Samantha?

Toby concordou.

— Não — respondeu Meredith.

Toby desligou. Connie pensou: *Eu disse para não atender*. Mas estava agitada por dentro. Detestava admitir, mas era empolgante vivenciar esse tipo de drama.

— Espere um minuto — disse ela. — Era *Samantha*?

— Samantha Deuce — confirmou Toby.

Meredith balançou lentamente a cabeça.

— Você não parece surpresa — disse Connie.

— Ela telefonou mais cedo.

— *Telefonou?*

— Eu atendi e quando percebi que era ela eu disse "não" e desliguei.

— Uau! — espantou-se Connie. — Essa mulher tem coragem.

— Bem, isso ela tem mesmo — concordou Meredith.

Connie serviu alguns biscoitos cream crackers com pasta de queijo, mas nenhum deles comeu. Estava ficando escuro dentro do quarto. Connie pensou: *É melhor eu acender as luzes*, mas as luzes eram muito agressivas, ou talvez muito otimistas; portanto, Connie acendeu velas, como teria feito durante uma tempestade com raios. Muito ruim não estar chovendo. Uma tempestade se encaixaria perfeitamente no ambiente da casa.

Ela queria vinho. Se isso tivesse acontecido três semanas antes, ela já estaria na sua terceira taça. E Dan não estava ali, portanto... Connie serviu-se de uma taça.

— Meredith, quer vinho? — ofereceu.

— Se quero vinho? Quero. Mas não devo. Não vou tomar.

Connie não deveria tomar também, mas tomaria mesmo assim. Deu um gole e pensou, *me leve*. Mas o vinho estava com gosto amargo, com gosto de dor de cabeça. Jogou-o pelo ralo da pia. Serviu-se de uma taça de água gelada com limão. Sabia que deveria fazer alguma coisa com relação ao jantar. Meredith estava sentada na poltrona, encolhida como um passarinho ferido, e Toby estava esparramado no sofá, de olho em Meredith. Ele a amava. Era evidente como o nariz em seu rosto.

Mas Meredith não se divorciaria de Freddy. O homem havia feito coisas cruéis, tanto pública quanto intimamente, e, ainda assim, ela o amava. Qualquer outra mulher teria deixado Freddy Delinn para trás, mas não ela.

Jantar, eles precisavam jantar, pensou Connie, alguma coisa simples — sanduíches, salada, até mesmo ovos mexidos Mas ela não estava com fome.

— Meredith, você está com fome? — perguntou.

— Nunca mais vou comer de novo.

Naquele momento, o telefone de Toby tocou.

— É Michael. — E ele subiu as escadas até o quarto.

— Não posso acreditar que Samantha telefonou duas vezes — disse Meredith.

— Tenho certeza que ela quer conversar com você — disse Connie.

— Tenho certeza que sim.

Elas se sentaram por um momento, ouvindo o antigo relógio de mesa tiquetaquear. Connie podia ouvir a emoção na voz de Toby.

— E aí, garotão. — Todos estavam falando com seus filhos naquela noite, menos ela.

Meredith devia ter ouvido Toby também, pois disse:

— Foi bom conversar com Carver. Foi mágico ouvir a voz dele, ouvi-lo chamar "mãe", entende? Não posso vê-lo, não posso tocá-lo. Mas pelo menos sei que está vivo em algum lugar desse mundo. Pensando em mim.

De repente, Connie ficou triste a ponto de chorar. Deveria ser assim, percebeu, que Meredith se sentia. Sua tristeza tinha bordas afiadas e reluzentes.

— Você acha que Samantha foi a única?

— O quê? — perguntou Meredith.

— Bem, nós duas sabemos que Freddy fazia as coisas de forma um tanto exagerada.

— O que você está querendo dizer? — perguntou Meredith. — Que ele pode ter tido outras amantes?

— Pode ter tido — disse Connie. — Quer dizer, você sabe como Freddy era.

— Não — respondeu Meredith. Sua voz estava fria e dura como uma pedra. — Como Freddy era?

— Era paquerador — disse ela. — E, às vezes, mais do que paquerador.

— Ele alguma vez te passou uma cantada? — perguntou Meredith. Sentou-se na poltrona, a coluna reta, o queixo ereto como se tivesse uma linha do topo da cabeça até o teto. Meredith tinha estatura tão baixa, que parecia um boneco de ventríloquo. — Passou, não passou?

— Passou — admitiu Connie. Não podia acreditar que estava dizendo isso. Tinha decidido que não haveria mais assuntos tabus. Mas, sinceramente, trazer *isso* à tona? *Pare, Connie, pare. Cale a boca!* Mas havia algo dentro dela a incitando a falar. Não sabia dizer o quê. Uma necessidade de *falar.* — Me passou uma cantada em Cabo de Antibes. Disse que eu era uma bela mulher e então me beijou.

— Ele te beijou.

— E meio que tocou os meus seios. Com as mãos em concha.

Meredith concordou uma vez, brevemente.

— Entendi. Onde Wolf estava?

— Correndo.

— E onde eu estava?

— Fazendo compras.

— Então vocês dois estavam sozinhos em casa — disse Meredith. — Você dormiu com ele?

— Não, Meredith. Eu não dormi com ele.

— Isso aconteceu... quando? Em que ano?

Connie tentou raciocinar. Não conseguia.

— Foi no ano em que nós almoçamos naquele restaurante em Annecy. Lembra-se desse almoço?

— Lembro. Então... 2003. É isso?

— Não sei — disse Connie. — Acho que sim.

— Antes de Samantha — concluiu ela. Bateu com as mãos nas coxas. — Então talvez tenha havido outras. Dúzias, talvez, ou centenas...

— Meredith... — disse Connie.

— Por quê? — perguntou Meredith. Fechou a boca e engoliu em seco. — Por que diabo você não me contou?

Meu Deus, qual era a resposta para essa pergunta? Freddy lhe passara uma cantada; ela o rejeitara. Na verdade, nada havia a contar. Talvez tenha ficado quieta porque aquele fora um momento íntimo entre ela e Freddy; ele a estava elogiando, e isso a fizera sentir-se bem. Fizera-a sentir-se *desejada*. Não queria arruinar aquele sentimento, transformando-o em outra coisa qualquer. Talvez não tenha sentido vontade de estragar a semana em Cabo de Antibes fazendo uma tempestade num copo d'água. Talvez não tenha tido acesso ao tipo de linguagem que seria necessária para contar a Meredith o que havia ocorrido, sem incriminar a si mesma. Não fora culpa sua. Exceto pelo vestido decotado que deixava os seios à mostra. Mas uma mulher deve poder usar a roupa que quiser. Isso não é nenhum convite para os homens agirem inapropriadamente.

— Não sei por que eu não te contei — disse Connie. — Não me pareceu nada de mais.

— Meu marido te beijou e te tocou, você se lembra disso todos esses anos depois, e isso não te pareceu nada de mais?

— Foi um choque — disse Connie. — É claro que foi. Mas eu me afastei. Para mim, eu amenizei o ocorrido. Acho que porque fiquei constrangida.

Meredith a ficou encarando. Tinha um arsenal de olhares frios e assustadores.

— Não consigo acreditar em você.

— Meredith, sinto muito...

— Você é a minha melhor amiga. E, depois de você, minha amiga mais íntima era Samantha.

— Eu não dormi com Freddy. Eu não o encorajei nem dei margem para ele tentar mais alguma coisa. Não fiz nada de errado.

— Você não me contou — disse Meredith.

De repente isso começou a parecer como um daqueles problemas tirados de revistas femininas: Se o marido da sua melhor amiga te passar uma cantada, você conta para ela? Com certeza a resposta seria não. Mas talvez fosse sim. Talvez Connie devesse ter contado para Meredith. Uma coisa era certa: Connie não devia ter contado essa história para Meredith naquela noite. Fizera aquilo tão sem pensar; quisera magoar Meredith quando ela já estava tão magoada. *Será que pareço uma mulher que precisa de mais surpresas?* Mas por quê? E então Connie soube: estava com ciúmes da ligação de Carver. Agora veja só a bagunça: se Connie tivera a intenção de manter aquele momento com Freddy em segredo, deveria tê-lo mantido assim para sempre.

— Sinto muito — disse Connie. — Acho que eu devia ter te contado.

— *Acha?* — disse Meredith. — *Você acha?* — Sua voz estava alta e carregada de moral. Connie levantou-se. Precisava de uma taça de vinho; pouco importava se estivesse com gosto de desentupidor de ralo. Pegou uma taça do armário e abriu a geladeira.

— Isso. Sirva-se de vinho. Isso vai resolver tudo — disse Meredith.

Connie bateu a porta da geladeira e jogou a taça na pia da cozinha, estilhaçando-a. O barulho foi assustador. Sua raiva e consternação eram inacreditáveis, e ela sabia que a raiva e a consternação de Meredith se equiparavam à sua, se não a ultrapassassem. Havia espaço dentro de uma casa para tanta agonia? Connie olhou para a taça quebrada e viu um caco em sua pia porcelanada. Sua linda pia quadrada, da qual já sentira tanto orgulho.

Wolf, pensou. *Ashlyn*. Perdera os dois. Perdera.

Dan, pensou também. *Eu deveria ter ido para a casa de Dan.*

— Bem, já que estamos falando no assunto...

— Já que estamos falando no assunto... o quê? — perguntou Meredith.

— Já que estamos falando no assunto. Não sou a única que cometeu erros. Não sou a única que errou.

— Do que você está falando? — perguntou Meredith.

Estava com as mãos na cintura, os cabelos cinzentos enfiados atrás das orelhas, as armações de chifre dos óculos escorregando pelo nariz. Comprara aqueles óculos quando estava no oitavo ano. Connie se lembrava dela indo para a aula de história americana e os exibindo, depois, durante o almoço e na sala de estudos, passando-os adiante para as outras moças experimentarem. Connie fora a primeira a experimentá-los. Eles fizeram da cafeteria uma massa colorida fervilhante e fora de foco. Quase vomitara. Ainda assim, ficara com inveja dos óculos de Meredith e de Meredith, desde a infância. Praticamente a vida inteira.

— Estou pensando nas coisas que você disse sobre Wolf — disse Connie. — Aquelas coisas terríveis, você insinuou que nós estávamos retirando o nosso dinheiro porque Wolf tinha um tumor no cérebro e não sabia o que estava fazendo.

— Você simplesmente apareceu e chamou Freddy de mau--caráter.

— Meredith — disse Connie. — Ele era mau-caráter.

Meredith empurrou os óculos pelo nariz.

— Você tem razão — concordou. — Ele era mau-caráter. — Ficou olhando para Connie, parecia estar esperando alguma coisa. — E o que eu disse sobre Wolf foi muito rude. Desculpe. Não sei como pude ser tão cruel.

— Você não apareceu no velório dele — disse Connie. — E sabia que eu precisava de você ali.

— Eu estava indo — disse Meredith. — Eu estava à porta do apartamento, com um terninho cinza-grafite, eu me lembro. E Freddy me convenceu a não ir. – Mordeu o lábio inferior. – Não sei por que ele fez isso, mas fez. Você conhece Freddy.

– Seja o que for que Freddy tenha dito para você fazer você fez – rebateu Connie.

– É por isso que estou enrolada com os agentes federais – concluiu Meredith. – Freddy me pediu para transferir 15 milhões de dólares da conta da empresa para a nossa conta pessoal, três dias antes de ele ter sido desmascarado, e eu transferi. Achei que ele fosse comprar uma casa em Aspen. – Riu. – Achei que eu iria para Aspen, mas, em vez disso, vou para a cadeia.

Então era por isso que ela estava sob investigação, pensou Connie. Não tivera coragem de perguntar. Mais um tabu fora quebrado.

– Você devia ter vindo me visitar aqui em 1982, mas não veio por causa de Freddy. Porque ele tinha te mandado aquele telegrama. Te pedindo em casamento, lembra? E eu disse: "Que ótimo, poderemos comemorar o seu noivado!" Mas você só queria comemorar com ele.

– Isso foi há trinta anos – disse Meredith.

– Exatamente. Freddy tem te feito refém há trinta anos.

– Ainda não entendo por que você não me contou o que aconteceu na França. Nossa amizade não significou nada?

– Espere um momento – disse Connie. – Nós duas ferimos a nossa amizade. Não fui só eu. Eu não te contei sobre Freddy porque, na época, minha consciência me disse para não contar. Sinto muito por ter trazido esse assunto à tona.

– Não sente tanto quanto eu.

Nesse momento, Toby desceu as escadas.

– O que está havendo? Alguém quebrou um copo?

– Connie – respondeu Meredith.

Toby virou-se para Connie. Ela poderia falar, mas Toby não a ouviria. Aquela era a sua casa — onde, valia a pena lembrar, tanto Meredith quanto ele eram hóspedes —, mas ela não tinha voz.

— Vou me deitar — disse Connie. *Jantar*, pensou. Remexeu na despensa e escolheu um pão com ervas da Something Natural, o qual mordeu como se fosse uma maçã.

— Não, vocês dois fiquem acordados — disse Meredith. — *Eu é* que vou me deitar.

A força do hábito, pensou Connie. Eram exatamente 21:30h.

Connie passou a noite no sofá da sala de estar. Depois de ter se acostumado a dormir numa cama de verdade, parecia-lhe que o sofá oferecia tanto conforto quanto uma porta sobre dois cavaletes e, quando acordou, sentiu-se como se houvesse caído de um prédio de dez andares. Seu hálito recendia às cebolas do pão de ervas. Havia se esquecido de se servir de um copo de água e tinha a boca rachada; precisava de um emoliente para os lábios. Precisava de uma escova de dentes.

Levantou-se lentamente. Decidiu que não pensaria em nada mais até que tomasse essas providências.

Água. Hidratante labial. Escova de dentes.

Limpou a pia — com cuidado, removendo os cacos de vidro com luvas de borracha. Preparou um bule de café. Estava bem. O coração doía, mas ela estava funcionando.

Seu telefone estava ali sobre a bancada, carregando, e, como não conseguiu se conter, ela foi ver se havia alguma chamada perdida. Estava pensando em Dan, mas, no fundo, estava pensando em Ashlyn. Nada de novo. As mensagens de voz de Iris e Lizbet se demoravam ali, sem que os escutasse.

* * *

A cafeteira borbulhava. Connie pegou uma caneca, serviu metade leite, metade creme, aqueceu no micro-ondas, acrescentou o café e o açúcar. Lembrava-se de ter tomado café pela primeira vez com Meredith e Annabeth Martin no ateliê luxuoso na casa de Wynnewood. Connie e Meredith estavam usando vestidos longos. O vestido de Connie era vermelho quadriculado com uma aba branca na frente, bordada com morangos. Ela se lembrava de ter pensado: *café?* Isso era uma coisa que os adultos tomavam. Mas era isso o que Annabeth Martin servira; não tinha nenhuma limonada ou ponche de frutas. Annabeth servira creme de dentro de um bulezinho de prata e oferecera açúcar em cubos para elas, empilhados como blocos cristalinos de gelo, dentro de uma tigelinha prateada. O café de Connie respingara no pires e Annabeth dissera: "Com as duas mãos, Constance."

E então, quando Connie chegou em casa e disse à mãe que Annabeth lhe servira café, Veronica disse: "Essa mulher está tentando prejudicar o seu crescimento."

Connie sorria agora ao lembrar-se. Então sentiu um nó no peito. Ela e Meredith estavam juntas desde suas primeiras lembranças. Não queria que a amiga ficasse aborrecida com ela. Não poderia perder mais ninguém.

Tomou o café lá fora, no deque. Havia poucas nuvens no horizonte, mas o restante do céu era de um azul brilhante. Nantucket era o tipo de lugar que, de tão lindo, partia seu coração por você não poder tê-lo para si. As estações passavam, o tempo mudava, você tinha que ir embora – e voltar para a cidade ou para os arredores, para a escola, para o emprego, para a vida real.

Connie bebeu seu café. *Não posso perder mais ninguém*, pensou.

Virou-se e viu Meredith de pé, sob a moldura da porta, segurando uma xícara. Estava com uma camisola branca curta. Parecia uma boneca. Seus cabelos estavam mais claros.

– Seus cabelos estão mais claros – disse Connie, sem pensar.

– Você só está falando isso porque estou aborrecida.

– Estou dizendo porque é verdade. Está mais claro. Mais louro.

Meredith ocupou o lugar ao lado de Connie e estendeu a mão.

– Desculpe – disse.

– Eu que peço desculpas.

Meredith franziu os olhos diante da vista. Tinha o rosto bronzeado e algumas sardas espalhadas pelo nariz.

– Eu teria morrido, sem você – disse ela.

Connie apertou sua mão.

– Shhh.

Mais tarde naquela manhã, o telefone tocou.

– Caramba, o telefone tocou mais nos últimos dois dias do que nas duas últimas semanas – disse Toby.

Connie lhe lançou um olhar. Meredith estava lá em cima, trocando de roupa. Não havia jornalistas na frente da casa; portanto, as duas iriam dar um pulo no mercado e, se tudo corresse bem, iriam a Bookworks em Nantucket para comprar alguns romances. Dan telefonara; levaria Connie para jantar no Pearl. Sendo assim, Meredith e Toby ficariam sozinhos em casa.

Connie olhou o identificador de chamadas. Era da firma de advocacia. Atendeu. O advogado de 15 anos pediu para falar com Meredith.

– Só um momento, por favor.

Pegou Meredith descendo as escadas.

– É o seu advogado.

– Pena que não saímos cinco minutos antes.

– Vou correndo lá em cima escovar os dentes. Saímos assim que você desligar.

– Tudo bem – respondeu Meredith. Tinha a peruca numa das mãos. Estavam de volta ao estágio da peruca.

Droga, Freddy, pensou Connie.

Subiu lentamente as escadas, pois queria escutar. Toby estava bem ali na sala, certamente sem qualquer constrangimento por ouvir a conversa. Connie ouviu Meredith dizer:

– Alô. – Pausa. – Sim, estou bem. Tem alguma novidade para mim?

Connie parou, mas estava quase no alto da escada e não ouviu mais nada.

MEREDITH

Ele não falaria com ela.

– Perguntei a todos que trabalham em Butner – disse Dev. – Todos deram a mesma resposta: Fred Delinn não atenderá a sua ligação, e eles não podem forçá-lo. Não podem nem obrigá-lo a te ouvir enquanto você fala.

Meredith sentiu as faces queimarem. Estava constrangida. Humilhada. Estava enfrentando algo pior do que a morte.

– Por que ele não falaria comigo?

– Não temos como saber, Meredith – disse Dev. – O cara é um sociopata e teve uma piora mental desde que foi preso. Todos na prisão sabem do ocorrido com a sra. Deuce, entendem por que você quer falar com ele. A sra. Briggs, secretária da instituição, insistiu pessoalmente com Fred para ele falar com você no Skype ou pelo menos escutar o que você tem a dizer, mas a ideia não foi aceita. É contra os direitos dos presos. Podem trancá-lo, podem obrigá-lo a ir ao refeitório para as refeições, podem obrigá-lo a ir ao pátio às nove da manhã e voltar às dez, podem obrigá-lo a tomar os remédios. Mas não podem obrigá-lo a falar e não podem obrigá-lo a falar com você.

Meredith lembrou-se de respirar. Toby estava em algum lugar pela sala, embora ela não soubesse muito bem onde. Seu joelho direito batia no pé da mesa.

— Eu deveria ir lá e falar pessoalmente com ele.

— Ele não vai te receber — disse Dev — e ninguém pode obrigá-lo. Você irá lá por nada, Meredith. Você está com uma ideia romântica, como nos filmes. Eu entendo. Você vai lá, ele te vê, alguma coisa se encaixa, e ele te oferece todos os tipos de explicações e desculpas. Isso não vai acontecer. Ele é um homem doente, Meredith. Não é quem você conheceu.

Ela estava cansada dessa ideia, embora soubesse que era verdade.

— Então você está me dizendo que eu não posso ir?

— Estou te dizendo que você não deveria ir. Porque ele não vai falar com você. Você pode ir lá, para a Butner quente e desolada, pode planejar aturar um circo midiático, pode se encontrar com Nancy Briggs e Cal Green, o diretor, mas eles simplesmente vão te dizer a mesma coisa que eu. Ele não vai te ver. Não vai falar com você.

— Não vou gritar com ele — disse Meredith. — Não vou feri-lo. Não vou em nenhuma campanha de esposa enciumada. Eu só quero algumas respostas.

— Você não vai consegui-las — disse Dev.

Ela não podia acreditar no que estava ouvindo. Pensara que talvez a penitenciária criasse dificuldades para ela conversar com Fred. Mas, ao que parecia, eles queriam facilitar a ligação telefônica, mas não podiam — porque Freddy se recusava. O que era pior: ele havia roubado o dinheiro de todos, mentira para a Comissão de Valores Mobiliários e, sozinho, mandara a economia da nação por água abaixo. Traíra Meredith por seis anos e meio com uma mulher que ela considerava a melhor amiga deles. Mentira para a esposa dezenas de milhares de vezes — tudo bem. Mas o que não podia perdoar era isso agora. O que ela não podia perdoar era esse silêncio de pedra. *Devia* a ela uma conversa. Devia a ela *a verdade* — por mais terrível que fosse. Mas a verdade ficaria trancada ali em Butner. Ficaria trancada nas cinzas fumacentas da mente perturbada de Freddy.

— Está bem — disse Meredith. Bateu o telefone. Estava furiosa. Furiosa! Faria uma declaração à imprensa acabando com Freddy. Ela o colocaria abaixo junto com aquela piranha declarada que era Samantha Champion Deuce. (Esboçou as próprias manchetes, em alusão ao seu sobrenome: (*Campeã em arruinar lares, campeã de duas caras, mentirosa.*) Meredith pediria o divórcio e teria o apoio de milhões de americanos; eles mudariam sua imagem. Ela recuperaria sua posição na sociedade; seguiria um itinerário de declarações.

Virou-se. Toby estava ali, e alguma coisa em sua expressão fez a raiva de Meredith estourar como uma bolha de sabão.

— Ele não vai falar comigo. Se recusa. E não podem obrigá-lo.

Toby concordou lentamente. Meredith esperava que ele aproveitasse a oportunidade para dizer: *Ele é um cretino, Meredith. Um merda. Que outra prova você precisa?* Mas, em vez disso, disse:

— Talvez ele mude de ideia.

Meredith sorriu tristemente e se dirigiu à porta, para se encontrar com Connie no carro. Elas iriam ao mercado. Meredith planejara usar a peruca, mas isso, de repente, pareceu sem sentido. A peruca deveria protegê-la, mas ela acabara de sofrer o golpe mortal. Nada que fizessem a afetaria agora; a peruca não fazia mais sentido. Meredith a deixou sobre a escada. Quando chegasse em casa ela a jogaria fora.

Toby estava sendo gentil com relação a Freddy porque podia ser. Sabia, assim como ela, que ele nunca mudaria de ideia.

Naquela noite, antes de sair para se encontrar com Dan, Connie deixou jantar pronto para Meredith e Toby. Uma macarronada com carne de siri, abobrinhas com molho de limão e estragão, uma salada de tomates heirloom. Queijo gorgonzola e basílico, um salpicado de castanhas torradas regadas por molho quente de bacon e pãezinhos Parker House com manteiga aromatizada.

Inacreditável, pensou Meredith. Connie tomara banho e se vestira. Estava simplesmente lindíssima e ainda havia preparado aquele jantar.

— Me sinto culpada — disse Meredith. — Você deveria ter servido esse jantar para Dan.

— Eu ofereci — disse Connie. — Mas ele quis mesmo.

Sem nós, pensou Meredith.

— E eu queria cozinhar para vocês — disse Connie.

Porque está com pena de mim, pensou Meredith. *De novo.* Mas havia algo quase reconfortante em chegar a esse ponto. Nada a perder, nada com que se preocupar, nada a querer.

A mesa do lado de fora estava posta com toalha e velas. A brisa que vinha do mar trazia consigo um pouco de frio.

O outono estava chegando.

— Está lindo — disse Meredith. — Obrigada.

— E tem sobremesa na geladeira — disse Connie.

— Divirtam-se — desejou Toby, empurrando-a gentilmente para a porta.

Ela foi embora, e Meredith teve a sensação de que Connie era a mãe, e ela e Toby dois adolescentes num encontro. Era para ser um jantar romântico — luz de velas, comida deliciosa, o mar defronte a eles como se um espetáculo da Broadway. Meredith deveria ter se arrumado, mas estava usando as mesmas roupas que usara pela manhã: uma camiseta velha enxovalhada do Choate, que Carver usara em seu último ano da escola, e seu short de ginástica azul--marinho. Ela sabia que era bem possível que dormisse com aquelas roupas e que as usasse de novo no dia seguinte. Não se importava com sua aparência. Também não se importava mais com os cabelos.

Trinta anos casada e ele não conversaria com ela. Tantos jantares no Rinaldo's em que ela se sentara com Freddy da mesma forma que se encontrava agora com Toby e contara sobre o seu dia, com Freddy concordando e fazendo perguntas. E quando Meredith lhe perguntava sobre o trabalho dele, ele passava as mãos pelos cabelos, dava uma olhada no Blackberry, como se uma desculpa esfarrapada fosse aparecer ali, e então dizia alguma coisa sobre a tensão e a imprevisibilidade do trabalho. Meredith não fazia ideia de que Freddy andava imprimindo declarações falsas numa impressora matricial, nem de que passava as horas do almoço com Samantha Deuce no Stanhope Hotel. Freddy fingira viver em estado de adoração por ela, mas o que deveria mesmo estar pensando era o quanto era cega, ingênua e estúpida. Ela parecia... a mãe dele, a sra. Delinn, que trabalhara duro para criá-lo e lhe dar amor. *Ele vai fazer de conta que pode viver sem amor, mas não pode. Freddy precisa de amor.* E Meredith estivera simplesmente feliz demais a ponto de assumir o controle e a manutenção de Freddy Delinn. Ele podia ser um homem rico, mas era ela que coçava suas costas e beijava suas pálpebras e o defendia com unhas e dentes daqueles que o chamavam de corrupto.

Uma vez, no início de dezembro, Freddy gritou durante a noite. Ele tremera na cama, e, quando Meredith virou para acudi-lo, viu os olhos dele se abrirem. Tocou seus cabelos grisalhos e perguntou:

— O que houve?

Ele nada falou, embora seus olhos tivessem se arregalado. Estava acordado?

Ele respondeu:

— David.

E Meredith pensou: *David? Quem é David?* Então ela percebeu que era o irmão dele.

— Está tudo bem — disse Meredith. — Estou aqui.

E ele se virou para ela.

— Você nunca vai me deixar, Meredith, não é? Promete? Não importa o que aconteça?

— Não importa o que aconteça — respondera.

Os olhos de Freddy se fecharam então, embora Meredith tivesse visto uma atividade intensa sob as pálpebras nervosas. Ficou acordada o mais que pôde, observando-o, pensando: *David. O que será que o fez sonhar com David?*

Mas agora ela suspeitava que ele não estava pensando no irmão. Estava pensando no dinheiro, na Comissão de Valores Mobiliários, numa investigação iminente, em ser pego, descoberto, condenado, preso. Dissera o nome do próprio irmão para despistar Meredith de suas verdadeiras preocupações. Sabia mentir para ela, até mesmo semiconsciente.

Não importa o que aconteça, Meredith prometera. Mas não sabia a que tipo de "acontecimentos" ele se referia.

— Acho que não vou conseguir comer — disse Meredith. Toby segurava pacientemente os talheres acima do prato, aguardando por ela.

A expressão em seu rosto fechou-se.

— Ele é o cara mais cretino da face da Terra. Não te merece.

Era confuso ouvir essas palavras de Toby. Era bem possível que Freddy tivesse dito o mesmo sobre ele, anos antes, quando Meredith lhe contou como ele terminara com ela na noite da sua formatura do ensino médio. *Você está bem melhor sem ele. Ele não te merece.*

Toby colocou uma garfada de massa dentro da boca e mastigou tristonho, se tal coisa fosse possível.

— Você teve mais sorte do que Freddy — disse Meredith. — Me conheceu no meu melhor momento. Dezesseis, dezessete, dezoito anos. Essa foi a melhor Meredith, Toby, e ela foi sua.

Toby engoliu e olhou para ela.

— Você está no seu melhor momento agora. — Mexeu na manga puída de sua camiseta jurássica. — Você é a melhor Meredith, nesse momento.

Meredith pensou no dia do velório de Veronica O'Brien. Ela chegou à igreja quase uma hora mais cedo, e a única pessoa ali era Toby. Ele estava sentado na fileira dos fundos. Meredith bateu em seus ombros, ele se virou, e os dois se entreolharam — o que ela poderia dizer? Não via Toby havia quase 20 anos, mas a visão de seu rosto a deixou de joelhos. Ele se levantou e a abraçou. Começou como um abraço de condolências. Afinal de contas, sua mãe havia acabado de falecer. A indomável Veronica O'Brien se fora.

Meredith falou, o rosto apoiado em seu peito.

— Sinto muito, Toby.

Ele intensificou o abraço, e ela sentiu a temperatura do corpo subir. Achou que estava imaginando coisas. É claro que estava. Era casada, casada com o rico e poderoso Freddy Delinn. Freddy lhe dava tudo o que o seu coração desejava, então o que poderia querer de Toby agora? Mas o coração humano, como Meredith soube então, raramente prestava atenção às regras. Sentiu os braços de Toby tensos em torno do seu corpo, sentiu a perna dele tocar a sua, sentiu a respiração dele em seus cabelos.

— Meredith — disse ele. — Minha Meredith.

A próxima coisa que Meredith percebeu foi Toby a conduzindo para fora da igreja, para uma sombra sob uma árvore majestosa onde ele estacionara o carro. Abriu a porta do carona para ela, que entrou.

Meredith ficou olhando pelo para-brisa para o tronco da árvore centenária e, quando Toby entrou no carro, perguntou:

— Para onde estamos indo?

— Quero te levar para outro lugar. Quero fazer amor com você.

— Toby — disse Meredith.

— Você sentiu o que eu senti ali dentro? Me diga que sim.

— Senti.

— Sentiu, não sentiu? Olha só para mim: estou tremendo.

Sim. Meredith tremia também. Tentou pensar em Freddy, que havia alugado um helicóptero e um carro particular para levá-la para lá, mas que não lhe dera o que seria mais precioso — o seu tempo. Ele não fora com ela.

— Isso é loucura.

— Eu deveria ter insistido mais no casamento de Connie — disse ele. — Eu já sabia na época que tinha cometido um erro com você.

— Você partiu o meu coração — disse Meredith. — Achei que nós iríamos nos casar.

— Quero te levar para outro lugar.

— Mas o velório...

— Temos tempo — disse ele. Ligou o motor e saiu do pátio da igreja.

— É melhor voltarmos — disse Meredith.

— Me diga que você não me deseja.

— Não posso dizer isso.

— Então me deseja?

Sim, ela o desejava; estava iluminada de tanta excitação. Mas não apenas uma excitação sexual. Um lado seu vinha desejando esse momento — Toby a querendo de volta — desde que tinha 18 anos.

Ele dirigiu pela cidade de Villanova até a casa da família. Cantou pneus no caminho de carros, e saíram. Estava quente, Meredith usava um vestido corselete de renda preta; era sofisticado demais para a Main Laine e agora estava colado no seu corpo, coçando. Toby a levou para dentro da garagem que tinha exatamente o mesmo cheiro que 25 anos antes — cheiro de grama cortada e gasolina do cortador de grama de Bill. Uma bola de tênis fora pendurada por um cordão, por cima de uma das divisórias; fora colocada ali quando Veronica espatifara seu Ford Cutlass Supreme na parede dos fundos da garagem, depois de inúmeras doses no Aronimink. Tão logo os dois se viram trancados no frescor da garagem, Toby tomou o rosto de Meredith nas mãos e começou a beijá-la.

E, ai meu Deus, que beijo fora aquele. Ele não acabava, e Meredith não conseguia se fartar dele. Fazia tanto tempo desde que alguém a beijara daquela forma. Freddy a amava, mas havia uma centena de coisas mais importantes para ele do que sexo e romance. Dinheiro, dinheiro, dinheiro, os negócios, sua reputação, seus clientes, seu perfil na revista *Forbes*, sua aparência, seu iate, seus ternos, sua ida cedo para a cama — todas essas coisas tinham um valor para ele que beijá-la não tinha.

— Suba comigo, Meredith — disse Toby. — Para o meu quarto.

Ela pensou em quando estacionava com Toby no Nova. *Os melhores momentos são os em que estou sozinho com você.* Tentou pensar em Freddy, mas não conseguia se lembrar de seu rosto. Sendo assim, subiria com Toby. Teria-o para si mais uma vez, só mais essa vez.

Eles correram pela casa, subiram as escadas. Era tudo tão familiar, que chegava a enganar sua noção de tempo e espaço. Meredith começara seu dia em Southampton, em 2004, mas agora eram 15 horas e ela estava em Villanova em 1978. O quarto de Toby era exatamente o mesmo — por que Veronica não o transformara numa sala de ginástica ou numa sala de televisão, como qualquer outra pessoa com o ninho vazio faria? Ali estava a lâmpada de lava de Toby, seu pôster de Jimmy Page, seu colchão d'água. Os saltos dos sapatos Manolo de Meredith ficaram presos no tapete felpudo. Ela tropeçou, Toby a segurou e então, de um jeito ou de outro, os dois caíram no colchão d'água. Isso trouxe Meredith de volta ao presente. Ela ficou olhando para o teto e ali estavam as marcas de fita adesiva do lugar onde Toby havia prendido um pôster de Farrah Fawcett.

Ele começou a beijá-la mais uma vez.

— Toby, pare. Não posso — pediu ela.

— O quê? Por que não?

Ela rolou para o lado, criando uma onda no colchão. Olhou no fundo de seus olhos verdes.

— Sou casada, Toby.

— Por favor, Meredith — pediu ele. — Por favor. — Parecia que iria chorar. Ela estendeu a mão para enxugar a primeira lágrima com o polegar.

— Sinto muito, Toby — disse. — Não posso.

Ele a observou por um segundo, talvez para ver se ela estava blefando. Meredith levantou-se da cama e ajeitou o vestido.

— Então é assim? — perguntou ele.

— É melhor a gente voltar. É o velório da sua mãe.

— É o homem que você ama? Ou o dinheiro?

Meredith o encarou.

— São as casas? A casa na França? O megabarco? Eu o vi uma vez, sabe, no Mediterrâneo, em Saint Tropez.

— Toby, vamos embora.

— Ele te faz rir? — perguntou.

— Não — respondeu Meredith, honestamente. — Mas você também não está muito engraçado no momento. Vamos voltar.

— Não acredito que você está fazendo isso comigo.

Meredith atacou-o.

— O que eu deveria fazer? Deixar que fizesse amor comigo, deixar os sentimentos voltarem e então ver você partir amanhã para... onde? Onde, Toby?

— Espanha — respondeu ele. — Na terça.

— Está vendo? — perguntou ela.

— Você não iria comigo nem se eu pedisse — disse ele. — Porque você está casada com o dinheiro.

Meredith balançou a cabeça.

— Eu não iria com você, mesmo se você pedisse, porque você não pediria.

No caminho de volta à igreja, Toby chorou em silêncio, e Meredith sentiu-se mal. Ele tinha acabado de perder a mãe. Mas ela estava irritada também — por muitas razões.

Connie e Wolf estavam subindo as escadas da igreja. Connie acenou para Toby se apressar; eles iriam seguir o caixão até dentro da igreja. Chamou Meredith também, mas ela não foi. Não era da família. Connie analisou-a friamente — estaria com a aparência desgrenhada? — então reparou em Toby limpando o resto com um lenço e perguntou:

— Vocês dois foram a algum lugar?

Meredith beijou o rosto de Connie.

— Preciso ir embora assim que terminar. Desculpe, Con. Não posso ficar para o...

— Não pode ficar? — perguntou Connie.

— Preciso voltar — disse Meredith.

Então Toby apareceu por cima dos ombros de Meredith.

— É, ela precisa voltar.

Nesse momento, Meredith sorriu com tristeza para ele.

— No velório da sua mãe...

— Você fez a coisa certa — disse ele. — Na época.

— Sim — respondeu ela. — Acho que fiz. Na época.

Meredith estendeu a mão para ele, que a segurou e levou à boca. Eles se levantaram das cadeiras, entreolharam-se, e Meredith pensou: *Meu Deus, o que estou fazendo?* E num segundo tudo voltou: o desejo ávido, egoísta por aquele homem. Será que Toby entendia? Sentia? Toby a ergueu pelos quadris, e o corpo dela roçou no dele. Era mais forte do que Freddy; Meredith sentiu-se extremamente leve, não mais sólida do que um desejo ou uma esperança. Toby beijou-a. Sua boca era quente e lisa, suave de início, então mais forte. Ela queria força. Queria fogo.

Sentira vontade de dar um beijo de despedida em Freddy antes de o FBI levá-lo embora em dezembro último, mas quando o tocara no braço, ele a olhou totalmente confuso.

As mãos de Toby estavam em seus cabelos. A árvore de Robinhood Road novamente; algo que de tão antigo era novo. Pôde sentir a ereção dele em contato com sua perna, algo que a confundira aos 15 anos e que, verdade fosse dita, a confundia agora também. Finalmente faria amor mais uma vez com Toby O'Brien? Toby passou as mãos por suas costas, dentro de sua camiseta, soltando seu sutiã. Meredith pensou em Freddy com a mão na cintura de Samantha. Estaria ela agora agindo por raiva, para pagar na mesma moeda? Em caso afirmativo, deveria parar. Mas não queria parar. Estava pulsando de calor e luminosidade; estava experimentando uma excitação tão cortante e beirando a dor quanto o havia sido em seu corpo jovem. Esse era um tipo diferente de despertar sexual. Era eletrizante em todo o seu erro. *Pare!*, pensou. Mas ela não tinha intenção alguma de parar. Parecia que Toby iria cortar sua camiseta em duas só para chegar a ela.

Ela se contorceu e saiu correndo para dentro da casa.

— Meredith? — gritou Toby. Achou que ela estava fugindo.

— Venha! — gritou ela.

Eles fizeram amor na cama de Toby em meio aos lençóis amassados que tinham o cheiro dele. O sexo foi urgente, rápido, bruto e desesperado. Depois, Meredith ficou ofegante; seu cotovelo doía por dentro no lugar em que Toby a imobilizara. Ele acariciava seus cabelos, cinzentos; ela estava muito mais velha agora, mas havia algo que se assemelhava a uma fonte da juventude naquele verão. Meredith se sentia com 17 anos. Agarrou a mão de Toby – a ideia de ser tocada com gentileza a enervava – e a levou à boca, para beijá-la e depois mordê-la.

– Ui! – reclamou ele.

– Estou faminta – disse ela.

Naquela noite, Meredith teve medo de sonhar com Freddy, Samantha ou com o diretor de Butner – mas, em vez disso, sonhou com o cachorro deles, Buttons. No sonho, Buttonns era o cachorro de Toby. Estava em pé na proa do barco dele, comendo um robalo listrado. Meredith gritava: *Não! Por favor, Buttons. Não! Você vai ficar doente!* Toby vestia uma farda branca de cadete, com botões dourados e quepe. Tentou tirar o peixe da boca de Buttons, mas o cachorro lutou como um vira-lata e Toby acabou perdendo o equilíbrio e caindo para trás, para dentro do mar. Meredith olhou pela borda do barco, mas não havia sinal dele, exceto seu quepe flutuando na água.

Ela acordou. Toby estava apoiado num cotovelo, observando-a. Comera o prato que Connie preparara para ela, assim como a panacota e as cerejas que Toby lhe levara na cama. Deixara os pratos sujos na mesinha de cabeceira e caíra no sono sem escovar os dentes. Agora, sentia-se decadente e irresponsável. Seus cotovelos ainda doíam, assim como o meio das pernas.

Não podia parar de se perguntar se Freddy algum dia olhara para ela daquela forma. Queria tanto acreditar que sim, mas talvez já estivesse na hora de admitir que Freddy só adorava a si mesmo. E o dinheiro. E talvez Samantha. Quase desejou que ele tivesse adorado Samantha, porque assim, pelo menos, significaria que era humano.

Disse a Toby:

— Sonhei que te perdi.

— Estou bem aqui — disse ele.

Mais tarde, nua, Meredith foi pé ante pé ao quarto e deu uma olhada rápida de sua sacada Julieta, quase desafiando os paparazzi a encontrá-la. *Você é a melhor Meredith, nesse momento.* Ela quase riu com a ideia. Poderia ficar muito melhor do que estava.

Colocou um roupão e foi para o chuveiro do lado de fora. Ficou ali pelo tempo que o bom senso permitiu e depois subiu para se vestir. Toby dormia em sua cama, ressonando. Meredith fechou a porta com cuidado.

Retornou ao quarto. Tirou a caixa de papelão do armário. Nessa caixa estava o caderno de espiral no qual fizera anotações no dia em que Trina Didem interrompeu sua aula de antropologia para lhe dizer que seu pai havia morrido. Meredith guardara o caderno.

Ainda tinha muitas páginas vazias. Ela estava deitada na cama da forma que costumava fazer quando era estudante. Tinha intenção de escrever uma carta para Freddy, uma carta longa que exigiria todas as respostas que ela precisava, mas as duas únicas palavras que lhe vieram à mente e que ela reforçou inúmeras vezes até as letras ficarem pesadas e escuras foram **ESQUECER** e **AMAR**.

Esses eram os seus crimes.

* * *

CONNIE

Dan ficaria três dias fora. Quatro, na verdade, porque ele voltaria na última barca da segunda-feira. Portanto, Connie não o veria até terça. Quando se despediu dele, sentiu um desespero doentio que tentou esconder.

Foi Dan que disse:

— Mal posso acreditar no quanto vou sentir a sua falta.

— E são só três dias — disse Connie. O que queria dizer era: *Imagine o quão horrível será daqui a uma semana, quando eu voltar para Maryland.*

Mas, por outro lado, Dan também estava empolgado por acampar com os meninos. Connie dera uma olhada em todo o equipamento: a barraca para temperaturas amenas, o fogareiro Coleman, os sacos de dormir e os colchões de ar, os anzóis, as caixas cheias de iscas, os geradores e as lanternas de longa duração, as sacas de compras de miojo, a manteiga de amendoim e a aveia instantânea.

— Vamos pescar e fritar o peixe — disse Dan. — Vamos caminhar e subir cachoeiras. Vamos *sobreviver.*

Connie fingiu-se animada. Ele seria consumido pelo estilo de vida da selva, ficando com pouco tempo para pensar nela.

Deu-lhe um beijo de despedida no caminho de carros de sua casa — preocupada porque os meninos estavam ali — e então foi embora.

Precisava de alguma coisa para manter a mente ocupada. Mas o quê? Então lhe ocorreu: ensinaria Meredith a cozinhar.

* * *

— Você vai me ensinar a cozinhar? A mim?

— Vou te ensinar o básico — disse Connie. — Aí, quando você estiver...

— Sozinha...

— Poderá se alimentar — concluiu Connie.

— Com baixo custo — emendou Meredith.

— Exatamente. — Sorriu, preocupada. Queria perguntar a Meredith quais eram os seus planos para o Dia do Trabalho, mas não queria lhe causar uma ansiedade extra; mas, de verdade, o que planejava fazer? Para onde iria? Para Connecticut, morar perto dos meninos? Antes do mais recente ocorrido com Freddy, Connie teve medo de que Meredith se mudasse para a Carolina do Norte. Isso não aconteceria agora, graças a Deus. Meredith estava naquela situação de *ou dá ou desce* — expressão de Dan — e precisava se livrar daquele homem. Era opinião de Connie que, ao recusar-se a vê-la ou a falar com ela por telefone, Freddy estivesse lhe fazendo um favor. Ele estava lhe dando uma chance de se libertar. De fato, Freddy estava agindo por bondade — ou então era um covarde de marca maior, incapaz de responder pelos próprios atos.

— Você sabe que pode ficar aqui — disse Connie. A casa tinha aquecimento. Ela mesma brincara com a ideia de ficar ali. Que motivos tinha para voltar para Bethesda? Na cidade, haviam lhe pedido para trabalhar na diretoria do clube dos Veteranos; ou seja, ela poderia vislumbrar uma vida inteira de reuniões no prédio que fora mais importante para Wolf do que a própria vida. Ela voltaria para Bethesda porque era ali que estava a sua vida — seus amigos, o supermercado de comida natural, o motorista que fazia as entregas do correio. Voltaria para Bethesda porque aquela era a casa em que Ashlyn crescera e que aguardaria no caso de ela algum dia decidir voltar. Havia algum sentido? Talvez.

— Não posso ficar aqui — disse Meredith. — Já impus minha presença a você por tempo demais.

— Você sabe que isso não é verdade.

— Eu ainda tenho tempo para pensar — disse Meredith. — Não preciso decidir hoje. E ainda há a possibilidade que eu seja...

Connie levantou a mão. Não suportaria ouvir Meredith dizer aquelas palavras. Virou-se para a tábua de cortar carne.

— A primeira coisa que eu vou te ensinar é como cortar cebolas.

Elas cortaram cebola, echalote, alho. Fritaram a echalote na manteiga. Connie mostrou a Meredith como refogá-la na panela, usando uma colher de pau. Acrescentaram vinho branco e o esperaram evaporar. Acrescentaram mostarda Dijon, creme de leite, sal, pimenta e um punhado de ervas.

— Veja — disse Connie. — Nós acabamos de preparar um molho para salada com mostarda e ervas. Você pode adicionar linguiça grelhada e servir junto com a massa. Pode substituir suco de limão pela mostarda e adicionar camarão.

Meredith fazia anotações. Aquilo tudo era tão básico, quem precisaria de anotações? Mas Meredith sempre fora esse tipo de estudante.

Connie cozinhou peito de frango em água fervente, vinho branco e folhas de salsão. Deixou o peito de frango esfriar e então o desfiou com dois garfos.

— Você nem precisa de um processador — disse Connie.

— Que bom — respondeu Meredith. — Porque não posso comprar um.

— Com certeza poderá comprar um na eBay por um preço baixo.

– E que computador usarei para acessar o eBay? – perguntou Meredith. – E que cartão de crédito? – Sorriu. – Estou brincando. Ainda tenho algum dinheiro. Muito pouco, mas algum. Tudo o que preciso é coragem para fazer outro cartão. Coragem para entrar numa biblioteca pública e pedir para usar a internet.

– Certo – disse Connie. – Você é uma mulher livre. Pode fazer essas coisas e ninguém, *ninguém*, Meredith, pode te impedir.

Em seguida, elas passaram para os ovos. Ovos eram baratos. Connie misturou três ovos com um pouco de leite, sal e pimenta. Colocou um pouco de manteiga na frigideira.

– Ovos mexidos – disse Connie. – Fogo brando, movimentos lentos. Você pode adicionar o tipo de queijo que quiser. Gosto de cheddar ou Gruyère.

– Meu futuro inclui queijo Gruyère? – perguntou Meredith.

– Cheddar, então.

– Queijo processado doado pelo governo – disse Meredith. Ela riu. – Acha que o governo me doaria queijo? Se não me condenarem, talvez me deem um pouco de queijo.

Connie desligou o fogo; os ovos estavam suculentos, cremosos. Acrescentou um punhado de tomilho, e o aroma as envolveu.

– Preciso me preocupar com você? – perguntou Connie.

– Sim – disse Meredith. Sorriu, então estendeu a mão para abraçar a amiga. – Isso é maravilhoso, Connie. Você está me ajudando.

– Não – disse Connie. – Você está me ajudando.

Elas comeram ovos mexidos diretamente da frigideira e depois foram preparar um quiche. Connie utilizou uma forminha para torta – Meredith não estava pronta para preparar a própria massa e fez uma mistura básica de leite, açúcar, ovos, farinha, sal e pimenta em quantidades iguais.

— Você pode acrescentar o que quiser — disse Connie. — Bacon, linguiça, presunto picado, carne de porco enlatada, queijo processado, cebolinha, cebola-de-cabeça, que você acha no acostamento das estradas, tomates picados, abobrinha picada, cogumelo, você escolhe. Depois você coloca numa massa como essa e leva ao forno brando por cinquenta minutos.

Meredith anotava. Connie cortou alguns pedaços de queijo Emmental com a mão e adicionou salaminho picado, pedaços de tomate e cebolinha picada. Colocou o quiche no forno. Elas o comeriam no almoço.

Fazia só uma hora que Dan havia ido embora. Connie não sabia muito bem como enfrentaria os próximos três dias.

— Agora — disse. — Vou te ensinar a coisa mais importante de todas.

— O quê? — perguntou Meredith. Parecia interessada de verdade, e Connie perguntou-se como ela conseguia se focar tanto, ficar quase feliz, quando estava fadada a ler sobre o caso amoroso de Freddy num livro escrito por Samantha Deuce.

Nesse momento, Toby entrou na cozinha e disse:

— Tem alguma coisa cheirando bem. — Beijou a nuca de Meredith e a segurou pela cintura. Meredith manteve os olhos baixos, e Connie pensou: *Tudo bem, o que está acontecendo?*

— Aconteceu alguma coisa ontem à noite? — perguntou Connie.

Meredith cutucou as costelas de Toby.

— Connie estava para me ensinar a lição mais importante do dia.

– O jantar estava delicioso. Quando nós finalmente o comemos – disse Toby.

Connie deu uma olhada no irmão. Ele estava com uma expressão estranha, mas logo abriu um belo sorriso. Meredith virou-se e beijou Toby de uma forma que lembrou o ano de 1979, e Connie quase gemeu. Isso seria muito mais fácil de suportar se Dan estivesse ali.

– Para fora da cozinha – disse Connie a Toby. – Eu te chamo quando o almoço estiver pronto.

– Mas eu quero saber qual é a lição mais importante – disse ele. – Qual é?

Connie achou que deveria dar uma resposta digna, profunda. Qual era a lição mais importante? Amor? Perdão? Honestidade? Perseverança?

Empunhou o batedor de claras.

– Molho vinagrete – disse.

Eles almoçaram tardiamente quiche e uma salada de folhas com um molho delicioso. Depois do almoço, Meredith e Toby sentiram vontade de sair de bicicleta – certamente queriam ficar a sós –; só que, se Connie ficasse sozinha em casa, ela enlouqueceria. Sendo assim, uniu-se a eles. Eles foram de bicicleta até Sconset. As roseiras estavam em sua segunda floração, ainda mais vistosas do que em julho – e eles decidiram ir a Polpis Road. Isso queria dizer mais 14 quilômetros além dos três que já haviam percorrido. Connie estava em péssima forma física, mas o passeio a revigorou. Estava com o coração acelerado, as pernas quentes e formigando, e cheia de um tipo de euforia causada pelo ar fresco e pela endorfina. Estava uma temperatura ideal – por volta dos 21 graus com baixa umidade e sol ameno. O outono estava chegando. Talvez tivesse sido esse pensamento que fez Connie sugerir que eles fossem à cidade, em vez de a Tom Nevers.

— Cidade? – perguntou Toby. — Tem certeza?

— Podemos tomar um sorvete lá – justificou-se Connie.

Eles andaram mais outros três quilômetros até a cidade, depois dos quais Connie ficou exausta. Ela se deixou cair num banco na frente do balcão da farmácia de Nantucket. Meredith e Toby ficaram ao seu lado, e os três pediram frapê de chocolate. Havia muitas outras pessoas na farmácia – principalmente gente mais velha que fora lá pegar seus remédios receitados e mães de cabelos em pé, com filhos recalcitrantes exigindo chocolate granulado nos sorvetes mas nenhuma delas pareceu perceber a presença de Meredith e, mais estranho ainda, Meredith não pareceu mais se importar em ser percebida ou não. Interagiu com uma menininha cuja bola do sorvete de menta estava ameaçando cair sobre seu vestido bordado à mão. A menininha tinha cerca de seis anos e cabelos louros num perfeito corte Chanel. Aquela menininha *era* ela aos seis anos de idade.

— Me deixa te ajudar com isso aqui – disse Meredith, firmando o sorvete na casquinha com uma colher.

— Obrigada – agradeceu a mãe da garotinha.

Meredith sorriu e sussurrou para Connie:

— Ela se parece com uma daquelas garotinhas que conheci em Palm Beach. – Sua expressão facial se fechou, os demônios foram se apoderando dela, e Connie pensou: *Precisamos dar o fora daqui enquanto está tudo bem.*

Connie desceu do banco; até isso fez suas pernas doerem.

— Eu não vou conseguir voltar para casa. Precisamos chamar um táxi.

— Graças a Deus você disse isso, Nance Armstrong — disse Toby.

Eles chamaram um táxi que acomodasse as bicicletas e foram para casa num silêncio exaurido.

Eram 18 horas. Alternaram turnos no chuveiro do deque, com Meredith como a última.

— Você pode ficar aqui o tempo que quiser — disse Connie.

— Você é muito boa para mim — respondeu ela.

— Quem é a garotinha de quem você se lembrou, de Palm Beach?

— Essa é uma história muito longa.

Connie sentiu vontade de se servir de uma taça de vinho — ai, meu Deus, como queria — e a merecia, depois de quase 24 quilômetros andando de bicicleta, com Dan fora e Toby e Meredith em estado de graça, mas decidiu que não o faria. Preparou um prato de massa e a serviu com o molho de mostarda Dijon que ela e Meredith haviam preparado mais cedo, uma salada com molho vinagrete e umas sobrinhas de pão da Parker House. Foi um bom jantar, e os três comeram do lado de fora. Depois, lavaram a louça, e Toby perguntou se elas gostariam de assistir a um filme. Meredith concordou, mas Connie disse que estava cansada e achava melhor subir para ler.

— Mas também acho que não vou ler por muito tempo. Estou exausta.

— Foi um bom dia — disse Meredith.

— O jantar estava delicioso — acrescentou Toby. — Obrigado.

Na suíte principal, com a porta fechada, Connie pensou: *Sobrevivi ao primeiro dia sem Dan.* Mas como se sairia nos próximos três? E como, como, *como* ela iria embora da ilha?

Amava-o.

Sentou-se na beira da cama. Tudo bem, espere. Não estava pronta para amar ninguém que não fosse Wolf Flute. Portanto, não amava Dan Flynn. Mas, meu Deus, seu coração estava partido diante da perspectiva de três dias sem ele. Seu rádio se encontrava na mesinha de cabeceira. Connie esticou o braço para ligá-lo, foi quando, então, teve a ideia.

Não, a ideia era idiota. Muito clichê. Mas antes que pudesse desistir, pegou o telefone celular e digitou. Após todas aquelas horas de ávida escuta, sabia o número de cor.

No início, a linha estava ocupada. Claro que estava ocupada; Delilah tinha milhões de ouvintes, todos querendo enviar músicas para seus amados. Connie apertou a tecla de rediscagem.

E, na sua 16ª tentativa, alguém atendeu. Não Delilah, mas um dos locutores.

— Me conte a sua história — disse ele. Era um homem; soava tão jovem quanto o advogado de Meredith. Seria algum estudante ganhando dinheiro extra, apresentando o show no lugar de Delilah? Connie achou a ideia divertida.

Pensou: *Minha história? Contar minha história demoraria a noite inteira.*

— Meu marido morreu dois anos atrás de câncer cerebral e achei que nunca mais amaria de novo. — Nesse momento, Connie foi andando até a penteadeira. Apontou para o espelho e pensou: *Você, Constance Flute, foi feita para a Delilah!* — Mas, neste verão, eu conheci um homem maravilhoso chamado Dan, e minha vida mudou. Eu mudei. Dan está fora neste fim de semana, acampando com os filhos, mas eu gostaria de mandar uma música para ele, para que saiba que estou pensando nele.

Qual é a música? – perguntou o apresentador.

– "Something in the Way She Moves", de James Taylor – disse Connie. A música que Dan cantara em seu ouvido em Great Point.

– Boa escolha – disse o locutor. – Vou colocá-la no ar.

No dia seguinte, Connie ensinou Meredith a fazer uma sopa-creme, desde o início.

– Depois que eu te mostrar o básico – disse –, você vai poder fazer sopa com qualquer legume: brócolis, aspargo, cenoura, tomate, cogumelo.

– Está certo – respondeu Meredith. – Mas o que irá me impedir de pegar uma lata de sopa Campbell por 1,49 dólares?

– Você vai saber assim que provar – respondeu Connie. – Para começar, você frita a cebola com quatro colheres de manteiga até ela ficar macia. – Ela mexeu a cebola no fundo da panela, quando a manteiga começou a derreter. Connie se saíra tão bem no rádio que agora estava pensando na tevê, na Food Network, seu próprio programa de culinária! – Então acrescente três colheres de sopa de farinha e cozinhe por um minuto. Cozinhar um pouco a farinha elimina os carboidratos. – Se Toby iria para a Academia Naval, por que Connie não poderia ir para a Food Network? – Em seguida, adicione os legumes, no nosso caso aqui, quatro xícaras de *abobrinha fatiada*. – Connie falava as palavras com clareza, fazendo caras e bocas para uma câmera imaginária, então, jogou a abobrinha dentro da panela. Meredith não percebeu os gestos teatrais; estava debruçada por cima do pequeno livro de receitas, escrevendo cada passo. Será que ela faria mesmo a própria sopa?, imaginou. Ou estava destinada à sopa Campbell? – Acrescente seis xícaras de caldo de galinha, uma taça de vinho branco, uma colher de sopa de salsão fresco. Tampe a panela e deixe cozinhar por vinte minutos.

Connie acionou o timer. Virou-se para Meredith. Não conseguia mais se conter.

— Participei do programa da Delilah ontem à noite.

Meredith elevou a sobrancelha.

— Hã?

— Telefonei para o programa da Delilah e mandei uma música para Dan.

— Você não fez isso.

— Fiz. Apareci no rádio.

— Por que não nos contou? — perguntou Meredith. — Ai, meu Deus, o que eu não daria para ouvir isso! Que música pediu?

— "Something in the Way She Moves", de James Taylor.

Uma sombra atravessou o rosto de Meredith.

— Nem pense! — disse Connie.

Meredith virou-se. Distraída, Connie mexeu a abobrinha na panela.

— Está bem, pode pensar — disse. — Que música você mandaria para Freddy?

— Não sei — respondeu Meredith. — "I Will Survive"?

— E você irá sobreviver — disse Connie. — Irá.

Meredith foi na direção das portas corrediças.

— Vou me sentar ao sol — disse. — Nós só temos mais seis dias pela frente, sabe.

Seis dias. Uma contagem regressiva teve início na cabeça de Connie, como uma bomba-relógio.

* * *

Quando a abobrinha já estava cozida e resfriada à temperatura ambiente, Connie saiu para buscar Meredith.

— Está na hora de terminar a sopa.

Connie despejou os ingredientes resfriados da panela dentro do processador. Quando o ligou, a mistura se transformou num líquido liso e amarelado. Connie o despejou de volta na panela e acrescentou sal, pimenta e uma xícara de creme de leite. Deu uma colher para Meredith experimentar e então experimentou ela mesma.

Sublime. Fresco, doce e com gosto de abobrinha. Era por isso que Meredith não poderia simplesmente pegar uma lata da prateleira.

— Você tem que me prometer que vai tentar fazer essa sopa — disse Connie. — Com produtos naturais.

— Vou tentar — disse Meredith. — Mas não posso prometer. Como prometer?

Naquela noite, eles tomaram a sopa com uma baguete fresca e quentinha — as rachaduras no pão preenchidas com manteiga derretida — e uma salada verde com molho vinagrete que Meredith havia preparado sozinha, como um tipo de prova final. Estava parecido com o de Connie, e ela ficou empolgadíssima. Brindaram com seus copos de água. As lições de culinária tinham sido um sucesso. Meredith aprendia rápido, e isso era muito bom, porque Dan logo voltaria, e Connie teria outras coisas para fazer.

No meio da noite, ela foi acordada por um barulho. De início, achou que seria o rádio; caíra no sono ouvindo Delilah. Mas parecia um chacoalhar, vindo do andar de baixo. Uma batida.

O vândalo, pensou Connie. Havia semanas que nada acontecia, nada desde a chegada de Toby, mas agora, sim – tinha alguém do lado de fora. Connie levantou da cama; estava só de camiseta e calcinhas. Precisava colocar o short.

— Toby! – gritou. O homem dormia feito uma pedra. Talvez tivesse que jogar água fria para acordá-lo.

Mas, quando chegou ao corredor, Toby e Meredith estavam de pé no alto da escada.

— Tem alguém lá fora – disse Connie.

— Vou cuidar disso – disse Toby.

— Parece que estão tentando entrar – observou Meredith. – E se for Samantha? E se ela veio aqui para me enfrentar?

— Acha possível? – perguntou Connie. Claro que era possível, mas seria provável? Parecia mesmo que a pessoa estava batendo à porta e testando a maçaneta, tentando entrar. E se fosse o FBI chegando para levar Meredith?

Toby acendeu a luz do corredor. De cima da escada, Connie espiou o relógio. Eram só 23:05h.

— Quem é? – perguntou Toby.

Connie e Meredith estavam descendo vagarosamente a escada, uma de cada vez; Connie tentou olhar para fora das seteiras.

Uma voz abafada respondeu:

— É aeshlen.

— É Ashlyn! – gritou Connie.

Toby destrancou a porta, e Connie ouviu-se gritar.

— Espere, espere! – Pois eles tinham que desligar a senha do alarme antes, que era a data de aniversário de Ashlyn. Connie fez isso automaticamente; todo o seu corpo tremia como se estivesse com febre, e ela pensou: *Ashlyn? É ela?*

Então abriram a porta, Connie olhou e lá estava a sua filhota.

Connie não sabia se ria ou chorava. Fez as duas coisas. Estava uma massa histérica de soluços, mas isso não tinha importância, certo? Tinha a filha ali com ela, sua própria filha, em seus braços. Os olhos de Toby estavam marejados, e Meredith — bem, Connie não esperava lágrimas de Meredith e não encontrou nenhuma. Meredith sorria e assentia com a cabeça. Estava tranquila o bastante para conduzir todos para dentro, entrar com a bagagem de Ashlyn e pagar o táxi. Guiou-os à cozinha, onde Connie sentou-se à mesa e encorajou Ashlyn a fazer o mesmo, mas sem soltar a mão dela. De jeito nenhum.

— Ashlyn, você está com fome? — perguntou Meredith. — Gostaria de um pouco de sopa de abobrinha? Foi feita em casa.

Ashlyn olhou para Meredith, então para Toby, depois para Connie e irrompeu em lágrimas.

— Querida, o que houve? — perguntou a mãe. Percebeu então que alguma coisa terrível deveria ter acontecido. Ashlyn não teria aparecido ali assim, sem mais nem menos, por causa dela.

— Bridget e eu... — Tentou respirar. — Bridget e eu...

— Vocês terminaram? — perguntou Connie.

Ashlyn concordou.

— Desta vez para sempre! — gritou e deixou a cabeça cair sobre a mesa.

Ah, não. Ai, meu Deus. Connie não sabia ao certo o que fazer. Acariciou o topo da cabeça de Ashlyn, os cabelos claros.

— Ah, querida, sinto muito.

Por fim, ela levantou a cabeça. Tinha o nariz vermelho e escorrendo.

— Terminamos no início do verão...

— Quando você me telefonou da primeira vez? — perguntou Connie.

— Quando eu te telefonei da primeira vez — confirmou Ashlyn.

— E...?

— E então nós reatamos, e eu achei que não conseguiria conversar sobre o assunto com você. Por causa do que aconteceu no velório do papai.

— Ashlyn — disse Connie. — Sinto muito pelo que aconteceu no velório do seu pai.

— Eu a amo tanto! — disse Ashlyn. — E ela também era a minha melhor amiga. — Todos aguardaram, observando-a chorar, e Connie pensou: *Eu faria qualquer coisa para ela se sentir melhor.* Mas nada havia a fazer. É claro que nada havia que eles pudessem fazer.

— O que aconteceu? — perguntou Connie.

— Eu queria um filho — respondeu Ashlyn.

Instintivamente, Connie fez um barulho. Apertou os lábios.

— E Bridget não queria — continuou ela. — Eu queria muito, e ela não queria de jeito nenhum. E dois meses atrás, quando descobriu que eu tinha ido a um centro de doação de esperma e havia colocado o meu nome numa lista de espera para inseminação artificial, ela me disse que iria embora. Ela se mudou. Nossa separação durou dois dias e meio, aí então eu fui atrás dela e disse que não podia aguentar viver sem ela e que desistiria da ideia de ter filhos.

— Ela não quer filhos agora — perguntou Connie. — Ou nunca?

— Nunca — disse Ashlyn. — Quer se tornar a melhor cirurgiã cardiopediatra do estado da Flórida. Quer ser a melhor cirurgiã cardiopediatra, homem ou mulher, do país. Disse que passava tempo

SEGUNDA CHANCE ★ 455

suficiente com crianças para saber que não seria capaz de criar filhos. Acha que é egoísta demais, obstinada demais.

– Mas muitos homens são assim – disse Connie. – Se você concordasse ficar em casa...

– Ainda assim, ela não concordaria – respondeu Ashlyn. Começou a chorar de novo.

Connie apertou sua mão, pensando: *Essa é a mão da minha filha. Isso era tudo o que eu queria.*

Meredith trouxe uma tigela de sopa quente, um pedaço de baguete e um copo de água. Toby pigarreou.

– Então, por que vocês terminaram?

Ashlyn enxugou os olhos vermelhos. Seus cabelos estavam presos num coque desarrumado. Parecia que ela havia passado o verão inteiro sem ver o sol. Mas era, sem dúvida, a criatura mais bonita em que Connie pousara os olhos.

– Estou grávida – disse. – O bebê é para maio.

Toby teve um sobressalto. Meredith disse:

– Ah, Ashlyn, isso é maravilhoso!

Wolf! Wolf! Você ouviu isso?, pensou Connie.

Ashlyn ainda chorava.

– E eu achei que a notícia de um bebê, um bebê de verdade, faria Bridget mudar de ideia. – Ashlyn fungou. Meredith trouxe uma caixa de lenços de papel. Ela assoou o nariz. – Mas não fez.

– E aqui está você – disse Toby.

Amassou o lenço de papel com a mão.

– E aqui estou eu. – Olhou para a mãe com os olhos marejados. – Sei que tenho sido uma péssima filha e sei que não mereço uma segunda chance, mas vim para cá porque não tenho outro lugar para ir.

— Isso me parece familiar — disse Meredith. Pousou as mãos nos ombros de Toby.

Qual a lição mais importante de todas? Perseverança? Honestidade? Perdão? Amor?, pensou Connie.

Wolf, Ashlyn, Toby, Meredith, Dan, Ashlyn, Ashlyn, Ashlyn... filha de Connie e Wolf, filha única, concebida tantos anos atrás, na carroceria de uma caminhonete, alguns quilômetros dali, sob um céu repleto de estrelas. Ashlyn teria um filho. Ashlyn, que andara tão irritada — que ficara em silêncio e com raiva —, mas que voltara para Connie, porque Connie não deixara de amá-la nem por um segundo. Ashlyn logo saberia o que era isso: pais não deixavam de amar os filhos por nenhuma razão.

Amor, então, decidiu-se Connie. *A lição mais importante é o amor.*

MEREDITH

Meredith se sentiu como se fossem todos formandos na universidade e soubessem qual seria o seu próximo passo, menos ela.

No intervalo de 16, 17 horas a vida de Connie se transformara de forma (quase) tão dramática quanto a dela, em dezembro último — só que para melhor. Connie voltaria para Bethesda na terça-feira, após o Dia do Trabalho. Era esse o planejado. O que estava diferente agora, era que Ashlyn colocaria sua casa em Tallahassee à venda e se mudaria para Bethesda, para a casa da mãe. E moraria com ela por tempo indeterminado. Teria o bebê, e Connie tomaria conta dele enquanto Ashlyn estivesse trabalhando. Ashlyn se candidatara para um emprego no departamento de oncologia pediátrica no WHC, e, caso não conseguisse o emprego, procuraria em outro lugar.

— Há muitos hospitais bons em Washington — disse Connie a Meredith e Toby. — E pensem só! No próximo verão, quando estivermos todos aqui, teremos um bebê!

No próximo verão, quando estivermos todos aqui. Essas palavras foram um bálsamo para Meredith. Fora convidada para voltar. Isso diminuía um pouco a dor de ir, embora nada fizesse para abrandar sua sensação de indefinição sobre o que faria e para onde iria nos próximos dez meses.

Toby voltaria para Annapolis. Uma turma de cadetes recém-nomeados o aguardava.

— Agora eu preferia não ter vendido meu barco — disse ele. — Agora eu gostaria de, simplesmente, poder te levar para viajar comigo mundo afora.

Viajar com Toby mundo afora: isso era tentador, Meredith precisava admitir.

— Eu te conheço, Toby — disse ela. — Você precisa da sua liberdade.

— Eu gostaria de dividir a minha liberdade com você — respondeu ele. — Te dar um pouco dela. É a coisa mais intoxicante da face da Terra.

Mas a liberdade de Meredith ainda estava nas mãos dos agentes federais.

Estavam todos sentados no deque, nos fundos da casa, aproveitando o sol: Connie, Ashlyn, Toby, Meredith. Tinham uma jarra de chá gelado (descafeinado por causa de Ashlyn) e uma tigela de cerejas, que foram passando entre si. Ashlyn estava enjoada; praticamente a cada meia hora, entrava em casa para vomitar.

— Não posso acreditar como estou me sentindo mal.

— Eu poderia te contar algumas histórias — disse Connie — sobre você.

Meredith franziu os olhos para o mar. Decidiu falar as palavras que estavam na cabeça de todos.

— Tenho vontade de nunca mais sair daqui.

— Não precisa — disse Connie. — Você sabe que não precisa ir para lugar nenhum.

O telefone tocou dentro de casa. O telefone, o telefone. Os ombros de Meredith ficaram tensos.

— Deve ser Dan — disse.

— Não pelas próximas 32 horas — disse Connie.

— Eu atendo — anunciou Toby. Levantou-se da espreguiçadeira. Um segundo depois, espichou a cabeça e disse: — Meredith, é para você.

— Claro — disse Connie.

— É Dev? — perguntou ela.

— Acho que não — respondeu Toby.

Leo, Carver, Freddy? Freddy, Freddy, Freddy? Era oficial: Meredith odiava o telefone. Ele a aterrorizava.

Era Ed Kapenash, delegado de polícia. Queria que Meredith fosse à delegacia.

— Acho que encontramos o nosso homem — disse ele. — E a nossa mulher.

Meredith e Connie foram juntas à delegacia. Embora fosse Meredith que estivesse sendo intimidada, a propriedade pertencia a Connie. Ela era a única pessoa que poderia abrir um processo.

— Quem você acha que é? — perguntou Connie. — Acha que é alguém que você conhece? Acha que é a sua amiga de Palm Beach?

— Não sei. — Estava confusa. Fazia calor do lado de fora. Queria estar no deque. Queria nadar. Queria fazer mais molho vinagrete. Queria que Freddy telefonasse. Mais do que tudo, era isso o que ela queria. Não queria ir à delegacia de polícia para conhecer seu terrorista particular.

— Logo ali, descendo o corredor — disse a secretária. Ficou olhando com severidade para Meredith por um segundo extra, e Meredith achou que aquela mulher seria uma das pessoas que se vestiriam de "Meredith Delinn" no Halloween. — Primeira porta à esquerda.

Connie foi na frente, Meredith seguiu. A primeira porta à esquerda não tinha qualquer identificação.

— Essa aqui? — perguntou Connie.

— Foi isso que aquela mulher simpática disse.

Connie bateu, e Ed Kapenash abriu a porta.

— Entrem — disse ele. Conduziu-as para dentro do que parecia uma sala de aula. Ali havia uma mesa de madeira, dez cadeiras dobráveis, um quadro verde coberto de giz amarelo. Duas pessoas já estavam sentadas à mesa, duas pessoas que Meredith só podia descrever como esfomeadas. O homem era largo e tinha um pescoço grosso, cabelos castanhos cortados à máquina, uma argola dourada na orelha e uma camiseta que parecia a propaganda de uma cerveja russa. Pareceu-lhe familiar. Teve a impressão de já ter visto aquela camiseta em algum lugar. Experimentou uma sensação consumidora de medo. A mulher, na casa dos trinta, tinha cabelos bem curtos tingidos de preto. Usava short jeans e uma camiseta amarela sem mangas. Tinha um hematoma numa das faces. Meredith não podia acreditar que aquelas pessoas estavam simplesmente sentadas ali, como se tivessem chegado cedo para jantar.

— Mikhail Vetsilyn e Dmitria Sorchev — disse o delegado. — Foram parados na Milestone Road por excesso de velocidade às duas da madrugada. Disseram que estavam indo a Tom Nevers para ver um "velho amigo". A caminhonete tinha um cheiro forte de maconha. O policial de plantão, o sargento Dickson, disse a eles para saírem da caminhonete. Encontrou três galões de cinco litros de gasolina e 14 latas vazias de tinta spray verde. Chamou reforço e fez uma checagem completa da caminhonete. Encontrou isso aqui. — O delegado ergueu uma sacola plástica com uma faca curva de aspecto medieval, coberta de sangue e pelos. Meredith baixou os olhos para o colo.

— Eles confessaram? — perguntou Connie.

— Confessaram — respondeu o delegado. — Dois atos de vandalismo da parte dela. Mais o extermínio fora da lei de um animal marinho da parte dele. Só Deus sabe o que eles iriam fazer com a gasolina.

— Incendiar a casa — respondeu o homem.

— Ei! — A voz do delegado soou como uma chibatada. Meredith ergueu os olhos, alarmada. Ali estava o delegado agindo como tal. — Fico feliz por poder indiciá-lo por tentativa de incêndio criminoso. — Virou-se para Connie e Meredith. — Acredito que a senhora queira abrir um processo.

— *Incendiar a minha casa?* — repetiu Connie. — Meu marido projetou aquela casa. Deus do céu, sim! Quero abrir um processo.

— Mas espere — pediu Meredith. — Quem são eles? — Baixou a voz, tentando se convencer de que eles não a ouviriam e, caso ouvissem, não a entenderiam. – São russos? – Seriam eles os assassinos que a máfia russa havia enviado? Duas pessoas que pareciam ter fugido de um campo de concentração?

– Eles são de Belarus – respondeu o delegado – Minsk.

Minsk. Meredith olhou para a mulher. *Como eu, também de Minsk.*

– Você é faxineira? Faz faxinas em casas de família?

A jovem concordou.

Sim, era isso.

– Você deu as suas economias para o seu patrão investir nas Empresas Delinn? Centro e trinta e sete mil dólares?

A mulher virou bruscamente a cabeça.

– Dei. Como você sabe?

– Conheci uma amiga sua – respondeu Meredith.

Connie olhou-a sem entender.

– No salão.

– Ahh – retrucou a amiga.

Meredith analisou o homem; já o havia visto antes. *Incendiar a casa.* Já ouvira sua voz antes. E então lembrou-se: vira-o na barca. Estava na fila quando ela fora buscar café para ela e Connie. Ele devia tê-la reconhecido. Devia ter seguido o carro de Connie até Tom Nevers.

– Fica a critério de vocês. – disse o delegado. – Podemos revelar as duas acusações de vandalismo contra ela, mas o extermínio ilegal de um animal marinho e a posse de maconha são processos que vão correr.

– Esqueça as acusações de vandalismo – sussurrou Meredith.

– O quê? – perguntou Connie.

– Ela perdeu as economias da vida dela.

— E? — retrucou Connie. — É a *minha* casa, o *meu* carro.

— As senhoras gostariam de conversar sobre o assunto lá fora, no corredor? — perguntou o delegado.

— Não — respondeu Meredith. Sorriu para Connie e então sussurrou: — Ela perdeu muito dinheiro, Con. Perdeu tudo.

Connie balançou a cabeça, sem se convencer.

— E tem mais uma coisa — disse Meredith. — Se ela não tivesse vandalizado a casa, você não teria conhecido Dan.

— Ah, espera aí.

— Você devia *agradecer* a eles — complementou Meredith.

Connie revirou os olhos. Virou-se para o delegado.

— Está bem, desistimos da acusação. O senhor vai puni-lo por matar Harold? E vai se certificar de que nenhum deles fará nada igual novamente?

— É o nosso trabalho — disse o delegado.

Meredith e Connie levantaram-se para sair. Meredith aproximou-se da mulher, Dmitria Sorchev, e disse:

— Quero que você saiba que eu sinto muito. Pelo seu dinheiro, pelas suas economias.

A mulher abriu os lábios e revelou dentes escurecidos.

— Que se foda Freddy Delinn.

Meredith suspirou e olhou para Connie por cima dos óculos. Connie sorriu. Gostava mais da menina agora.

Ela virou-se para o delegado.

— Obrigada por nos chamar.

— Fico feliz por termos resolvido a questão — disse ele. Acompanhou-as até o corredor. — Teremos alguns papéis para as senhoras assinarem, talvez amanhã.

Connie e Meredith apertaram a mão do delegado. A secretária, felizmente, havia saído para almoçar. Meredith saiu ao sol.

SEGUNDA CHANCE ⭐ 463

* * *

— Vou aceitar o seu convite — disse Meredith, assim que elas subiram no carro de Connie. Cerca de oito semanas antes, subira neste mesmo carro pela primeira vez, após ter atravessado um beco escuro, fugindo do flash de um fotógrafo. — Vou passar este inverno em Nantucket.

— Garota! — exclamou Connie. E ligou o motor.

Assim que Meredith e Connie se deitaram nas espreguiçadeiras no deque, ao lado de Toby e Ashlyn, o telefone tocou mais uma vez.

— Você atende — disse Connie. — Quero contar a eles o que aconteceu com Boris e Natasha.

— Aconteceu alguma coisa por aqui? — perguntou Meredith. Não queria atender ao telefone.

— Só cochilos e vômitos — disse Ashlyn, mas parecia um pouco mais animada.

Qualquer coisa, menos um telefone que tocava. *Leo, Carver, Freddy. Freddy, Freddy, Freddy! Droga, Freddy!*, pensou ela (pela zilionésima oitava vez). Aquela pobre moça, de dentes escuros, as economias de sua vida; aquilo era o mesmo que atear fogo no próprio dinheiro e depois em si mesma.

Meredith demorou tanto para chegar, que o telefone parou de tocar. Suspirou. Então ele começou a tocar de novo. O começar de novo era pior. Quem quer que fosse queria mesmo falar com ela.

Mas talvez a ligação não fosse para ela. Talvez fosse Bridget, telefonando para Ashlyn.

Meredith conferiu o identificador de chamadas. Era do escritório de advocacia.

Pegou o telefone, rezando uma Ave-Maria mentalmente. Agora que havia decidido ficar em Nantucket, a pior coisa que poderia acontecer era alguém a tirar dali. *Por favor, não me tirem daqui.*

— Alô?

— Meredith?

— Dev?

— Graças a *Deus* você atendeu! — disse ele. — Liguei um minuto atrás e ninguém atendeu.

— Acabei de chegar em casa — disse ela.

— Encontramos o dinheiro! — disse Dev. Estava empolgado, triunfante; urrava de alegria. — E você tinha razão! Estava num banco na Malásia, quase 4 bilhões de dólares em nome de Samantha Champion. Esse dinheiro foi transferido das quatro contas na Suíça, na data do aniversário da sra. Champion em outubro passado.

— Quatro bilhões de dólares — disse Meredith. Para Samantha, no aniversário de Samantha, exatamente uma semana antes de seu aniversário.

— A palavra "champ" estava em todos os documentos confidenciais de Freddy e, graças a você, os agentes federais incluíram a sra. Deuce na investigação. E quando os agentes federais a interrogaram, ela admitiu. Acho que deve ter pensado que, se confessasse o caso amoroso, despistaria seu envolvimento financeiro. Mas a informação que você nos deu ajudou de verdade.

— Ótimo — disse Meredith, mas sua voz não traía emoção. Por um lado, não se importava mais com o dinheiro. Por outro, não podia acreditar que Freddy havia transferido 4 bilhões de dólares para Samantha, no dia de seu aniversário, e deixado a ela, Meredith, nenhum centavo sequer.

— E também encontramos 8 bilhões de dólares em outras contas do mesmo banco... em nome de David Delinn.

— Irmão dele — disse Meredith.

— Irmão dele.

— Mas ele *está* morto, não? — perguntou Meredith. Deus do céu, e se Freddy estivesse mentindo desde o início? Desde a primeira caminhada juntos, desde a primeira vez que conversaram?

— O irmão dele foi baleado e morto durante um treino em Fort Huachuca, em 1978. Freddy usou uma conta que já existia em nome de David desde a década de 1960. Há décadas vinha depositando dinheiro nessa conta. Estava cadastrado como fiduciário. O dinheiro foi transferido de lá em 1992, depois, ao que parece, transferido de volta. Era uma rede quase impossível de ser desembaraçada.

Meredith fechou os olhos. Era uma rede de mentiras envolvendo David, Samantha, Kirby Delarest e Thad Orlo, mas não ela. Não ela. Sabiam disso agora, certo? Não ela.

— Portanto, esses 12 bilhões de dólares foram recuperados — disse Dev —, graças a você. Isso vai ajudar muito na restituição dos investidores.

— Certo — disse Meredith. Imaginou se Amy Rivers receberia algum dinheiro de volta. Ou a pobre moça de Minsk, que poderia precisar dele agora para pagar um advogado para seu companheiro.

— Os agentes federais darão uma declaração hoje, às 17 horas — disse Dev. — E incluirão o fato de que as informações dadas por Meredith Delinn foram decisivas nas investigações.

— Então não estou mais encrencada? — perguntou ela. — Posso telefonar para os meus filhos?

— A Comissão de Valores Mobiliários vai passar anos examinando minuciosamente o ocorrido, Meredith — disse Dev. — Mas, por enquanto, os agentes federais estão convencidos de que você desconhecia o esquema Ponzi. Agora acreditam no que você disse em seu testemunho: Freddy te pediu para transferir 15 milhões de dólares e você transferiu. Você foi um joguete nas mãos dele, mas isso não é crime. Portanto, sim: pode ligar para os seus filhos.

— Obrigada — sussurrou Meredith. Respirou fundo. Teria os filhos de volta! Leo! Carver! Tão logo desligasse, telefonaria para o celular de Carver. Ele tocaria no bolso de seu macacão de trabalho. Meredith imaginou-o em pé numa escada encostada na parede da bela casa antiga que estava reformando. Ele atenderia o telefone e seria ela. E depois que contasse a ele o que havia acontecido, pediria para falar com Leo. Carver gritaria: *Ei, Leo! É a mamãe!* Ele jogaria o telefone para Leo, que abriria um sorriso e diria: *Oi, mãe.*

Nos dias que restavam de verão, notícias de Freddy Delinn e dos espólios de seu reinado apareceram na primeira página de todos os jornais da cidade. Todas as reportagens mencionavam que Meredith Delinn havia trabalhado em conjunto com os agentes federais para ajudar a localizar o dinheiro desaparecido.

Dennis Stamm, o chefe da equipe da Comissão de Valores Mobiliários, apareceu dizendo:

— Não conseguiríamos ter encontrado esse dinheiro sem as preciosas informações fornecidas pela sra. Delinn. Ela mostrou ser uma verdadeira cidadã, com o esforço que fez para decifrar os códigos e recuperar o dinheiro dos ex-investidores do sr. Delinn.

Meredith esperou que os jornalistas reaparecessem à sua porta, mas ninguém veio. Talvez porque Ed Kapenash fosse um delegado de polícia eficiente que finalmente havia aprendido a proteger a veranista mais notória da ilha, ou talvez porque o *Post* só seguisse rastros de sangue. Boas meninas não vendiam jornal.

Meredith não queria passar os últimos dias do verão assistindo às notícias sobre o dinheiro recuperado na tevê e, por sorte, não precisou. Ela e Toby foram passear de caiaque nos canais de

Monomoy, onde os únicos sons eram da água batendo contra os remos e dos gritos das gaivotas. Quando chegaram em casa, encontraram Connie e Ashlyn sentadas juntas no sofá, Ashlyn chorando e Connie esfregando seus pés.

— Está tudo bem com o bebê? — perguntou Meredith, discretamente, um pouco mais tarde.

— Está tudo bem com o bebê — disse Connie. — Ela está com saudade de Bridget.

E Meredith pensou em como era desejar alguma coisa que você tinha certeza de que não iria conseguir — no caso dela, uma ligação de Butner.

— Sim, com certeza.

Deram um jeito de tirar Ashlyn de casa no dia seguinte. Dan levou a todos numa expedição a Smith's Point, onde Toby e ele pescaram oitos anchovas que não davam para comer — então acabaram comendo tacos de peixe do lado de fora no deque do Millie's, ao pôr do sol. Na manhã seguinte, Meredith, Toby, Connie e Dan foram de bicicleta até o Barlett's Farm e logo se viram numa estrada que atravessava dois campos floridos resplandecentes. Tão longe quanto os olhos alcançavam, havia bocas-de-lobo, zínias, calêndulas e lírios, uma paleta tom sobre tom que Meredith não via desde que conhecera os quadros de Renoir em sua excursão particular pelo Musée d'Orsay.

Meredith parou a bicicleta e inspirou. Era uma dose intoxicante de liberdade.

Em sua última tarde, Meredith e Connie deram um pulo no centro da cidade. Meredith comprou dois romances que leria depois que os outros tivessem ido embora da ilha, e Connie comprou um cobertor branquinho de bebê com a palavra "Nantucket" bordada em azul-marinho na barra, Connie, então, decidiu dar uma passada em uma loja de artigos para cozinha, e Meredith aproveitou a oportunidade para acender algumas velas na igreja.

O interior da igreja parecia mais claro do que da última vez; uma luz fraca brilhava pelos vitrais. Meredith colocou dez dólares dentro da caixa, uma pequena fortuna, mas, apesar de tudo o que havia acontecido, ela ainda tinha fé.

Primeiro, acendeu uma vela para Connie, depois para Toby, então para Dan. Acendeu velas para Leo e Carver. Depois, uma vela para a pobre Ashlyn e para o bebê dentro dela. Então, acendeu uma vela para seu pai e sua mãe. Tinha só mais uma. Pensou em acendê-la para Dev ou para Amy Rivers ou para Samantha. Pensou então em acendê-la para si mesma. De todas as pessoas que conhecia, ela era a que mais precisava de uma vela. De uma coisa tinha certeza: *não* acenderia uma vela para Freddy.

Apertou o botão e pensou: *Para Dev*. Ele tinha sido muito bom com ela.

Saiu pelas portas duplas rumo ao vestíbulo, mas não conseguiu ir embora da igreja. Vasculhou dentro da bolsa atrás de mais uma nota de um dólar e voltou para acender outra vela – para Freddy.

Porque ela se conhecia. Não conseguiria abandoná-lo.

Independentemente do que acontecesse.

Lá fora, no mundo ensolarado, Connie aguardava sentada em um banco.

— Foi tudo bem? – perguntou.

— Acendi algumas velas. – Não contou a Connie que acendera uma vela para Freddy. Mas quem ela achava que estaria enganado? Connie já sabia.

— Comprei uma coisa para você — disse a amiga, que entregou a ela uma sacola branca grande, com uma alça de corda da Nantucket Gourmet. — Desculpe pela falta de embrulho.

Meredith espiou o interior. Era um processador de alimentos da Cuisinart.

— É claro que você pode usar o meu, que está na cozinha. Mas este é só seu. Um presente de formatura.

Meredith ficou tão encantada com a perfeição do presente, que fechou os olhos. Lembrou-se das semanas cruéis no verão em que Toby havia terminado com ela. Connie a levara consigo a uma festa em Villanova, e ela bebera tanto que a amiga tivera que carregá-la para casa nas costas. Esse verão parecia-se com aquele, só que multiplicado por bilhões (esse era o maior número que Meredith podia pensar). Nesse verão, Connie a carregara nas costas mais uma vez. Carregara-a rumo à segurança.

— Quase acendi uma vela para mim lá dentro — disse Meredith, acenando com a cabeça na direção da igreja. — Mas percebi que não precisava.

Connie ergueu a mão.

— Não diga, Meredith. Você vai me fazer chorar.

— Porque você, Constance, você é a minha vela.

Connie fungou. Lágrimas escorreram por trás de seus óculos de sol. Meredith levantou-se, e elas atravessaram o chão de paralelepípedos até o carro

Finais eram assim. Dava para vê-los vindo de longe, mas surgia mais uma coisa (jantar no Le Languedoc), e mais uma coisa (sorvete no Juice Bar), e mais uma coisa (passeio pelo porto para ver os iates), e mais uma coisa (uma hora com Toby do lado de fora do deque, olhando as estrelas, sabendo, finalmente, que nenhuma delas fora concebida especialmente para alguém), e mais uma coisa (fazer amor, carinhoso e agridoce), e mais uma coisa (ver o nascer do sol na sacada), e mais uma coisa (uma ida ao Sconset Market para comprar bolinhos de café e de pêssego, embora eles não tivessem mais os de pêssego; com a chegada do outono, eles o haviam trocado por oxicoco), e mais uma coisa...

Finais, quando esperados, demoravam para sempre.

E mais uma coisa: Toby e Meredith sentados no chão do quarto dela, vasculhando o conteúdo de sua caixa de papelão. Lá embaixo, Connie e Ashlyn arrumavam as malas e Dan as ajudava a colocar tudo dentro do carro, que voltaria para Hyannis na balsa do meio-dia. Dan levaria Toby ao aeroporto às 11 horas. A bolsa de viagem azul dele estava cheia, aguardando no topo da escada. Meredith estava dividida entre querer que o fim chegasse logo — com todos indo embora — e querer espremer vida de cada segundo que restava.

A primeira coisa a sair da caixa de Meredith foram as fotos, que ela colocou viradas para baixo. Doloroso demais. Depois, foi ao anuário dos meninos e os seus romances favoritos — *Adeus, Columbus* e *O coração é um caçador solitário*. Ali estava também seu vinil, "Bridge Over Troubled Water", e, finalmente, seu caderno de antropologia. Meredith folheou o caderno, apreciando sua caligrafia aos 18 anos. Havia tanto conhecimento ali, completamente esquecido.

Toby analisou o vinil de Simon e Garfunkel. Tirou a capa interna do disco e leu a dedicatória de seu pai.

— Uau! — exclamou. — Não é de admirar que você tenha guardado esse disco.

Fique comigo, Meredith quase pediu. *Fique aqui comigo durante o inverno.* Parecia ironia que Toby tivera liberdade para fazer isso no passado, mas agora tinha um emprego fixo. E, claro, seu filho. Ele prometeu que levaria Michael a Nantucket para o Dia de Ação de Graças junto com Connie e Ashlyn. Dan iria também, com os filhos.

— E quando você perceber que não pode viver sem mim — dissera ele, na noite anterior —, você pode ir morar comigo em Annapolis. Não é a Park Avenue, nem Palm Beach, mas viveremos uma vida honesta.

— O número de Dunbar — disse Meredith, lendo seu caderno de antropologia. — Diz aqui que os seres humanos podem ter relacionamentos sociais estáveis com o máximo de 150 pessoas. Cento e cinquenta pessoas é o número Dunbar.

— Relações sociais estáveis? — perguntou Toby.

— Meu número Dunbar é quatro. Num bom dia, sete. Você, Connie, Dan, Ashlyn, Leo, Carver e...

O telefone tocou.

Meredith ouviu Ashlyn gritar:

— Eu atendo! — Meredith sabia que Ashlyn estava esperando e rezando para que fosse Bridget.

Um segundo depois, ela chamou:

— Meredith!

Alguma dúvida? Meredith olhou para Toby, e Toby a ajudou a ficar de pé. No corredor, Ashlyn lhe entregou o telefone, um olhar de decepção no rosto.

— Obrigada — sussurrou Meredith. E então, ao telefone: — Alô?

— Meredith?

Era Dev. Parecia empolgado de novo. Outra descoberta abaladora? Mais dinheiro? Escondido com guerrilheiros, quem sabe, no Oriente Médio?

— Oi, Dev. — Ele era o sétimo no seu número de relacionamentos sociais estáveis.

— De alguma forma essa mulher, Nancy Briggs? Da prisão, em Butner?

— Sim.

— De alguma forma, ela conseguiu. Ela e o padre. Ou ela através do padre... talvez seja isso o que aconteceu, uma vez que tenho certeza de que a secretária do diretor não tem contato algum com os prisioneiros de fato. Mas ela convenceu o padre, e o padre convenceu Freddy, que concordou em atender à sua ligação.

— Ele concordou em atender a minha ligação — repetiu Meredith.

— Ele vai te atender — disse Dev. Fez uma pausa. — Era o que você queria, não era? Não foi o que você me pediu?

— Foi — respondeu Meredith. Toby apertou sua mão e saiu da sala. Sabia que havia algumas coisas com as quais Meredith teria que lidar sozinha.

Freddy atenderia sua ligação. O que isso queria dizer? Isso queria dizer que ele se sentaria em uma sala, alguém seguraria o telefone em seu ouvido ou ele mesmo o seguraria, e Meredith falaria. Ela lhe apresentaria sua lista de 84 perguntas, como se estivesse submetendo-o a um teste. Onde? Quando? Como? Por quê?

Por quê? Por quê? Por quê?

Nunca receberia as respostas que procurava. Freddy não lhe diria a verdade, ou ele lhe diria a verdade, e ela não acreditaria. Não havia verdade com Freddy. O número Dunbar dele era zero.

— Ai, Dev. — Ela suspirou.

— Não me diga — disse ele — que você mudou de ideia.

— Não posso acreditar — disse Meredith. — Sinto muito.

— Você não quer mais falar com Freddy.

SEGUNDA CHANCE ✦ 473

— Exatamente — respondeu ela. — Na verdade, a partir de agora, não quero mais nenhuma notícia dele. A não ser, bem, a não ser que ele morra. Você pode me telefonar quando ele morrer. — Meredith brincou com o anel de noivado que fora de sua avó. Esse fora o anel que ela dera a Freddy para que ele o desse a ela, uma transação estranha por si só; agora, mais do que tudo, Meredith o queria fora de seu dedo.

— Está bem, Meredith. Está bem. Tem certeza? — perguntou Dev. — Quer mesmo que eu telefone para o pessoal na Butner e diga para eles esquecerem o assunto?

Era o que ela queria? Imaginou os oficiais da prisão dizendo a Freddy: *Sabe da última? Sua esposa não quer mais falar com você, afinal de contas.* O que Freddy pensaria? Meredith não se importava mais com o que ele pensava. Salvaria a si mesma. Nadaria na praia.

— Tenho — respondeu ela.

— Está bem — concordou Dev. Fez uma pausa e acrescentou: Melhor para você.

— Obrigada, Dev — respondeu ela e desligou. Lá embaixo, Ashlyn, Connie, Dan e Toby falavam sobre tirar uma foto antes de irem embora. Quem tinha uma câmera? Isso era mais uma coisa, e Meredith sentiu-se grata.

Desceu correndo para se unir a eles.

EPÍLOGO

O outono em Nantucket era sereno e estonteantemente lindo. Meredith conseguiu nadar até 25 de setembro. Ficou esperando ansiosamente pela companhia de outra foca – um irmão de Harold, talvez, ou um filho ou uma filha, amiga, amante –, mas não veio ninguém.

Dan Flynn, cujo trabalho era conhecer todos em Nantucket e saber de tudo o que estava acontecendo, arranjou-lhe um Jeep velho por 2 mil dólares.

– O carro provavelmente deixará um rastro de areia por toda a Milestone Road – disse ele. – Mas pelo menos você será capaz de se locomover por aí.

Meredith adorou o Jeep muito mais do que havia adorado qualquer um de seus outros carros caros. Ele a fez se sentir mais jovem, mais solta, mais livre; ele a fez se sentir como uma pessoa que nunca tinha sido. Andara de táxi até fazer 28 anos; depois, ela e Freddy compraram uma caminhonete Volvo, que foi logo trocada por uma BMW e assim por diante.

O Jeep já viera com o adesivo para estacionamento na praia, então Meredith preparou um almoço para viagem — salada de frango que ela mesma preparara, uma pera madura e uma baguete integral do Sconset Market — e foi para Great Point, numa tarde reluzente de quinta-feira. As folhas ao longo da Wauwinet Road estavam em tons laranja queimado e amarelo vivo. Meredith sentiu vontade de internalizar as cores das folhas, assim como dos campos floridos de Barlett's Farm. Queria manter a beleza, mesmo sabendo que ela era e só poderia ser efêmera. O tempo passaria, as folhas cairiam, crianças cresceriam. Pensar assim a fazia sentir-se terrivelmente só.

Mas ali, ao portal de entrada, estava Bud Attatash. Olhou com suspeita para Meredith e para o Jeep surrado. Então, assim que a reconheceu, saudou-a.

Meredith reduziu a velocidade e trocou a marcha.

— Olá, sr. Attatash.

— Bud, por favor, ou vou me sentir como se tivesse um milhão de anos.

Meredith sorriu. Ele estava analisando o carro.

— A senhora tem certeza de que vai conseguir andar com isso aí? — perguntou.

— Se você não me vir até o pôr do sol, irá ao meu resgate?

— Certamente — respondeu Bud. Limpou a garganta. — O jovem Flynn comentou que a senhora vai ficar na ilha durante o inverno e que está procurando um emprego. Algo de pouca exposição ao público?

— Sim — respondeu Meredith. Precisava de um emprego, por causa de dinheiro, é claro, mas também para ter um motivo para sair de casa.

SEGUNDA CHANCE ✦ 477

— Bem, minha esposa está procurando uma pessoa para arrumar os livros na estante do Atheneum, depois do expediente. Eles tiveram muita ajuda no verão, mas agora todos voltaram aos estudos.

— Mesmo? Eu adoraria.

— Não paga nenhuma fortuna — avisou Bud.

Meredith corou.

— Ah — disse —, eu não preciso de nenhuma fortuna.

E assim, Meredith passou a trabalhar de terça a sábado, das 17 às 21 horas, guardando os livros no Atheneum de Nantucket. Trabalhava sozinha; geralmente, a única outra pessoa naquele prédio histórico era um faxineiro salvadorenho.

Louisa, empregada doméstica de Meredith, era de El Salvador. Flashes de sua antiga vida a surpreendiam dessa forma.

Um dia, leu uma coleção de poemas de Gwendolyn Brooks antes de guardá-la na prateleira. *Meu Deus*, pensou.

O que mais gostava do trabalho era tudo. Gostava do silêncio do prédio, de seu cheiro empoeirado. Adorava o salão do andar de cima — os volumes com histórias das baleias de Nantucket, os antigos livros de culinária da Nova Inglaterra. Adorava mexer nos livros, colocá-los de volta aonde a que pertenciam, ao seu lugar próprio e inquestionável. Quando tinha pouco trabalho a fazer, sentava-se e lia um capítulo ou dois de livros que já havia lido antes, e eles lhe pareciam novos em folha. Sempre espiava a seção infantil, escura e tranquila, com os caminhões de madeira de volta às suas garagens, os livros ilustrados abertos e à mostra. As crianças ainda liam *Goodnight Moon*, ainda liam o livrinho favorito

478 ✦ *Elin Hilderbrand*

de Carver, *Lyle, Lyle, Crocodile*. Havia um tapete enorme, todo colorido e poltronas bem grandes, aveludadas, na forma de animais de zoológico. Meredith se perguntou se teria netos um dia.

Seus netos nunca conheceriam Freddy. Pensamentos como esse a assombravam.

Falava com Leo e Carver várias vezes por semana. Perguntou a Leo se ele queria o anel de Annabeth Martin, e ele disse que sim. Planejava pedir a mão de Anais na próxima primavera. A casa em que Meredith os imaginava fora vendida por um bom preço, e os rapazes arremataram uma casa vitoriana mal conservada em Saratoga Springs. Prometeram à mãe que iriam a Nantucket para vê-la no Dia de Ação de Graças.

Meredith comprou abóbora-cheirosa no Bartlett's Farm e preparou uma sopa, com Connie dando consultoria ao telefone. Congelou a parte que não tomaria. Encontrava Dan todas as segundas à noite, na A.K. Diamond, e ele a apresentou aos seus amigos de profissão: carpinteiros, bombeiros e agentes de seguro. Meredith imaginou que eles se interessariam por sua história sensacionalista, mas a maioria deles só queria saber se ela gostava de dirigir aquele Jeep velho.

O mundo exterior voltou a se abrir novamente para ela. Notícias foram chegando ao escritório de Dev de pessoas que haviam recebido seu dinheiro de volta, e ele repassava as notícias para ela. Meredith às vezes ficava uma semana sem abrir as cartas. Era difícil suportar elogios ou agradecimentos quando tanta gente havia perdido tanto. Ela recebeu uma carta de uma senhora idosa em Sioux City, Iowa, que recebera um cheque de 250 mil dólares, 60 por cento do que tinha investido — mas que, ainda assim, era grata a

Meredith e, no final, disse a ela para manter a cabeça erguida: *Você fez o certo.*

Que certo fora esse?, imaginou.

Chegou uma carta de Michael Arrow Broone, da Austrália, dizendo que o governo americano prometera a ele a restituição de 1 milhão e 300 mil dólares. Isso não seria suficiente para recuperar a fazenda da família, mas, com o câmbio favorável, seria o bastante para comprar uma casa de veraneio em algum lugar no Sul – talvez em Geraldton, ou em Margaret River. A carta era simpática e informativa, e no final, ele a convidava a visitá-lo "um dia desses", na Austrália.

Ela dobrou novamente a carta, perplexa. Onde estava Michael Arrow antes da promessa da restituição, quando Meredith vivia nas trevas e não um amigo no mundo sequer?

Não houve nenhuma comunicação com Amy Rivers.

Por intermédio de Dev, Meredith foi informada de solicitações de entrevistas por parte de Diane Sawyer e Meredith Vieira. A mulher que uma vez comandara o Oliver North queria colocá-la numa roda de palestras. Muito dinheiro poderia sair dali, a gerente disse a Dev.

Meredith recusou tudo. Não queria fazer dinheiro de espécie alguma com sua conexão com Freddy.

Recebeu uma oferta para escrever um livro. Centenas de milhões. Mais do que o que Samantha recebera de adiantamento, pois Meredith era a esposa.

Não.

Seu passaporte chegou pelo correio. Ela poderia ir para qualquer lugar do mundo.

Mas não queria estar em nenhum outro lugar.

***

Conversava com Toby por telefone, conversava com Connie. Ela e Dev discutiram sobre como ela poderia voltar a usar o nome de solteira, Meredith Martin. Era mais fácil do que achou que seria – cinquenta dólares, uma pilha de papéis na mesa do advogado e cinco minutos na frente de um juiz compreensivo. Depois que Meredith arrancou o nome Delinn como uma pele doente, ela achou que talvez viesse a se sentir de outra forma.

Mas não. Sentiu-se a mesma. Embora tivesse decidido não conversar com Freddy, via-se algumas vezes conversando com ele em sua mente.

Abandonei o seu nome, disse ela. Como se fosse um balão que tivesse soltado.

Algumas noites Meredith se sentia solitária, e a tristeza se instalava nela como um vírus. Deixava-a doente e passava, depois a deixava doente de novo. Nas noites frias, acendia a lareira e tentava ler – sempre tinha algo para ler –, mas queria alguém ao seu lado. *Droga, Freddy*, pensou (pela zilionésima nona, décima, décima primeira vez). Numa noite especialmente ruim, foi ao banheiro de Connie atrás das pílulas para dormir, mas a amiga as levara consigo.

Meredith se sentia como se estivesse esperando alguma coisa. Achava, talvez, que estava esperando a morte de Freddy. Ele seria assassinado pela máfia russa, ou faria ele mesmo o serviço, ingerindo veneno de rato ou cortando os pulsos com um estilete. Oficiais da prisão encontrariam um pedaço de papel ao seu lado na cama, com uma única letra escrita. A letra M.

***

E então, numa tarde, seguiu-se uma batida à porta da frente, e Meredith, que estava no sofá lendo um romance de Penelope Lively em frente à lareira, empertigou-se.

Ligo para a polícia?, pensou. Para o celular de Ed Kapenash?

Foi pé ante pé à frente da casa. O sol estava baixo no céu, lançando um brilho pálido sobre a varanda.

Um pacote.

Meredith ficou com medo. *Uma bomba*, pensou. Um ninho de cobras. Excrementos humanos. Foi à varanda e, sem tocar na caixa, olhou a etiqueta.

Era de Toby. E então ela percebeu que era 23 de outubro e que, no dia seguinte, seria o seu aniversário.

Pegou o pacote e o levou para dentro. Sabia que deveria deixar para abri-lo no dia seguinte, mas, como sua vida andava havia muito tempo privada de pequenas e alegres surpresas como aquela, seguiu em frente e a abriu.

Era uma vitrola. Uma vitrola azul, perolada, Bakelite, com o prato de borracha preta e um fio comprido que saía da parte de trás. Tinha uma alça branca de plástico, botão de liga/desliga e volume de um a dez. Ela a ligou. Funcionaria? Meredith correu ao andar de cima e pegou seu vinil de Simon e Garfunkel que, até aquele momento, permanecer tão inútil quanto um maço de dinheiro antigo. Subiu correndo as escadas e pôs o disco sobre o emborrachado. Apertou o botão, e uma luzinha vermelha foi acesa. Abaixou o braço da vitrola até a agulha encaixar na faixa da primeira música.

A música preencheu a casa. Tinha aquele chiado, o som de estática de que ela se lembrava da infância. Aumentou o volume o mais alto que pôde, que foi, para sua surpresa, ensurdecedor. Meredith amparou-se na bancada da bela cozinha de Connie. Conforme o lirismo progredia através dos versos, ela sentiu algo se apertando dentro de seu peito, sua cabeça, seu rosto.

Sail on Silver girl,
sail on by
Your time has come to shine
All your dreams are on their way

Seguiu-se uma queimação lenta nos olhos, um fungar e, de repente, Meredith ficou com as faces molhadas.

Ficou espantada. Parecia que estava ao lado da geladeira, vendo a si mesma de longe. *Veja, ela estava chorando!* Então deixou as lágrimas correrem, chorou alto e soluçou. Tirou os óculos e os deixou na bancada. Não se importou para o quanto estava descontrolada; não tinha ninguém à sua volta para ouvir. Pensou na barriga inchada de Ashlyn e imaginou que aquelas lágrimas estavam sendo geridas nela havia muito, muito tempo.

See how they shine
Oh, if you need a friend, I'm sailing right behind
Like a bridge over troubled water
I will ease your mind

Meredith Martin Delinn estava chorando. Suas lágrimas vinham de algum lugar antigo e remoto. Estavam vindo do início dessa história – do rolinho de lagosta que ela não comeu, dos jogos semanais de pôquer, das lições de direção no estacionamento em Villanova. Meredith estava chorando porque sentia saudade do pai. Essa era uma dor que nunca iria embora.

No dia seguinte seria seu quinquagésimo aniversário.

Quando a música terminou, ela fez a única coisa que poderia fazer. Pegou o braço da vitrola e a pôs para tocar de novo.

AGRADECIMENTOS

Alguns livros são mais difíceis do que outros; este foi muito difícil. Preciso começar agradecendo à minha editora, Reagan Arthur, por sua sábia condução na revisão deste romance. Agradeço também à equipe brilhante e condolente da Inkwell Management, administrada pelos dois homens que mais admiro no mundo: Michael Carlisle e David Foster. Obrigada também a Lauren Smythe e Kristen Palmer, cujas sugestões foram inestimáveis.

Eu não conseguiria ter escrito nem uma palavra sequer não fosse minha babá, Stephanie McGrath, que me deu cobertura em todos os sentidos com meus três filhos, e que presenteou nossa casa com seu sorriso radiante. Obrigada mais uma vez a Anne e Whitney Gifford pelo uso da casa em Barnabas, meu refúgio, e a minha mãe, Sally Hilderbrand, por me deixar vir para casa e morar, como uma adolescente emburrada, em meu quarto de solteira enquanto revisava este romance. Obrigada a Anne Fitzgerald e Laurie Richards por sempre me fazerem ficar bem.

486 ⭐ *Elin Hilderbrand*

Por terem iluminado a minha vida de diferentes maneiras, eu gostaria de agradecer a Rebecca Bartlett, Elizabeth e Beuau Almodobar, Richard Congdon, Wendy Hudson e Randy "Habilidosíssimo" Hudson, Shelly e Roy Weedon, Evelyn (!) e Matthew MacEachern, Jill e Paul Surprenant (eu não conseguiria ter ido a Little League sem você!), Wendy Rouillard e Illya Kagan, Mark Eithne e Michaela Yelle, Jennifer e Norman Frazee, John Barlett, Rocky Fox (por sempre substituírem meu cartão dourado) e Heide e Fred Holdgate (a piscina é o meu lugar feliz). Aos meus queridos que eu quase não vejo o suficiente: Maggie e Chuck Marino, Debbie Bennett (33!), Manda e West Riggs, Avid Rattner e Andrew Law, John e Nancy Swaynw, Tal e Jonnie Smith (que me ensinou que um jantar à base de lagostas deve ser sempre seguido por torta de amoras), Fred e Irene Shabel, Tim e Mary Schoettle, Bobo e Mindy Rich (Feliz aniversário de 70 anos, Bubba!), Catherine Ashby e Sean e Milena Lennon (Freo para sempre!).

Entre outras coisas, este livro é sobre o meu falecido pai, Robert Hilderbrand Jr. Eu gostaria de agradecer às pessoas da minha família, que mantêm sua risada e suas lembranças adoráveis vivas: minha madrasta, Judith Hilderbrand Thurman e meus irmãos Eric Hilderbrand e Douglas Hilderbrand, meu meio-irmão Randall Osteen e minha melhor amiga no mundo, cuja energia alegre e confiança em mim me fazem ir adiante, minha meia-irmã Heather Osteen Thorpe. Um grande abraço para Duane Thurman por capitanear o navio e nos manter no curso.

Por último, eu gostaria de agradecer ao meu marido, Chip Cunningham, que sabe lidar hábil e pacientemente com a parte da autora-sob-estresse-de-prazo-de-entrega que mais ninguém vê, e aos meus três filhos, que são as pessoas mais bacanas que conheço: Maxwell, Dawason e Shelby.

Impresso no Brasil pelo
Sistema Cameron da Divisão Gráfica da
DISTRIBUIDORA RECORD DE SERVIÇOS DE IMPRENSA S.A.
Rua Argentina, 171 – Rio de Janeiro, RJ – 20921-380 – Tel.: (21) 2585-2000